KB265598

도발적인 첫사랑

도발적인 첫사랑

초판 1쇄 찍은 날 § 2007년 3월 13일
초판 1쇄 펴낸 날 § 2007년 3월 23일

지은이 § 이현숙
펴낸이 § 서경석

편집장 § 문혜영
편집책임 § 이종민
편집 § 한지윤

펴낸곳 § 도서출판 청어람
등록번호 § 제1081-1-89호
등록일자 § 1999. 5. 31
어람번호 § 제5-0134호

주소 § 경기도 부천시 원미구 심곡1동 350-1 남성B/D 3F (우) 420-011
전화 § 032-656-4452 팩스 § 032-656-4453
http://www.chungeoram.com
E-mail § eoram99@chollian.net

ISBN 978-89-251-0602-1 03810

도발적인 첫사랑

이현숙 지음

도서출판
청어람

프 롤 로 그

강남의 조용한 카페이다. 중년의 여자와 삼십대 중반으로 보이는 차분한 분위기의 남자가 심각하게 이야기를 나누고 있다. 주문한 커피는 이미 식어버렸다.

"그 애를 부탁해."

김순희 여사의 부탁에 진혁은 잠시 할 말을 잃었다. 그녀를 참 오랫동안 알고 지내왔는데, 설마 그녀에게 그런 과거가 있을 줄은 몰랐다. 딸이라니. 그것도 원장님의 아이가 아니라, 다른 남자의 아이라고?

"원장님도 아시나요?"

진혁의 질문에 김 여사는 작게 고개를 가로저었다.

"만약 알았다면 그 애가 그 병원 인턴으로 가지 못했을 거야."

"그럼……."

"그래, 아무도 몰라. 이제 세상에 나만 아는 비밀이 되어버렸어. 그 애의 엄마가 나라는 거."

자신만 아는 비밀을 진혁에게 털어놓고 있었다. 그만큼 김 여사가 진혁을 믿고 있다는 뜻이었다. 하지만 이건 너무도 버거운 믿음이었다.

"부탁, 들어줄래?"

진혁이 너무도 조용하자 김 여사가 조심스럽게 물어왔다. 진혁은 잠시 말을 잇지 못한 채 창밖만 바라보았다. 귀하게 자란 귀부인 같은 김 여사에게 이런 과거가 있을 줄이야. 충격을 받은 것도 같고, 난감한 것도 같았다. 쉬운 부탁이 아니었다. 진혁이 그녀와 그녀의 남편인 최 원장을 둘 다 알고 있기에 더욱 그러했다.

관계로 따지자면 그녀보다 더 먼저 알게 되고, 일 적으로 깊은 관계를 유지해 오고 있는 쪽은 최 원장이었다. 만약 진혁이 이 부탁을 받아들인다면 그는 자신의 후원자이자 상사인 최 원장을 배신하게 되는 것이었다. 그러나 진혁은 쉽게 김 여사의 잘못을 따질 수가 없었다. 그는 김 여사를 좋아했다. 그녀의 어머니와 너무도 다른 그녀가 좋았다. 자신의 친어머니가 미운 만큼 그녀가 좋았다. 비록 자신이 낳은 아이조차 제대로 키우지 못한 못난 엄마라는 사실을 알았지만, 그래도 진혁은 마음 깊은 곳으로부터 김 여사를 질책할 수는 없었다. 왜 그녀가 다른 사람이 아닌 자신에게 이런 부탁을 하는지 알 수 있었기 때문이다. 그래서 내키지는 않았지만 그녀가 어렵게 꺼낸 부탁을 거절할 수가 없었다.

“……이번에 우리 병원 인턴으로 온다고요?”

“응.”

“이름이 뭔가요?”

“강하리.”

강하리? 강아지 이름 같네. 눈물이 많은 이분의 아이도 역시 눈물이 많을까?

진혁이 그 아이를 처음 만난 건 봄이 시작되는 날이었다. 처음 본 강하리는 보기도 처량할 정도로 힘겹게 숨을 쉬고 있었다. 진혁은 자판기에서 시원한 음료수 하나를 뽑아 하리의 옆에 놓아주었다. 거친 숨을 정리하고 있던 하리는 갑자기 자신의 옆에 놓인 음료수를 보고 놀라서 고개를 들었다. 처음 마주친 시선, 작은 키를 빼면 강하리가 김 여사를 닮은 곳은 없었다. 다행인 일이겠지. 마주쳐도 모를 테니까.

“마라톤이라도 했나?”

강하리는 고개를 세차게 가로저으며 말했다.

“아뇨, 치프 선생님이 오늘부터 엘리베이터 사용을 금지시켜서 계속 계단을 뛰어내려 갔다 올라갔다 했더니…….”

체력을 키운단 이유로 일부러 심한 운동을 시킨 것이었다. 인턴에게는 흔히 주어질 수 있는 과제였다. 하리는 진혁이 준 음료수를 한 번에 털어 마시고는 다시 일어났다. 이번엔 달려 내려갈 차례였기 때문이다.

“음료수 잘 마셨습니다. 제가 병원에서 만난 사람 중 제일 친절한 분이세요.”

길게 인사를 마치고 계단을 내려가려는 하리를 진혁이 다시 불렀다.

“강하리.”

“네?”

강하리가 송골송골 땀이 맺힌 얼굴로 놀란 눈을 하고 뒤돌아보았다. 진혁이 자신의 이름을 알고 있는 게 신기했던 모양이다.

“열심히 해.”

하리는 왜 처음 보는 진혁이 자신에게 그런 말을 하는지 모르겠다는 얼굴로 쳐다보다 환하게 웃으며 브이 자를 그렸다. 우연스럽게도 창밖의 태양이 하리의 브이 자 사이로 들어왔다. 태양을 담은 브이 자라 꽤 힘차 보였다. 하지만 아무리 그렇다고 해도, 저 환한 웃음을 이기지는 못할 것 같았다. 정말 씩씩해 보이는 덧니였다.

“물론이죠. 전 강하게 살아가라는 강하리인걸요.”

강아지 이름에 그런 깊은 뜻이 있었어?

“멋쟁이 아저씨, 다음에 또 봐요!”

꽤 풋풋한 첫 만남이었는데, 강하리가 달려 내려가며 던진 한 마디가 진혁을 어이없게 만들어 버렸다.

멋쟁이 아저씨?

의사 가운을 입지 않고 있었던지라 진혁이 의사인 줄 몰랐던 것이다. 진혁은 손가락을 들어 자신과 하리의 나이 차이를 계산해 보다가 중간에 포기했다.

하긴 내가 오빠 나이는 아니지…….

"혁!"

다음날 회진 시간에 의사 가운을 입고 나타난 진혁을 본 강하리는 너무도 티 나게 놀란 기색을 내비쳤다. 눈이 마주치자 그 큰 눈에서 검은 눈동자만 슬금슬금 옆으로 피해갔다. 그것만으로는 부족하다고 느꼈는지 슬금슬금 뒷걸음질까지 치기 시작했다. 진혁은 재미있다는 눈으로 강하리를 주시했다.

내가 모른다고 생각하는 걸까?

"이번에 저희 과에 새로 온 인턴 강하리입니다."

하리가 애써 외면한 보람도 없이 치프 용준이 하리를 진혁에게 소개했다. 세미나 때문에 어제 자리를 비운 흉부외과 전문의는 진혁뿐이어서 하리는 하루 늦게 도진혁이라는 전문의의 얼굴을 알게 된 것이다.

"안녕하십니까? 강하리입니다."

"강하게 살라는 뜻의 강하리?"

90도로 고개 숙인 하리의 어깨가 움찔했고, 모여 있던 의사들은 놀라워했다. 진혁의 옆에 서 있던 흉부외과 전문의 오진이 진혁의 어깨를 툭 치며 말했다.

"우와! 도진혁, 그 뜻을 알고 있었어? 역시 우리 병원의 다크호스. 어제 저 녀석이 '강하리가 무슨 뜻일까요?' 라고 묻는데, 아무도 몰랐다는 거 아냐. 여기 모인 사람들은 수학이나 영어는 강해도 국어에는 약하잖냐. 대답이 없으니까 저 녀석이 뭐라고 그랬는지 아냐?”

“뭐라고 그랬는데?”

“실망이란다. 과장님, 나, 레지던트들 모두한테 대뜸 실망이라잖냐. 아마 저 녀석 첫날부터 고생 좀 했을걸. 강하리, 그런데 진혁이는 알았으니까 실망은 아니고, 뭐라고 말할 거냐?”

갑자기 날아온 오진의 질문에 강하리는 그때까지도 고개를 숙인 채 대답했다.

“컨닝은 열외입니다.”

모여 있던 모든 의사들이 한순간 말이 없었다. 지금 쫄따구 인턴이 감히 전문의 도진혁한테 컨닝을 했다고 한 것이다. 이걸 국법으로 따지면 발칙한 죄라고 해야겠지.

진혁의 손이 올라갔다. 저 손으로 머리통을 한 대 때리겠지. 모두가 그렇게 생각했다. 종합병원 의사들의 세계는 철저한 서열사회였다. 선배가 후배를 때리는 건 당연시 여겨지는 곳이었다. 하지만 진혁의 손은 그저 사뿐히 하리의 작은 어깨 위에 올려질 뿐이었다.

“고개 들어.”

하리는 소심하게 고개를 들어 조심스럽게 진혁을 올려다보았다. 꼭 주인 눈치 보는 새끼 고양이 같은 느낌이었다. 동생이 있다면 이런 느낌일까? 아주 귀여웠다. 처음엔 그랬다. 갑자기 생긴 동생 같은 느낌, 그저 그 정도였다. 그리고 다행이라고 생각했다. 행복하게 살아온 것 같아서. 눈물보다는 웃음이 많은 아이라는 게 참 다행이라고 생각했다.

진혁은 하리에게 먼저 손을 내밀었다.

"만나서 반갑다, 강하리. 난 도진혁이야."

하리는 어색하게 웃으며 전문의가 내민 손을 잡기 위해 오른손을 흰 가운에 쓱쓱 닦은 다음 조심스럽게 내밀다가 주춤하였다. 주위에 있던 의사들이 모두 기괴한 표정을 하고 진혁이 내민 손을 주시하고 있었던 것이다. 한순간에 사건 25시의 주인공이 되어버린 전문의의 오른손이었다. 하리는 불안한 마음에 혼자 중얼거렸다.

저기, 저 이 손 잡으면 큰일 나는 건가요?

하지만 감히 전문의의 손을 무시하는 것 역시 대역죄 같았기에, 하리는 주위의 눈치를 보며 조심스럽게 진혁의 손을 잡았다. 따뜻한 손이었다.

회진이 끝나고, 외래진료를 가는 길에 오진이 진혁의 어깨를 툭 치며 말했다.

"나 네가 다른 사람한테 먼저 손 내미는 거 처음 봤다."

진혁은 별 대꾸 없이 묵비권을 행사했다.

"이야, 다정한 도진혁! 소름 돋더라!"

퍽! 다정한 오른손은 자신을 모독하는 친구의 뒤통수를 후려치는데 망설임이 없었다.

"인턴은 잘하고 있어?"

전문의 진혁은 인턴과 함께할 시간이 그리 많지 않기 때문에 항상 같이 있는 치프 용준에게 강하리에 대해 물었다. 그런데 진혁이 묻자마자 용준이 크게 한숨부터 내쉬었다.

"아무래도 이번 해에 저한테 주어진 첫 번째 과제인 것 같습니다."

"과제?"

"네, 그 녀석이 열 마디 하려고 하면 세 마디에서 뚝 잘라 버리자가 오늘 목표입니다."

이 상황에서 겨우 인턴 일에 목표까지 세우는 용준이 이상한 것인지, 치프에게 목표까지 세우게 한 강하리가 대단한 것인지 진혁은 판단이 안 되었다. 아무래도 없는 시간이라도 쪼개서 강하리를 지켜봐야 할 것 같다는 의무감이 생겼다. 어쨌든 김 여사님과의 약속도 있었으니까.

수술이 끝나고 진혁은 일부러 강하리를 스태프 의국으로 불렀다. 그런데 부른 지 한참이나 됐는데도 오라는 인턴은 오지를 않았다. 전문의인 진혁이 그리 무섭지가 않나 보다. 결국 진혁은 오지 않는 인턴을 기다리며 의자에 앉은 채 꾸벅꾸벅 조는 신세가 되었다. 사 일 동안 밤을 샜더니, 체력의 한계였다.

얼마나 잤을까? 의자 등받이에 위태롭게 기대고 있던 목이 꺾이면서 진혁은 순간적으로 선잠에서 깨어났다. 눈을 뜨자마자 진혁은 반사적으로 시간을 확인하였다. 의자에 앉은 채 세 시간이나 잔 것을 깨달은 진혁은 놀라서 의자에서 몸을 세웠다. 그때 소파에 자고 있는 또 다른 누군가를 발견했다. 강하리였다. 그제야 진혁은 자신이 오지 않는 하리를 기다리다 잠들었다는 것을 깨달았다. 그리고 자신이 잠든 사이에 온 강하리는 소파에 앉아서 자신이 깨기를 기다리다 잠이 든 것 같았다. 피곤에 찌든 두 의사가 꾸벅꾸벅 졸고 있는 꼴이라니. 부디 아무도 보지 못했기를 바랄 뿐이었다.

"강하리, 일어나."

진혁은 피곤한 두 눈을 비비며 하리를 깨웠다. 하리의 눈이 게슴츠레하게 떠지는 것 같더니 앞에 있는 진혁을 흐리멍덩한 시선으로 쳐다보았다.

"누구세요?"

"도진혁인데."

"전 도 안 믿어요."

그리고 다시 눈을 감아버리는 것이었다. 진혁은 어이없다는 눈으로 강하리를 바라보았다.

뭐? 도 안 믿어?

강하리는 다시 쿨쿨 자기 시작했고, 진혁은 고개를 돌려 유리창에 비친 자신의 얼굴을 쳐다보며 왜 자신이 전도사 취급을 받아야 하는지 심각하게 고민했다. 삐삐. 그때 갑자기 호출기가 울렸다. 진혁의 것이었다. 막 호출기를 확인하려는데 갑자기 소파에 누워 있던 하리가 벌떡 일어나더니 외쳤다.

"네! 지금 갑니다!"

그리고 진혁보다도 먼저 허둥지둥 의국을 나가 버리는 것이었다. 진혁은 놀라서 뛰쳐나가는 하리를 쳐다보고만 있었다. 그렇게 떠난 강하리는 그날 밤 다시 돌아오지 않았다.

이거 개기는 건가?

진혁이 하리를 다시 만나게 된 건 다음날 아침 회진 시간이었다. 있는 힘껏 하품을 하고 있던 하리는 진혁을 보자마자 또 그대로 굳어버렸다. 그리고 또 슬금슬금 뒷걸음질을 치기 시작했다. 진혁은 정말 잘해주려고 하는데, 하리는 어쩐지 볼 때마다 피하는 것 같았다.

왜지? 내가 무섭게 생겼나?

점심시간, 진혁은 용준에게 또 하리에 대해 물었다.

"강하리가 낯을 가리나?"

진혁의 말에 용준은 먹던 밥을 마구 튀면서 웃어댔다. 그리고 한순간 웃음을 멈추더니 무표정한 얼굴로 말했다.

"오늘 그 녀석이 제 얼굴 바로 앞에서 뭐라고 했는지 아십니까?"

"뭐라고 했는데?"

용준은 오른손을 진혁의 얼굴 앞에 가져가서는 중지 손가락과 엄지손가락을 맞부딪혀 딱 소리를 내며 말했다.

"사라져라!"

어설픈 마법사 흉내를 내는 용준을 진혁은 어이없다는 눈으로 바라보았다. 그러니까 오늘 강하리가 배용준한테 이랬다는 말인 것 같았다. 강하리가 했으면 좀 귀여웠을 텐데 시베리아 같은 녀석이 하니 무서웠다. 진혁은 자신의 코를 찌를 것 같은 용준의 손가락을 치우며 물었다.

"그래서?"

"제가 안 사라지니까 지가 도망가더군요. 그래서 오늘 목표는 1m 밖으로 도망가기 전에 잡자입니다."

진혁도 목표 하나를 세웠다. 오늘이 가기 전에 하리와 많은 이야기를 나누자. 어쩐지 자꾸자꾸 친해져야지라는 의욕이 생겨나고 있었다. 김 여사의 부탁 때문만은 아니었다. 부탁 때문에 노력하는 의무감과는 조금 다른 감정이었다.

뭐라고 정의 내리면 좋을까? 그 씩씩한 덧니에 대한 도전쯤 되려나.

하지만 전문의와 인턴이 친해지는 길은 멀기만 했다. 뭐가 그리 바쁜지 하리는 볼 때마다 어딘가로 열심히 뛰어가고 있었다. 그래서 진혁은 하리의 뒷모습을 보게 되는 경우가 많았다. 뒤돌아볼 여유도 없이 앞만 보고 뛰어가는 하리를 돌아보게 한 건 기침이었다.

"콜록! 콜록! 콜록!"

"헉! 지금 기침하셨어요! 그것도 세 번이나!"

기침을 한 진혁을 보고 강하리가 놀라서 소리쳤다. 손가락으로 가리키기까지 하면서 말이다. 진혁이 너무하다는 눈으로 하리를 쳐다보았다.

"난 죽을병에 걸린 게 아니라, 그저 기침을 한 것뿐이야."

"단지 기침일 뿐이라고 확신할 수 있으세요?"

진혁은 꽃가루 알레르기가 있는 것뿐이었다. 그래서 꽃이 만개하는 봄철이 되면 습관적으로 기침을 했다. 그때 진혁의 이마 위에 뜨거운 손의 느낌이 전해져 왔다. 하리의 손이었다. 진혁에게 열이 있는지 확인해 보려는 것 같았다. 그런데 멀쩡해 보이던 하리의 손이 너무 뜨거웠다.

“진짜 열이 있네.”

내 이마가 뜨거운 게 아니라 네 손이 뜨거운 거야. 아무래도 이상했다.

“너 지금 아프지?”

강하리는 고개를 가로저었다.

“아픈 건 선생님이잖아요.”

“아니, 너야. 손이 너무 뜨겁잖아.”

진혁은 쯧 소리를 내며 손을 올려 하리의 이마를 짚어보았다. 그런데 이마는 차가웠다. 진혁의 생각대로라면 엄청 뜨거워야 하는데 말이다. 진혁은 급하게 손을 내려 하리의 손을 움켜잡았다. 분명 손은 지나칠 정도로 뜨거웠다. 그런데 이마는 차가웠다.

체, 체질인가? 아닌데, 그렇다고 해도 너무 뜨거워.

당황하는 진혁의 눈앞에 하리가 무언가를 내밀었다. 핫팩이었다.

“손이 시려서 이걸 계속 만지고 있었더니⋯⋯.”

진혁은 말없이 핫팩만 쳐다보았다.

이런 황당한 상황이⋯⋯. 내가 지금 오진을 한 거야? 겨우 핫팩 때문에?

당황하는 진혁에게 하리가 말했다.

“그런데 선생님은 진짜 열이 있어요.”

“그냥 꽃가루 알레르기야. 난 멀쩡해.”

“아니에요. 그런 게 아니라, 진짜 열이 있어요.”

하리의 손이 다시 올라와 진혁의 이마를 짚었다. 그리고 진지한 눈으로 진혁을 쳐다보며 물었다.

"선생님, 만약 이게 아파서 높아진 열이 아니라면 아마도 제 동생과 같은 증상이신 것 같아요. 불행하게도 말이에요. 믿고 싶지는 않지만……."

동생? 불행? 믿고 싶지 않다고?

"설마 몰래 야한 잡지 보다 오셨어요?"

"에취! 에취!"

갑자기 하늘에서 꽃가루 비라도 떨어져 내렸는지 진혁은 쉴 새 없이 기침을 해대기 시작했다. 야한 잡지라니. 도를 믿지 않는다는 말보다 더 충격적이었다.

"선생님, 한 가지 질문해도 될까요?"

하리의 질문에 용준은 피곤하다는 얼굴 표정을 지었다. 정말 말도 많고, 질문도 많은 인턴이다.

"짧게 물어."

"네. 전문의가 화난 걸 풀려면 어떻게 하면 되죠?"

"전문의? 누구? 오진 선생님? 도진혁 선생님? 과장님?"

"질문은 제가 했습니다. 반문하지 말아주세요."

하여튼 적응력이 엄청나게 좋은 녀석이다. 이제 완전히 적응하여 건방까지 떤다.

"그러니까 네 말은 인턴인 네가 전문의를 화나게 했다는 거잖아. 맞지?"

하리가 조용히 고개를 끄덕였다. 요 며칠 도진혁이 대놓고 하리를 피하는 느낌이었다. 그 핫팩기침사건 이후이다. 아무래도 도색잡지 보고 있었냐는 질문에 화가 났나 보다. 그게 설사 사실이라고 해도 살가운 동생도 아닌데 그런 질문은 자제했어야 했다. 잠시 자신의 성격을 이기지 못하고 친근하게 대해 버렸다. 전문의니까 어련히 알아서 자기 몸 관리를 할 텐데 말이다. 도저히 전문의의 화를 풀 방법이 생각나지 않아 치프인 용준에게 자문을 구한 것인데, 용준이 비상계단을 향해 손가락을 쭉 뻗으며 말했다.

"가라."

"네? 가다뇨? 어디를요?"

"전문의를 화나게 한 인턴이 병원에서 살아남을 수 있을 것 같아? 울면서 쫓겨나기 전에 알아서 떠나!"

용준의 말에 하리의 얼굴이 사색이 되었다.

"네? 저, 이렇게 아웃인가요?"

하리의 얼굴이 사색이 될수록 용준의 얼굴에는 만족감이 커져갔다. 처음으로 오늘의 목표 달성이었다. 오늘의 목표는 인턴한테 겁주기!

진혁은 수술을 마치고 스태프 의국으로 가는 길이었다. 그런데 의국 앞에 무언가 이상한 게 서 있었다. 토끼? 아니, 토끼 가면을 쓴 여자였다. 누구지?

진혁이 토끼를 경계하며 발걸음을 멈추었을 때, 토끼 가면이 고개를 돌리고 진혁을 쳐다보았다. 그리고 예의 바르게도 꾸벅 고개 숙여 인사를 했다. 진혁은 저도 모르게 같이 인사를 했다.

"죄송합니다, 선생님."

목소리를 듣고서야 이 이상한 나라의 토끼가 누구인지 짐작할
수 있었다.

"강하리?"

"네, 강하리입니다."

진혁은 고개를 들고 한숨을 내쉬었다. 하여튼 사람 놀라게 하는
데는 뭐 있는 아이이다.

"뭐야? 웬 토끼 탈이야?"

"그게 아니라, 선생님이 제 얼굴만 보면 피하시니까……."

진혁은 하리의 말에 속으로 뜨끔했다. 사실 며칠 동안 하리만
보면 일부러 시선을 피하거나 자리를 피했었다. 누군가의 앞에서
그렇게 쪽팔린 모습을 보인 건 처음이었기 때문이다. 오진에 도색
잡지라니. 하리가 자신을 도색 잡지나 보는 인간으로 알고 있는
것 같아 더더욱 껄끄러웠다. 요 며칠 집에만 가면 거울 앞에 서서
자신을 물끄러미 쳐다보는 일이 많아졌다. 자신이 과연 그런 저급
한 이미지인가 관찰하기 위해서 말이다.

"안 피했어."

"피하셨어요!"

진혁이 거짓말을 하자 하리가 바로 따지고 나왔다. 그렇게 몇
번이나 같은 말이 오갔다. 안 피했어. 피하셨어요. 탁구공 튕기듯
이 반복되는 말에 녹다운 되어 진혁은 결국 인정하였다.

"그래, 피했다고 치자. 앞으로는 안 피할 테니까 그 가면 벗어."

"진짜요?"

"그래, 내가 잘못했어. 나도 사과하마. 이걸로 우리 둘 다 과거

는 모두 잊자.”

하리의 손이 올라와 천천히 가면을 벗었다. 그제야 익숙한 하리의 얼굴이 서서히 보였다. 입이 웃고 있었다. 오늘의 덧니는 귀여운 덧니였다. 덧니 때문인지 강하리의 웃고 있는 입모양은 언제나 유쾌해 보였다. 그리고 웃고 있는 눈이 나왔다. 온 얼굴이 웃고 있었다. 피식, 결국 진혁도 웃고 말았다. 하리의 웃음은 전염성이 커서 따라서 안 웃을 수가 없었다. 언제나 같이 웃게 되고 만다.

그때 뒤에서 누군가 진혁을 덮쳐 왔다.

“도진혁, 혼자 서서 뭐 하냐? 수술은 잘 끝났어?”

진혁과 같은 학교 동기인 흉부외과 전문의 오진이었다. 하리가 진혁에 비해 너무 작아 진혁의 뒷모습을 보며 걸어오던 오진은 하리가 있는 걸 보지 못한 것이었다. 진혁은 불가항력에 의해 앞으로 몸이 쏠렸고, 딱 하리의 코앞에서 멈추었다. 갑자기 너무 가까이 다가온 진혁의 얼굴에 하리는 놀랐으나 다시 웃었다.

“피하지 말라고 했더니 너무 가까이 다가오셨잖아요.”

하지만 진혁은 또 따라 웃을 수가 없었다. 무언가 난감한 신체 반응이 일어나기 시작했다. 참자 참자 하는데 그게 생각처럼 쉽게 되지 않았다. 결국은 나오고 말았다.

“에취! 에취!”

하리를 처음 알아본 건 진혁의 심장이 아니라 진혁의 알레르기였다. 꽃이 만발한 봄, 안전지대인 병원 안에서 진혁이 기침을 한 건 꼭 그 녀석 앞이었으니까.

제 1 장

"강하리는 어디 있어?"

아침 7시 20분. 스태프와 전 레지던트, 인턴까지 모여서 어제 입원한 환자의 병력과 진찰 소견, 방사선 소견 등을 발표하고 향후 치료 계획에 대해 논의하는 아침 컨퍼런스가 시작되는 7시 30분이 되려면 십 분이 남은 시간, 미리 와서 기다리고 있어야 할 쫄따구 인턴이 아직도 안 보이자 레지던트 사 년차 용준이 굳은 목소리로 컨퍼런스 준비를 하고 있던 후배 레지던트들에게 물었다.

"호출했는데 아직 오지 않았습니다."

일 년차 혜림의 말이었다. 하지만 용준은 그것으로 만족하지 않았다. 용준은 손목시계를 들여다보며 인정사정없이 말했다.

"육십 초 주겠다. 당장 가서 찾아와!"

레지던트들의 표정이 일그러졌다. 안 그래도 바쁜 아침 시간을 인턴이나 찾으러 뛰어다녀야 한다는 건 악운이었기 때문이다.

"하여튼 그 녀석이 CS(흉부외과) 온 뒤로 편할 날이 없다."

하리를 찾아 뛰어나가며 이 년차 레지던트 서우가 투덜거렸다. 혜림도 그 말에 침묵으로 동조했다.

[선생님, 아무리 깨워도 안 일어나는데요. 어쩌죠?]

정확히 일 분 후에 용준의 핸드폰으로 걸려온 전화 내용이었다. 겨우 인턴 하나 깨우지 못해 자신에게 전화해서 방법을 물어보는 무능한 후배의 말에 용준은 기가 막혔다.

"때려서라도 깨워!"

[그래도 여자인데…….]

병원에서 여자, 남자란 존재하지 않는다. 그 녀석은 그저 잠도 이기지 못하는 골칫덩이 인턴일 뿐이었다. 속 터지는 레지던트 서우의 말에 용준은 버럭 소리를 질렀다.

"그럼 당장 들쳐 업고 와!"

아침을 지배하는 건 태양이 아니다. 바로 잠이다. 잠을 이긴 그대, 진정한 강자인 것이다.

"강하리! 일어나!"

자신을 깨우는 소리가 들렸지만 하리는 도저히 눈을 뜰 수가 없었다. 누군가 하리의 눈꺼풀을 부여잡고는 죽어도 놓아주지 않았다.

"강하리! 평생 잠만 자게 이대로 관 속에 넣어줄까? 당장 안 일어나!"

저도 일어나고 싶다고요. 하지만 눈이 안 떠져요.

분명 자신을 깨우는 용준의 매서운 목소리가 또렷하게 들려오는데 도저히 눈이 안 떠졌다. 혹시 이거 악몽인가. 그래, 악몽이다. 아직 잘 시간인 거야. 그냥 자자.

퍽! 말이 통하지 않자 결국 완력이 행해졌다. 하리는 머리를 강타하는 둔탁한 느낌에 아픈 신음을 내며 눈을 떴다. 바로 눈앞에 치프 배용준이 떡 버티고 있었다.

하리는 반사적으로 오른팔에 찬 손목시계를 쳐다보았다. 시침이 벌써 숫자 7을 넘어서 있었다. 시계가 거짓말을 하고 있거나 강하리가 완벽한 늦잠을 잔 것이었다. 그리고 불행히도 후자였다. 죽을죄를 지은 것이다. 맞아도 할 말 없다. 오! 지저스!

"잠자고 싶으면 가운 벗고 집에 가서 발 뻗고 자!"

치프의 매정한 일침에 하리는 아무 말도 할 수 없었다. 사흘 밤낮을 새고서 겨우 몇 시간 잔 것뿐이라는 변명은 여기서 통하지 않는다는 걸 알기에, 그저 아프고 억울한 마음을 삭인 후 담백하게 사과했다.

"죄송합니다. 두 번 다시 이런 일 없도록 하겠습니다."

"그래야 할 거다. 다음에 또 이런 일 생기면 넌 아웃이야!"

컨퍼런스를 마치고 스태프 회진까지 도는 동안 하리는 일행의 끝에 서서 죽을힘을 다해 나오는 하품을 참았다. 용준이 스태프 선생님들에게 열심히 환자의 병환과 신환의 히스토리에 대해 설명하고 있는데 여기서 인턴인 하리가 하품을 한다면 하리는 평생 용준에게 미움을 받을 것이다.

의사가 되는 길도 힘든 과정이지만, 잠을 참는 것도 너무도 힘든 일이었다. 인간의 가장 기본적인 욕구는 언제나 인간의 가장 원초적인 고통을 끌어내어 치열한 싸움을 걸어온다. 진다, 안 진다는 모두 본인에게 달려 있는 것이다. 강하리, 강하게 자라라는 뜻에서 이미 고인이 되신 삼촌이 일주일을 밤을 새며 지어주신 이름이라고 하는데, 어쩐 일인지 본인과의 싸움에서는 자꾸 약한 모습을 보이고 만다. 다시는 오늘 같은 패배를 하지 말자고 다짐하며 하리는 손바닥에 참을 인을 수도 없이 새겼다. 그리고 배도 고팠기에 밥이란 글자도 써서 조심스럽게 삼켰다.

"강하리."

회진을 무사히 끝내고 한숨 돌리고 있는데 깊은 울림의 남자 목소리가 하리를 부르자, 풀려 있던 그녀의 긴장감이 다시 팽팽하게 일어섰다.

하리는 불안한 눈으로 뒤돌아보았다. 마치 태어날 때부터 하얀 가운을 입고 있었던 듯한 자연스러운 모습의 남자가 하리를 향해 걸어오고 있었다. 남자는 하리 한 명만을 부른 것이었지만 그의 부름으로 병동에 있던 모든 사람의 발걸음이 멈춘 듯하였다.

하리는 자신에게 다가오는 남자의 단정한 발걸음을 부담스런 눈으로 바라보았다. 병원 안에도 신분이 존재했다. 하리가 선배들의 명령대로 움직여야 하는 쫄따구 인턴이라면, 지금 하리에게 다가오는 남자는 왕족에 속하는 스태프였다. 그렇기에 하리는 같은 눈높이로 그를 바라볼 수 없었다. 그건 처음부터 그랬다. 아마도 죽을 때까지 변할 수 없는 관계일 것 같았다.

"이마가 왜 이렇게 빨개?"

하리의 앞으로 걸어온 진혁은 맞아서 빨갛게 부은 하리의 이마를 바라보며 반듯한 미간을 찌푸렸다. 하리는 반사적으로 손을 올려 이마를 가리며 고개를 가로저었다.

"안 빨간데요."

진혁은 하리의 뒤에 서 있었던 흉부외과 레지던트들에게 시선을 옮겼다. 정확하게 의과장인 용준을 쳐다보았다. 그들 사이에서 무슨 일이 있었는지 모두 짐작한 눈빛이었다. 하지만 용준은 전혀 잘못한 게 없었기에 당당한 눈빛으로 진혁의 시선을 맞받았다.

"따라와."

진혁은 하리에게 일방적으로 말하고 앞서 걸어갔다. 하리는 멀어지는 진혁과 남아 있는 용준 일행을 번갈아 쳐다보며 갈 길을 찾지 못했다. 진혁을 따라가자니 남아 있는 사람들이 해댈 이야기가 겁이 났고, 진혁의 말을 무시하자니 함부로 거절할 수 없는 그 존재의 카리스마가 부담이었다. 도진혁은 하늘보다도 더 높은 전공의였다. 그의 칼날 아래 희망을 잃었던 사람들은 새로운 운명을 얻게 된다. 그건 지금의 하리로서는 도저히 흉내도 낼 수 없는 것이었다. 그러니 어찌 그 말을 감히 거부하겠는가.

결국 하리는 진혁의 뒤를 따라갔다. 용준은 못마땅한 눈으로 진혁과 하리의 뒷모습을 바라보다 그대로 몸을 돌려 걸어가 버렸다. 치프 용준이 움직이자 나머지 레지던트들도 급하게 발걸음을 떼었다. 혼자 남은 혜림만이 하리와 진혁을 차가운 눈빛으로 쳐다보고 있을 뿐이었다.

진혁이 하리를 데리고 온 곳은 구내식당이었다. 아침부터 얻어맞은 하리가 아침도 못 먹었을 거라는 걸 알아챈 것이다. 인턴 생활이야 뻔했으니까.

하리는 염치 불구하고 진혁이 건네는 식판을 받아 들었다. 어쨌든 밥을 보니 허기가 한꺼번에 몰려왔던 것이다.

"고맙습니다."

부담스런 친절이기는 했지만 그래도 고마운 건 고마운 거니까 감사의 인사를 했다. 아침의 대형 실수 때문에 분명 오늘 하루 종일은 용준이 시키는 일을 하며 정신없이 병원을 뛰어다녀야 했을 것이다. 이렇게 진혁이 챙겨주지 않았다면 저녁까지 아무것도 먹지 못하고 일했을 게 분명했다.

진혁은 별 대꾸도 없이 하리의 앞에 앉아서 자신의 밥을 먹었다. 하리에게 밥을 준 걸로 자신의 의무는 다 끝났다는 태도였다. 하리는 조심스럽게 수저를 들어 올리며 열심히 밥을 먹는 진혁을 쳐다보았다.

참 이해할 수 없는 사람이다. 그리 정이 넘치는 사람 같지도 않은데, 왜 이리 하리에게는 친절한지. 병원에 처음 왔을 때부터 그랬다. 하늘 같은 전문의 진혁이 먼저 하리를 아는 척했었다. 그리고 지금까지 쭉 이런 식이다. 알게 모르게 챙겨준다. 다른 사람들에게도 이러면 원래 이런 사람이겠구나 하겠는데, 이상하게도 도 진혁의 지나친 친절을 받는 건 이 병원에서 환자 빼고 하리뿐이었다. 설마 전생에 나한테 큰 빚을 졌나?

하리가 밥을 왕창 떠서 먹으며 진혁에게 물었다.

"선생님, 혹시 전생을 믿으세요?"

밤늦게 응급실로 실려 왔던 교통사고 환자 때문에 흉부외과로 다급한 호출이 왔다. 아침의 실수 때문에 자진하여 당직을 지원한 하리와 병원에 남아 있던 진혁이 달려왔을 때, 피범벅의 남자는 의식도 없이 침대에 누워 있었다. 환자는 삼십대의 남자였다. 진한 피 냄새와 함께 지독한 술 냄새가 나는 것을 보니 술을 마시고 차를 탔나 보다. 목숨 아까운 줄 모르고 음주 운전을 한 것이다.

"부주의한 운전자가 레일을 들이받아서 자동차로부터 튕겨져 나왔습니다. 흉부와 다리에 멀티플 인저리가 있고 코마상태입니다."

응급실 레지던트가 빠르게 사고 상황을 설명해 주었다. 듣기만 해도 환자의 상태가 심각하다는 것을 알 수 있었다. 외상보다 내출혈이 걱정되는 상황이었다.

"바이탈은?"

"BP(혈압)는 80 정도고, PR(맥박)은 88회입니다. 맥박 유지를 위해 아트로핀을 투여하였고, 동공은 양측동일, 반사 정상입니다."

"산소포화도는?"

"86%입니다. 그리고 엑스레이 상에 우측 가슴에 피가 고여 있는 게 찍혔습니다."

응급실 레지던트가 진혁에게 엑스레이를 내밀었다. 그의 말대로였다. 그래서 흉부외과를 부른 것이었다. 진혁은 우선 가슴 흉관을 시도해 보았다. 흉관을 통해 흘러나온 피가 1000cc가 넘어가자 모여 있던 의사들의 표정이 안 좋아졌다. 그건 단순 출혈이 아니라 중요한 장기의 파손을 의미하는 응급상황이었다. 진혁이 빠르게 오더를 내렸다.

"당장 수술장 잡아. 응급수술이다, 강…….”

"네.”

진혁이 자신의 이름을 부르자 하리는 반사적으로 대답하였다. 그리고 수술실을 잡기 위해 달려나가려던 하리는 무언가 붙잡는 손길에 걸려 멈추어 섰다. 놀라서 고개를 돌려보니, 피범벅이 된 환자의 손이 어느새 하리의 손을 붙잡고 있었다. 분명 의식이 없던 환자였기에 하리는 의아해서 환자의 눈을 쳐다보았다.

"강하리! 뭐 하는 거야!”

멀뚱히 서 있는 하리에게 진혁의 호된 꾸지람이 떨어졌다.

"네, 지금 갑니다.”

하리는 환자에게 잡힌 손을 빼내려고 하였으나 의식도 없었던 환자의 힘이 어찌나 센지 쉽게 빠지지가 않았다. 환자의 상태를 빠르게 체크하던 진혁은 그제야 환자에게 잡힌 하리의 손을 보고 멈칫하였다. 환자를 둘러싸고 있던 의료진들의 시선도 환자의 손에서 얼굴로 옮겨갔다. 남자의 눈이 힘겹게 떠져 있었다.

"권시후! 내 목소리 들려? 여기가 어딘지 알겠어?”

진혁이 환자의 떠진 눈을 보며 빠르게 물었다. 진혁이 환자의 이름을 알고 있다는 것에 놀라 환자에게 쏠렸던 시선은 한꺼번에 진혁에게 몰렸다. 하지만 진혁은 환자의 정신을 깨우기 위해 노력할 뿐이었다. 진혁이 계속해서 불렀지만 남자의 시선은 초점을 잃고 허공을 헤매기만 했다. 대답을 제대로 못하는 걸 보니 그리 좋은 상태는 아닌 것 같았다. 하리는 숨을 죽이고 남자가 대답하기를 기다렸다. 하지만 남자의 대답은 끝내 이어지지 않았다. 바로 의식을 잃었으며, 하리의 손을 강하게 잡았던 힘도 금세 사라졌다.

힘없이 떨어지는 손을 보며 이번엔 하리가 저도 모르게 환자의 손을 움켜잡았다. 그대로 그 손이 떨어지면 어쩐지 영원히 이 환자의 생명을 놓칠 것 같다는 불안감에 무의식적으로 한 행동이었다. 자기의지를 잃은 손은 너무도 무겁기만 하였다.

새벽에 응급수술이 진행되었다. 깊은 밤 급하게 진행된 수술이었기에 수술대 앞에 서게 된 의사는 집도의인 진혁과 어시스턴트 하리, 마취과 선생님, 그리고 간호사 한 명이 다였다. 수술실에서 레지던트 용준이나 혜림이 하던 일을 지금은 하리가 해야 했다.

하리가 열심히 환자의 가슴을 소독액으로 닦는 동안 진혁은 눈을 감고 조용히 서 있었다. 언제나 수술 전에는 꼭 기도를 올리듯이 그는 고요히 눈을 감고 혼자만의 세계로 빠져들었다. 소독액을 다 바른 하리는 조용히 진혁을 불렀다.

"선생님, 다 됐는데요."

진혁이 천천히 눈을 떴다. 그리곤 잠시 하리를 쳐다보았다. 하리는 진혁이 자신을 왜 쳐다보는지 알 수 없었으나 이유를 묻지 못해 마주 쳐다만 보았다.

"내가 아주 싫어하던 놈이야."

"네?"

"그래도 살려야겠지?"

이름을 알고 있길래 친구인 줄 알았더니, 원수였다고?

진혁의 질문에 하리의 머릿속은 패닉 상태에 빠져들었다. 하리는 엉키는 생각들을 강압적으로 닫아버리고 진혁에게 단호히 말했다. 꽉 쥔 주먹까지 들어 올리며.

"무조건 파이팅입니다!"

파이팅? 지금 장난하냐!

하리가 자신이 한 바보 같은 말에 혼자 쪽팔려 하고 있을 때, 진혁이 손을 내밀었다. 그런데 마스크를 쓰고 있는 진혁의 얼굴이 어쩐지 웃고 있는 것 같았다.

"메스."

네, 메스도 파이팅입니다.

하리가 진혁의 손에 메스를 넘겨주는 순간, 진혁의 얼굴에 걸려 있던 미소가 거짓말처럼 사라졌다. 진혁은 망설임없이 메스를 환자의 가슴에 가지고 갔다.

급하게 진행된 수술이었지만 도진혁은 실력있는 흉부외과 전문의답게 침착하고 신속하게 수술을 집도하여 무사히 끝냈다. 하지만 의식이 돌아오기 전까지는 안심할 수 없는 상황이었다. 그래서 하리는 수술이 끝난 후에도 중환자실에 남아서 환자의 바이탈 사인을 삼십 분 단위로 체크해야 했다.

"들어가 봐."

그런데 스태프인 진혁이 하리 대신 중환자실을 지키겠다고 했다. 새벽 네 시가 넘어가는 시간이었다. 물론 하리도 들어가서 자고 싶었다. 하지만 진혁에게 일을 맡기고 갈 수는 없었다. 그건 하녀가 주인한테 걸레질시키고 자기 방 들어가서 자는 일과 똑같은 일이라는 느낌이었다. 하리는 마땅찮은 눈으로 진혁을 바라보다 고개를 저었다.

“아뇨, 제가 할 일입니다. 선생님이나 들어가서 쉬세요. 수고하셨습니다.”

진혁도 두 번 권하지는 않았다. 대신 하리의 옆에 같이 앉았다. 이 밤을 같이 새보자는 시추에이션이라고밖에 볼 수 없었다. 이 새벽에 참 쓸데없는 고집이었다. 전문의가 되면 잠도 거뜬히 이기는 것일까?

“안 졸리세요?”

“졸려.”

그러니까 들어가 자라는데, 왜 사서 고생입니까!

더 이상 뭐라고 말하기도 그래서 하리는 환자에게 집중했다. 환자는 잠을 자는 듯 고요하였다.

“환자랑 어떻게 아는 사이인가요?”

환자의 이름은 진혁이 불렀던 대로 권시후였다. 삼십육 세로 사진작가라고 했다. 아직 가족과의 연락이 되지 않아 그의 옆은 하리와 진혁만이 있었다. 진혁은 자신의 손으로 살려낸 환자를 쳐다보며 간단하게 대답했다.

“고등학교 동창.”

고등학교 동창? 학교에서 만날 때마다 싸움만 한 사이인가?

"깨어나겠죠?"

목숨이 걸려 있던 응급수술이었기에 하리가 걱정스러운 목소리로 물었다. 보호자 동의도 받지 않고 무리해서 한 수술인데 이대로 죽는다면 병원 측으로도 썩 달가운 일이 아니고, 하얗게 샌 이 밤이 너무 억울할 것 같았다.

"깨어날 거야."

거의 확신하는 진혁의 목소리를 들으니 진짜 환자가 금방 깨어날 것만 같았다.

"독한 놈이었거든."

하지만 환자는 아침이 되고 오후가 되어도 깨어나지 않았다.

"어젯밤에 응급수술 있었다면서?"

점심시간, 하리는 NS(신경외과)에서 인턴을 하고 있는 동아와 같이 밥을 먹었다. 동아와는 학교 때부터 친했던 사이였다. 남자와 여자의 우정은 불가능하다고 하지만 동아와 하리의 우정은 가능하였다. 친구처럼 부르라고 이름도 동아다. 동아, 참 동글동글하고 정다운 이름이다.

"응, 도진혁 고등학교 동창이래."

"야! 의사면 우선 환자의 상태부터 말해줘야지, 도진혁 고등학교 동창인 게 무슨 상관이야? 동창회 할 것도 아니잖아."

"환자는 괜찮아. 우선 깨어나면 죽지는 않을 거야."

"그게 뭐가 괜찮은 거냐? 안 깨어나면 죽는다는 거잖아."

"깨어날 거야."

"어떻게 확신해?"

"도진혁이 깨어난다고 했거든."

"그것참 말끝마다 도진혁, 도진혁. 너 이제 넘어갔구나."

"어쩔 수 없다고. CS(흉부외과)는 도진혁을 중심으로 돌고 있단 말이야. 내가 CS에 몸담고 있는 한 모든 것에는 도진혁이 엮일 수밖에 없다고."

밥을 다 먹고 식당을 나오는데 동아가 손을 내밀어보라고 했다. 하리는 동아의 속뜻을 알지 못해 멀뚱히 동아의 얼굴만 쳐다보았다. 동아가 답답하다는 듯이 하리의 손을 억지로 빼내서는 그 위에 초콜릿을 얹어주었다.

"네가 애냐? 웬 초콜릿?"

"내가 너 그렇게 말할 줄 알았다. 너 3월 14일이 무슨 날인지도 모르는 거지?"

"3월 14일? 이미 지났잖아."

"중요한 건 네가 그날 사탕을 받았냐는 거야. 받았어?"

하리는 고개를 가로저었다. 자식! 아프게 왜 그딴 걸 물어!

"미안하다, 친구. 내가 너무 바빠서 못 챙겼다. But! 아직 늦지 않았어. 그러니까 이 초콜릿을 씨앗으로 열심히 수확을 해봐."

"무슨 소리야?"

"뿌린 대로 거둔다는 말 몰라? 네가 밸런타인데이에 초콜릿을 뿌려야 막대사탕이라도 들어오지. 그런데 네가 그런 걸 했을 리가 없을뿐더러 허구한 날 병원에 처박혀 젊음을 죽이고 있는 딱한 중생. 그 초콜릿을 맘에 드는 남자에게 날려. 그리고 바로 사탕을 받아내는 거야. 남들은 한 달 걸려 거둬들이는 수확을 오늘 다 해치우라고. 그럼 너의 인생은 확 펴는 거야. 오케이? 이 초콜릿으로 한번 멋진 사랑을 해봐, 친구."

그럼 지금 내 인생은 구겨져 있냐? 쯧, 가운이 조금 구겨져 있긴 하군.

하리는 너나 잘 펴라고 말한 뒤 중환자실로 돌아왔다. 어제 수술 받은 환자가 아직 깨어나지 않았기에 시간마다 체크를 하여야 했다. 그는 마지막으로 보았을 때와 똑같은 모습이었다. 자는 듯이 고요하다. 어찌 보면 죽은 듯이 고요하기도 하다.

"권시후 씨 가족들은 아직도 연락이 안 된 건가요?"

하리는 간호사에게 권시후의 가족에 대해 물었다.

"미국에 있다고 합니다. 지금 비행기 타고 오는 중이래요."

"미국이요?"

어쩐지 너무 늦게 나타난다고 했다. 하리는 다시 권시후의 침대로 다가와서 바이탈 사인을 체크하였다. 안정이 된 것 같은데 왜 깨어나지 않는지 슬슬 걱정이 되기 시작했다.

"도대체 그 밤에 왜 술 먹고 운전을 해서 아까운 목숨을 버리려 하냐고."

하품이 나왔다. 딱 한 시간만 푹신한 침대에 누워서 잤으면 좋겠다.

중환자실을 나가기·전 하리는 주머니에 손을 넣었다가 손에 잡히는 초콜릿을 느끼고 멈칫하였다. 보기만 해도 달짝지근해 보이는 초콜릿이었다.

멋진 사랑을 하라고?

이십육 년 인생 동안 누군가에게 두근거리는 감정을 느낀 적이 한 번도 없던 하리였다. 그래서 하리에게 초콜릿은 그저 초콜릿일 뿐이었다. 초콜릿 봉지를 만지작거리던 하리는 아직도 의식불명 상태인 권시후의 손 위에 그것을 올려주었다.

"그만 자고 일어나요."

하리는 중환자실을 나가기 전 간호사에게 권시후 환자의 상태에 조금이라도 변화가 있으면 꼭 콜을 달라고 당부하였다.

늦은 밤, 중환자실 안은 고요하였다. 사선 위에 서서 사투를 벌이는 사람이 대부분이라서 일상의 사소한 대화는 오가지 않았다. 그저 고요만이 있을 뿐이었다. 아직도 그곳에서 한 자리를 차지하고 있던 시후의 감겨 있던 눈이 천천히 떠졌다. 눈을 뜬 시후가 가장 처음 느낀 감각은 코를 찌르는 소독약 냄새였다. 시후는 자신이 있는 곳이 어디인지 몰라 힘겹게 눈을 굴리며 주위를 둘러보았다. 하얀 천장, 뚝뚝 물이 떨어지는 링거 병, 간호사복을 입은 사람들, 그리고 초콜릿. ……초콜릿? 시후는 자신의 손에 놓여 있는 초콜릿을 잠시 멍하니 바라보았다.

"아! 권시후 환자! 깨어났어요? 정신이 들어요?"

놀라서 외치며 뛰어오는 여자의 목소리에 시후는 초콜릿에서 눈을 떼고 고개를 들었다. 하얀 의사 가운을 입은 나이 어린 여자가 달려오고 있었다. 여자를 본 시후의 첫 감상은 참 재미없을 정도로 착하게 생겼다는 것이다. 튀어야 사는 개성시대에 너무 개성

없게 생겼다. 여자는 허락도 없이 시후의 얼굴을 만지며 바쁘게 이것저것을 살폈다. 정신없었다. 그리고 한순간 참을 수 없는 통증이 밀려왔다. 시후는 참지 못하고 짧게 신음 소리를 냈다.

"아프세요?"

그렇다고 고개를 끄덕였더니 여자가 웃는다. 남 아픈 걸 보고 웃다니, 생긴 것 답지 않게 별로 안 착한가 보다.

"좋은 징조예요. 당신이 살아 있다는 뜻이잖아요. 다음부터는 술 마시고 운전하지 마세요. 죽을 뻔했다고요. 죽었으면 저랑도 만나지 못했을 거라고요. 다시 살아난 기분이 어떠세요?"

묻고 보니 꽤 멋있는 질문이라는 생각이 들었다. 묻는 하리조차 기분이 좋아졌다. 비록 수술실에서 하리는 리트렉터만 잡고 있었을 뿐이지만, 이 질문을 하는 순간은 꼭 하리가 시후를 살려낸 의사가 된 것 같았다. 그런데 정작 기적의 주인공은 시큰둥하게 하리를 쳐다보기만 했다. 하리는 이 어색한 분위기를 극복하기 위해 자신의 소개를 했다.

"아! 전 이 병원 의사 강하리예요."

"망하리?"

"망하리가 아니라, 강하리! 강하게 살라는 뜻의 순 우리말입니다."

하리는 자신의 이름에 대한 프라이드가 대단한지 한끗 잘못 말한 걸 발끈해서 고쳐 말했다. 하지만 이미 시후는 망하리로 입력을 마쳤다. 닥터 망하리는 고개를 돌려 근처에 서 있던 간호사에게 말했다.

"김 간호사, 도진혁 선생님한테 권시후 환자 깨어났다고 콜해 주세요."

간호사에게 부탁을 마친 하리는 다시 시후에게 고개를 돌렸다.

"당신 가족들은 미국에서 오는 중이래요. 하필 사고가 나도 아무도 없을 때 나셨네요. 대신 가족들 오기 전에 저랑 간호사들이 잘 돌봐 드릴 테니까 너무 외로워하지 마세요. 그리고 당신 살려 주신 전문의 선생님은 조금 있다 만나실 수 있을 거예요. 도진혁 선생님이세요. 아시죠? 당신이랑 고등학교 동창이라고 하시던데요."

"도진혁?"

시후는 낯선 이름을 말하듯이 중얼거렸다.

"어? 기억 못하세요? 우리 선생님은 기억하시던데. 아주 열정적으로 당신의 이름을 불렀다고요. 아니, 아주 애절하게라는 단어가 더 적절하겠네요. 음, 도 선생님은 아주 또렷하게 기억하고 있던데…… 당신 머리가 지독하게 나쁘거나 사고 때문에 기억상실이 되었거나……."

하리는 설마 하는 눈으로 심각하게 물었다.

"저기, 환자 분, 본인 이름 기억나세요?"

시후는 말없이 강하리를 쳐다보았다. 깨어나고 바로 본 것이 닥터 망하리의 만담 한 편이었다. 다시 살아난 기분이 어떠냐고? 재미없다. 그만 해라. 많이 떠들었다.

콜을 받은 진혁은 금방 중환자실로 왔다. 수술을 마치고 바로 왔는지 하얀 가운 안에 푸른 수술복을 입고 있었다. 그의 뒤를 레지던트 일 년차 왕혜림이 따라 들어왔다. 진혁은 바로 시후의 침상으로 걸어오며 물었다.

"환자 상태는?"

하리는 심전도 모니터를 보며 빠르게 시후의 상태를 보고하였다.

"BT(체온), BP(혈압), PR(맥박), RR(호흡) 모두 안정적입니다."

진혁은 하리의 말이 맞는지 직접 자신의 눈으로 확인하였다. 그가 괜찮다고 판단한 후 진혁은 혜림에게 오더를 내렸다.

"이제부터 왕혜림 선생이 이 환자 킵해. EKG(심전도) 세 시간마다 체크하고 ABR(절대안정) 유지해."

"네, 알겠습니다."

오더를 마친 진혁은 시후를 쳐다보며 말했다.

"수술은 무사히 마쳤습니다. 자세한 건 보호자가 오면 보호자에게 말씀드리겠습니다. 안정이 우선이니 푹 쉬세요."

고등학교 동창이라고 했으면서 말하는 게 다른 환자 대하는 것과 똑같았다. 아무래도 안 좋은 기억이 너무 많아 모른 척하려나 보다. 이미 자신의 입으로 동창이라고 불어버린 하리는 모른 척 시선을 다른 곳으로 돌려 버렸다.

진혁의 시선이 시후의 손에 있는 초콜릿에서 멈추었다.

"누가 환자한테 이런 걸 준 거지?"

진혁의 질문에 하리가 조심스럽게 손을 들어 올렸다.

"아, 제가요."

"중환자한테 아무거나 먹이면 안 된다는 기본적인 상식도 모르나?"

날카로운 진혁의 호통이 떨어졌다. 그래서 하리는 자신이 왜 그걸 주었는지 설명을 해야 했다.

"그게…… 먹으라고 준 게 아니라, 환자 빨리 일어나라고 부적으로 준 거거든요……."

변명하듯 덧붙이는 하리의 말에 혜림은 어이없다는 눈을 하였고, 진혁은 그저 무뚝뚝하게 하리를 쳐다볼 뿐이었다. 그래서 하리는 끝까지 말을 마무리할 수가 없었다. 분위기 참 어정쩡했다. 경솔하게 행동한 것 같기는 한데, 아직 환자가 먹지 않았으니까 그렇게 잘못한 것도 아닌 것 같은데…….

"강하리, 넌 이제 일반병실로 내려가 봐."

전문의의 명령이었기에 하리는 군소리없이 중환자실을 나가야 했다. 하리가 나가는 모습을 지켜보던 진혁이 고개를 돌리자 시후가 초콜릿 쥔 손을 들어 올리고 있었다. 마치 진혁에게 주는 듯이. 하지만 권시후는 체질적으로 초콜릿을 나눠 먹을 만큼 착한 인간형이 아니었다. 시후가 진혁에게 바란 건 하나였다.

"담배로 바꿔줘, 도진혁."

진혁은 시후의 손에 들린 초콜릿을 채가며 차갑게 대꾸했다.

"병원에서 주는 것만 먹고 내 말대로 무조건 따라야 할 거야, 권시후! 살고 싶다면 말이야."

혜림은 놀란 눈으로 진혁을 쳐다보았다. 도진혁이 누군가에게 이렇게 거칠게 말하는 건 처음 들었다. 하리가 나가자마자 달라진 진혁의 태도에 혜림은 서서히 눈살이 찌푸려졌다. 그럼 아까의 예의 바른 설명은 설마 강하리가 옆에 있어서?

"선생님, 빨리 오더 내려주세요."

간호사의 다그침에 하리는 식은땀을 흘리며 말했다.

"잠깐만요, 생각하고 있는 중입니다."

인턴도 자격증이 있는 의사였기에 간호사에게 오더를 내릴 수 있었다. 의사의 오더 없이 환자에게 함부로 약 처방을 할 수 없는 간호사는 인턴인 하리가 알맞은 오더를 생각해 낼 때까지 차분하게 기다렸다. 경력 있는 간호사였기에 이런 경우 사용해야 하는 약 처방에 관해 알고 있었지만 하리가 물어보기 전까지는 조용히 입 다물고 있을 생각이었다. 하리도 자존심이 있어서 무슨 약을 쓰면 되냐고 간호사에게 물어보지 못했다. 급한 환자를 앞에 두고 쓸데없는 자존심이었지만 그놈의 자존심이 뭔지, 하리는 머리 아프게 THINK를 외쳤다.

"아! 발륨! 발륨 준비해 주세요."

겨우 떨어진 하리의 오더에 간호사가 또 물었다.

"얼마나요?"

하리는 다시 꿀 먹은 벙어리가 될 수밖에 없었다. 얼마나? 얼마나 해야 하지?

인턴으로서는 아무리 쉬운 질문도 답하기가 쉽지 않다. 의사국가고시를 준비할 학생 때에는 분명 알았던 것인데 이상하게도 자격증을 딴 인턴인 지금은 아무것도 생각나지 않았다. 소속된 과도 없고 임시직으로 일하는 인턴들을 일컫는 '인턴 3신' 이라는 우스갯소리가 있다.

'먹는 데는 걸신이요, 자는 데는 귀신이요, 아는 데는 병신이라.'

누가 말했는지 정말 빌어먹을 명언이다.

종합병원에는 하루에도 수백 가지 증상의 수백 명의 환자들이 몰려온다. 가슴의 통증을 호소하는 아이 한 명과 아이의 엄마가 흉부외과를 찾아왔다. 하리는 아파하는 아이보다 남산만한 어머니의 배에 더 눈길이 가고 말았다.

"언제부터 이런 거죠?"

용준이 아이의 상태를 체크하며 어머니에게 물었다.

"며칠 전에 자전거를 타다가 넘어졌어요. 생채기 몇 개 빼고 멀쩡해서 괜찮은 줄 알았는데, 갈수록 숨 쉬기가 힘들다고 하더라고요."

"아이들이 다쳤을 때에는 괜찮아 보여도 바로 병원으로 오시는 게 좋습니다. 겉으로 멀쩡하다고 속도 멀쩡한 건 아니거든요. 아무래도 기흉이 생긴 것 같습니다. 하지만 이번엔 그리 심한 경우는 아니니까 안심하세요."

용준은 아이의 상태를 살피며 설명하기에 바빴지만 하리는 걱정스런 눈으로 아이의 엄마를 지켜보았다. 아픈 건 아이라는데 아이의 엄마라는 사람이 갑자기 너무도 고통스러운 표정을 짓기 시작했기 때문이다. 결국에는 그대로 바닥에 풀썩 주저앉았다. 하리는 놀라서 어머니에게 다가가 부축하였다.

“왜 그러세요? 어디가 아프세요?”

그제야 용준도 고개를 돌려 아이의 엄마를 쳐다보았다.

“배가, 배가 갑자기…….”

“배요?”

하리의 눈이 남산만한 여자의 배로 내려갔다. 그리고 고통의 시간은 바로 시작되었다. 여자가 비명을 지르며 갑자기 하리의 머리를 움켜잡은 것이다. 옆에 있다 갑자기 머리채를 잡힌 하리는 아파하는 여자와 같이 비명을 지르기 시작했다.

“까아아악! 선생님! 도와주세요!”

용준은 이 긴박한 순간에 가장 적절한 오더를 내렸다.

“간호사, 산부인과에 노티해요.”

그리고 용준은 강하리에게 임산부를 맡기고 자신은 아이 환자를 계속 진료하기 시작했다.

이 인간아! 내 머리 다 뽑힌다고! 내가 먼저야!

“까아아악!”

“까아아아아아아아악!”

아이의 보호자는 바로 산부인과 환자가 되어버렸다. 결국 하리는 그렇게 머리채가 잡힌 채 산부인과 진료실까지 따라갔고, 임산부가 힘을 줄 때마다 머리가 통째로 뽑힐 것처럼 아팠다. 놔달라고 사정을 해도 진통 때문에 말이 들리지 않는지 손힘만 더 세졌다. 결국 남편이 지켜야 될 임산부의 옆 자리를 생판 남인 하리가 지키게 되었다.

“힘 줘요.”

“까아악!”

“까아아아악!”

힘주라는 산부인과 전문의의 말이 떨어질 때마다 임산부와 하리의 비명은 같이 터졌다. 새 생명을 탄생시키는 일이란 정말 어려운 일이었다.

“강하리, 누구랑 싸웠냐? 꼴이 왜 그래?”

머리를 산발하고 산부인과를 나오는 하리를 보고 지나가던 신경외과 인턴 동아가 놀라서 멈추어 섰다. 하리는 멍하니 동아를 바라보다 힘이 다 떨어진 목소리로 말했다.

“나, 바나나우유 먹고 싶어.”

동아는 환자의 CT지를 담당의사에게 가져가는 길이었지만 하리가 너무 불쌍해 보였는지 대책없이 산발이 된 하리의 머리를 정리해 주며 같이 매점으로 향했다.

“너무 마음 쓰지 마라. 그래도 넌 어쩌다 한 번 겪을 일이지만 산부인과 애들은 매일 겪는 일 아니겠어? 그래도 네 머리가 고생을 해서 한 생명이 무사히 태어났잖아. 수고했다. 미역국 사줄까?”

“됐어.”

두 사람은 병원 로비가 모두 보이는 삼층 구름다리 위에서 잠시 여유를 가지며 바나나우유를 마셨다. 아직은 의사라기보다 학생처럼 보이는 그들이었다.

“아, 어제 내가 준 초콜릿은 남자한테 줬냐? 설마 네가 먹은 건 아니지?”

동아의 질문에 하리는 못마땅한 눈으로 동아를 쳐다보며 바나

나우유에 꽂힌 빨대를 힘껏 빨았다.

"그래, 네 말대로 남자한테 줬다."

하리의 대답에 동아는 아주 흥미롭다는 표정을 지으며 물었다.

"그래? 그래서 초콜릿 받은 남자는 뭐라는데?"

"아무 말도. 대신 도진혁 선생님한테 엄청나게 혼나고 난 ICU(중환자실)에서 쫓겨났어."

"그러니까 네 말은 그걸 어제 응급 수술한 환자한테 줬다는 거냐? 그러니까 네가 연애를 못하는 거야!"

하리는 더 이상 동아의 말에 귀 기울이지 않았다. 지금은 병원 생활에 적응하기도 빠듯한 시간이었다. 남자와 연애는 생각할 시간도 없었다. 그리고 있다고 해도 삼 일에 한 번 머리 감는 여자를 어떤 남자가 좋아하겠는가.

"우와! 저 여자 봐봐."

우유를 마시며 로비를 내려다보던 동아는 금방 로비 안으로 들어서는 여자를 보고 감탄의 눈빛을 띠었다. 온몸을 명품으로 휘감고 있는 것도 눈에 띄었지만 그것보다 더 눈에 띄는 건 여자의 섹시함이었고, 그것보다 더더욱 눈에 띄는 건 여자의 카리스마였다. 한눈에 보통 여자가 아니라는 걸 알 수 있었다.

"멋있네."

하리도 감탄을 하며 내려다보았다. 급하게 뛰어들어 오는 것을 보니 응급환자의 가족 정도 되는 것 같았다.

"꼭 카르멘 같다."

정열적인 빨간색이 너무도 잘 어울리는 카르멘을 연상시키게 하는 여자였다.

"좋았어. 그럼 난 카르멘이 찾는 곳을 당장 가서 알려주는 호세가 되겠어."

동아는 단번에 하리를 버리고 여자가 있는 일층 로비로 달려 내려갔다. 하지만 안타깝게도 동아가 일층에 도착했을 때, 여자는 엘리베이터를 타고 떠난 뒤였다.

하리도 자리를 털고 다시 병동으로 향했다. 하루가 끝나기 전에 돌봐야 할 환자들이 많았다.

"강 선생님, 선생님이 중환자실의 권시후 환자 수술방 들어갔다면서요? 그래요?"

환자의 차트를 정리하고 있는데, 간호사들이 몰려와 들뜬 목소리로 물었다. 권시후가 병원에 입원한 지 나흘째 되는 날이었다. 중환자실에 있던 권시후는 내일 일반병실로 옮기기로 하였다. 원래는 오늘 옮겨도 상관없는데 일반병실이 없어서 내일로 연기된 것이었다. 어찌나 건강 체질인지 회복 속도가 장난이 아니라고 하였다. 들은 이야기였다. 중환자실에서 쫓겨난 이후 하리가 중환자실로 간 적은 없었다.

"네, 제가 들어갔죠. 그 남자 속까지 다 봤으니까 궁금하신 거 있으시면 물어보세요."

"그 사람 진짜 사진작가예요?"

하리는 열심히 타자를 치면서 성심성의껏 대답해 주었다.

"그렇다고 하더라고요."

하리의 대답에 간호사는 좋다고 소리를 질러댔다. 하지만 하리의 타자 치는 손은 멈추지 않았다. 삼십 분 내로 글자 하나 틀리지 말고 다 정리해야 했다.

"그것 봐! 맞잖아."

"세상에! 어쩐지 매일 모델들이 문병 오더라. 난 처음에 매니지먼트 사장인 줄 알았다니까."

"오늘은 모델 사준이 왔더라. 알지? 준 모델 말이야. 나 그 사람 너무 좋더라."

수술 동의서에 사인해 줄 사람도 없었던 사람이 이제는 면회객들이 줄을 서야 될 정도로 넘쳐 나고 있었다. 다행이라고 해야겠지. 아플 때 혼자인 것보다 외로운 건 없는 거니까.

"강 선생님, 중환자실에서 권시후 환자 보시죠? 어때요? 사람들이 너무 몰리니까 관계자 외에는 중환자실 근처 출입 금지시킨 거 있죠."

저도 초콜릿 줬다고 퇴장당했거든요.

"내일부터 일반병실로 옮기거든요? 내일부터 실컷 보세요."

"에이! 그러지 말고 가르쳐 주세요. 궁금하단 말이에요."

"에, 또 그러니까. 응급실에 실려 왔을 때 의식은 없었고, BP(혈압)는 80 정도고, PR(맥박)은 88회였고……."

"아이! 누가 그런 거 알고 싶다고 했어요? 그런 거 말고요. 프로필이요. 키는 얼마다, 몸매는 어떻게 빠졌다, 얼굴은 어떻게 생겼다, 성격은 어떻다 같은 거요."

"그런 건 저보다 도진혁 선생님이 더 잘 아실 거예요. 고등학교 동창이시래요.”

그 말에 간호사들이 또 난리다. 까악! 까마귀 소리를 내며 하는 말이 끼리끼리 논단다. 아뇨, 끼리끼리 싸우는 사이 같던데요.

“강하리.”

자신을 부르는 목소리에 하리는 반사적으로 벌떡 일어났다.

“네!”

일 년차 혜림이 서 있었다.

“나 수술 들어갈 거야. 중환자실의 권시후 환자 저녁 전까지 네가 맡아서 드레싱 하고 바이탈 사인 체크해.”

“네? 하지만 도진혁 선생님이 중환자실에 들어가지 말라고…….”

“넌 도 선생님 오더만 오더고, 내 오더는 우습니?”

“아니요, 절대 아닙니다.”

혜림은 알아서 하라는 듯 하리를 강하게 한번 쳐다본 후 더 이상의 명령 없이 그대로 발걸음을 돌렸다. 하리는 짧게 한숨을 쉰 뒤 다시 자리에 앉아서 환자의 차트 기록을 계속했다.

“선생님, 왕혜림 선생님한테 찍힌 거죠?”

뒤에 있던 간호사들이 조심스럽게 하리에게 물었다. 하리는 억울해하지 않으려고 애쓰며 말했다.

“네, 제가 머리 자주 안 감아서 싫대요.”

병원에서 사람들이 하리를 싫어하는 이유는 하나뿐이었다. 누군가의 특별 대우, 그건 또 다른 누군가의 냉대를 낳았다. 정말 인간관계는 냉정할 정도로 공평하다는 걸 절실히 느끼는 하리였다.

만약 진혁이 그녀에게 못된 전문의 노릇을 한다면 혜림이 친절한 선배가 되어줄까?

하리는 환자 차트 정리를 마치자마자 중환자실로 갔다.

"안녕하세요. 오랜만이죠."

중환자실로 들어선 하리는 밝게 시후에게 인사를 했다. 시후는 더 이상 중환자로 보이지 않았다. 며칠 사이에 정말 많이 회복되었다. 시후는 처음에 하리를 알아보지 못하다가 한참이 지난 후에야 알아보았다.

"망하리?"

"강하리입니다. 강하게 살라는 뜻의 순 우리말."

역시나 친절한 설명까지 이어지는 하리의 말에 시후는 시니컬한 미소를 지었다.

"그래서 강하게 살고 있나?"

"질문까지 하시는 거 보니 정말 많이 좋아지셨네요. 네, 구박받아도 쓰러지지 않고 버티며 열심히 살고 있습니다."

"왕따야?"

"왕따가 아니라 인턴입니다."

"아, 인턴. 이제 보니 의사가 아니었군."

"의사 맞아요. 자격증도 있다고요."

"의사가 아니라 의사 시다바리지."

시후의 수술 부위에 드레싱을 하던 하리는 손동작을 멈추고 시후를 못마땅한 눈으로 쳐다보았다.

"저기요, 지금 저한테 시비 거시는 거예요?"

“구박받아도 잘 버티고 산다며?”

“아, 그러고 보니 반말도 하시네.”

“그럼 구박하면서 존대하리?”

하리는 기가 막힌다는 눈으로 시후를 쳐다보았다. 막 깨어났을 때는 몰랐는데 정신 멀쩡해지니 이 인간 한성격 한다. 아무래도 왕혜림이 하리에게 일을 떠넘긴 게 이 인간의 성격을 버티지 못하여서였나 보다.

“제가 당신한테 뭘 잘못했다고 구박하시는데요? 제가 빨리 나으라고 초콜릿도 줬잖아요.”

하리의 질문에 시후는 눈을 감으며 간단하게 대답했다.

“죽을 것처럼 심심해.”

그거야 술 먹고 운전을 한 당신의 인과응보라고 말할 수도 있었으나 하리는 언제나 환자들에게 친절한 의사이고 싶었다. 그래서 하루 종일 아무것도 하지 못하고 병원 침대에만 누워 있어야 해서 이젠 심심병으로 죽어가는 그를 위로했다.

“내일까지만 참으세요. 일반병실로 옮기면 사람들 면회도 자유로울 테고, 텔레비전도 볼 수 있고, 그리고…… 음.”

자신이 할 수 있는 일을 열심히 생각하던 하리는 드레싱 거즈를 들어 올리고서 웃으며 대답했다.

“제가 매일 드레싱 해드릴게요.”

“쿡!”

비웃는 것인지, 재미있어 웃는 것인지 모를 시후의 웃음소리가 작게 터져 나왔다.

"역시 인턴 선생님만이 하실 수 있는 배려입니다."

비웃는 거였다. 하지만 두고 보십시오. 인턴을 무시하는 자, 인턴의 위대함을 알고 병원을 나서게 되리니. 당신! 이 병원을 나설 때는 나한테 큰절하고 나가게 될 겁니다.

제 2 장

“**무**슨 일이죠?”

803호를 지나가던 길에 하리는 803호에서 흘러나오는 긴급호출 방송을 듣고 바로 병실로 뛰어들어 갔다. 그런데 병실에 들어가 보니 환자의 상태는 지금까지 보았던 다른 환자들보다 더 심각해 보였다. 환자는 심하게 발작을 하고 있었다. 혼자서 진땀 흘리며 발작 환자를 붙잡고 있던 간호사는 의사 가운을 입은 하리를 반가운 눈으로 쳐다보며 외쳤다.

“반복적으로 심각한 발작 증세가 나타나고 있어요. 어떻게 하죠, 선생님?”

간호사가 물었지만 심하게 발작을 하는 환자의 상태에 놀라 하리는 잠시 멍하게 서 있었다. 그런 하리에게 간호사의 호통이 떨

53

어졌다.

"선생님, 빨리 오더 내려주세요! 급해요!"

"아! 다이애즈팸이랑 2mg의 로레이즈팸 투여해 주세요."

"로레이즈팸은 몇 mg이요?"

"4mg이요."

하지만 약을 써도 환자의 발작은 멈추지 않았다.

"로레이즈팸도 소용없어요. 어쩌죠, 선생님?"

간호사가 다급하게 물었다. 하지만 하리로서도 더 이상 어떻게 해야 하는지 판단을 내릴 수 없었다. 그저 레지던트나 전문의 중 아무나 빨리 오기를 기다리는 수밖에 없다고 생각했다. 그런데 그 순간 환자의 심장이 멈춰 버렸다. 정말 거짓말처럼 말이다. 간호사가 놀라서 소리쳤다.

"선생님! 어레스트(심장마비)! CPR(심폐소생술)! CPR이요!"

다급한 간호사의 목소리 때문에 덩달아 하리의 목소리도 다급해졌다.

"제세동기(전기충격기) 준비해 줘요!"

간호사는 달려나가서 심폐소생술에 쓰는 제세동기를 가지고 왔다. 하리는 생각할 것도 없이 간호사가 내민 페달을 받아 들며 외쳤다.

"200J!"

에너지를 200줄에 맞추고 방전판에 젤리를 발랐다. 첫째 페달은 우측 가슴의 쇄골 아래 상부 흉골 옆에 대고, 둘째 페달은 왼쪽 겨드랑이 아래쪽 유두의 외측에 대고 충전완료 신호가 떨어지길

기다렸다. 제세동기는 금세 삐익 소리를 내며 충전 램프의 초록불이 켜졌다. 방전 스위치! 순간에 엄청난 전기 에너지가 방출되면서 전기충격을 받은 환자의 몸이 크게 요동을 쳤다. 간호사가 심전도 모니터를 보며 말했다.

"여전히 심실세동이에요. 변화없어요."

"300J로 차징(충전)해요."

"300J, 변화없어요."

"360J로 올려요."

털썩!

다시 한 번 환자의 몸이 크게 요동쳤다. 하지만 환자의 심장은 여전히 멈추어 있었다.

"에피네프린 5㎎ 투여해요."

하리는 제세동기를 던져 버리고 환자의 심장에 직접 심폐소생술을 하기 시작했다. 두 손을 환자의 가슴에 포개고 심장을 압박하기 시작했다. 하나 둘 셋 넷 다섯! 식은땀이 흘러내려 눈이 따끔거렸지만 지금은 땀을 닦을 여유도 없었다. 하나 둘 셋 넷 다섯! 다섯 번 가슴을 누르고 그때마다 한 번씩 공기를 폐로 불어넣었다. 1초, 아니, 0.1초가 아쉬운 시간이었다. 환자의 심장이 멈춰 있는 시간이 길수록 그건 환자에게 위험한 상황이었다.

"동리듬이 보여요!"

간호사가 외쳤다.

"혈압이 올라가고 있어요, 선생님!"

하지만 하리는 심폐소생술을 멈추지 않았다. 계속해서 환자의 가슴을 압박했다. 이걸 멈추면 환자의 심장이 다시 멈춰 버릴 것만 같았다.

"이제 정상이야. 그만 해."

남자의 큰 손이 하리의 팔을 잡았다. 고개를 돌려보니 용준이 서 있었다. 하리가 반사적으로 상황을 설명했다.

"발작이 일어나서 심장이 멈췄었어요."

"그래, 그리고 지금은 심장이 다시 살아났어. 그러니까 그만 해. 이제부터는 내가 맡을게."

그제야 하리는 환자에게서 떨어졌다. 용준이 환자의 옆으로 다가서며 하리에게 말했다.

"잘했어."

하리는 두 손을 내려다보았다. 땀으로 축축하게 젖어 있었다. 만약 다음에 이런 상황이 또 발생하고 그때도 하리가 혼자 있다면 그때는 하리의 심장이 먼저 멈춰 버릴 것이 분명했다.

오후 늦게 도진혁 집도의 심장수술이 있었다. 선천적으로 폐동맥판폐쇄가 있는 팔로사증후군 환자였다. 오른쪽 심실 손상 때문에 심실절개술을 해서 중앙 접근을 하는 수술이었다. 수술을 하던 진혁이 힐긋 하리를 쳐다보며 물었다.

"밥도 못 먹었어? 왜 이렇게 조용해?"

말도 많고 궁금한 것도 많은 강하리였다. 수술실에서 집도의가 질문을 하기도 전에 먼저 질문을 해오는 겁없는 인턴은 강하리가 처음일 것이었다. 이렇게 중요한 수술에 당연히 질문이 많을 줄 알았던 하리가 너무 조용하기에 그리 물어본 것이었다. 대답을 한 건 석션을 하고 있던 용준이었다.

"아마 내일까지는 조용할 겁니다."

"왜?"

"오늘 혼자 CPR을 했어요."

혼자 죽어가는 환자를 살렸다는 말에 놀라 진혁이 고개를 들어 하리를 힐긋 쳐다보곤 바로 시선을 환자의 심장으로 내렸다.

"그래서 죽었어?"

"그럼 쟤가 저기 서 있겠습니까? 병원 뛰쳐나갔지."

이야기를 하는 중에도 두 의사의 손놀림은 한순간도 멈추지 않았다.

"그래, 다시 환자를 살려낸 기분은 어때?"

진혁의 질문에도 하리는 대꾸가 없었다. 그저 열려진 가슴 사이로 보이는 환자의 시뻘건 심장만 쳐다보고 있었다.

……진짜 의사가 된 것이다.

칼을 들고 신에게 도전장을 내민 인간. 매일 채혈에, 검사지만 나르느라 몰랐는데 그걸 하리는 오늘 절감했다.

수술을 마친 시간은 늦은 밤이었다.

"수고하셨습니다."

수술을 성공적으로 마치고 나가는 진혁에게 수술실에 있던 모두가 인사를 했다. 수술실 안에서 그는 언제나 영웅이었다. 그의 수술이 실패하는 걸 본 적이 없다.

"나한테는 뭐 없나?"

수술실을 나와 도진혁의 뒤를 따라 걷던 중 도진혁이 갑자기 꺼낸 말이었다. 옆에 서 있는 왕혜림에게 하는 말인지, 뒤를 졸졸 쫓아가고 있는 하리에게 하는 말인지도 모를 말이었다. 두 여자가 침묵하자 진혁은 고개를 돌려 하리를 쳐다보았다. 하리에게 한 말이었다.

"네?"

무슨 뜻인지 몰라 반문하자 진혁은 설명을 해주었다.

"깨어나지 않는 환자에게는 깨어나라고 초콜릿을 주었으니, 환자를 살려낸 의사에게도 무언가 주어야 공평하지 않겠어?"

오백 원짜리 초콜릿이 참 오래도 따라붙는다. 하리는 반사적으로 진혁의 옆에 서 있던 혜림을 보았다. 역시나 그 어느 때보다 날카로운 눈을 하고 하리를 쳐다보고 있었다. 이 병원 내에서 진혁의 편애에 가장 민감하게 반응하는 사람이 같은 과에서 바로 위 선배인 왕혜림이었다. 아마도 도진혁을 좋아하나 보다. 아니, 숭배한다고 봐야 하나. 외과의사로서 너무 존경하다 보니 그걸 사랑이라고 착각하고 있는 건지도 모른다. 중요한 건, 그것 때문에 괴로운 건 하리라는 것이다. 하리가 어색하게 웃으며 변명했다.

"그 초콜릿 동아가 준 건데."

"난 남이 주는 거 안 먹어. 네가 직접 사."

남이 주는 거 안 먹는다면서 왜 나보고는 달라는 건데? 난 남이 아닌가?

물어보기도 전에 진혁은 먼저 스태프 의국으로 걸어가 버렸다. 혜림과 하리 둘만 남겨두고 말이다. 하리가 혜림의 눈치를 살피다 조심스럽게 물었다.

“혜림 선배도 초콜릿 드릴까요?”

혜림은 대꾸도 없이 돌아서서 혼자 걸어가 버렸다. 복도에 혼자 남은 하리는 길게 한숨을 내쉬었다. 잘 시간이다. 고민은 잠시 잊었다가 내일 아침부터 다시 하자.

하지만 하리는 편하게 잘 수가 없었다. 막 단잠에 빠져들었을 때 간호사의 호출이 있었던 것이다. 하리는 마음속으로 투덜거리며 바로 간호사 스테이션으로 갔다.

“무슨 일이죠?”

“1115호 권시후 환자가 잠을 안 자요.”

“수면제 처방해 드려요?”

“그게, 수면제는 왕혜림 선생님이 이미 처방해 주셨거든요. 그런데 환자가 수면제를 먹지 않겠대요. 어쩌죠?”

하리는 손가락으로 책상을 톡톡 두드리며 간호사를 쳐다보았다. 의국으로 전화를 주지 않고 하리에게만 호출을 했다. 그러니까 혜림의 잔소리를 듣기 싫어 일부러 만만한 하리를 불렀다는 것이다. 혜림은 수면제도 못 먹이냐며 화를 낼 게 뻔하기 때문이다. 어째서 혜림은 무서워하면서 난 무서워하지 않는 걸까? 난 인턴이고, 혜림은 레지던트라서? 그럼 나도 레지던트가 되면 좀 무서워하려나?

“약 주세요. 제가 가서 먹일게요.”

아무래도 오늘도 잠자기는 다 틀린 것 같았다. 하리는 간호사가 내민 수면제를 들고 1115호로 터덜터덜 걸어갔다.

“혹시 지금이 몇 시인지 아세요?”

새벽 한 시에 느긋하게 앉아서 잡지를 읽고 있는 시후에게 하리가 시간을 물었다. 시후는 고개도 들지 않은 채 건성으로 대답했다.

"맥주가 필요한 시간이지."

"술 마시고 그 꼴이 되었는데, 또 술이 드시고 싶으세요?"

"그 꼴?"

까칠한 시후의 시선을 받으며 하리는 병실로 들어섰다. 다행히 일 인실이었기에 주변 환자에게 폐를 끼치지는 않고 있었다.

"병실 좋네요. 그래도 중환자실에 있을 때보다는 덜 심심하죠? 우와! 병문안 음식이 이렇게나 많아요? 아는 사람이 정말 많은가 봐요? 과일가게 차려도 되겠다."

"다 줄 테니까 가지고 나가."

"전 의사거든요. 그래서 당신이 잠들기 전에는 나갈 수 없어요."

그렇게 말하며 하리는 병실에 마련된 소파에 앉았다. 푹신한 의자에 앉으니 절로 졸음이 몰려왔다.

"제가 몇 시간이나 깨어 있었는지 아세요? 삼십 시간이라고요. 삼십 시간 동안 단 일 초도 자지 못하고 뛰어다녔어요. 환자들 채혈하고, 드레싱 하고, 장보기 하고(환자들의 검사 결과를 주치의 레지던트에게 전달하는 일) 수술실에서 리트렉터 잡고, 몇 시간이나 서 있고."

거의 대부분이 허드렛일이었다. 인턴들의 일이란 모두 그런 종류였다. 치료라기보다는 잡무라고 보면 좋은 일. 하지만 그것도 누군가는 해야 하는 일이기에 군말없이 열심히 해야 했다. 진정한 의사로 가는 과정이라고 생각하며 말이다.

"저는 졸려 죽을 것 같은데 당신은 자라고 해도 안 자네요. 너무 불공평하지 않아요?"

시후가 그거야 너는 의사고 나는 환자니까, 라고 말해주려는데 닥터 망하리는 입을 쩍 벌리고 소파 등받이에 머리를 묻고 있었다. 아무래도 그 말을 하고 바로 잠이 들어버린 것 같았다.

"망하리?"

설마 그 짧은 시간에 잠이 든 건 아니겠지 싶어 시후는 하리의 이름을 불렀다. 그러나 대답이 없었다. 평소라면 망하리가 아니라 강하리, 강하게 살라는 뜻의 순 우리말입니다, 라고 치고 나왔을 것인데 말이다.

시후는 절레절레 고개를 흔들며 다시 잡지에 집중했다. 아무도 없는 밤, 잠이 모자란 인턴 하나가 옆에서 코 골며 잠이 든 것도 그리 나쁘지는 않았다.

시후의 병실 소파에서 잠이 든 하리를 가장 처음 발견한 건 아침에 드레싱을 하러 나온 왕혜림이었다. 혜림은 기가 막힌다는 눈으로 소파에서 기분 좋게 잠이 든 하리를 내려다보았다. 환자 병실에서 잠이 든 인턴은 처음 보았다. 혜림의 입장에서는 하리의 이런 행동 하나하나가 정말 맘에 들지 않았다. 이렇게 빈틈투성이인 인턴을 왜 전문의인 진혁이 감싸고도는지 도저히 이해가 되지 않았다. 강하리는 여자로서 그리 예쁜 편도 아니었다. 모든 것에서 너무 평범하였다. 모든 것이 완벽한 도진혁과 어울리는 여자가 전혀 아니었다. 그녀가 혜림보다 완벽한 여자였다면 차라리 포기라도 될 텐데 그게 전혀 아니었기에 도진혁에 대한 마음이 모두 강하리에 대한 미움으로 가는 것이었다.

혜림은 친절하게 하리를 깨우는 대신 옆에 있던 물통의 물을 하리의 얼굴에 뿌려 버렸다. 하리는 차가운 감촉에 깜짝 놀라 벌떡 일어났다.

"환자들 드레싱, 네가 다 맡아서 해. 8시 회진 전까지 마무리해야 할 거야."

혜림이 찬바람을 일으키며 나가 버렸다. 하리는 소파에서 일어나 앉아 머리에서 뚝뚝 떨어지는 차가운 물기를 손으로 쓰윽 닦았다.

"미움받고 있군."

시후의 목소리에 하리는 고개를 돌렸다. 그는 아직도 깨어 있었다. 아마도 밤새 잠을 자지 않은 것 같았다. 통증 때문일 수도 있고, 불면증일 수도 있고, 그저 잠을 자기 싫어서일 수도 있다.

"왜 웃으세요? 남이 괴롭힘당하는 게 재미있으세요?"

"그래, 난 못됐거든."

"그럼 왜 절 깨워서 내쫓지 않으셨어요? 제가 당신 병실을 밤새 허락도 없이 차지한 거잖아요."

시후는 잠시 하리의 얼굴을 쳐다보다 심술맞아 보이는 미소를 지으며 간단히 대답했다.

"아침에 야단맞으라고."

하리는 드레싱 거즈를 들어 올리며 더 이상 따지지 않았다. 그

리 착한 사람이 아닌 걸 느낄 수 있었지만 그렇다고 그리 나쁜 사
람도 아니다. 살려놓은 것에 보람은 느낄 수 있는 사람이었다.

"푸하하하하. 환자 병실에서 잤다면서? 아무리 자는 데는 귀신
인 인턴이라지만 어떻게 환자 병실에서 자냐?"
참 이상한 일이다. 분명 같은 날에 심장이 멈추었던 환자를 살
려내었고, 그 환자의 침실에서 잔 것인데, 잘한 일은 소문조차 나
지 않고 실수한 일만 병원의 모든 사람이 알고 있다.
"그냥 소파에 누워서 잠을 잔 거야, 의료 실수를 한 것도 아니라
고. 그런데 왜 이렇게 만나는 사람마다 놀려대는 거야?"
"그거야 하루에 의료 실수를 하는 의사는 넘쳐 나지만, 이 병원
이 개국된 이레로 환자 병실에서 잔 의사는 너 하나일 테니까. 다
음에는 병원장실에서 자라. 그럼 넌 인턴계의 산 전설로 남게 될
거야."
"그만 해라."
점심으로 빵을 먹으며 시무룩하게 로비를 내려다보던 하리는
로비 안을 걸어오는 여자를 보고 미소를 지었다.
"아, 카르멘이다!"
모르는 여자지만 카리스마있는 분위기가 어쩐지 반가웠다.
"저 여자, 너희 과 권시후 환자 동생이더라."
여자의 뒤를 쫓아갔었던 동아가 아는 척을 하며 말했다.
"에? 진짜?"
하리가 몰랐던 사실을 알았다는 듯이 눈을 크게 떴다. 병문안

선물이 많아서 그의 가족이 다녀갔을 거라고는 생각했지만 그게 카르멘일 줄은 몰랐다. 두 사람은 남매라고 하기에는 닮은 곳이 너무 없었다. 되레 연인이라고 하는 게 더 어울렸다.

"그런데 오늘은 안 쫓아가냐?"

동아에게 물으니 그가 시무룩한 목소리로 대답했다.

"안 가."

"왜?"

"유부녀야. 결혼반지 꼈더라고."

"진짜? 권시후는 아직 미혼인데 동생이 먼저 결혼한 거야?"

"그러니까 말이야. 세상은 넓고 멋있는 남자는 많은데 왜 그렇게 빨리 결혼을 하냐고. 안 그러냐? 어! 저기 들어오는 사람 네 동생 아니냐?"

동아가 갑자기 로비를 가리켰다. 하리도 고개를 돌려 아래를 보니 정말 동생인 다이가 병원으로 들어오고 있었다. 다이가 상층에 있는 하리를 금세 발견하고 반갑다는 듯이 손을 흔들었다. 하지만 하리는 같이 손을 흔들 수가 없었다. 누나인 하리는 동생 다이에 대해 너무 잘 알았다. 분명 고생하고 있을 누나를 위로해 주기 위해 오지는 않았을 것이다.

"네가 웬일이야?"

"뭐야? 오랜만에 보는 동생 좀 반갑게 맞아주면 안 돼?"

다이는 두 팔 벌려 반겨주지 않는 누나에게 투덜거리며 말했다.

"그래, 아주 반갑다. 됐지? 나 바쁘거든. 이제 가라."

하리가 한번 껴안고 그냥 가버리려고 하자 하리보다 30㎝는 더 큰 동생이 누나의 팔을 붙잡았다.

"누나, 나 아파서 온 거야."

아프다는 말에 하리가 놀라서 고개를 돌렸다.

"아파? 어디가?"

다이는 그 표정을 지었다. 몰래 어머니 돈을 가져다 게임기를 샀을 때 지었던 표정, 오백 원짜리 동전을 자기 손으로 콧구멍에 넣고는 빼지 못해 지었던 표정, 몰래 아버지 술을 훔쳐 마시고 들켰을 때 지었던 표정.

"그러니까 설명을 하자면 남자가 진정한 남자가 되기 위해 한 번은 거쳐야 하는 병이랄까."

덧붙이는 설명이라는 게 너무 수상쩍었다.

"설명 필요없거든. 그냥 병명만 말할래?"

다이는 웃으며 자신의 그곳을 쳐다보았다. 다이의 시선을 따라 하리의 시선도 동생의 그곳에서 멈추었다. 남자들의 상징, 어릴 때 목욕하면서 자주 보았지만 커서는 한 번도 그곳에 대한 이야기를 한 적이 없었다. 지금 이 순간을 빼고 말이다.

"거기가 왜?"

하리는 제발 자신의 짐작이 틀렸기를 바라며 물었다.

"조금 열심히 놀았더니 무리가 왔다고 할까."

"동아야."

하리는 동아에게 다이의 오른쪽 팔을 잡게 하고는 자신은 다이의 왼팔을 잡았다.

"부축 안 해줘도 돼."

다이는 자신을 부축해 주는 것인 줄 알고 정중히 사양까지 했다. 하지만 하리의 의도는 절대 그것이 아니었다. 하리는 동생을 붙잡고 병실이 아니라 병원 문으로 향했다.

"여기 비뇨기과 정말 치료 못하거든. 치료 잘하는 곳 많으니 다른 데 가봐."

"뭐? 싫어! 쪽팔리단 말이야!"

"쪽팔린 줄 알면서 여길 왔단 말이냐! 난 너보다 백만 배는 더 쪽팔리거든. 혼자만 쪽팔리면 되지 왜 나까지 끌어들여, 이 난봉꾼아!"

"누나! 누나 의사잖아. 누나가 치료해 주면 되잖아."

하리는 먹고 있던 빵을 다이의 입에 쑤셔 넣었다. 그리고 동아와 같이 동생을 병원 밖으로 끌고 나갔다. 오늘 한 실수는 환자 병실에서 잔 걸로 충분했다. 더 이상의 웃음거리는 절대 사양이다.

다이가 끌려가지 않으려고 반항을 하였기에 여간 힘든 일이 아니었다. 말썽만 부리는 녀석이 키만 멀대같이 커서 더 힘이 들었다. 가까스로 다이를 쫓아낸 하리는 거친 숨을 쉬며 동아에게 경고했다.

"만약 이 사실을 다른 사람에게 알린다면 난 널 가장 잔인한 방법으로 이지메할 거야."

동아는 의리있는 친구답게 소문을 내지 않았다. 대신 누나에게 쫓겨난 동생 다이에게 학교 선배가 하고 있는 개인 비뇨기과를 소개해 주었다.

"그 어린 것이 언제 이렇게 컸냐? 쯧쯧."

동아의 말에 이제는 동아보다 머리 하나는 더 커진 다이도 지지 않고 말했다.

"그 컸던 형이 언제 이렇게 쪼그매졌어?"

동아는 애써 화를 참으며 다이의 어깨를 손으로 살갑게 두드렸다.

"지나친 성생활은 몸에도 안 좋아. 알지? 조심해라."

"그래, 조심하는 차원에서 콘돔 회사를 고소할 거야. 콘돔만 쓰면 괜찮은 거 아니었어?"

동아는 다이의 어깨를 더 열심히 두드렸다.

그냥 금욕하자는 생각은 안 드니?

아침 회진 전의 채혈 시간, 하리는 시후에게 IV(정맥주사)를 삽입하면서 며칠째 병실을 차지하고만 있는 먹음직한 과일들을 쳐다보며 불만이라는 듯이 말했다.

"먹지도 않으면서 왜 다른 사람들한테 나눠 주지 않으세요? 싱싱할 때 먹어야 맛있는데 아깝잖아요."

"내가 못됐거든."

"네, 정말 그러네요. 매일 보는 저한테도 먹어보란 소리도 안 하네."

"먹고 싶어?"

물어보는 투가 꼭 놀리는 것 같았기에 하리는 일부러 더 채혈에 집중했다.

"아뇨, 전 먹는 것에 환장하는 걸신이 절대 아니거든요."

걸신, 귀신, 병신의 인턴 3신이 할 소리가 아니었지만, 권시후가 그런 말을 알 리가 없을 것이기에 하리는 당당하게 거짓말을 했다. 시후는 일부러 시선을 마주치지 않는 하리를 쳐다보다 인심 쓰듯이 말했다.

"가져가고 싶은 만큼 가져가서 먹어."

"진짜요?"

반응이 너무 빨랐다. 실로 걸신다운 반응이 되어버렸다. 하지만 어제저녁 컵라면을 먹은 이후 아무것도 못 먹은 하리는 솟구치는 아드레날린을 참을 수가 없었다. 시후는 좋아하는 하리의 얼굴을 재미있다는 듯이 쳐다보다 손가락 하나를 들어 올렸다.

"대신 이번 딱 한 번만 주는 거야. 그러니까 후회하지 않을 만큼 가지고 가.'"

권시후의 병실을 나서는 하리의 드레싱카—과일을 담아가기 위해 특별히 공수했다—는 다른 날과 다르게 갖가지 종류의 과일들로 가득했다. 그리고 하리의 얼굴은 만족감으로 가득했다. 하리는 병실 복도에서 마주치는 모든 사람들에게 드레싱카에 있는 과일을 하나씩 나누어 주었다.

병원에 출근하는 도진혁을 발견하였을 때 하리는 난생처음으로 그의 이름을 부르며 달려갔다.

"도진혁 선생님, 잠깐만요!"

진혁은 하리의 목소리를 듣고 멈추어 섰다. 고개를 돌렸을 때 하리보다 과일로 가득한 드레싱카를 먼저 보고 의아한 얼굴을 하였다. 분명 자신이 언제나 보던 드레싱카인데 그 안의 내용물은 언제나 보던 것이 아니었기에 절로 저게 뭐야? 라는 생각이 든 것이었다.

끼이익. 진혁의 앞에 드레싱카와 함께 멈추어 선 하리는 과일아가씨답게 환하게 웃으면서 물었다.

“사과, 배, 메론, 바나나, 귤, 망고. 과일이란 과일은 다 있어요. 뭐 드실래요?”

“언제부터 드레싱카가 과일카가 된 거지?”

“오늘 아침만요. 권시후 환자가 가져가고 싶은 만큼 가져가라고 해서 다 쓸어 담아왔어요. 심보가 좀 있어서 이번 한 번만 주고 다시는 안 준다고 했거든요.”

권시후라는 이름에 진혁의 얼굴이 못마땅함으로 가득했다.

“환자에게 무언가 받는 건 병원 규칙상 금지되어 있는 거 모르나?”

“하지만 이건 그냥 먹는 건데요? 어차피 그 남자는 안 먹는다고요. 매일 술만 찾아요. 안 먹고 버릴 바에는 먹을 수 있는 사람들에게 나누어 주는 게 좋은 일이잖아요.”

“그런 문제가 아냐. 당장 가서 돌려주고 와.”

돌려주라는 진혁의 말에 하리가 당황하며 물었다.

“돌려주라고요? 혹시 과장님한테 무슨 소리 들을까 봐 그러세요? 그럼 과장님 출근하시기 전에 병원 사람들하고 다같이 먹어치울게요. 그러면 안 될까요?”

“과일 못 먹고 살았어? 왜 그래?”

진혁의 질문에 하리가 저도 모르게 발끈해서 말했다.

"물론 병원 들어오기 전에는 물리도록 먹었습니다. 하지만 여기 들어온 뒤로는 제대로 밥도 못 먹으면서 살고 있다고요. 왜냐하면 전 인턴이거든요. 밥 먹을 시간도 없이 뛰어다녀야 하는 인턴이요. 잠 잘 시간도 없는 인턴이요. 머리 감을 시간도 없는 인턴이요! 그러니 언제 과일을 먹겠어요. 하지만 전문의 선생님의 명령을 제가 어찌 거역하겠습니까. 알겠습니다. 당장 돌려주고 오겠습니다, 도 선생님!"

갑자기 화를 내며 열변을 토하는 하리의 태도에 놀라 진혁은 말없이 하리의 말을 듣고만 있었다. 하리는 말이 끝나자마자 찬바람을 일으키며 드레싱카를 끌고 다시 권시후의 병실로 향했다. 진혁은 화를 내며 가버리는 하리의 뒷모습을 속수무책으로 바라만 보다가 스테이션에서 지켜보고 있던 간호사들을 발견하곤 그녀들에게 물었다. 하리가 화를 낸 이유를 자신보다는 같은 여자인 그들이 더 잘 알고 있을 것 같았기에.

"내가 그렇게 화낼 말을 한 건가?"

문이 부서져라 열리는 소리에 시후가 고개를 돌렸다. 하리가 나갈 때는 봄이었다가 겨울이 되어 다시 돌아왔다. 하리는 드레싱카에 실린 과일들을 원래 있었던 자리에 내려놓았다. 그러곤 시후에게 꾸벅 인사를 하고 말했다.

"환자들한테 뭘 받는 건 병원 규칙에 어긋나는 일이라고 합니다. 그러니까 마음은 감사하지만 제 돈으로 사 먹을게요."

그리고 하리는 드레싱카를 끌고 다시 병실을 나갔다. 병실 문을 열자 그 앞에 도진혁이 서 있었다. 하지만 하리는 인사도 없이 자신의 갈 길을 가버렸다. 하리에게 무언가 말을 하려던 도진혁은 결국 아무 말도 하지 못했다. 열려진 문을 통해 시후의 시선과 도진혁의 시선이 부딪쳤다. 도진혁은 하리가 화가 난 게 모두 시후의 탓인 것처럼 그를 원망하는 시선으로 바라보았다. 시후는 웃으면서 한마디 했다.

"그날인가 보지?"

인턴의 일과는, 오전 8시에 시작되는 회진이 끝나면 오전 9시부터 병동 환자들을 돌보게 된다. 그들은 드레싱 하고 폴리나 L튜브를 관리, 병실에서 행하는 특별한 검사나 처치를 했다.

하리는 열심히 일을 하느라 점심시간을 놓쳐 버렸다. 늦은 점심을 구내식당에서 먹기 위해 엘리베이터를 기다리는데 열린 문 사이로 몇 번 보았던 여자가 서 있었다.

"아, 카르멘."

하리는 저도 모르게 여자를 손가락으로 가리키며 아는 척을 해버렸다. 자신을 가리키는 의미 불명의 말에 여자는 묘한 표정을 지으며 하리를 쳐다보았다.

"권시후 씨 동생 분이시죠? 전 흉부외과 강하리입니다. 매일 권시후 씨한테……."

라고 아는 척을 하며 손을 내밀었는데, 바로 엘리베이터의 문이 닫혀 버렸다. 그대로 올라가 버리는 엘리베이터를 보며 하리는 혀를 찼다.

"엘리베이터를 타고서 인사를 했어야 했는데."

그런데 구층으로 갔던 엘리베이터가 다시 팔층으로 내려왔다. 문이 다시 열리며 방금 보았던 카르멘이 그 자세 그대로 서 있었다. 이번엔 그녀가 먼저 하리에게 말을 걸었다.

"매일 우리 오빠한테 뭘 어쩐다는 거죠?"

목소리에서 힘이 느껴졌다. 여자는 멀리서 보았을 때 느낀 것 이상으로 카리스마가 있었다. 그래서 하리는 본능적으로 긴장해 버렸다.

"네, 드레싱을 한다고요. 인턴이거든요."

하리가 구내식당으로 왔을 때 흉부외과의 두 전문의가 마주 앉아서 식사를 하고 있었다. 도진혁과 오진이었다. 오진은 도진혁과 동기 의사였다. 오진이라는 이름이 의사로서는 참 불명예스러운 이름이라서 의대 시절에는 아주 심각하게 개명도 생각했었단다. 하지만 아직도 그 이름을 쓰고 있다. 이제는 환자들이 한 번 들으면 절대로 잊지 않는다고 자랑하며 다닌다.

"어, 강하리! 이제야 점심이야? 우리랑 똑같네."

오진이 먼저 식판을 들고 구석진 자리를 찾아서 걸어가는 하리를 아는 척을 하였다. 그녀가 식판을 들고 같이 먹을 사람을 찾아 헤매는 줄 알았는지 먼저 손을 흔들며 말했다.

"뭐 해? 이리 와서 같이 먹어."

하리는 오진의 앞에 앉아 있는 진혁을 조심스럽게 노려보았다. 아침의 껄끄러운 사건 때문에 일부러 그와 마주칠 수 있는 자리는 피하고 싶었다. 인턴이 전문의한테 화낸다는 건 정말 우스운 일이지만 어쨌든 하리는 그에게 화가 났다.

"아뇨, 전 금방 먹고 가야 해서 그냥 여기서 먹을게요. 두 분이서 천천히 드세요."

"혼자 먹는 게 무슨 맛이야? 얼른 와."

하리는 마지못해 다가가듯이 두 사람이 앉아 있는 곳으로 걸어가서 오진의 옆 자리에 앉았다.

"하리 너, 전공 정했어?"

아마도 병원에 있으면서 인턴이 가장 자주 듣는 말이 전공에 대한 질문일 것이다. 평생을 일하게 될 전공이기 때문에 무엇보다 신중하게 정해야 했다. 안부를 묻는 것과 같은 오진의 질문에 하리는 밥을 먹으며 간단히 대답했다.

"아뇨."

"안 정했어도 가고 싶은 과는 있을 거 아냐? 흉부외과에서 일해 보니 어때? 적성에 맞아?"

"맞는 것도 같고 안 맞는 것도 같고."

"으이그! 말하는 거 들어보니 외과의사 타입은 아닌 것 같다. 외과의사는 결단력과 판단력이 있어야 하는데, 강하리 넌 그게 부족하지?"

"아무래도 그렇죠."

"처음부터 결단력이 뛰어난 사람은 없어. 경험이 쌓이다 보면 상황대처능력은 저절로 생기게 되어 있어."

적성이 외과가 안 맞는다고 오진도 인정하고 하리 본인도 인정했는데, 도진혁만이 어울릴지도 모른다고 말해왔다. 오진이 이제

화살을 진혁에게로 돌렸다.

"진혁이 넌 이상하게 하리한테만 두루뭉술하게 대하더라. 뭐냐, 그 말은? 하리보고 흉부외과에 오라는 거야? 그 소리야?"

"결정은 자기 자신이 하는 거야."

"그래, 그건 그렇지. 그래서 강하리, 진혁이가 꼭 흉부외과로 오라는데 어쩔 거야?"

오진은 너무 대놓고 솔직해서 탈이었다. 남들은 쉬쉬 말하는 걸 이리 직접적으로 물으면 당사자는 정말 뻘쭘해진다. 진혁은 낮게 오진을 노려보았고, 하리는 난처해하며 밥 수저만 빨았다.

"전 심장수술 같은 거 자신없는데."

"그래, 너 말하는 것만 봐도 알겠다. 어쩌냐, 도진혁? 하리 죽어도 흉부외과는 안 온단다. 차였네. 내가 저녁에 실연주 사줄까?"

"장난 그만 해. 사람들이 오해하잖아."

진혁이 오진에게 주의를 주었다.

"어? 오해야? 그럼 강하리한테 관심없었구나. 하긴 하리야, 네가 여자로서의 매력이 썩 뛰어난 건 아니야. 너도 인정하지?"

아무래도 음식 간이 심심했나 보다. 밥 먹다 심심하니까 도진혁과 강하리를 맘대로 갖고 놀려 하고 있었다.

"저, 방사선과 가봐야 해서 그만 일어나야 하거든요. 맛있게 드세요."

결국 하리는 밥을 반도 못 먹고 일어나야 했다. 오진의 말장난이 터질 때마다 밥알이 목에 컥컥 막혔던 것이다.

"왜 그래? 강하리가 네 장난감이야?"

하리가 도망치듯 나가 버리고 난 뒤 진혁이 나무라는 시선으로 오진을 쳐다보았다. 하지만 오진은 자신의 잘못을 인정하지 않았다.

"내가 언제 도진혁을 놀려먹겠냐? 그런 의미에서 난 강하리가 계속해서 흉부외과에 남아 있었으면 한다. 그런데 애 성격이 아무래도 외과는 아니야. 외과 여의사가 되려면 왕혜림처럼 악바리 근성이 있어야 하는데, 강하리는 그런 게 없잖아. 진혁아, 마음은 아프겠지만 놔줘라. 그게 그녀의 행복이야."

펙!

결국 진혁의 구둣발이 식탁 밑 오진의 다리를 차버렸다. 오진은 아픈 다리를 감싸 안으며 그래도 재미있다고 웃었다.

하리가 아침에 들렀던 권시후의 병실에 다시 들른 건 늦은 밤이었다. 또 수면제도 안 먹고 잠도 안 자기 때문이었다. 수면제 오더는 왕혜림 선배가 맡고, 잠 재우는 건 인턴 하리가 맡는다. 인턴 인생이 다 그렇지 하며 하리는 잠을 포기하고 시후의 병실로 갔다.

"혹시 통증 있으세요? 그래서 잠 못 주무시는 거예요?"

"별로."

"그럼 병원 오시기 전에도 밤에 잠 안 주무셨어요?"

"글쎄."

"저 지금 농담 따먹기 하자는 거 아니거든요. 의사가 환자한테 묻는 거예요. 성실하게 대답해 주세요."

늦은 밤 졸린 잠을 참고 온 것이기에 하리는 그리 인내심이 많지 않았다. 인간이라면 누구나 그럴 것이다. 자고 싶은데 못 자게 하면 난폭해진다. 그런데 그걸 모르는지 권시후는 또 하리를 화나게 할 말을 했다.

"의사가 아니라 인턴이잖아."

"그래서요? 저 같은 풋내기 진료는 못 받으신다는 거죠? 도진혁 선생님 불러 드려요? 수면제도 전문의한테 직접 처방을 받아야 잠이 오시는가 보죠?"

"너무 예민하네. 진짜 그날이야?"

"뭔 날이요? 너무 잠을 못 자서 오늘 며칠인지도 모르거든요."

"안 붙잡아. 가서 자."

"당신이 자야 나도 가서 자죠! 눈 감아서 자는 시늉이라도 해요! 밤에 술 마시고 음주 운전하는 것밖에 몰라요?"

하리는 대놓고 시후를 면박 주고는 그대로 병실을 나와 버렸다. 의국으로 가서 무조건 잘 생각이었다. 그리고 정말 잤다. 세상에서 자는 것만큼 행복한 시간은 없었다. 야단치는 사람도 없고, 발 아프게 뛰어다니지도 않고, 환자들의 짜증도 없었다. 이렇게 좋은 걸 왜 자라고 해도 안 자냐고!

"도진혁 선생님, 정말 1115호 권시후 환자랑 고등학교 동창이세요?"

다음날 회진 시간의 화제는 도진혁과 권시후의 동창설이었다. 하리는 시후가 실려 왔을 때부터 알고 있었던 일이라서 별로 놀라지 않았다. 하리가 간호사들에게 말했던 게 이제야 의사들 사이에도 퍼진 것 같았다.

“그래.”

진혁은 간단히 대답하는 걸로 마무리 짓고 싶었으나 레지던트들의 질문은 그때부터 쏟아지기 시작했다.

“우와! 병원에 도 선생님 친구가 입원한 건 처음이네요.”

“그런데 왜 친한 척 안 하셨어요? 편애한다고 다른 환자들이 서운해할까 봐서요?”

“역시 도 선생님이네요. 배려심이 너무 깊으세요.”

“그저 같은 학교 다녔던 것뿐이야.”

아무 사이 아니니 더 이상 질문하지 말라는 무언의 협박이 담긴 차가운 진혁의 대답에 순간 분위기가 조용해졌다. 그 어색한 분위기에서 상황파악 못하고 질문을 던져 온 건 가장 마지막 서열인 인턴 강하리였다.

“권시후 환자 고등학교 때 어떤 학생이었어요?”

진혁의 시선이 바로 하리에게 향했다.

“왜 그런 걸 묻는 거지?”

“그야 환자니까요. 환자에 대해 많이 알아두는 게 의사로서의 몸가짐이잖아요.”

권시후는 하리가 인턴이 되고 처음 맡은 중환자실 환자였다. 다행히 지금은 많이 회복되어 일반병실로 옮겨졌지만 생사의 기로에서 살아서 돌아온 환자였기에 다른 환자들보다 더 많이 신경이 쓰이는 것이다. 그래서 왜 밤에 술을 마시고 음주 운전을 했는지, 왜 밤에 잠을 못 자는지, 왜 항상 무료해 죽겠다는 표정만 짓고 있는지 너무 알고 싶었다.

하리는 도전을 한 게 아니라 단지 질문을 한 것이었다. 그런데 도진혁은 아주 못마땅하다는 눈으로 하리를 쳐다보았다. 문득 어제 아침의 과일 사건이 생각났다. 그래서 하리도 덩달아 시선이 사나워졌다. 사람이 먹는 걸로 야단맞는 게 얼마나 화가 나는 일인데.

먼저 눈을 피한 건 진혁이었다. 환자들의 병실로 걸어가며 간단하게 말했다.

"깡패였어. 맞기 싫으면 알아서 비위 맞춰."

잠 안 잔다고 대놓고 면박을 주었던 어젯밤의 일이 플래시백 되었다. 그런 건 미리미리 말해줘야지 왜 이제 말해주는 겁니까! 이미 비위 거슬렸거든요. 그럼 나 권시후한테 맞는 거네요? 그래요?

그날따라 권시후의 병실 안에서 의사들은 별말이 없었다. 바로 어제까지만 해도 회진 시간에 사진작가인 시후에게 어느 연예인과 친하냐며 모델 좀 소개시켜 달라고 농담을 걸었지만, 오늘은 그 어떤 사적인 말 없이 오직 시후의 병환에 대한 말만 오갔다.

그러나 시후는 어제와 확연히 차이나는 의사들의 태도에 그리 신경 쓰지 않았다. 진혁이 시후의 과거를 바로 시후의 앞에서 폭로했다고 하더라도 그는 별로 신경 쓰지 않았을 것이다.

시후의 시선에 하리가 들어왔다. 쫄따구 인턴이라 항상 구석에 서 있다. 스태프가 내리는 오더를 열심히 수첩에 적던 하리는 시후의 시선을 느끼고 고개를 들었다. 인턴을 우습게 아는 그의 태도가 언짢아 얼굴을 찌푸렸다가 깡패였다는 진혁의 말이 생각나 저절로 비굴한 미소를 짓고 말았다. 하리는 다시 수첩으로 시선을 떨어뜨리고는 열심히 적었다.

〈1115호 권시후—잠자기 싫다 그래도 혼내지 말고, 망하리라 놀려도 웃으면서 대답하고, 인턴을 우습게 알아도 대들지 않기.〉

인생이란 만만한 게 절대 아니었다.

제 3 장

흉부외과를 돌면서 수차례 이상 흉관 삽입을 지켜본 결과 드디어 하리에게도 기회가 왔다. 삼십 살의 남자 환자였는데 기흉으로 응급실에 온 환자다. 치프 용준의 지도 아래 환자의 옆구리 쪽으로 근육층을 하나하나 절개하면서 벌려 나가다 보니 '푸쉭' 하는 바람 새는 소리와 함께 pleura(늑막)가 열렸다. 하리는 천천히 [1]28Fr chest tube를 밀어 넣고 피부에 고정을 해주었다. 실수라도 할까 봐 행동이 달팽이 기어가는 것보다도 느렸지만 용준은 재촉하지 않았다. 이런 경우 인턴을 닦달해 봤자 실수만 한다는

---

1)28Fr chest tube(흉곽 튜브): 흉곽 튜브 삽입은 흉부외상으로 인한 기흉이나 혈흉 등으로 인한 폐의 collapse를 방지하고 흉막강 내의 압력을 조정하여 팽창을 도모하기 위함이다

걸 잘 알기 때문이었다. 하리는 용준의 지도에 따라 14인치 정도
에서 고정하였다. 이어서 찍은 엑스레이상 길이가 조금 짧은 듯하
나 폐의 변연부를 따라 첨부까지 도달하는 데 성공했다. 하리의
첫 흉관 삽입이 성공한 것이었다. 하리가 옆에 있는 용준을 쳐다
보자 용준이 고개를 끄덕이며 말했다.

"잘했어."

배용준에게 처음으로 들은 칭찬이었다. 그가 칭찬에 인색한 걸
알기에 더욱 귀한 칭찬이었다. 하리는 흉관 삽입을 성공적으로 마
치고 당당하게 걸으며 처치실을 나왔다. 티 나게 걸음걸이가 바뀐
하리를 쳐다보며 용준이 어이없다는 표정을 지었지만 너무 거만
하지 말라고 충고하지는 않았다. 어차피 오늘 내로 또 실수해서
자신의 부족함을 뼈저리게 느끼게 될 테니까.

"809호 양윤정 환자 심전도검사 결과 나왔을 테니까 특수검사
실 가서 찾아서 도진혁 선생님께 가져다 드려."

"네, 알겠습니다."

하리는 용준과 헤어지고 바로 특수검사실이 있는 오층으로 향
했다. 기분이 좋으니 걸음걸이도 날아갈 것 같았다. 하리는 그 어
느 때보다도 빠르게 검사지를 찾아서 진혁이 있는 의국으로 향했
다.

"망하리."

이렇게 기분 좋을 때 들려온 석연찮은 부름에 하리는 떨떠름한
표정을 지으며 고개를 돌렸다. 역시나 권시후였다. 그런데 병실
침대에 누워 있어야 하는 그가 휠체어에 앉아서 병실 복도에 있었

다. 하리가 놀라서 그에게 뛰어갔다.

"어? 이렇게 돌아다니면 안 돼요. 아직은 안정해야 한다고요."

"허락 받았거든. 그리고 옆에 보호자도 있잖아."

시후의 손가락이 옆에 있는 잘생긴 남자를 가리켰다. 처음 보는 남자였다. 웃는 게 귀여운 그는 하리보다 어려 보였다. 시후의 가족이 여동생뿐인 걸 아니까 아마도 같이 일하는 모델 같았다. 남자가 먼저 사근하게 말을 걸어왔다.

"안녕하세요? 처음 뵙는 의사선생님이네요. 전 사준이라고 합니다."

사준이라는 남자가 손을 내밀었기에 하리는 들고 있던 검사지를 급하게 왼손으로 옮기고 오른손을 내밀었다.

"아, 안녕하세요. 전 강하리라고 합니다."

"인턴이야."

인턴이라고 덧붙인 건 시후였다. 하여튼 얄미운 말들만 가득한 입이다. 그래도 잊지 말자. 맞기 싫으면 알아서 비위 맞추기. 권시후가 험악하게 주먹을 들어 올린 걸 본 적은 없지만, 도진혁의 말이니까 깡패였던 건 분명 사실일 것이다. 깡패가 무엇인가? 욱하는 성질에 패가망신하는 인종들 아닌가. 아마도 한 번 화나면 눈에 뵈는 것 없이 다 때려 부술지도 모른다.

"그런데 전 왜 부른 거죠?"

하리는 가능한 의사스럽게 웃으며 시후에게 물었다. 시후는 짧게 대답했다.

"밀어."

“보호자 있잖아요.”

휠체어를 밀라는 시후의 말에 하리는 저도 모르게 발끈해서 말했다. 혼자도 아니면서 바로 옆에 병문안 온 사람도 있는데 바쁜 하리를 불러서 밀라고 하는 건 도대체 무슨 심보란 말인가!

“쿡! 형이 선생님이 맘에 드나 봐요. 선생님 보자마자 불렀다니까요.”

뭐? 맘에 든다고? 맘에 드는데 예쁜 ‘강하리’ 놔두고 방정맞을 ‘망하리’ 라고 부르니?

하리는 믿을 수 없다는 눈으로 시후를 내려다보았다. 권시후는 보기에도 얄미워 보이는 미소를 지으며 말했다.

“그래, 내가 망하리 선생을 얼마나 믿고 따르는데. 망하리 선생 드레싱 솜씨 예술이잖아. 그러니까 휠체어 미는 솜씨도 대단하지 않겠어?”

하리는 이제 사준을 노려보며 눈으로 물었다.

이게 진정 맘에 드는 사람에게 하는 말 맞습니까?

결국 시후의 휠체어를 병원 정문까지 끌고 간 건 하리였다. 아직은 쌀쌀한 3월이었기에 병원 밖을 나가기 위해서는 따뜻하게 입고 나가야 했다. 병원 문 하나만 남겨두고 하리는 휠체어를 멈추었다. 그리고 옆에 있는 사준의 목에 걸린 목도리를 허락도 없이 풀어서는 시후의 목에 둘러주었다. 하리가 다시 손을 내밀자 사준은 알아서 외투를 벗어주었다. 하리는 그 외투를 시후의 어깨에 걸쳐서는 안 떨어지게 맨 위의 단추를 잠갔다. 따뜻하기는 하지만 겉모습은 영 뽀대가 안 났기에 시후의 미간에 절로 주름이졌다.

"됐어요. 그럼 나갔다가 십 분 뒤에는 꼭 들어와야 해요. 설마 감기까지 걸려서 더 고생하고 싶은 건 아니죠?"

자기 할 일을 다 마친 하리는 사준에게 들게 했던 검사지를 다시 들고 엘리베이터로 달려가며 다시 주의를 주었다.

"제가 십 분 뒤에 거기 와 있을 테니까, 그때 꼭 들어와요. 그럼 해브 어 나이스 타임!"

시후와 사준은 급하게 뛰어가는 하리의 뒷모습을 같이 바라보았다.

"형, 나 찔린다. 허락 받고 나온 거 아니라고 말해야 하는 거 아냐? 우리 때문에 저 선생님만 야단맞을 것 같은데."

"너 바보냐? 빨리 밀기나 해."

시후는 하리가 덮어주었던 사준의 외투를 벗어서 다시 사준에게 던져 버리며 말했다.

"너 바보야? 척추골절 때문에 제대로 움직이지도 못하는 환자한테 누가 외출허가를 한다는 거야!"

시후가 사라지고 삼십 분 뒤, 하리는 용준에게 야단을 맞았다. 흉관 삽입으로 칭찬을 듣고 정확히 한 시간 뒤였다. 하리는 아무런 대꾸도 못한 채 용준의 꾸지람을 모두 받아냈다.

"병실로 데리고 와도 모자랄 판에 휠체어를 밀어줬다고? 차라리 그 환자 척추를 분질러 놓지 그랬냐! 아무리 척추는 정형외과라지만 너 정말 그것도 몰랐던 거냐! 정형외과에서 알고 난리치기 전에 당장 가서 찾아와! 만약 그 환자 잘못되어서 더 악화되면 강하리 네가 책임져!"

권시후의 얄팍한 수에 강하리가 넘어간 것이다. 권시후 쪽에서 먼저 하리를 붙잡고 휠체어를 밀어달라고 했기에 설마 허락 맞았다는 말이 거짓말일 거라고는 생각지도 못했다. 거짓말하는 솜씨가 보통이 아니다. 마치 어디서 거짓말 잘하기 수업이라도 들은 것처럼 말이다.

결국 하리 혼자 권시후를 찾아내야 하는 막대한 책임을 떠안게 되었다. 그런데 막막하기만 했다. 하리가 권시후에 대해 아는 것은 거의 없었다. 도진혁과 고등학교 동창이고, 사진작가이고, 가족은 여동생뿐이라는 것밖에. 그의 여동생이 생각나자 작게 희망이 보였다. 그래도 가족이니까 그가 갈 만한 곳을 알지도 모른다.

하리는 간호사 스테이션으로 달려가 권시후 여동생의 전화번호를 얻어냈다.

[뭐요? 도망갔다고요?]

배용준보다 더 크고 거친 말투에 하리는 바짝 긴장했다. 도움을 요청하려고 전화한 것인데 어째 또 야단맞을 분위기였다.

"아뇨, 도망이라기보다는 허락 받지 않고 밖에 나갔다고 봐야죠."

[그게 도망갔다는 거잖아. 썩을! 내 이 인간 이럴 줄 알았다니까.]

썩을? 지금 나한테 욕한 건가? 아니면 혼잣말?

하리의 긴장감은 더욱더 커졌다. 카르멘은 생각보다 꽤 많이 거칠었다. 오히려 권시후보다 이 여자가 껌 좀 씹었을 것 같았다. 아니, 남매가 둘 다 그런 건가? 하여튼 무서운 남매다.

[알았어요. 끊어요! 내가 잡아서 병원으로 갈 테니까.]

"아, 잠깐만요! 저랑 같이 찾아야 하거든요. 당신 오빠 못 찾으면 저 병원 못 들어가요."

하리가 시후의 여동생을 만나기로 한 건 병원 앞에서였다. 그녀가 차를 가지고 온다고 했다. 그래서 하리는 병원 정문 앞에서 추위에 떨며 그녀를 기다렸다.

십 분 정도 기다렸을까. 거친 스포츠카 한 대가 병원 정문을 향해 달려왔다. 누가 운전하는지 운전 더럽게 못했다. 꼭 사람이라도 한 명 치고 나서야 멈출 것 같은 차였다. 그리고 그건 재수없게도 하리가 될 것 같았다.

하리는 자신을 향해 돌진해 오는 차를 보고 얼어버렸다. 피해야 하는데 겁을 먹은 다리가 움직이지 않았다. 그래서 꼭 투우장에서 성난 소를 기다리는 투우사같이 보여졌다.

끼이익. 차는 하리의 바로 코앞에서 멈추어 섰다. 뚝, 굵은 식은땀 하나가 하리의 뺨을 타고 내려왔다. 생각나는 말은 하나밖에 없었다.

살았다!

거친 운전수가 운전하는 차의 유리문이 열리면서 한 여자가 얼굴을 내밀었다.

"뭐 해요? 타요!"

권시후의 여동생이었다. 하리는 마른침을 삼켰다. 지금 날 칠 뻔한 차에 타라고?

"아, 안녕하세요. 제가 전화했던 강하리입니다. 우리 한 번 만났었죠?"

하리는 차에 타자마자 가장 먼저 안전벨트를 매었다. 그리고 친절하게 인사까지 하는데 그새를 참지 못하고 카르멘은 차를 출발시켰다. 끼이익! 어째서 앞으로 가야 될 차가 뒤로 가냐고! 차 뒤를 지나가던 재수없던 사람들의 비명 소리가 들려왔다. 그러나 카르멘은 사과보다도 운전하는 데 정신이 없었다.

"저, 저기, 운전 면허증 딴 지 얼마 안 되셨나 봐요?"

"썩을! 면허증 없어요."

"네에?"

끼이익! 차가 심한 마찰음을 내며 앞으로 튕겨 나갔다. 절대 그냥 굴러간 게 아니었다. 튕겨 나갔다. 살려줘!

"형, 적당히 마셔. 잊었나 본데, 형 환자야."

사준은 계속해서 맥주를 마시는 시후를 걱정스런 눈으로 바라보았다. 하지만 시후는 들은 척도 하지 않았다.

"너 한 번만 더 환자 소리 하면 밑으로 집어 던진다."

평소 시후의 기에 눌려 사는 사준은 더 이상 말리지 못하고 오징어 다리만 뜯으며 난간에 기대섰다. 옥상이라 꽤 쌀쌀했다. 거짓말의 마지막 트릭은 바깥으로 나가는 것처럼 보이고서는 다시 들어와서 옥상으로 숨어들어 온 것이었다. 몸 상태가 괜찮았다면 좀 더 멀리 갔겠지만 지금 시후는 휠체어에 앉아 있는 것 자체가 고통이었다. 옥상 밑을 구경하던 사준은 무언가 발견하고 손을 뻗었다.

“어? 저기 바다 차 같은데.”

“바다?”

“운전하는 거 보니까 딱 바다네. 설마 여기서 운전 연습하는 건 아닐 테고, 형 없어졌다고 해서 찾으러 온 것 같다. 어? 아까 그 여의사가 바다 차에 타는데? 둘이 같이 찾으러 갈 건가 보다.”

시후는 가소롭다는 듯이 웃었다.

“이야! 우리 여기 있는 줄도 모르고 가버리네. 그 여의사 우리가 밖으로 도망갔다고 철석같이 믿고 있나 봐.”

시후는 바다나 하리가 절대 자신을 못 찾을 거라는 걸 알았다. 왜냐하면 권시후는 하늘을 날아다니는 남자니까. 비록 지금은 허리가 삐끗하여 조금밖에 못 날지만 말이다.

옥상 아래를 내려다보던 사준이 놀란 표정을 지으며 고개를 돌려 시후를 쳐다보았다. 시후가 남은 맥주를 마저 마시며 물었다.

“왜? 바다가 운전하고 가다 병원 기둥이라도 박았냐?”

“응. 어떻게 알았어?”

시후는 척추골절 때문에 병원을 못 벗어났지만, 바다와 하리는 바다의 부족한 운전 실력 때문에 병원을 벗어날 수가 없었다. 그 나물에 그 밥인 꼴이었다.

“아야야!”

병원 바로 앞에서 사고 난 하리와 바다는 바로 처치실로 걸어 들어갔다. 둘 다 목 부상으로 목을 움직이기가 불편했다. 정형외과 인턴은 하리와 바다를 치료해 주며 어이없다는 듯이 웃었다.

“그래도 운 좋은 사람들이네. 병원 앞에서 다쳐서 바로 치료 받잖아요.”

재미있다는 듯이 웃으며 말하던 정형외과 인턴은 매서운 바다의 눈초리에 입을 다물었다.

“저기, 빨리 치료해 주세요. 저희 사람 찾으러 가야 하거든요.”

하리는 시후를 찾아야 된다는 압박감에 맘 편하게 치료도 받을 수가 없었다.

거의 치료가 끝나갈 때쯤 용준이 정형외과 처치실 안으로 들어왔다. 병원 앞에서 일어난 어처구니없는 헤딩사고―차를 몰고 기둥으로 돌진했으니까 교통사고라 할 수 없었다―를 듣고 하리를 야단치려고 온 게 분명했다. 하리는 본능적으로 침대에 누워서 시트로 몸을 가렸다. 그리고 바다와 정형외과 인턴에게 개미 소리만한 목소리로 부탁했다.

“저 여기 없는 거예요. 저 못 본 겁니다.”

그리고 시트를 머리끝까지 끌어올려 온몸을 가렸다. 하리가 시트 안에 몸을 감추자마자 바로 용준이 정형외과 인턴에게 다가와 물었다.

“여기 우리 과 인턴 한 명 들어왔지?”

정형외과 인턴은 사실대로 말해야 하는지, 거짓말을 해야 하는지 몰라 꿀 먹은 벙어리가 되었다. 용준의 날카로운 눈빛이 정형외과 인턴의 미심쩍은 눈빛을 놓치지 않고 잡아냈다.

“내가 그렇게 어려운 질문을 했나? 왜 대답을 못해! 흉부외과 강하리가 바보같이 병원 기둥 박고 왔어, 안 왔어?”

“안녕하세요? 저희 오빠 담당의 맞으시죠?”

인턴에게 따지던 용준은 갑자기 끼어드는 날카로운 바다의 목소리에 잠시 놀라 버렸다. 그리고 그녀가 권시후의 가족임을 알기에 바로 자세를 고쳐 예의 바른 태도로 바다에게 말했다.

"아! 안녕하십니까? 권시후 씨 보호자 되시죠?"

"네. 그리고 바보같이 병원 기둥 박은 차 운전자입니다."

"네, 그러시군요. 좀 조심히 운전하시지 그러셨어요."

바다와 용준이 팽팽한 대화의 줄을 엮어가고 있을 때 하리는 조심스럽게 침대 시트에서 벗어나 병원 바닥에 거머리처럼 붙어서 기었다. 용준에게 들키기 전에 처치실을 나가야 했다. 그리고 거리를 헤매고 있을 권시후를 찾아와야 오늘 밤 잠잘 시간이라도 있을 것이었다.

열심히 있는 힘을 다해 기어가는데 광택이 흐르는 남자 구두가 앞을 가로막았다. 하리는 낭패라는 눈을 하며 천천히 고개를 들었다. 왕족의 기품이 흐르는 도진혁이 하리를 내려다보고 있었다. 하리는 비굴하게 웃었다.

제발 저 좀 모른 척해주세요.

하지만 진혁은 그대로 지나치지 않고 하리의 앞에 무릎을 꿇고 앉았다. 그리고 입을 여는데, 다행히 하리만 들을 수 있을 정도의 속삭이는 목소리였다.

"강하리, 1115호 권시후 환자 바이탈 사인 다시 체크한 다음 비타민C 주고 몸 따뜻하게 해줘. 그리고 이상 있으면 내과에 노티해."

하리는 진혁보다 더 작게 속삭였다.

"네. 저기, 그러니까 제가 지금 그 환자 찾으러 나가려던 길이었
거든요."

"지금 병실에 있어."

"네? 병실에 있다고요?"

시후가 병실에 있다는 소리에 놀라 하리는 바닥에서 떨어져 벌
떡 일어났다. 우득! 목에서 극심한 통증이 밀려왔다.

허억! 강하리 죽네.

"사준! 너 당장 돌아가! 우리 오빠 퇴원할 때까지 면회 금지야!
그리고 오빠는 퇴원할 때까지 이 병실 밖으로 한 발자국도 못 나
가! 나가기만 해봐, 아주 침대에 묶어버릴 테니까. 밖에 나가서 뭐
했어? 술 마셨지? 술 마시고 그 꼴 됐으면서 또 술을 마시고 싶
어? 이젠 입까지 꿰매줄까!"

바다는 시후의 병실에 오자마자 소리치기 시작했다. 그래서 하
리와 용준은 입도 뻥끗할 수 없었다.

"몸은 침대에 꽁꽁 묶어두고, 입은 꿰매고. 내 꼴 볼만하겠네.
안 그러냐, 사준?"

"내 말 끝날 때까지 한 마디도 하지 마!"

두 남매의 대화를 듣고 있는 하리는 꼭 강호의 고수 두 명이 칼
부림을 하는 장면을 구경하는 느낌이었다. 둘 다 한 치의 물러남
도 없었다.

"두 사람 이야기 끝나면 권시후 환자 바이탈 체크해 봐."

용준은 하리에게 모든 책임을 미루고 그 자리를 떠났다. 결국

하리는 사준과 나란히 앉아서 남매가 싸우는 소리를 듣고 있어야
했다.

두 사람의 말싸움이 쉽게 안 끝나자 하리가 한숨을 쉬며 사준에
게 말했다.

"권씨 남매가 상당히 기가 세네요."

"권씨 남매 아닌데요."

"네?"

"권시후, 오바다예요."

어라? 남매인데 성이 다르네. 그러니까 그건…….

하리의 시선이 다시 싸우고 있는 두 사람에게 향했다. 그리고
모든 걸 알았다는 듯이 고개를 끄덕였다. 부모님이 재혼을 하셔서
성이 다른 거라고, 단순하게 판단 내렸다.

"흠, 그렇군요."

"뭐가 그렇다는 거죠?"

"네?"

하리가 시선을 돌리자 오늘 본 것 중 가장 진지한 얼굴을 한 사
준이 있었다.

"함부로 속단하지 마세요. 저 두 사람 당신이 짐작하는 것보다
더 복잡하니까."

하리는 이해하지 못한 채 고개를 끄덕였다.

"네, 알겠습니다."

인턴의 빌어먹을 습관이다. 몰라도 무조건 알아먹은 척한다.

권시후의 병실에서 내려온 후 바다와 하리는 다 받지 못했던 정

형외과 치료를 받았다.

"경미한 부상이기는 하지만 일주일 정도는 병원 다니면서 치료 받으셔야 합니다. 무리하게 목 움직이지 마시고 집에서 목찜질 자주 해주시고요."

"난 집에 못 가는데."

정형외과 인턴의 말에 하리는 작게 투덜거렸다. 옆에 있던 바다가 하리의 말을 듣고 고개를 돌리자 하리가 신세 타령하듯이 말했다.

"인턴이거든요."

아파도 일해야 한다는 하리가 불쌍해 보였는지 바다가 선심 쓰듯 말했다.

"아프면 우리 오빠한테 대신 일하라고 하고 쉬어요."

농담이라고는 하지만 심각히 고려해 보아야 하는 농담이었다.

치료를 다 마쳤을 때 처치실 안으로 한 남자가 들어섰다. 아름다운 사람이었다. 남자를 쳐다보고 있던 하리가 마주친 남자의 시선에 놀라서 바다에게 작은 소리로 물었다.

"헉! 저 남자 지금 저 보고 있는 건가요?"

"내 남편이에요."

아, 네!

하리는 바로 침대에서 일어나 시녀처럼 바다의 옆에 가서 섰다. 바다의 남편이라는 남자는 곧장 바다에게로 걸어왔다. 뛰어왔는지 이마에 땀이 맺혀 있었다. 아내가 사고를 당했다는 소식을 듣고 놀라서 허겁지겁 뛰어왔나 보다. 그게 비록 식후 디저트 농담

밖에 안 되는 헤딩사고지만, 남자의 마음이 느껴져 하리는 마음이
뭉클해졌다. 생긴 것도 꼭 캔디에 나오는 안소니 같았다. 귀티라
는 게 바로 저런 것인가 보다. 꼭 태어날 때부터 왕족인 사람 같았
다.

척! 그녀의 앞에 서자 남자는 우아하게 손을 뻗고는 강하게 말
했다.

"차 키 내놔!"

화난 목소리도 귀티가 흘렀다. 진정한 안소니의 환생이었다. 그
리고 그의 사랑하는 아내가 어떻게 했는지 아는가? 사랑하는 남편
의 아름다운 손을 물어버렸다. 오! 지저스!

"선생님, 부탁하신 논문들 가지고 왔습니다."

하리는 정형외과 치료가 끝나자마자 일을 시작했다. 가장 첫 번
째 일이 진혁이 부탁한 논문자료를 찾아온 것이었다. 진혁은 열심
히 컴퓨터를 들여다보며 간단하게 말했다.

"거기 노트북에 번역 좀 해줘."

"네? 지금요?"

"그래, 지금."

"여기서요?"

"그래, 여기서."

"앉아서 타자만 치라고요?"

"차도 있으니까 알아서 마셔."

하리는 노트북이 놓여 있는 푹신한 소파를 복잡한 표정으로 바

라보았다. 또 도진혁이 자기를 신경 써서 급하지도 않은 일을 시킨 거라는 걸 알 수 있었다. 물론 목에 파스 붙이고 뛰어다니는 모습이 썩 좋아 보이는 건 아니지만 전문의한테 따로 관심을 받을 정도는 아니었다. 거절하고 나가야 했다. 만약 이 일이 다른 사람들 귀에 들어가면 지금의 편안함이 몇 배의 불편이 되어 돌아올 것이었다.

"아! 치프 선생님이 부탁하신 급한 일이 있는데, 그것 먼저 하고 해도 될까요?"

진혁은 그제야 고개를 들어 하리를 쳐다보았다. 하리는 이미 의국 문 앞까지 걸어가 있었다.

"무슨 일인데?"

"굉장히 급한 일이요."

"구체적으로."

"네, 굉장히 급한 환자라서 당장 CT지를 치프 선생님한테 가져다 줘야 해요."

진혁은 더 이상 질문하지 않고 전화기를 들어 올렸다.

"어, 어디 전화하시는 거예요?"

"나 흉부외과 도진혁인데, 배용준 치프 지금 어디 있지?"

하리는 바람처럼 진혁의 책상까지 달려와서 진혁이 들고 있던 전화기를 뺏어서 내려놓았다.

"번역 먼저 하겠습니다. 치프보다는 전문의 선생님의 명령이 우선이죠. 네, 당장 번역하겠습니다."

하지만 하리는 도진혁보다 배용준이 백배는 더 무서웠다. 몇 시

간 편하게 앉아서 번역하고 내려가면 분명 용준이 어디서 놀다 왔
냐고 호통을 칠 것이었다. 그리고 하리는 변명도 할 수 없을 게 뻔
했다. 몸이 불편하면 그나마 마음은 편하고, 몸이 편하면 마음에
돌덩이를 얹어놓은 것처럼 불편하다. 편한 인턴 생활은 세상 어디
에도 존재하지 않았다.

하리는 푹신한 소파에 앉고서 깊게 한숨을 내쉬었다. 무진장 푹
신하군. 여기서도 자버리는 거 아냐? 하지만 그건 절대로 안 되는
일이었다. 만약 하리가 여기서 자는 모습을 누군가에게 들킨다면
그건 권시후의 병실에서 발견되었을 때와는 비교도 할 수 없는 파
장을 불러일으킬 것이다. 그것도 나쁜 쪽으로. 이 상황을 해결할
방법은 가능한 빨리 번역을 마치고 바람과 함께 사라지는 것이다.
하리는 손가락에 힘을 주며 진혁에게 물었다.

"선생님, 무슨 체로 쓸까요? 제가 좋아하는 체로 써도 돼요?"

강하리는 덜렁대는 것 같으면서도 세심했다. 서툰 것 같으면서
도 대담한 점이 있었다.

"무슨 체 좋아하는데?"

"돋움체요."

"왜?"

"설명하자면 좀 긴데."

"그래서 강하리가 돋움체를 좋아하는 이유로 논문 하나 나오나?"

설마 지금 도진혁이 농담한 건가? 아니겠지? 아닐 거야. 그래,
아니야. 하나도 안 웃겨.

"그건 아니죠."

"그럼 설명해."

하리는 진혁을 쳐다보다 설명을 시작했다.

"컴퓨터마다 꼭 서체 네 개는 있잖아요. 바탕, 신명조, 굴림, 돋움. 제가 왜 그러냐고 우리 아빠한테 물어봤었거든요. 아빠가 말하길 가족이라서 그렇대요. 가족은 떨어져서 살 수 없으니까 항상 같이 있는 거라면서. 바탕은 아버지고, 신명조는 어머니고, 굴림은 아들이고, 돋움이 딸이래요. 제가 딸이잖아요. 그러니까 돋움이죠."

모니터 뒤에 가려져서 진혁의 얼굴이 하리에게 보이지 않았지만, 하리가 이야기하는 내내 진혁은 자신도 모르게 웃어버렸다. 신기한 일이었다. 강하리는 수다쟁이처럼 말이 많지만 전혀 시끄럽지가 않았다. 그녀의 목소리에는 항상 그녀의 모든 것이 묻어나왔다. 높지도 낮지도 않은 다정한 목소리, 꾸밈없고 담백한 울림. 강하리가 그랬다.

하리의 말을 다 들은 진혁은 키보드의 엔터를 치며 말했다.

"그럼 굴림으로 써."

심보 참 이상하시네. 선생님 마음대로 할 거면서 왜 다 이야기하게 합니까?

"아참! 전에 달라고 하신 거."

타자를 치기 전 하리는 주머니에서 무언가를 꺼내 진혁의 책상 위에 올려놓았다.

"양갱?"

하리가 진혁에게 준 것은 양갱이었다.

"네, 오늘 간식으로 먹었는데 맛있더라고요."

하리는 하나 남은 양갱 비닐을 기분 좋게 뜯었고, 진혁은 못마 땅한 표정을 지으며 자신의 앞에 놓인 양갱을 쳐다만 보았다.

아무리 달디달아 보이는 검은색이 비슷하다지만, 양갱과 초콜 릿은 엄연히 달랐다. 왜냐하면 밸런타인데이는 있지만, 양갱데이 는 없으니까.

진혁 덕분에 편하게 몇 시간을 보내고 나온 하리는 기분 좋은 마음으로 저녁을 먹으러 갔다. 진혁은 저녁 약속이 있다고 했다. 혼자서 열심히 구내식당으로 향하던 하리는 또 무단으로 병실을 이탈하는 권시후를 발견하고 그만 화가 나버렸다. 이번에는 단단 히 혼을 내줘야지 결심하고 그에게 다가가는데, 시후에게 가까이 간 하리는 아무 말도 하지 않고 조심스럽게 시후의 얼굴을 살폈 다. 어쩐지 그의 표정이 평소의 그와 달랐던 것이다. 언제나 무관 심한 표정으로 일관하던 그의 얼굴에 표정이 살아나 있었다. 하지 만 그리 기분 좋은 표정은 아니었다. 무언가 잔뜩 억눌린 듯한 표 정이었다. 힘을 주어 꽉 다물어진 입술이 금방이라도 고함을 지를 것 같았다. 어딘가를 쏘아보는 눈빛이 금방이라도 터져 버릴 것만 같은 그런 얼굴이었다. 위험했다. 하리는 어쩐지 당장에 화재경보 를 울려야 할 것만 같은 사명감에 사로잡혔다.

하리는 시후의 시선을 따라 아래를 내려다보았다. 그 시선 끝에 있는 건 생각도 못한 것이었다. 그의 동생인 바다와 그녀의 남편 이었다. 어째서 동생 부부를 저런 표정을 지으며 바라보는 것인 지, 하리는 알 수가 없었다.

자기는 아파 죽겠는데, 동생 부부는 행복해해서 억울하다는 건가? 그런 거라면 진짜 조잔한 인간이다.

하지만 조잔함보다는 슬픔이 더 깊었다. 그의 슬픔이 정확하게 무엇인지, 아직 하리는 알 수 없었다. 왜냐하면 하리는 그저 그의 수술 부위에 드레싱이나 해주는 인턴이었으니까.

정갈한 분위기의 한정식 식당이다. 진혁은 깔끔하게 꾸며진 방 안에서 누군가를 기다리고 있었다. 중요한 사람들과의 저녁 약속이 있어서 바쁜 일정을 미루고 나온 것이었다. 거의 모든 생활이 병원 안에서 이루어지기에 병원 밖에서의 약속은 드문 일이었다. 얼마 지나지 않아 창호지 문이 열리며 중년의 부부가 들어섰다. 자리에 앉아 있던 진혁은 바로 일어나 인사를 했다. 중년의 남자가 너털웃음을 지으며 손사래를 쳤다.

"병원에서도 만나면서 왜 그렇게 격식 차리면서 인사하는 거야. 편하게 해."

"원장님한테 인사한 게 아니라 사모님한테 인사한 겁니다."

진혁의 말에 서울병원 최 원장의 부인인 김순희는 기분 좋은 미소를 지었다. 오늘 이 자리는 김 여사가 최 원장에게 부탁하여 마련한 자리였다. 이 부부에게 도진혁은 병원에 근무하는 의사 그 이상의 의미였다. 진혁이 의대에 입학할 때부터 지금까지 알아왔다. 그 긴 시간을 알아오는 동안 진혁은 자식이 없는 최 원장과 김 여사 부부에게 아들 같은 존재로 커졌다. 진혁 역시 두 사람을 또 다른 부모님으로 알고 모시고 있었다.

오랜만에 모인 세 사람은 정성이 들어간 한정식을 먹으며 담소를 나누었다. 식사가 거의 끝날 때쯤 최 원장의 전화가 울렸다. 김 여사는 이런 때 핸드폰을 꺼놓지 않았다고 최 원장을 나무랐다. 최 원장은 미안하다고 말하고는 전화기를 들고 밖으로 나갔다.

"참 너무하지. 언제나 병원이 먼저야. 나이가 들면 변할 줄 알았는데 더 심해지네."

"환자들을 자기 가족처럼 생각하시니까요. 너무 마음 상해 마세요."

최 원장을 대변하는 진혁의 말에 김 여사는 고요한 미소를 지었다.

"병원 생활은 어때?"

"언제나와 같죠. 어떤 사람은 아파서 울며 들어오고, 어떤 사람은 다 나아서 웃으면서 나가고, 그리고 저희는 병원을 지키면서 사람들을 고치고요."

"그래, 병원이 그런 곳이니까. 그리고 또?"

"그리고 또……."

진혁은 잠시 김 여사를 쳐다보다 웃으며 이야기를 꺼냈다.

"그리고 또 그 아이는 잘하고 있습니다."

진혁의 입에서 나온 그 아이라는 말에 고요하던 김 여사의 눈에 금세 물기가 차 올랐다. 감정이라는 강이 갑자기 불어난 것처럼. 김 여사는 울듯이 웃으며 물었다.

"그래? 처음이라 실수 많이 하지 않아?"

"네, 실수도 많이 하고, 대견한 일도 많이 합니다. 저번에는 혼자 어레스트(심장마비) 환자를 살려냈습니다. 장하죠?"

김 여사는 믿을 수 없다는 듯이 놀라며 물었다.

"정말? 그 아이가 정말 환자를 살려냈어?"

언제나 정직하게 굳어 있던 진혁의 얼굴에 잔잔한 미소가 피어올랐다.

"네, 저보다도 더 좋은 의사가 될 겁니다. 기대하세요."

두 사람의 대화는 고요히 시작했다가 최 원장이 전화를 마치고 방으로 들어오면서 고요히 끝났다. 세 사람이 다시 자리하게 되자 이야기의 주제는 병원과 건강에 관한 것들이 다였다. '그 아이'에 대한 이야기는 더 이상 나오지 않았다.

진혁은 원장 부부와 저녁 식사를 마치자마자 다시 병원으로 돌아왔다. 막 병원의 정문을 들어서는데 뒤에서 진혁을 부르는 큰 목소리가 들렸다.

"도 선생님!"

뒤돌아보지 않아도 강하리라는 걸 알 수 있었다. 진혁이 뒤돌아보자 양손에 과자를 가득 든 하리가 급하게 뛰어오고 있었다. 하리는 뛰어오며 외쳤다.

"축구! 축구 해요! 지금 휴게실에서 다 보고 있어요!"

온 국민의 애독 프로인 축구를 한다고 한다. 그래서 근무가 끝난 병원 사람들은 큰 텔레비전을 구해다가 한 곳에서 보면서 응원을 하고 있을 거고, 쫄따구 인턴인 강하리가 간식을 사러 나갔다 온 것인가 보다. 여러 명이 아니라 혼자인 걸 보니 인턴들 중 제비뽑기를 하여 재수없게 걸린 것 같기도 하다. 하리는 축구를 보고 싶은 마음이 급한지 진혁의 앞을 빠르게 지나쳐 달려가며 다시 외쳤다.

"안 보세요? 안 보시는 거죠? 저는 봐야 되거든요. 그럼 먼저 갑니다!"

진혁은 혼자서 뛰어가 버리는 하리의 뒷모습을 그저 쳐다만 보다가 큰 소리로 하리를 불렀다.

"강하리!"

하리는 멈추지도 않고 뛰어가면서 고개를 돌렸다.

"네?"

"나도 볼 거야. 같이 가."

전문의인 진혁의 말은 인턴인 하리에게 거부할 수 없는 명령이었다. 같이 가자는 진혁의 말에 하리는 그대로 걸음을 붙잡아야 했다. 그런데 축구를 보러 가자는 진혁의 발걸음이 양반의 그것과 똑같았다. 지금 대한용사는 피 토하게 달리고 있는데 말이다. 그 느릿느릿한 걸음에 속이 타서 하리가 재촉하듯 말했다.

"선생님, 지금 전반전 다 끝나갈 거예요!"

"그래? 그럼 후반전은 보겠네."

진혁의 발걸음은 전혀 빨라지지 않았다. 하리는 할 수만 있다면 진혁의 손을 붙잡고 억지로 뛰고 싶었다. 그러나 그럴 수는 없었기에 엘리베이터 단추만 수없이 눌러대며 다시 재촉을 했다.

"선생님, 이제 골 넣을 때 됐어요!"

"네가 점쟁이야? 그걸 어떻게 알아?"

"선생님, 응급상황이라고요! 이렇게 느긋할 때가 아니에요."

재촉하는 하리의 말을 들으면서도 진혁은 끝까지 걸어서 엘리
베이터로 향했다. 엘리베이터 앞에서 발을 동동 구르는 하리를 쳐
다보며 그곳으로 걸어갔다. 그 아이가 있는 곳으로.

제 4 장

아침 8시부터 스태프와 레지던트, 인턴이 모두 움직이며 병실을 도는 회진이 있다.

"선생님, 어떤 사람이 이런 눈을 하고 누구를 몰래 바라본다는 건 뭘 뜻하죠?"

스태프들이 오기를 기다리며 하리가 작은 목소리로 치프인 용준에게 김제동 눈을 하고 물었다. 용준은 게슴츠레하게 뜬 하리의 눈을 보다 어이없어서 웃고 말았다.

"졸리다는 거냐?"

"아닐걸요. 그 남자는 자라고 해도 안 자요."

하리의 입에서 남자라는 말이 나오자 용준은 잠시 생각에 잠긴 듯 말이 없더니, 하리에게 이렇게 말했다.

“나는 모르겠다. 똑똑한 도 선생님한테 물어봐라.”

스태프 회진이 시작되면 치프인 용준이 일 년차 혜림에게 치프 가이드 해준 대로 혜림이 환자의 병환과 신환의 히스토리, 수술 일정에 관해서 스태프들에게 전달한다. 그리고 스태프들은 직접 환자의 상태를 체크하거나 오더를 내려준다. 회진 중 인턴이 하는 일은 가장 먼저 병실로 달려가서 치프 용준이 설명할 환자의 침대 옆에 서는 일이었다.

“좋은 아침입니다.”

가장 먼저 환자의 병실에 들어선 하리는 언제나처럼 환자에게 먼저 밝게 아침 인사를 했다. 하지만 신경순이라는 이름을 가진 환자는 대꾸도 없었다. 삼십대 후반의 고혈압 환자인데 대동맥박리의 진행을 막기 위한 약물 치료를 해오다가 이번에 갑자기 상행 대동맥에 대동맥박리가 생겨 수술을 하게 된 환자였다. 신경순 씨는 하리를 싫어했다. 왜냐하면 병실을 들어오는 도진혁을 보며 아침 햇살보다도 환하게 웃기 때문이다.

“내일이 수술인데 몸 상태는 어떠세요, 신경순 씨?”

진혁의 질문에 경순 씨는 수줍게 웃으며 대답했다.

“좋습니다. 다 선생님 보살핌 덕분이에요.”

아줌마의 나이가 되어도 여자는 여자인가 보다. 진혁을 제대로 쳐다보지도 못하고서 얼굴을 붉히며 말하는 경순 씨를 보면 알 수 있었다. 그녀가 지금 두근거리고 있다는 것을 말이다. 비록 상대는 이루어질 가능성이 거의 0%에 가까운 세 살이나 어린 엘리트 의사선생님이지만.

그런 경순 씨의 마음을 아는지 모르는지 진혁은 똑 부러지는 발음으로 내일 있을 수술에 대해 환자인 경순에게 설명했다.

"병적인 대동맥 부위를 잘라내고 그 부위에 인조혈관으로 새로운 대동맥을 만들어주는 것입니다. 가능하면 병적인 대동맥을 전부 제거하는 것이 치료의 목표입니다. 여기에 사용되는 인조혈관은 인체에 무해한 재질로 만들어져서 신체 내에 들어가도 아무런 해가 없습니다. 그리고 이 인조혈관 때문에 추가적인 항응고제 등의 약물 치료도 필요가 없습니다. 대동맥질환 환자에서 특히 중요한 점은 고혈압의 조절입니다. 지속적인 고혈압 약물 치료를 통하여 추가적인 대동맥 질환의 발생을 예방할 수 있으며, 고혈압으로 인한 다른 합병증도 예방할 수 있습니다."

분명 무슨 소리인지도 모를 텐데, 경순 씨는 진혁의 말을 경청하며 고개를 열심히 끄덕였다. 그리고 진혁과 떨거지 의사들이 병실을 떠나기 전 과일바구니를 내밀었다. 물론 진혁에게.

"이거 별거 아니지만 드세요. 내일 수술 잘 부탁드린다는 의미로 드리는 거예요. 의사선생님들하고 나눠 드세요."

철이 지나기는 했지만 달디달아 보이는 감귤이었다. 과일을 본 하리는 저도 모르게 침을 삼켰다. 그런데 무언가 조금 이상했다. 그건 먹는 것에 걸신이 되는 인턴만이 알 수 있는 아주 사소한 이상함이었다. 감귤은 딱 여덟 개였다. 지금 이곳에 있는 의사는 아홉 명인데 말이다. 그저 하나 모자라는 우연일 뿐일까? 아니면 가장 쫄따구인 하리만 먹지 말라는 암시일까?

회진이 끝날 동안 하리는 환자의 수술이 과연 잘될까를 고민하기보다 왜 귤이 여덟 개뿐인가를 심각하게 고민했다.

805호 신경순 환자 때문에 간호사의 콜이 온 건 점심때였다. 하리는 점심도 먹다 말고 달려올라 갔다. 부른 이유는 신경순 씨가 밥을 먹지 않겠다고 버티고 있기 때문이었다.

다행히 급한 상황은 아니기 때문에 한숨을 놓은 하리는 불만스런 눈으로 간호사를 쳐다보며 따졌다.

"그 정도로 긴급이라고 하시면 어떻게 해요? 밥 먹다 말고 뛰어왔잖아요."

"당연히 긴급이죠."

"왜요?"

"제가 밥 먹으러 가야 하니까요. 그럼 부탁드려요."

너무도 당연하다는 듯이 하리에게 모든 것을 떠넘기고 가는 간호사의 늘씬한 뒷모습을 하리는 어이없다는 눈으로 쳐다보았다.

뭐야? 저 간호사도 도진혁 팬클럽 회원인가?

만약 그게 아니라면 정말 성격 더러운 것이다. 하리는 한숨을 내쉬며 신경순 환자의 병실로 들어갔다. 이번엔 진짜 도진혁 팬클럽 공식 회원이었다. 그 말은 절대로 하리의 말을 들을 리가 없는 환자라는 소리였다.

그런데 '도진혁 팬클럽은 강하리를 괴롭혀라'라는 공식은 어디서 생긴 것일까? 아니, 그전에 '왜 도진혁은 강하리를 편애하느냐'에 대해 먼저 파헤쳐 보는 것이 순서일 거 같다.

"신경순 씨, 식사는 꼭 전부 다 드셔야 해요."

하리는 손도 대지 않은 신경순 씨의 식판을 보면서 자신이 버리고 와야 했던 식판을 생각했다.

"됐어요. 배 안 고파요."

"그러세요? 전 정말 배고픈데."

"어휴, 여자가 게걸스럽게 왜 그렇게 먹는 걸 밝혀?"

저기, 게걸스러운 게 아니라 지금이 점심때여서 그렇거든요.

"배고프지 않아도 드세요. 규칙적인 식사가 건강한 생활을 위한 첫 번째 규칙이에요."

"됐어요."

"음식 남기면 벌 받아요."

"그럼 배고픈 닥터 강이 먹던가."

"말씀은 고맙지만, 저 그거 먹으면 쫓겨나거든요."

"어머, 먹을 생각은 있었나 보네! 정말 먹을 거 밝혀!"

저기, 그러니까 지금이 밥 먹으라고 단군시대부터 정해진 점심 시간이라고요.

그런데 참 이상한 일이었다. 병원에 입원한 환자라면 보편적으로 간호사 먼저 찾게 되는데, 신경순 씨는 무조건 닥터 강이다. 조금만 아파도 닥터 강, 조금만 불편해도 닥터 강, 조금만 심심해도 닥터 강.

무엇이지? 캔디를 괴롭히면서 연정을 느꼈던 니일의 심정인가?

"나 너무 심심한데, 책 좀 사다줘."

아, 이번엔 심부름인가? 이럴 때 의사한테 그런 걸 시키시면 안 된다고 말할 수 있는 배짱이 있으면 얼마나 좋을까.

“무슨 책이요?”

“우리들의 행복한 시간. 무슨 책인지 알아?”

“그, 글쎄요.”

하리가 머리를 긁적이며 모른다고 시인했다. 워낙 어려운 책에만 코를 묻고 살았던지라 문학 쪽은 영 젬병이었다. 하리의 대답에 신경순 씨는 역시나 그럴 줄 알았다는 표정을 지으며 하리를 타박했다.

“닥터 강은 정말 의사 맞아? 왜 그렇게 모르는 게 많아? 너무 무식해.”

아니면, 그저 인턴을 우습게 보는 것인가.

드레싱 시간이었다. 1115호 권시후의 병실 문을 열고 들어서려던 하리는 잠시 멈칫하였다. 환자인 권시후가 담배를 피우고 있었기 때문이다. 다시 처음 보았던 시후의 복잡한 표정이 생각났다. 도대체 무슨 마음이었기에 그런 표정을 짓고서 동생 부부를 내려다보고 있었던 것일까?

딱! 순간 시후의 시선과 정면으로 마주쳤다. 생각에 빠져 자신도 모르게 또 김제동 눈을 한 강하리를 보고 시후가 피식 웃으며 말했다.

“진짜 못생겼네.”

대놓고 못생겼다고 하는 시후의 말 때문에 하리의 표정이 구겨졌다. 남은 걱정해 주고 있는데, 진짜!

“병원 안에서는 금연입니다.”

"나가지 말라며. 그래서 여기서 피우는 거잖아."

"환자는 퇴원할 때까지 금연입니다."

"그럼 지금 당장 퇴원시켜 주든지."

"자기 발로 움직여서 나갈 수 있으면 맘껏 퇴원하세요."

하리는 드레싱카를 밀고 들어오며 시후에게 일침을 가했다. 할 말이 없어진 시후는 곱지 않은 시선으로 하리를 노려보았다. 하리는 쓰지 않는 종이를 말없이 내밀었다. 그리고 시후는 말없이 하리를 쏘아보며 피우고 있던 담배를 하리가 내민 종이에 비벼 껐다.

"너무 말썽 부리려고 애쓰지 마세요. 우리 볼 날도 얼마 없는데."

볼 날이 얼마 없다는 말에 시후가 놀란 눈을 하며 물었다.

"일 못한다고 잘렸어?"

"아뇨, 딴 과로 옮깁니다. 인턴은 한 달마다 과를 옮기거든요. 그래서 맘에 드는 과를 골라서 전공을 하면 그때부터 평생 그 과에 정착을 하는 거죠."

"어디로 가는데?"

그래도 관심을 가져서 물어오는 시후의 질문에 하리가 의외라는 듯이 물었다.

"왜요? 제가 드레싱 안 한다니까 섭섭하세요?"

"그래, 난 실수투성이인 사람이 좋거든. 그런데 망하리 선생만 한 사람이 어디 있겠어?"

하리는 웃으면서 드레싱을 시작했다. '잊지 말자. 맞기 싫으면 알아서 비위 맞추기. 절대로 잊지 말자'를 속으로 열심히 되뇌었다.

"시후야!"

갑자기 문 쪽에서 시후를 부르는 남자의 목소리가 들렸기에 시후와 하리는 동시에 시선을 돌렸다. 시후의 동생인 바다와 어떤 남자가 서 있었다. 그리고 놀라운 건 그 남자가 울고 있다는 사실이었다. 시후의 이름을 부른 걸 보니까 분명 권시후를 아는 사람이었다. 하리가 누구냐고 묻기도 전에 울고 있던 남자는 그대로 펑펑 울었다.

"미안하다. 다 나 때문이야. 내가 한국에만 있었어도 네가 이렇게 되지는 않았을 텐데. 다 내 잘못이야."

"이 인간이 어떻게 여기 있는 거야?"

"아민 씨가 찾아줬어. 파리에 박혀 있었대."

"흐어엉! 시후야! 정말 미안해! 내가 널 이 꼴로 만들었어. 네가 나한테 어떻게 했는데……."

"아! 저기, 진정하세요. 권시후 씨는 괜찮아요. 워낙 소 같은 체력이라 금방 일어날 거예요."

"당장 내보내."

"너무하세요. 당신을 걱정해서 우는 사람을 어떻게 쫓아내려고 하세요?"

"선생님 말고 너 말이야! 당장 나가!"

무언가 엄청 산만한 대화가 오간 뒤 하리는 혼자 병실 밖에 서 있게 되었다. 드레싱 하다가 쫓겨난 것이다. 하리는 어이없다는 눈으로 굳게 닫힌 문을 쳐다보았다.

"난 의사라고."

적어도 의사는 절대로 병실에서 쫓겨나면 안 되었다.

권시후의 병실에서 쫓겨난 하리는 드레싱카를 밀고 터덜터덜 간호사 스테이션으로 갔다. 그런데 어쩐 일인지 간호사 스테이션도 수선스러웠다. 수간호사가 들어온 지 얼마 되지 않은 신입 간호사들을 혼내고 있었다. 분위기가 심상치 않았기에 하리는 조심스럽게 스테이션 안으로 들어섰다.

"도대체 너희들이 간호사가 맞아? 병원 내에서 환자 험담을 하면 어쩌겠다는 거야!"

"선생님, 억울해요. 저희는 험담을 한 게 아니라 그저 사실 그대로를 말한 건데."

"입 닥치지 못해? 아직도 자신들의 잘못을 모르는 거야? 너희 두 사람 앞으로 한 달 동안 업무 외의 잡담은 절대로 금지야! 알겠어? 만약 어기면 당장 쫓겨날 줄 알아."

하리가 조심스럽게 옆에 있는 정 간호사에게 물었다.

"무슨 일이죠?"

"805호 신경순 환자가 사라졌어."

"네? 사라져요? 세 시간 뒤에 수술인데요?"

"인턴 선생님, 조용히 해주세요!"

자신에게 날아온 수간호사의 호통에 하리는 손으로 입을 꾹 눌렀다. 그리고 다시 조심스럽게 정 간호사에게 물었다.

"왜 사라진 건데요? 수술이 겁나서요?"

"그런 거면 차라리 낫지. 신입들이 떠드는 수다를 들었나 봐."

"간호사들이 뭐라고 했는데요?"

정 간호사는 작게 한숨을 쉬며 말했다.

"수술대에 누드로 누워 있어도 도진혁 선생님은 단지 이 두꺼운 비계들을 어떻게 잘라내지 하며 한숨만 쉴 거라고."

"허억! 그걸 신경순 씨가 들었어요?"

만약 들었다면 마음에 심각한 상처를 입었을 것이다. 그 이른 아침 곱게 화장까지 해서 의사들을 맞는 사람은 신경순 씨밖에 없었다. 그만큼 도 선생님에 대한 마음이 컸다는 것인데, 그런 말은 연정으로 가득한 여자의 마음에 황산을 들이붓는 것이었다.

"그래, 다 들었으니까 도망갔겠지."

오! 지저스! 나보다 더 불쌍한 사람이 있었다니.

"나 혼자 찾아올게."

진혁의 말에 치프 용준이 걱정스러운 목소리로 의견을 내놓았다.

"혼자서요? 그럼 오래 걸리실 텐데. 다른 사람도 데리고 가시는 게 어떠세요?"

"아니, 혼자면 충분해. 저녁 전까지 돌아올 거야. 그동안 오 선생한테 내 환자들 맡겼으니까 무슨 일 있으면 오 선생한테 콜해."

"정말 혼자 가실 생각이세요? 어디 가서 찾으시게요?"

"환자 집."

"거기도 없으면요?"

이어지는 용준의 질문에 진혁은 할 말이 없었다. 신경순의 병력에 대해서는 쫙 깨고 있지만 그녀가 갈 만한 곳을 알고 있지는 않았다. 용준이 그럴 줄 알았다는 듯이 작게 한숨을 쉬며 말했다.

"강하리 데리고 가세요. 병원에서 신경순 환자와 가장 많은 시간을 보낸 사람이 그 녀석이니까. 신경순 씨한테 혼나서 우울하다면서 자주 신경순 환자의 이야기를 하기도 했습니다."

"……둘이 환자들에 대한 이야기 자주 나누나?"

"아뇨, 물어보지 않아도 그 녀석이 다 말합니다. 일 분 이상 입을 다물고 있지 못하니까요. 자기 말로는 집안 내력이랍니다."

"그래? 그런데 왜 나하고 있을 때는 묻는 말에만 대답하는 거지?"

지금은 사라진 신경순 환자를 찾는 게 급하였다. 그런데 갑자기 초점을 강하리에게 돌려 버리는 도진혁을 용준은 잠시 말없이 바라보다 간단하게 대답했다.

"그거야 선생님이 전문의이니까요."

진혁은 그 말을 동의할 수 없다는 듯이 용준을 쳐다보았다. 하지만 일 초의 시간도 아끼면서 사는 용준은 하리에게 호출하며 이미 의국을 나서고 있었다.

용준의 호출을 받자마자 하리는 외출복으로 갈아입고 병원 정문 앞으로 달려나왔다. 진혁은 이미 차를 끌고 나와 하리를 기다리고 있었다.

"아! 저희 둘만 가는 건가요?"

"그래, 환자 한 명 찾으러 모두 나가면 인력 낭비야."

“그렇죠, 그렇긴 하죠.”

하리는 조심스럽게 진혁의 차에 올라타서는 안전벨트를 매었다. 차 안에서는 청결한 페퍼민트 향이 났다. 그리고 담뱃재나 먼지는 하나도 없었다. 역시 깔끔한 성격의 도진혁 차다웠다.

“난 신경순 씨 집에 가보려고 했는데. 네가 생각하기에는 어디로 갔을 것 같아?”

“아마 영화관에 있지 않을까 싶은데요.”

“영화관?”

“영화 보는 걸 엄청 좋아하시는 것 같았어요. 저한테 항상 영화 제목을 말하면서 그 영화에 대해 아냐고 물으셨는데 제가 한 번도 제대로 답하지를 못했거든요. 제가 영화 볼 시간이 있어야 영화를 보죠. 그래서 저, 신경순 씨한테 무식하다고 매일 혼났었어요.”

용준의 말이 맞았다. 하리는 주치의인 진혁보다 신경순에 대한 사적인 일을 많이 알고 있었다. 두 사람은 병원 근처의 극장부터 시작해서 차근차근 서울 시내의 극장을 돌아다녔다. 하지만 다섯 군데를 돌아볼 동안 신경순 씨를 찾을 수 없었다.

“영화관에 없으면 어쩌죠?”

영화관을 돌아다니는 시간이 너무 길어지자 하리가 불안한 목소리로 진혁에게 물었다.

“걱정 마. 늦기 전에 찾을 수 있을 거야.”

“늦기 전에요?”

신경순 환자는 대동맥질환 환자였다. 대동맥질환은 갑자기 사망할 수도 있는 위험한 병이었다. 대동맥질환 환자가 수술을 받게

되었다는 건 가능한 빠른 시간 안에 수술을 해야 한다는 의미였
다. 그래서 주치의인 진혁이 직접 찾아 나선 것이었다. 맘대로 병
원을 나가 버린 환자에게 의사는 더 이상 책임을 가질 필요가 없
지만 진혁은 그러고 싶지 않았다. 살릴 수 있는 환자는 끝까지 살
려내고 싶었다. 진혁은 그 사실을 하리에게 설명해 주는 대신 영
화관에 놓인 최신 개봉영화 전단지를 들어 올렸다.

"만약 영화를 보고 있다면 무슨 영화를 보고 있을까?"

"로맨스 영화일 거예요."

"로맨스 영화?"

"네, 물어보시는 영화 대부분이 로맨스 영화였거든요. 해리가
샐리를 만났을 때, 당신이 잠든 사이에, 시애틀의 잠 못 드는 밤,
유브 갓 메일 같은 거요. 아세요?"

진혁은 모르겠다는 듯이 왼쪽 눈썹을 찌푸리며 웃었다.

"선생님도 모르시는 거죠? 그런데 왜 난 무식하다고 야단맞고
선생님은 고마운 분이라고 존경 받는 거죠? 불공평해."

농담 같은 투정을 뱉어내고 하리는 먼저 앞서 걸어갔다.

"강하리."

진혁의 부름에 하리는 고개를 돌렸다. 진혁은 아직도 그 자리에
서 있었다.

"나도 너처럼 인턴이었던 시절이 있었어."

"네?"

"인턴이라든지 전문의라든지 하는 건 그저 하나의 과정일 뿐이
야. 절대적인 그 사람의 위치가 아냐."

틀린 말이 아니었다. 지금 그의 말은 모두 맞았다. 하리도 언젠 가는 진혁처럼 전문의가 될 것이다. 그리고 많은 사람들의 존경을 받을 수도 있겠지. 지금의 진혁처럼. 그 당연한 논리가 진혁의 입 에서 나왔기 때문에 특별하게 들리는 걸까? 아니, 정확하게는 진 혁에게 하리처럼 어리바리한 인턴 시절이 있었다는 게 실감이 안 났다. 그는 처음 만났을 때부터 완벽한 전문의였으니까. 아마도 그가 지금 하리와 같은 위치였다면 '당연하지, 이 자식아!' 라고 웃 으며 말하고서 그의 어깨를 때렸을지도 모른다.

하지만 지금 그와 하리의 위치는 엄연히 틀렸다. 그는 여전히 하리에게 하늘 같은 전문의였다. 하리는 뭐라고 대꾸할 말을 찾지 못하고 진혁만 쳐다보았다.

"그러니까……."

그러니까 너무 불공평해하지 말라는 건가?

"그러니까 나 너무 어려워하지 마."

하늘 위에 있던 진혁이 순식간에 땅 위에 발을 내려놓았다. 갑 자기 너무도 가까이 다가온 진혁의 말에 하리는 현기증을 느꼈다. 이건 어쩌면 진혁이 땅으로 내려온 게 아니라, 하리가 있는 힘껏 하늘을 향해 거꾸로 번지점프를 한 것인지도 모르겠다. 그래서 이 렇게 어지러운 건지도.

"그래서 대답은?"

진혁은 더 이상의 재촉도 없이 그저 가만히 서서 하리의 대답을 기다렸다. 그래서 하리는 대답을 해야만 하는 상황이 되어버렸다. 하리는 차렷 자세를 하고서 작게 대답했다.

"……네."

하리는 아직도 알 수가 없었다. 그가 왜 자신에게 이렇게 친절한지. 처음 만난 날부터 그랬다. 하늘 같은 전문의가 먼저 햇병아리 인턴에게 말을 걸었었다. 음료수도 줬었다.

"네가 강하리인가? 열심히 해."

왜 저에게 자꾸 도진혁답지 않은 친절을 베푸는 건가요? 물어보면 대답해 주실래요?

"아! 혹시 단발머리 한 삼십대 후반의 덩치 큰 아줌마 말씀하시는 거예요?"

신경순 씨가 병원을 뛰쳐나간 건 그녀의 무거운 몸무게 때문이었는데, 그녀를 찾을 수 있게 해준 것도 그녀의 몸무게 때문이었다. 극장 직원은 다른 사람보다 배는 덩치가 좋은 그녀를 기억하고 있었다.

그녀는 역시나 로맨스 영화를 보고 있었다. 극장 사람들에게 양해를 구해 영화 중간이지만 극장 안에 들어갈 수 있게 되었다. 상영관의 문 앞에 서서 하리가 진혁에게 물었다.

"들어가서서 뭐라고 말씀하실 거예요?"

"가능한 빨리 수술 받는 게 본인한테 좋은 일이라고 말해야지."

"그냥, 그냥 말이죠."

끝나지 않은 하리의 말에 진혁이 고개를 돌려 하리를 내려다보았다. 작은 키의 하리가 진혁을 올려다보며 부탁하듯이 말했다.

"그냥 영화 끝날 때까지 신경순 씨 옆 자리에 앉아서 같이 영화 봐주시면 안 돼요? 이야기는 그 다음에요."

진혁은 별 대답 없이 문고리를 잡고 서 있다 갑자기 물었다.

"용준이 그러는데, 너 나한테 물어볼 거 있다며?"

"네?"

진혁의 말을 바로 이해하지 못하던 하리는 금방 아, 그거! 라고 말하였다. 하리는 김제동 눈을 하고 진혁을 쳐다보며 물었다.

"어떤 사람이 이런 눈을 하고 누군가를 몰래 바라보고 있는 건 무슨 뜻이죠?"

진혁은 진지하게 하리의 눈을 쳐다보았다. 오늘 이런 눈을 한 하리를 보고 웃지 않은 첫 번째 사람이었다.

"보기 싫지만 어쩔 수 없이 보고 있다…… 인가?"

진지한 대답에 놀라 하리의 눈이 저절로 커졌다.

"보기 싫은데 왜 봐요?"

"마음은 자기 뜻대로만 되는 게 아니니까."

"그래요?"

"그래…… 아마 그런 것 같아."

진혁은 잠시 말없이 하리를 쳐다보다 영화관 안으로 들어갔다. 하리는 어쩐지 방금 진혁의 시선이 그때 보았던 시후의 시선과 비슷하다고 느끼고 복잡한 표정을 지었다.

설마 도 선생님도 보기 싫은데 어쩔 수 없이 날 보고 있나? 왜 내가 보기 싫은데?

인간의 감정이란 천 갈래 실타래보다도 더 복잡한 것이다. 비슷한 시선이라고 같은 급으로 취급하고, 같은 마음이라고 단정 지어 버리는 건 단순한 인간들이 쉽게 저지르는 오판이다. 그리고 지금 강하리의 경우가 그랬다.

하리는 밖에서 두 사람이 나오기를 기다렸다. 영화 시간이 다 끝나도록 나오지 않는 것을 보니 진혁이 하리의 말대로 해주고 있는 것 같았다. 하리가 부탁하지 않았다고 해도, 진혁은 환자를 소중히 하는 의사이니까 기꺼이 그녀의 영화관 옆 자리를 지켜줄 것이다. 그게 그의 환자가 기뻐하는 일이라면.

두 사람이 나오기를 기다리는 시간, 하리는 영화관 벽에 걸린 로맨스 영화 포스터를 멍하니 바라보았다. 여자와 남자가 다정하게 키스를 하고 있는 모습이었다. 마치 세상의 행복이 서로의 입술에서 시작되는 듯 그렇게 키스를 하고 있었다.

……누군가를 좋아한다는 건 어떤 걸까?

영화가 끝나고 진혁이 신경순 씨와 같이 영화관에서 나왔다. 신경순 씨의 모습을 발견한 하리는 안도의 한숨을 내쉬었다.

병원으로 돌아오는 차 안, 신경순 씨가 진혁의 옆 자리에 앉으면서 하리는 자연히 뒷좌석으로 밀려났다. 하리가 조심스럽게 신경순 씨에게 말했다.

“정말 걱정했어요. 빨리 찾아서 다행이에요.”

하지만 뚱한 신경순 씨의 표정은 변함이 없었다. 그래서 할 수 없이 하리는 말을 덧붙였다.

“라고 도 선생님이 말을 전해달라고 하셨어요.”

그제야 신경순 씨의 얼굴에 옅은 미소가 번졌다. 그리고 진혁은 룸미러를 통해 하리를 쳐다보았다. 하리가 미소로 말을 전했다.

에이! 좋은 게 좋은 거잖아요.

"수술은 밤늦게라도 진행할 생각입니다. 괜찮으시겠어요?"

진혁은 신경순 씨에게 수술 이야기를 꺼냈다. 사라진 신경순을 직접 찾으러 나온 이유도 그것이었기 때문이다. 신경순 씨는 수술이라는 말에 또 간호사들의 말이 떠오르는지 표정이 안 좋아졌다. 신경순 씨의 미묘한 표정 변화를 읽은 하리가 뒷자리에서 다급하게 앞으로 머리를 내놓으면서 말했다.

"신경순 씨는 머릿결이 너무 좋아요. 비결이 뭐예요?"

그러고 보니 머리 감은 지 삼 일 됐군. 오늘은 꼭 감고 자자!

아침 일찍 시후의 병실로 들어서던 하리는 놀라서 멈추어 섰다. 오늘 시후의 병실은 다른 날과 달랐다. 저녁에는 사람들로 넘쳐 나지만 아침에는 항상 혼자였는데, 오늘은 두 명이었다. 어제 울면서 찾아왔던 그 남자가 시후의 침대 옆 소파에서 자고 있었다.

하리는 남자를 깨울까 봐 조심스럽게 병실 안으로 들어왔다.

"같이 잔 거예요?"

이미 깨어 있는 시후에게 묻자 시후가 맘에 안 든다는 표정을 지으며 하리를 쏘아보았다.

"표현 이상하다. 제대로 말해라."

"사실 그대로를 물은 건데 뭘 어떻게 제대로 말해요?"

하리는 소파에서 자고 있는 남자를 힐긋 훔쳐보며 시후에게 물었다.

"그런데 누구예요? 가족은 아니죠?"

"알 거 없어."

참 예의없다. 참 싸가지없다. 참…….

하리는 딴에는 매섭게 시후를 쏘아보며 정맥주사기를 들어 올렸다. 그때 소파에서 자던 남자가 깨어났는지 몸을 뒤척였다. 잔뜩 잠긴 남자의 목소리가 들려왔다.

"시후야, 나 물."

하리는 저도 모르게 소리 내어 웃고 말았다. 이건 뭔가? 완전 하인한테 하는 말이잖아. 시후도 그렇게 느꼈는지 버럭 화를 내며 말했다.

"나 지금 일어나지도 못하거든요! 내가 폼으로 여기 누워 있는 줄 알아요?"

그래도 왕년에 한가락 하던 저 성격에 꼬박꼬박 존댓말을 한다. 아무래도 꽤 인연이 깊은 사이인 것 같다.

남자는 스스로 일어나서 냉장고로 걸어갔다. 금방 깨어서 걸어가는 몸이 휘청휘청했다. 그는 냉장고에서 물과 메론 하나를 꺼내더니 침상으로 다가왔다. 그리곤 메론을 하리에게 내밀며 웃었다.

"이거 먹고 하세요, 의사선생님."

하리는 감동 어린 표정으로 메론과 남자의 얼굴을 쳐다보았다. 이 병실에 들락거리는 동안 먼저 먹을 걸 주는 사람은 그가 처음이었다. 그러고 보니 이 남자 무지 착하게 생겼다. 하리는 메론을 받으며 자신의 소개를 했다.

"고맙습니다. 저는 이 병원 의사 강하리입니다."

"강하리? 강하게 살라는 뜻의 순 우리말 맞아요?"

맞습니다! 이렇게 감동적인 사람은 정말 처음이다.

하리가 남자의 친절과 섬세함에 감동받고 있을 때 무언가가 빠르게 날아와 메론에 푹 꽂혔다. 남자와 하리의 시선이 메론으로 떨어졌다. 다트가 메론의 정 가운데 꽂혀 있었다. 두 사람의 시선은 이제 시후에게로 돌아갔다. 그는 손에 파란색 다트를 들고 있었다. 그리고 한다는 말이,

"머리 위에 올려봐. 내가 정확하게 맞출 테니까."

전혀 감동스럽지 않은 인간! 먹을 거 가지고 놀면 천벌 받습니다!

갑자기 나타난 남자의 이름은 장승록이라고 했다. 나이는 불혹의 마흔 살, 생각보다 많이 먹어서 조금 놀랐다. 전직 사진작가라고 하였다. 시후에게 사진을 가르쳐 준 게 그란다. 그러니까 권시후에게는 스승님이 되는 것이었다. 그래도 그 성격에 스승은 알아보고 존댓말 써가며 대우해 준다는 게 조금 대견했다.

저녁 시간, 하리는 내일의 오더를 전자처방 컴퓨터와 차트에 정리하고 있었다. 중요한 오더의 변경은 주치의의 몫이므로 손대지 않고, 매일매일 동일한 오더에 한해 '오더리'의 역할을 했다. 그러면서 인턴은 해당 과와 그 질병에 대한 오더의 내용과 상세 처방을 눈에 익히게 되는 것이었다.

열심히 타자를 치고 있는데, 수술방에 들어갔던 배용준이 올 시간보다 빨리 모습을 나타냈다.

"어? 선생님, 벌써 수술 끝나셨어요?"

"끝난 게 아니라 더 이상 할 게 없었어."

"네? 그게 무슨 소리예요?"

"환자가 죽었다는 소리다. 더 이상 말 걸지 마."

타자를 치며 묻던 하리는 놀라서 손을 멈추었다. 도진혁 선생님의 수술이라고 들었다. 그러니까 하리가 이 병원에 들어오고 처음이었다, 도진혁의 수술에서 사람이 죽은 건.

그날 하리가 도진혁을 보게 된 건 늦은 밤이었다. 그는 차도 버려두고 어딘가로 걸어가고 있었다. 그리고 담배도 물고 있었다. 사람이 죽으면 그는 담배를 피우나 보다. 그 모습을 팔층 창가에서 지켜보던 하리는 무언가 할 말이 생각난 듯 밖으로 달려나갔다.

"선생님! 도진혁 선생님!"

천천히 밤거리를 걸어가던 진혁은 자신을 부르는 하리의 목소리에 천천히 뒤돌아보았다. 하얀 가운을 입은 강하리가 열심히 뛰어오고 있었다. 하리는 진혁의 바로 앞까지 뛰어와서는 숨이 찬지 숨을 고르기 위해 몸을 숙여 한참이나 헉헉댔다. 그리고 고개를 들었을 때 아직도 진혁은 앞에 서 있었다.

"어디 가세요?"

"집."

차가운 봄바람이 불어와 진혁의 앞머리를 할퀴고 담배에 붙은 불을 차갑게 식혔다. 지금의 진혁은 지금까지 보아왔던 진혁과 너무 달랐다. 꼭 세상에 홀로 남겨진 사람처럼 보였다. 바로 앞에 하리가 있는데도 말이다.

“설마 걸어서 가시게요? 아직은 추운데.”

“지하철 타고 갈 거야.”

“택시도 있잖아요. 택시 타고 가세요.”

“됐어. 난 지하철이 편해.”

그리고 두 사람은 말이 없었다. 하리도 쉽게 말을 꺼내지 못했고, 진혁도 왜 자신을 불렀냐고 묻지 않았다.

“아, 저기. 저 선생님 정말 존경해요. 선생님은 정말 대단한 의사세요.”

하리는 죽은 환자에 대한 위로보다는 칭찬이 나을 것 같아서 당신은 대단한 사람이니까 너무 우울해 말라고 어렵게 말했다.

“강하리.”

평소의 하리를 부르는 음성이 아니었다. 느낄 수 있었다.

“이럴 때는 어떤 위로도 소용없어. 그냥 모른 척 내버려 두는 게 현명한 거야.”

그리고 진혁은 발걸음을 돌려 다시 걸어가기 시작했다. 마치 다시는 돌아오지 않을 것처럼. 하리는 더 이상 진혁을 붙잡을 수 없었다.

“내일 뵙겠습니다.”

그저 내일을 기약하는 인사를 할 수밖에 없었다.

터벅터벅, 우울한 발걸음으로 다시 병원으로 돌아오니 정문 앞에 왕혜림이 서 있었다. 그녀도 진혁이 가는 것을 보고 나왔나 보다. 혜림은 언제나처럼 차가운 눈빛으로 하리를 보며 충고했다.

“주제넘게 나서지 마. 너 같은 햇병아리가 도진혁 선생님이 지금 어떤 마음인지 이해하기나 해?"

자신을 싫어한다는 것을 여실히 나타내는 혜림의 말을 듣고 하리는 더욱더 착잡해졌다. 꼭 이 순간까지 이렇게 적대감을 나타내며 말해야 한단 말인가.

"알아요. 저 사람이잖아요. 사람이라면 누구나 죽음에 대해서 알아요. 그리고 전 혜림 선배의 환자가 죽어도 선배를 위로할 거예요. 그런데 혜림 선배는 제 환자가 죽으면 그때도 절 나무라기만 할 건가요?"

혜림은 매섭게 하리를 쏘아보다 그대로 발걸음을 돌렸다. 조용한 밤, 혜림의 구둣발 소리만 요란하게 병원 로비 안을 울렸다.

하리는 고개를 돌려 저 멀리 작아져만 가는 진혁의 뒷모습을 바라보았다.

……하지만 혜림 선배의 말이 맞겠죠. 지금의 내가 선생님의 마음을 완전히 이해한다는 건 불가능할 것 같네요.

다음날 도진혁은 제시간에 병원에 왔다. 그리고 언제나와 변함이 없어 보였다. 아침 8시에 회진을 돌며 환자들의 상태를 살피고, 회진이 끝나자마자 바로 외래진료를 시작했고, 오후에는 수술도 들어갔다. 하리도 수술에 들어갔는데 도진혁은 언제나처럼 정확한 솜씨로 수술을 진행했다. 그는 더 이상 어제의 도진혁이 아니었다. 언제나의 도진혁이었다. 도대체 어젯밤에 혼자 뭘 했기에 그 짧은 시간에 마음을 모두 정리한 걸까?

난 도저히 따라할 수 없어.

그저 마음속으로 중얼거린 것인데 마치 그 말을 들은 것처럼 수술에 집중하던 진혁이 고개를 들어 하리를 쳐다보았다. 아주 잠깐 동안. 순간보다 짧은 찰나의 시간 동안. 진혁은 다시 시선을 환자의 열려진 가슴 안에 고정하고 우회혈관을 연결하는 데 집중했다. 그 잠깐의 눈맞춤이 하리에게 많은 생각을 하게 했다.

도진혁은 정말 보이는 것만큼 강한 사람일까?

"고등학교 때 도진혁 선생님은 어떤 학생이었어요?"

하리는 진혁에게 물었던 질문을 똑같이 시후에게 했다. 언제나처럼 남는 시간에 사진잡지를 뒤적이던 시후는 흥미없다는 듯 건성으로 대답했다.

"아주아주 훌륭한 학생이었지."

꼭 빈정대는 말 같았다.

"진지하게 말해주세요. 전 진지하게 묻는 거란 말이에요."

"진지하게 아주 훌륭한 학생이었어."

"됐습니다. 다시는 쓸데없는 질문 하지 않을 테니까 푹 쉬십시오."

더 이상 질문해 봤자 시간 낭비라는 것을 깨달은 하리는 그대로 문을 닫고 가버렸다. 이미 듣는 사람이 없지만 시후는 무심한 듯 한 마디를 더 했다.

"그리고 진지하게 나보다 더 불쌍한 인간."

혜림은 스태프 의국으로 돌아가는 진혁의 뒤를 쫓아가고 있었다.

"도진혁 선생님."

자신을 부르는 소리에 진혁은 천천히 고개를 돌렸다. 혜림은 조심스럽게 진혁에게 다가와서 공연표 두 장을 내밀었다.

"친구가 기획하는 공연이라서 공짜로 얻은 표거든요. 기분 전환 필요하실 때 아무나 같이 가서 보세요. 코미디라 가볍게 웃으시며 보실 수 있을 거예요."

진혁이 말없이 혜림이 내민 표를 바라보다 막 고개를 들어 혜림을 쳐다보았을 때 다급한 발자국 소리가 가까이 다가왔다.

"왕 선배! 도 선생님! 혹시 정처없이 방황하는 여섯 살 꼬맹이 못 보셨어요?"

강하리였다. 하리는 언제나처럼 뛰어와서는 수선스럽게 상황을 설명했다.

"환자 가족이거든요. 엄마가 치료받는 동안 제가 잠깐 맡았는데, 딴 환자를 보고 온 사이에 이 꼬마 녀석이 사라졌어요. 다람쥐처럼 도망갔어요. 아니, 마술사처럼 펑 하고 사라졌어요. 아무도 못 봤대요. 두 사람은 보셨어요? 제발 보셨다고 말씀해 주세요. 엄마는 실종신고 한다고 울고불고 난리가 났고, 치프 선생님은 십 분 내로 안 찾아오면 절 저녁 반찬으로 먹어버리겠대요. 보셨어요?"

물론 보지 못했다. 하지만 진혁은 보지 못했다는 말을 해서 하리에게 절망감을 안겨주지 않았다.

"따라와."

앞서 가는 진혁의 뒤를 쫓아가며 하리가 물었다.

"보셨어요? 네? 보신 거예요?"

"겁먹지 마. 아무리 배용준이 식성이 좋아도 널 잡아먹진 않을 테니까."

"선생님은 배용준 선생님보다 높은 자리에 있으니까 제 처지를 모르시는 거예요."

"배용준은 높고 낮고 안 따져."

"진짜요? 그럼 치프 선생님이 도 선생님도 막 혼내나요?"

"가끔."

"선생님은 저처럼 당하시면 안 돼요! 전 인턴이지만 선생님은 전문의이시잖아요. 권력을 이용해서 치프 선생님의 기를 눌러야 한다고요. 그래야 천하가 평탄하고 병원 질서가 바로 잡히고 핍박받는 인턴의 삶에 빛이 비친다고요."

"지금 네가 배용준한테 혼난 게 나의 무능력한 아랫사람 관리 때문이라는 거냐?"

"아뇨, 같은 처지라니 어쩐지 친근감이 든다는 거죠."

하리는 잊지 않고 마지막을 아부성 말로 마무리 지었다. 진혁은 더 이상의 대꾸 없이 피식 웃을 뿐이었다.

두 사람은 서로의 대화에 집중하며 걸어가느라 뒤에 남아 있는 한 사람을 완전히 잊고 있었다. 혼자 남은 혜림은 멀어지는 진혁과 하리의 뒷모습을 바라보다 들고 있던 공연표를 찢어버렸다.

성 격이 그리 고품격이지 않아 남만 좋게 되는 꼴은 못 보는 시후는 불만 가득한 눈으로 하리를 쳐다보았다. 오늘따라 하리의 기분이 너무 좋아 보였다. 꼭 좋은 일이라도 있는 것처럼 혼자서 실없이 웃는 모습이 눈에 거슬렸다.

"하리 씨, 좋은 일 있어?"

승록도 그걸 느꼈는지 먼저 말을 걸었다. 승록의 질문에 하리는 배시시 웃으며 말했다.

"내일 저 오프예요."

드디어 오프다. 당당하게 쉬는 날이 온 것이다. 인턴에게 오프는 쉽게 오는 것이 아니었기에 귀하고 귀한 날이었다.

"그래? 좋겠네. 뭐 할 거야?"

하리는 기분 좋게 말했다.

"잘 거예요."

"푸하하하하하하하하하하하."

가만히 있던 시후가 갑자기 웃겨 죽겠다는 듯이 폭소를 터뜨렸다. 생각도 못한 강렬한 시후의 반응에 놀라 하리가 승록에게 물었다.

"이 사람 왜 웃는 거죠? 제가 방금 웃긴 말 했나요?"

"조금 슬픈 말을 했지. 그런데 정말 모처럼 쉬는 날에 하루 종일 잠만 잘 거야?"

"네. 안 되나요?"

"푸하하하하하하하."

비록 비웃음이지만 호탕한 권시후의 웃음소리는 쉽게 끊어지지 않았다.

"그럼 잘 다녀오겠습니다."

오프 날 아침, 하리는 병원에 남아 있을 선배들에게 90도로 오프 인사를 하였다. 인사를 받은 용준이 말했다.

"시간 지켜서 들어와. 일 분 늦을 때마다 남은 오프 하루씩 줄어든다."

"네!"

기분 좋은 날이었기에 어떠한 말에도 하리는 명쾌하게 대답하고 가벼운 발걸음으로 병원 밖으로 나섰다. 차가운 바깥공기가 너무도 상쾌하게 느껴졌다. 하리는 눈을 감고 공기를 마음껏 들이켰다.

"아! 이 자유의 향기!"

심하게 말해서, 꼭 몇 년 만에 출소한 기분이었다. 지금 하리는 쇼생크 탈출의 주인공이었다. 비록 허락을 받고 나온 너무 싱거운 탈출이었지만, 이 신선한 공기의 맛은 쇼생크 탈출의 주인공이 느꼈을 맛과 같을 것이다.

하리가 다시 눈을 떴을 때, 눈앞에 방금까지 없던 커다란 게 서 있었다. 하리는 놀란 가슴을 진정시키며 고개를 들었다. 다행히 위험성이 없는 사람이었다. 도진혁이었다.

"아! 안녕하세요, 선생님! 전 오프라서 집에 가는 길이거든요. 그럼 안녕히 계세요."

다시 90도로 인사를 하고 총총걸음으로 지나쳐 가려는데 도진혁이 하리를 불렀다.

"강하리."

"네?"

"오늘 뭐 하며 쉴 거야?"

"잘 건데요."

피식! 당당하게 나 한가해요를 밝히는 하리의 말에 진혁은 또 웃고 만다.

"그래, 좋은 꿈 꿔라."

그리고 진혁은 다시 자신이 갈 길을 걸어갔다. 그의 손길을 기다리고 있는 환자들의 곁으로. 멀어지는 진혁의 뒷모습을 보며 하리는 비 맞은 중처럼 혼자 중얼거렸다.

"꿈꾸는 것도 피곤하다고요. 그냥 잘 거야."

그리고 하리는 진혁과 반대 방향으로 걸어갔다. 푹신한 침대가 있는 홈으로.

오랜만에 집에 돌아온 하리를 가장 처음 반겨준 것은 동생 다이였다. 그래도 동생이라고 누나 온다니까 집을 지키고 있는 것이 대견하여 하리는 다이를 보자마자 머리를 한 대 후려갈겼다.

"몹쓸 병은 다 고쳤냐?"

"네! 좋은 의사선생님 만나서 깨끗하게 나았습니다, 돌팔이 선생님!"

"제발 금욕하며 살자. 미래의 네 신부에게 미안하지도 않냐?"

"괜찮아. 난 독신주의거든."

하리는 동생의 뒤통수를 다시 한 번 후려친 뒤 자신의 방으로 올라가서 거국적으로 잠을 청하였다. 아! 이게 얼마 만에 누워보는 푹신한 침대인가. 하리는 베개에 머리를 대자마자 기절하듯 그대로 잠이 들었다.

하리가 없는 서울병원은 언제나처럼 바쁘게 돌아가고 있었다. 아침 8시, 하리가 없는 흉부외과에서는 어김없이 과장님을 필두로 한 회진이 이루어졌다. 1115호 권시후의 병실, 시후의 주치의인 진혁은 시후의 흉부외과 진료가 끝났다고 말하며 완벽하게 정형외과로 트랜스퍼(transfer)해서 척추치료에 집중하게 될 거라고 설명했다. 과장은 흉부외과 치료가 끝난 시후에게 안부의 인사를 건넸다.

“다음부터는 음주 운전하지 말아요. 또 다치면 정말 큰일 납니다. 운은 두 번이나 따르지 않아요. 그래, 저희 흉부외과 의사들이 치료 잘해주었나요? 뭔가 불만이었던 점은 없었습니까?”

“하나 있습니다.”

과장으로서는 흉부외과 치료가 거의 완벽했다고 자부하고 있었기에 당당하게 불만이 하나 있다는 시후의 말에 웃고 있던 과장의 미소가 점점 작아졌다.

“아! 그러세요? 어떤 점이?”

“의사들 잠 좀 재우면서 일시키지 그래요?”

“네?”

“얼마나 혹사시켰으면 쉬는 날 자는 게 소원이라고 그럽니까?”

시후의 말을 듣고 대답을 한 건 과장님이 아니라 도진혁이었다.

“환자는 자신의 건강을 찾는 것에만 신경 쓰면 됩니다. 의사들의 건강은 의사 본인이 알아서 챙깁니다.”

예의 바르게 신경 끄라고 경고하는 진혁을 말없이 바라보던 시후는 웃으며 한 마디 더 했다.

“신경을 안 쓰려고 해도 쓰이네요.”

오후가 시작되는 시간, 학교에서 싸움을 하다 다친 고등학생이 병원으로 실려 왔다. 가슴에 통증을 호소하는 고등학생의 상태를 살피던 용준이 외쳤다.

“강하리, 이 환자 채혈하고 CT 촬영해.”

하지만 곧 텅 빈 뒷자리를 알아채고 용준은 헛웃음을 뱉어내며 중얼거렸다.

"강하게 살라고 강하리가 아니라 부르기 쉬우라고 강하리구만."

하루 종일 강하리 강하리 불러댔더니 완전히 입에 붙어버렸다. 어찌나 척척 달라붙었는지, 그 뒤로 용준은 다섯 번이나 더 하리의 이름을 불러댔다.

점심시간이 되자 세 명의 흉부외과 의사들이 배고픈 배를 채우기 위해 구내식당으로 내려왔다. 늦은 시간이었기에 식당 안에는 사람들이 별로 없었다.

"아, 오늘따라 흉부외과가 너무 조용하네."

밥을 먹던 오진이 티 나게 한숨을 쉬며 말했다.

"흉부외과는 강하리 빼고 다들 너무 조용해. 이제 강하리가 다른 과로 가면 또 서울병원에서 제일 과묵한 과로 전락하겠네. 아, 나도 강하리 따라서 전과할까나."

"그건 오버입니다."

농담을 전혀 농담으로 받아들이지 않는 용준의 지적에 오진이 진혁에게 불만을 토해냈다.

"야! 나 애랑 같이 밥 먹기 싫다니까. 그런데 왜 자꾸 데리고 와."

"내가 너랑 둘만 먹기 싫으니까."

딱딱한 두 남자와의 식사 자리에서 오진이 깊게 한숨을 쉬며 건성으로 밥을 떠먹었다.

"진짜 강하리가 그립다."

오진은 수저를 내려놓고 핸드폰을 꺼내 들었다.

"우리 귀여운 인턴 선생님, 뭐 하고 놀고 있나 전화나 한번 해볼까."

"자고 있어."

"자고 있을 겁니다."

용준과 진혁의 대답이 동시에 터져 나왔다.

"어휴! 어떻게 된 애가 쉬는 날 잠만 자니! 병원에서는 잠도 안 재워줘?"

저녁 시간이 되어 밥 때문에 억지로 깬 하리는 두꺼비가 된 눈으로 조용히 된장국을 들이켰다. 하루 종일 자고 일어나서 느낀 건 배고픔과 허무함이었다. 이 좋은 날 정녕 자는 것밖에 할 일이 없단 말인가. 잘 거 다 자고 나니 이제야 그런 생각이 들었다. 하지만 하리가 배불리 밥을 먹고 한 일은 다시 침대에 눕는 일이었다. 딱히 할 일이 생각나지 않았기 때문이다. 이제 병원으로 돌아가기까지 열두 시간 정도 남았다. 오랜만에 친구들을 만날 수도 있었지만 그럼 분명 의사 된 기념으로 하리보고 술을 사라고 할 거고, 그럼 밤새 술만 마시다 끝날 것이었다. 시간 버리고, 몸 버리고, 돈까지 버리고, 오! 노 땡큐였다. 하리는 전화기를 꺼내 들어 어딘가로 전화를 했다.

"선생님, 오프 날 자는 거 말고 할 수 있는 일이 뭐가 있죠?"

[지금 바쁘게 일하는 사람한테 그딴 거나 물으려고 전화한 거냐?]

하리의 질문을 받은 용준은 어이없다는 목소리로 말했다.

"귀한 시간이라서 아주 유익하게 보내고 싶거든요."

[그럼 병원 나와서 응급실 환자들 맡아.]

"그건 싫은데요."

[그럼 책이나 읽어.]

"재미있는 걸로 추천해 주세요."

[귀찮게 하지 말고 끊어.]

"선생님의 지혜를 빌리려고 한 것뿐인데, 너무하세요. 선생님 때문에 제 귀중한 오프의 일 분이 그냥 허비되었잖아요. 선생님 바보!"

[뭐! 뭔 보? 야! 강하리! 너 당장 병원으로 튀어와!]

하지만 이미 하리는 전화를 끊어버린 뒤였다. 정말 조언을 구하려고 전화를 건 거였는데, 용준을 전화로 놀린 후 재미가 붙은 하리는 오랫동안 만나지 못했던 친구들에게 전화를 해 마음껏 놀려댔다. 그래서 전화를 끊을 때 공통적으로 들은 말이 '너 다음에 만나면 두고 보자'였다. 어차피 난 병원에 몸 바친 인생, 잠 잘 시간도 없다네요.

"아! 권시후 전화번호도 알아둘 걸. 이럴 때 장난전화 좀 하게."

아쉬운 대로 하리는 동아에게 전화를 걸었다.

"내가 없는 병원은 잘 지키고 있나?"

[야! 오늘 내 전화기에 불나는 줄 알았다. 생전 전화도 안 하던 인간들이 갑자기 전화해서는 너 내놓으라고 난리야. 도대체 전화해서 뭐라고 했기에 전화하는 인간들마다 콧바람 뿜어내며 화를

내냐? 너 오프 나간 날 기껏 한다는 게 장난전화질이냐?]

"야, 그게 생각보다 재미있더라."

[장난전화는 모르는 사람한테 해야지. 다 아는 인간들한테 하면 어떻게 해!]

"모르는 사람한테 무슨 말을 해?"

[됐고, 장난전화 많이 하면 경찰이 잡아가니까 그만 하고 잠이나 자라.]

"쳇! 재미없는 동아, 나 심심하다고. 좀 웃겨줘 봐."

[훌륭한 의사감은 원래 재미없어야 해. 너처럼 장난전화나 하며 노는 인간은 절대 훌륭한 의사가 될 수 없어.]

"쳇! 재수없는 똥아."

정겹게 부를 때는 동아, 까칠하게 부를 때는 똥아다.

아직 동아와 통화 중인데 동생 다이가 방문을 열고 들어왔다. 차림새가 무언가 의미심장했다. 이 밤에 웬 선글라스인가? 그리고 저 딱 달라붙는 가죽바지는 도대체 어떻게 입은 거야? 멍하니 바라보는 하리에게 다이가 강하게 턱짓을 하며 말했다.

"컴 온 베이비!"

내가 네 누이다. 엇따 대고 베이비야!

하리는 다이의 손에 이끌려 번화가의 밤거리로 나왔다. 명동의 밤은 청춘들의 도가니였다. 오랜만에 사람 많은 거리에 나온 하리는 정신없이 휘청였고, 하리보다 30㎝나 큰 다이가 누나 하리의 손을 잡아끌며 앞으로 나갔다.

"어디 가는 건데?"

“엄마가 돈 줬어, 누나 옷 사라고.”

“어차피 병원에서는 옷 필요 없어.”

“누나도 이제 스물여섯 살이거든? 내가 제대로 뻑 가는 옷 골라 줄 테니까 갖고 있다가 맘에 드는 남자 만나면 입고 꼬셔.”

“꼬셔?”

“그래, 콧소리도 좀 내고, 엉덩이도 살랑살랑 흔들면서 남자 마음을 흔들어놓으라고. 그래야 시집가지.”

“나 전문의 되기 전까지는 시집 안 가.”

“그럼 연애라도 하든지. 그 귀여운 얼굴을 그냥 썩히는 건 아깝잖아.”

“내가 귀여워?”

“그래, 우리 누이가 세상에서 제일 귀엽지.”

하리는 손가락 두 개를 들어 올리며 다시 물었다.

“머리 이틀이나 안 감았는데도?”

“신이 내린 귀여움은 꼬질꼬질한 때로도 가릴 수 없는 거야. 천하미인의 방귀에서는 장미 향이 난다고 하잖아.”

장미 향 방귀라는 소리에 하리는 큰 소리로 웃었다. 그리고 다이와 같이 예쁜 옷도 골랐다. 어머니가 하리 옷 사라고 준 돈을 조금 남겨 다이의 가죽벨트도 샀다. 천하의 카사노바 강다이는 누나 하리를 위해서 핸드폰도 꺼놓았는지 시도 때도 없이 울리던 그의 핸드폰이 오늘따라 잠잠했다. 오랜만에 나온 동생과의 나들이는 꽤 유쾌했다. 역시나 가족이란 너무 좋다. 가끔 그런 생각을 할 때마다 하리는 자신에게 지금의 부모님과 다이를 만나게 해준 하느님께 감사했다.

다음날 진혁은 언제나와 같은 시간에 병원에 도착했다. 주차장에 차를 세우고 병원 정문을 향해 걸어가는데 저 멀리 한 여자가 걸어가는 뒷모습이 보였다. 화사한 연분홍 원피스가 이제 봄이 왔음을 느끼게 해주었다. 모르는 여자 같은데 어쩐지 눈이 갔다. 아마도 저 경쾌한 발걸음 때문인가 보다. 춤을 추는 것 같은 발걸음이 조용한 아침의 병원과는 어쩐지 어울리지 않았다. 여자는 아무도 없다고 생각했는지 사뿐사뿐 춤사위를 그리며 걸어갔다. 그리고 흥에 겨워 핑그르르 한 바퀴 돌기도 했다. 연분홍 원피스가 꽃이 만개하듯이 펼쳐졌다. 그리고 펄럭이는 머릿결 아래로 보이는 하리의 얼굴에 진혁은 놀라서 걸음을 멈추었다. 설마 즐거운 봄처녀가 강하리일 거라고는 생각도 못했다. 평소와는 너무도 다른 모습이었다. 화사한 원피스에 화사한 화장까지. 꼭 데이트라도 가는 여자의 모습이었다. 하리의 이름을 부르려던 진혁은 그대로 입을 닫았다. 하리는 이미 한참이나 멀어져 가고 있었다.

"어머! 강 선생님! 집에 다녀오시더니 병원에 봄을 가져오셨네요."

간호사 스테이션을 지키고 있던 간호사들이 하리를 보고 다들 한 마디씩 했다. 동생 다이가 사준 옷의 파급 효과는 상당했다. 보는 사람들마다 예쁘다고 한 마디씩 해주었다. 그래도 여자라고 예쁘다는 말에 하리는 기분 좋게 웃었다.

병원 복도를 걸어오는 진혁의 모습이 하리의 눈에 띄었다. 오랜만에 집에 다녀온 데다 예쁘다는 말을 들어 기분이 좋은 하리는 먼저 진혁에게 뛰어가 인사를 했다.

"좋은 아침입니다, 선생님! 저 보고 싶으셨죠?"

하리가 병원에 없었던 건 달랑 하루였지만, 그래도 기분이라는 게 있으니까.

진혁은 말없이 자신의 어깨에도 닿지 않는 작은 키의 하리를 내려다보다 말했다. 아니, 중얼거렸다.

"그래."

들릴락 말락 한 작은 목소리가 말해주고 있었다, 지금 도진혁이 수줍어한다는 걸. 오늘의 강하리는 천하의 도진혁도 수줍게 만들 만큼 예뻤다. 비록 그 모습이 하루를 넘기지 못했지만 말이다.

열심히 일한 하루가 저물어가고 있었다. 하루의 진료를 마무리 하던 진혁은 무언가 진한 허전함을 느꼈다. 무엇일까? 오늘 수술도 잘 끝났고, 눈에 띄게 병세가 호전되는 환자들도 있어 꽤 보람 있는 하루였는데, 무언가 허전했다. 밥을 안 먹어서 그런가? 하지만 배고픔과는 조금 다른 것이었다. 혹시나 바쁘게 진행하다 보니 놓쳐 버린 환자의 증세가 있었나? 아니, 오늘의 진료는 그 어느 때보다 만족이었다.

창밖의 지는 해를 보며 한참을 생각하던 진혁은 오늘 하루 종일 하리를 보지 못했다는 사실을 떠올리게 되었다. 같은 공간 안에 있었던 회진 시간 때조차 갑자기 급한 환자가 생기는 바람에 얼굴도 제대로 못 보았었다. 인사 한 마디도 못 주고받았다.

진혁은 갑자기 마음이 급해졌다. 의국으로 가던 발걸음을 돌려 다시 병동으로 걸어갔다. 지금 당장 그녀를 만나야 하는 정확한 이유가 있는 것도 아니지만, 진혁은 하리를 찾아 나섰다. 그래야 할 것만 같아서가 아니라, 그러고 싶어졌다.

"강하리 인턴 봤나요?"

간호사 스테이션에 물으니, 808호실에서 환자 드레싱을 하고 있다고 했다. 하지만 진혁이 808호실에 도착하니, 환자는 하리가 금방 나갔다고 했다.

"어디로 간다고 혹시 말하던가요?"

"글쎄요. 계속 배고프다고 했으니까 밥 먹으러 갔으려나?"

하지만 식당에 내려와 보니, 하리는 없었다. 아마도 중간에 호출을 받아 다시 병동으로 갔거나 아예 다른 일이 있었던 것 같았다. 가장 쉬운 방법은 전화해서 어디 있냐고 물어보는 것이지만, 어쩐지 그 가장 쉬운 방법이 제일 어려웠다.

왜 찾냐고 물으면 뭐라고 대답한단 말인가? 너무 허전해서 하루를 이대로 끝낼 수 없어서라고? 아니면, 거짓말로 없는 이유라도 만들어내?

하리도 찾지 못하고 혼자만의 자가당착에 빠진 진혁은 병원 복도 벽에 기대서서 의사 가운 주머니에 걸어두었던 수술용 봉합사를 꺼냈다. 그리고 타이를 시작했다.

브이 자로 당겨진 두 가닥의 실 끝을 각각 양손의 약지와 새끼손가락 사이에 낀 채 엄지와 검지를 이용해 시계 방향으로 매듭을 걸고, 이를 끝까지 밀어 내려서 앞선 매듭과 밀착시키면 한 매듭이 끝나고, 다시 반시계 방향으로 매듭을 반복한다. 그것이 바로

'타이' 의 기본 동작이었다. 타이는 외과의라면 당연히 손에 익혀야 하는 기본 기술이었다.

진혁은 무의미하게 타이 동작을 반복하며 생각을 정리했다.

전화할까? 그리고 그냥 솔직하게 말해.

봉합사를 너무 당겨서 끊어질 것처럼 팽팽해졌다.

……지금 보고 싶다고.

진혁은 더 이상 손을 움직일 수가 없었다. 멈칫한 마음에 조심스럽게 다시 물어보았다.

그 애가…… 보고 싶은 거니?

쉽게 답을 꺼낼 수가 없었다. 순수하게 누군가가 보고 싶다는 것, 그것은 진혁에게는 해당되지 않는 감정이라고 여겼었다. 하리의 일도 사실은 김 여사님의 부탁이기 때문이라는 의무감이 더 강하다고 생각했는데, 의무감 때문에 보고 싶어진다는 건 말이 안 되었다.

"선생님, 저녁 드셨어요?"

그렇게 찾아 헤매었던 하리의 목소리가 들려왔다. 고개를 드니, 용준과 같이 식당으로 걸어오는 하리가 보였다. 결국 진혁이 하리를 발견한 게 아니라, 하리가 진혁을 발견하였다.

"용준 선생님이 밥 쏘신데요! 안 드셨으면 같이 드세요! 오 인분까지 괜찮대요."

하리를 본 순간 주체할 수 없었던 허전함이 흔적도 없이 사라져버렸다. 불완전했던 하루가 이제야 제자리를 찾아들어 갔다. 그래서 결국 진혁은 인정해야만 했다.

보고 싶었던 거라고.

아침부터 용준이 회식 이야기를 꺼내서 진혁을 놀라게 하였다.

"오늘 회식은 병원 앞 황씨네입니다. 저녁 7시까지니까 늦지 마세요."

"회식?"

"네, 회식이요. 한 달이잖습니까. 보내줘야죠."

한 달이라는 용준의 말에 그제야 어떤 회식인지를 알아챈 진혁의 얼굴은 놀라움으로 가득했다. 그러니까 용준의 말은 페어웰 회식이라는 소리였다.

"벌써 한 달이야?"

"네, 한 달입니다."

하리를 만난 지 한 달이 되었다는 말이다. 그리고 하리의 흉부외과 인턴이 끝났다는 소리도 되었다. 참 많은 일이 있었던 것 같은데, 겨우 한 달이었다. 아직도 그녀를 돌봐줘야 할 일이 많을 것 같은데, 벌써 한 달이라서 보내야 한단다.

"강하리 외과에 픽스턴(자기가 전공할 과를 정하고 계속 그 과에 남는 것) 할 생각은 없대?"

진혁의 질문에 용준은 대놓고 어이없다는 표정을 지었다.

"애 울면서 병원 뛰어나가는 꼴을 기어이 보고 싶으신 겁니까?"

외과의의 길은 힘든 과정이었다. 그리고 떠나보내야 하는 것도 힘든 과정이었다.

한 달 동안 그 과에서 고생한 인턴을 송별하는 페어웰 회식이 있는 날이었기에 병원 근처 갈비집에는 오랜만에 병원 의사들로 넘쳐 났다. 각 과마다 치르는 회식이 겹친 것이다. 흉부외과는 일반외과와 같은 장소에서 회식을 하게 되었다.

"수고했다, 강하리. 한 달 동안 흉부외과 의사 노릇한 소감은 어때?"

과장님이 사정이 있어 빠진 자리에서 흉부외과 전문의 오진이 가장 먼저 하리의 술잔에 술을 따라주었다. 하리는 조심스럽게 술을 받았다.

"감개무량합니다."

"그거 오지게 고생스러웠다는 뜻이냐?"

하리는 대답 대신 어린 여우처럼 웃으며 술을 원샷했다.

"오! 너 술 마실 줄 아는구나. 야! 진혁아, 너도 따라줘야지."

오진이 들고 있던 소주병을 옆에 앉아 있던 진혁에게 넘겼다. 술잔을 깨끗이 비운 하리는 진혁이 주는 술을 받기 위해 잔을 뻗었다. 진혁은 천천히 술잔이 넘치지 않을 만큼 술을 따라주었다.

한 번에 따라주었던 오진과 달리 조심스런 그의 손길에 저절로 그의 손에 눈길이 갔다. 흉부외과 의사 손치고 참 곱게 생겼다. 사람을 죽이기도, 살리기도 하는 칼이 아니라 아름다운 선율이 흘러나오는 피아노를 치는 게 더 어울릴 것 같은 손이었다. 술잔이 가득 찼을 때가 되어서야 진혁은 고개를 들어 하리를 쳐다보며 말했다.

"수고했어, 강하리."

진혁의 말을 들은 하리는 가슴이 뭉클해졌다. 그의 말이 그저 겉치레가 아니라 진심임을 느꼈기 때문이다. 그의 진심을 한 번에 원샷했다. 술이 달디달게 느껴지기는 처음이었다. 다음은 용준이었다. 용준은 하리의 술잔을 반만 채워주었다. 혹시라도 하리가 술 취할까 봐 걱정해서 그런가 감동했는데, 이어지는 용준의 말은 전혀 다른 뜻이었다.

"딱 이만큼이었다. 더 노력해."

강하리의 흉부외과 인턴점수는 겨우 50점이라는 소리다. 하리가 너무하다는 눈으로 용준을 쳐다보았다. 전문의 선생님들도 수고했다고 술잔 꽉꽉 채워주며 격려해 주는데 전문의보다 낮은 레지던트가 이렇게 면박을 주다니, 역시 배용준이다. 언제 어디서든 지가 왕이다. 힘없는 전문의 두 명은 서로 술잔을 나누며 하리를 외면하였다.

"네, 노력하겠습니다."

하리는 입을 오리 주둥이가 될 정도로 내밀고 술을 마셨다. 반 잔뿐이라서 마셔도 허하기만 하였다. 마지막으로 하리의 잔에 술을 따라준 건 레지던트 일 년차 혜림이었다.

"수고했어."

담백한 격려의 말에 놀라 하리가 혜림의 얼굴을 빤히 쳐다보았다. 오! 이 담백함! 오늘 밤의 가장 큰 감동이었다.

"하리 다음에 가는 과가 산부인과라고 했던가?"

"네."

하리는 죽을 것 같은 얼굴을 하고 말했다. 옛날 옛적 산모에게 머리끄덩이 잡히고 분만실까지 끌려갔던 기억이 아직도 아찔하게 남아 있었기 때문이다. 어쩐지 산부인과에 가면 매일 머리채 잡힐 일만 생길 것 같았다.

"혹시라도 힘들면 언제든 도움 청해. 우리야 강하리 헬프맨이 잖아."

술에 취한 오진이 진혁과 다정하게 어깨동무를 하며 말했다. 진혁이야 정말 강하리 헬프맨이 맞지만 정작 본인은 매일 놀리기만 했으면서 말이다. 하리가 오진의 술주정을 그냥 흘려버리지 않고 주워 담으며 물었다.

"그럼 제가 부르면 오셔서 저 대신 아기 받아주실 거예요?"

"푸하하하하. 그건 진혁이 시켜! 난 싫다."

오진의 '오'는 오두방정의 '오'가 분명하다. 자기가 먼저 도와준다고 했으면서 진혁에게 모든 걸 떠넘기곤 바로 뒤로 빠졌다.

"도 선생님, 저 대신 아기 받아주시겠어요?"

강하리는 술 취하면 진지해지나 보다. 진지한 눈빛으로 제발 대신 애 받아주라고 부탁한다. 진혁은 물론 하리를 도와주고 싶었다. 저 '실수투성이초보의사아가씨'가 자신이 없는 과로 가서는 어떤 고생을 할지 걱정이 되기도 하였다. 하지만 애 받기는 무리였다. 정말 무리였다.

"자기 일은 자기가 알아서 하는 거야."

진혁에게까지 거절당한 하리는 이제 울먹이며 용준에게 말했다.

"치프 선생님, 나 대머리 되기 싫어요."

하리의 말을 도저히 이해할 수 없었던 용준이 진혁에게 물었다.

"산부인과와 대머리의 관계는 뭡니까?"

“술 취했다는 거다, 강하리. 그만 마셔.”

술잔을 뺏으려는 진혁과 끝까지 술을 마시려는 하리의 작은 다툼이 술상 위에서 벌어졌다. 하리는 술잔을 지키면서도 끝까지 입을 나불대며 물었다.

“선생님, 아기가 우유 대신 술 달라고 하면 어떡하죠?”

“신생아는 말 못해. 그만 마시라니까.”

두 사람만의 앙탈을 옆에서 지켜보던 오진은 작게 한숨을 쉬었다.

“용준아, 저 두 사람 너무 잘 어울리지 않냐?”

대학 때부터 진혁을 보아왔던 오진은 그래서 하리가 좋았다. 적어도 강하리가 옆에 있으면 도진혁이 인간다워 보여서, 그래서 강하리가 탐이 났다. 그런데 배용준은 마지막 남은 고기를 집어먹으며 오진의 질문에 이렇게 대답했다.

“네, 사이좋은 삼촌과 조카 같네요.”

진혁은 술에 취한 하리를 데리고 먼저 회식 자리에서 나왔다. 하리는 의리를 지키기 위해 끝까지 남아 있겠다고 우겼지만 진혁은 들은 척도 하지 않고 하리에게 병원을 향해 걸어가라고 명령했다. 하리는 작게 투덜거리며 병원을 향해 앞서 걸어갔다. 조금 비틀거리기는 했지만 그래도 걷는 데는 무리가 없었다.

진혁은 한 발자국의 거리를 두고 하리의 뒤를 따랐다. 병원으로 가는 길목에 들어서자 더 이상 사람도 없고 차도 없었다. 온 세상에 진혁과 하리 둘만 남겨진 듯하였다. 환자들을 위해 심어놓은 푸르른 나무들이 지금 이 순간은 꼭 진혁과 하리를 위해 존재하는 느낌이었다. 하지만 그런 신비한 느낌도 잠시, 기침이 올라오자 진혁은 빠르게 손으로 코를 막았다.

"선생님."

앞서 걷던 하리가 진혁을 불렀기에 진혁은 대답을 했다.

"왜?"

"왜 저한테 잘해주세요?"

항상 물어보고 싶었던 것인데, 술에 취해서야 묻는다. 그런데 진혁은 한참이나 대답이 없었다. 하리는 대답을 강요하지 않았다. 취기는 느긋함을 가져다주는가 보다. 그냥 기다렸다, 그가 대답하길.

"……너를 닮은 어떤 분을 알고 있어."

한참이나 뒤에 들려온 그의 대답은 모호했다.

"네?"

"그분을 볼 때마다 생각해."

"무슨 생각이요?"

"이 사람이 내 어머니였으면 얼마나 좋을까…… 라고."

"에이! 그런 말이 어디 있어요. 선생님 어머니가 들으면 화내실 거예요."

"그럴까?"

"그럼요. 세상에 어머니는 한 분뿐이에요."

"그래, 한 명뿐이야."

하리는 그저 앞만 보고 걸어가느라 보지 못했다. 이 순간 도진혁이 어떤 표정을 짓고 있는지.

"그럼요. 열 달 동안 배 안에 넣고 있었던 것도 힘든 일이고, 배 아파서 낳는 것은 더 힘든 일인데. 우리 엄마는요, 나 낳다가 너무 아파서 기절도 했대요."

"……너희 어머니가 그런 말씀을 하셨어?"

"네, 내가 말썽 피울 때마다 그 말 하며 내 등짝을 짝!"

라고 말하며 진짜 자신의 등짝을 자신의 손으로 때리는 하리였다. 자기가 때려놓고서는 아프다고 몸을 웅크렸다. 강하리 원맨쇼에 진혁은 피식 웃고 말았다. 아파하던 하리가 고개를 들고 웃으며 말했다.

"그래서 전 우리 엄마가 너무너무 좋아요. 열 달 동안이나 이 못난 딸을 배에 넣고 키워줬다잖아요. 선생님, 애 낳는 게 얼마나 힘든 일인지 아세요? 그건 우주창조와 맞먹는 일이에요! 그런데 우리 엄마가 날 열 달이나 배 안에 넣고 있었대요. 굉장하죠?"

엄마라면 누구나 겪는 일이었다. 그런데 하리는 마치 대단한 일이라도 되는 듯이 말했다. 그리고 강하리의 가족사를 아는 진혁에게도 대단한 말이었다. 자기 딸도 아닌 아이를 어떻게 뱃속에 열 달이나 넣고 있는단 말인가. 아무래도 하리를 위해 거짓말을 하신 것 같았다. 하리가 자신의 양어머니에 대해 말을 할수록 진혁은 김 여사가 생각났다.

도대체 왜 자신이 낳은 하리를 키우지 못하고 남에게 줘버린 걸까?

실례가 될 듯싶어 물어보지 않았지만, 나중에 꼭 물어볼 생각이다. 그러고 싶었다. 하리를 위해 그 이유를 알고 싶었다. 그리고 부디 조금만 슬픈 이유이길 바랐다.

"강하리, 만약 말이야."

"네?"

조막만한 얼굴이 고개를 들었다. 강하리는 모든 게 작았다. 키도 작고, 발도 작고, 손도 작고, 얼굴도 작고, 그나마 큰 건 저 댕그란 두 눈뿐이었다.

"아냐, 됐다. 들어가자."

진혁은 그냥 말을 접고 앞서 걸어갔다. 하리는 혼자 남겨지지 않으려고 진혁의 뒤를 열심히 쫓아 걸었다.

"아! 그런데 선생님, 저 하나만 물어봐도 돼요?"

"뭘?"

"왜 저한테 잘해주세요?"

"아까 물었잖아."

"네? 그래요? 그래서 저한테 대답해 주셨어요?"

"그래."

"그런데 왜 기억이 안 나지? 뭐라고 하셨는데요?"

"나도 잘 모르겠다고."

"모르세요? 그럼 다른 질문 해도 돼요?"

"그래."

"선생님 왜 저한테 잘해주세요?"

"같은 질문이잖아."

누군가의 부탁으로 시작된 보살핌이었다. 혹시라도 힘들어하지 않는지 살피고, 혹시라도 실수라도 하지 않는지 주시하고, 혹시라도 밥은 굶지 않는지 항상 묻는 말이 '밥은 먹었니?' 였다. 그저 그분의 부탁으로 시작된 관심이었는데……. 내가 왜 너만 보면 웃는 걸까? 그건 그분의 부탁이 아니었는데. 내가 왜 너의 사소한 말에도 귀를 기울이는 걸까? 그것 역시 그분의 부탁이 아니었는데.

지독히도 도진혁과 어울리지 않는 말이지만…… 모르겠다.

삐삐삐, 시끄러운 호출기 소리에 하리는 힘겹게 눈을 떴다.

"에이 씨! 뭐야!"

간밤의 숙취에 시달리며 하리는 조금 신경질이 담긴 손길로 호출기를 집어 들었다. 순간 번개처럼 스치는 스산한 기분에 하리는 고개를 번쩍 들었다. 시계가 아침 8시를 가리키고 있었다. 완벽한 늦잠이었던 것이다. 오늘부터 산부인과 첫 근무인데 말이다. 하리는 용수철 튕겨나가듯이 침대에서 나와서 그대로 의국 밖으로 달려나갔다. 차림도 어제 잠자기 전 차림 그대로고, 세수도 안 하고, 양치질도 안 하고, 머리도 안 빗었지만 무조건 산부인과를 향해 달렸다.

하리가 산부인과 병동에 도착했을 때 이미 산부인과 의사들이 모두 모여 있었다. 서울병원 산부인과는 과장님부터 레지던트까지 전부 여자들로만 구성되어 있었다. 하리는 가쁜 숨을 내쉬며 사과를 했다.

"헉헉헉헉, 죄…… 헉헉헉헉헉헉헉, 송."

하려고 했지만 호흡 곤란으로 도저히 말이 이어지지 않았다. 하리의 앞으로 여자 의사 한 명이 다가왔다. 사십대 중반의 엄청 깐깐해 보이는 그녀는 산부인과 과장 한용순 의사였다. 한국의 산부인과 의사라면 그녀를 모르는 사람이 없었다. 그녀는 이 시대의 진정한 '삼신할미'였다. 아기를 가진 여자들은 한 번쯤 그녀에게 진찰 받기를 희망했다. 그래서 서울병원 산부인과 병동에는 언제나 배가 산만한 여자들로 가득했다. 모두가 한용순의 힘이었다. 산부인과의 기둥인 그녀가 하리에게 처음으로 질문을 던졌다.

"너 의사 맞아?"

첫 질문이라는 게 너무도 압박감을 주었다.

"네?"

아직도 호흡 곤란에 시달리던 하리는 깊게 생각하지도 못하고 바보처럼 되물었다. 한용순은 들고 있던 지휘봉—사감선생도 아니고, 도대체 이딴 걸 왜 들고 다니는 거냐고—으로 하리의 가슴께를 꾹꾹 찌르며 지적했다.

"의사 가운!"

그제야 하리는 자신이 가운도 안 입고 왔다는 걸 깨달았다. 오! 지저스!

"삼 분 주겠다. 당장 가서 입고 와!"

삼 분? 여기까지 달려오는 데만 사 분이었는데, 왕복 삼 분이라고?

하지만 따지고 있을 시간이 없었다. 하리는 무조건 다시 달려나갔다. 하리가 달려나가자마자 용순은 몸을 돌리며 모여 있던 의사들에게 말했다.

"돌자."

한용순을 필두로 한 의사 부대는 산부인과 병실을 향해 걸어갔다. 회진 시간이었다.

"어머! 의사선생님이 많이 아프신가 봐요?"

환자가 오히려 의사를 걱정했다. 물론 그 많이 아파 보이는 의사는 강하리였다. 아침부터 달리기를 너무 많이 했더니 호흡은 거칠고 땀이 비 오듯 쏟아지고 있었다. 누가 봐도 금방 쓰러질 것처럼 보였던 것이다. 하리는 땀을 닦으며 어색하게 웃다가 날카로운 한용순의 눈과 마주치자 헛기침을 삼켰다. 첫날부터 완전히 눈밖에 나버렸다.

"완전 찍혔네."

옆에 서 있던 의사가 먼저 말을 걸어왔다. 그런데 그 말투가 재미있어 죽겠다는 투여서 하리는 맘에 안 든다는 눈으로 고개를 돌렸다. 허둥지둥 쫓아다니느라 미처 몰랐는데, 오늘 산부인과로 온 인턴은 하리 말고 한 명 더 있었다. 남자 인턴이었다. 현재 산부인과 의사들 중 유일한 남자 의사였다.

"너무 속상해하지 마. 난 남자라는 이유로 완전 광대 꼴이니까."

그런데 광대라고 하기에는 좀 비싸 보였다. 전문의도 아니고 그저 인턴이 하고 있는 차림새가 꽤 고급스러웠다. 구두에서부터 들고 있는 만년필까지 모두 명품이었다. 한마디로 나 있는 집 자식이라고 온몸으로 말하고 있었다. 그의 이름은 오대륙, 이름 그대로 아버지가 대륙 하나 살 수 있을 정도로 부자란다. 하리는 앞으로 같이 일하게 될 대륙에게 조심스럽게 첫 질문을 던졌다.

"너 설마 아침부터 머리 감은 거니?"

하리가 대륙한테 가장 부러운 건 럭셔리한 차림새가 아니라 찰랑거리는 머릿결이었다.

회진이 끝나고 새내기 인턴들에 대한 레지던트 치프 선생님의 일장 훈계가 이어졌다.

"너희들도 들어서 알고 있겠지만 서울병원 산부인과는 한국 최고라는 명성을 가지고 있다. 그만큼 대충이라는 건 절대로 용납이 안 돼! 지각도 안 돼! 실수도 안 돼! 변명도 안 돼! 그리고 의사 가운 벗고서 올 거면 아예 나타나지도 마! 인턴이라고 해서 봐줄 거라고 생각하면 오산이다. 알겠어?"

완전 군대 분위기다. 산부인과라고 해서 아기들의 웃음소리와 여자들의 수다가 가득한 부드러운 분위기일 줄 알았는데 전혀 아니었다. 하리는 다시 한 번 속으로 오! 지저스! 를 외치며 대답했다.

"네."

진땀 나는 오전을 정신없이 보내고, 점심시간이 되었을 때 산부인과 레지던트는 인턴들에게 십 분의 점심시간을 주었다. 식당까지 내려가는 시간이 오 분은 걸리는데 말이다. 도대체 산부인과는 왜 이리 시간에 인색한지 모르겠다. 대륙은 그런 지시 따위는 상관하지 않겠다는 듯이 느긋하게 걸어서 식당으로 향했다.

"난 어차피 외과로 갈 거야. 그러니까 산부인과 인턴은 중요하지 않아."

"어차피 외과로 정했으면 외과인턴으로 픽스턴(전공할 전문과를 정한 인턴)을 하지, 왜 산부인과로 왔어?"

"우리 아버지가 외과의사를 별로 탐탁지 않게 여기시거든. 고생만 하고 위험부담도 너무 크다고. 인턴 생활 끝날 때까지는 그냥 아버지 말 들어주는 척하는 거야. 인턴 끝나면 과는 내 맘대로 정할 거야."

"오! 파파보이!"

파파보이라는 말에 날카로운 대륙의 시선이 하리에게 떨어져 내려왔다.

"땅콩만한 게 말조심해라."

"예! 우리는 산부인과의 땅콩과 파파보이입니다."

"야! 이상한 소리 하지 마!"

"어디선가 누군가의 힘줘 소리가 들리면~ 땅콩과 파파보이가 바람처럼~♪ 나타나 당신의 아기를 받아드립니다~"

"이상한 노래 부르지 마!"

"파파보이는 땅콩을 미워해~ 그래도 땅콩은? 파파보이의 실크 같은 머릿결을 좋아한답니다~♪ 무슨 샴푸 쓰나요? 엘라스틴? 비달사순?"

"너야말로, 여자가 그렇게 더티하게 하고 다니는 거 안 부끄러워? 그리고 노래 부르지 말라고!"

하리는 대륙에게 농을 걸며 걸어가느라 뒤에서 걸어오는 두 남자를 알아보지 못했다.

"강하리 은근히 바람순이다. 아무 남자하고나 너무 잘 지내."

장난기 가득한 오진의 말이 진혁은 맘에 들지 않았다. 하지만 반박할 수는 없었다. 그게 사실이었으니까. 오죽하면 그 까탈스러운 권시후조차 의사들 중 하리의 이름만을 기억했다.

"사교성이 좋은 거야."

"그래, 그리고 바람기도 분명 있을 거야. 남자 하렘을 거느리고 살 상이라고."

좋게 해석하려는 진혁과 달리 끝까지 이상한 소리를 하는 오진을 진혁이 노려보았다. 마치 제 집 자식 못났다고 욕하는 사람을 쏘아보듯이. 그런 진혁의 시선을 바랐다는 듯이 오진이 화를 내기보다는 웃으면서 말했다.

"무셔라. 네 욕 한 것도 아닌데 왜 노려보냐?"

뭐라고 따끔하게 한마디 하려고 하는데, 진혁의 이름을 부르며 달려오는 사람이 있었다.

"도진혁 선생님!"

강하리…… 와 같이 있던 파파보이였다.

제 6 장

진혁의 눈은 자신에게 다가오는 대륙보다 그의 뒤에 서 있는 하리에게 멈추었다. 하리는 진혁을 보고도 그냥 그 자리에 서 있을 뿐이었다.

적어도 인사 정도는 해야 하잖아.

진혁이 불만스런 눈으로 하리를 쳐다보고 있을 때 대륙이 다가와서 손을 내밀었다.

"안녕하세요. 선생님과 같은 학교 후배 오대륙입니다. 선생님의 명성이 자자하여 정말 존경하고 있었습니다."

"진혁의 후배면 내 후배도 된다는 말인데, 나한테는 인사 안 하냐?"

오진이 불만스럽게 물었다. 그제야 오진이 옆에 있음을 알아챈 대륙이 사교적으로 웃으며 말했다.

"네, 물론 오진 선생님도 알고 있죠. 하지만 수석 졸업을 한 건 도진혁 선생님 한 명이잖습니까."

그러니까 오진은 알고만 있고 존경하고 있지는 않다는 것이다. 오진은 건방진 후배를 불만스런 눈으로 위아래로 훑어보았다. 그냥 대충 보아도 있는 집 자식 티가 철철 흐르고 있었다. 그래서 더 재수없어 보였다.

"그러는 후배 씨는 얼마나 대단한 사람인가?"

오진의 질문에 대륙은 자못 빼기는 듯한 미소를 지었다. 자기 자신에 대해 자신감이 있는 자만이 지을 수 있는 미소였다. 그리고 아주 길고 긴 '오대륙이 누구인가'라는 일장 연설이 이어졌다. 말을 시킨 오진이 질린다는 표정으로 대륙을 쳐다보았다. 오진과 대륙이 쓸데없는 기 싸움을 벌이는 동안 진혁이 하리의 앞으로 걸어갔다. 그제야 하리는 진혁에게 인사를 했다. 사교성 좋은 강하리지만 진혁에겐 먼저 다가와서 말을 거는 경우는 이상하게 거의 없었다. 그 이유를 용준은 진혁이 전문의이기 때문이라고 했었다. 그리고 진혁이 생각하기에도 그런 것 같았다. 다른 이유라면 좀 슬플 것 같았다.

"점심 드시러 오신 거예요?"

"그래."

"저희는 점심시간이 십 분인데, 대륙이가 자기 자랑하느라고 구 분이나 허비해서 일 분 내로 다 먹어야 해요."

"밥 먹느라 늦은 건 뭐라고 안 하니까 천천히 먹어."

“하리 씨.”

진혁이 같이 먹자고 말을 하려는데, 누군가 하리를 부르며 다가왔다.

“아, 승록 아저씨.”

하리를 부른 건 승록이었다. 양손에 먹을 걸 잔뜩 든 승록이 웃으면서 하리에게 다가왔다.

“오랜만에 보네.”

“그렇죠. 권시후 씨 흉부외과 치료가 끝난 뒤로 처음 보는 것 같아요.”

“그래, 아무리 담당이 아니라도 좀 놀러와. 시후도 하리 씨 보고 싶어한다고.”

“네? 진짜요? 그 남자가 그렇게 말해요?”

“응. 혹시 시간 되면 지금 같이 갈래? 시후가 엄청 반가워할 텐데.”

승록의 말에 하리가 기분 좋게 웃으며 진혁을 올려다보았다.

“히히. 선생님, 싸가지없는 고등학교 동창 분 만나러 가실래요?”

진혁의 얼굴에는 표정이 없었다. 그래서 하리는 그가 지금 무슨 생각을 하는지 도저히 읽어낼 수가 없었다. 진혁은 짧게 대답했다.

“난 됐어.”

결국 하리는 혼자 승록을 따라 시후의 병실로 갔다.

“그렇게 바보처럼 쳐다보는 게 아니라 ‘너도 가지 마’ 라고 말했어야지."

후배와의 기 싸움을 잠시 휴정한 오진이 진혁의 뒤에서 충고라고 건넨 말이었다. 진혁은 대꾸 없이 식당으로 걸어갔다. 미련 따위는 없다는 듯이 걸어갔지만 그 뒷모습이 썩 좋아 보이지는 않았다. 대륙이 점점 멀어지는 하리와 진혁을 번갈아 쳐다보며 오진에게 물었다.

"믿을 수 없지만, 설마 도진혁 선생님 같은 분이 저 땅콩을 좋아하는 건가요?"

"더욱 믿을 수 없는 게 뭔지 알아? 그럼에도 불구하고 땅콩은 아니라는 거지."

"네? 설마 땅콩 주제에 튕긴다고요?"

"튕기는 거면 다행이지……."

오진은 처음으로 불안감을 느꼈다. 강하리의 위아더 프랜드 정신을 과연 도진혁이 감당할 수 있을는지. 진혁이 하리를 편하게 생각할 수 있었던 게 하리의 그 서글서글한 성격 때문이기도 했지만, 아마도 진혁이 그녀에게 더 가까이 다가갈 수 없는 이유 역시 그 서글서글한 성격 때문일 수도 있었다. 하리가 진혁을 특별한 남자로 의식하지 않는 이상, 두 사람의 한계는 여기까지였다. 도진혁은 꽤 멋있는 남자인데, 왜 강하리는 한눈에 반하지 않은 걸까? 눈이 높은 건가? 아직 어린 건가? 정말 천하의 바람순이인가? 난제로다, 난제야.

"요즘 바다 씨는 면회 자주 와요?"

시후의 병실로 가는 길, 하리가 승록에게 바다에 대해 물었다.

"가끔, 연주회 준비 때문에 바쁘다나 봐."

"연주회요?"

"응, 피아니스트야."

"네? 진짜요? 우와! 왜 그렇게 멋있는 거예요! 아, 진짜 환상이다!"

"쿡, 그래. 바다가 참 멋있는 아이지?"

"그럼요. 오빠랑은 너무 달라요. 한집에서 같이 자랐을 텐데 왜 그렇게 다를까 몰라요."

"같이 안 자랐어."

"네?"

승록의 목소리가 갑자기 우울해졌다.

"십이 년 동안 헤어져 있다가 몇 년 전에 다시 만난 거야."

승록의 말을 듣고 있자니, 문득 사준의 말이 생각났다. 복잡한 남매 사이라는 말이 아마도 그 뜻인 것 같았다. 음, 설마 헤어졌다 만난 것보다 더 복잡하려나?

"안녕하세요."

씩씩하게 인사하며 들어오는 하리를 보고 시후는 조금 놀란 표정을 지었다.

"네가 웬일이야?"

하리가 옆에 있는 승록을 쳐다보았다. 반가워할 거라는 사람이 보자마자 왜 왔냐고 묻습니까? 승록은 변명처럼 웃으며 하리를 병실 안으로 이끌었다.

“앉아! 앉아! 내가 맛있는 점심 사 왔어.”

승록이 수선스럽게 의자를 끌고 와 자리를 만들고는 밖에서 사 온 음식들을 하나하나 꺼내놓으며 하리의 시선을 사로잡았다.

“우와! 뭘 이렇게 많이 사 오셨어요? 둘이서 이걸 다 먹으려고 하셨어요?”

“아니, 시후가 잘 안 먹어서. 그래서 이것저것 사 왔어.”

“왜 안 먹어요? 배고프면 먹어야지.”

“그렇지, 배고프면 먹어야지. 그런 의미에서 우리 먹고 죽자고. 자! 하리 씨도 앉아.”

“저 앉아요? 이거 먹어도 돼요?”

하리가 시후에게 묻자 승록이 눈짓으로 열심히 시후를 설득했다.

친한 척 좀 해봐. 얼마나 귀여운 동생이냐!

시후보다 승록이 하리와 더 이야기하고 싶어서 데리고 온 것 같았다. 시후는 승록을 쳐다보다 다시 하리에게 시선을 돌렸다.

“먹으면 밥값을 해.”

“밥값이요?”

“그래, 이 아저씨 산책시켜 줘.”

승록을 챙겨주는 시후의 말에 하리가 정말 의외라는 눈을 하였다.

“오! 당신 안에도 사랑이 있었군요.”

“그래, 버리고 싶을 만큼 아주 철철 넘쳐 난다.”

저런 좋은 말을 해도 어찌 저 남자가 말하면 다 시니컬하게만

들리는지.

"사랑을 왜 버리고 싶어요? 많이많이 키워야지."

"재미없다. 그냥 먹어라. 먹을 때는 수다 금지야."

그리고 시후는 다시 사진잡지로 시선을 돌렸다. 침대에 누워 있는 동안 그는 하루 종일 잡지만 들여다보았다. 아주 재미없어 죽겠다는 표정을 하고 말이다. 침대 생활을 못 참아하면서 그때 한 번 몰래 나간 것 말고는 더 이상 몰래 나가지도 않았다. 정말 성격에 안 맞는 성실함이었다. 동생이 또 맘대로 도망가면 가만 안 둔다고 한 말이 그렇게 무서웠던 걸까?

"그런데 여동생 분은 언제 와요? 나, 만나고 싶은데."

"네가 왜 바다를 보고 싶어?"

"무언가 카리스마가 넘친다고 할까요? 저의 이상형이에요."

"바다 결혼했거든?"

"네, 남편도 봤는데요. 정말 안소니가 환생한 것 같다니까요. 아! 그러고 보니 승록 아저씨는 딱 알버트 같고, 권시후 씨는 테리우스 같고, 바다 씨는 좀 카리스마 넘치는 캔디 같다. 히히, 캔디 패밀리네."

"먹을 때는 수다 금지라고 했지."

"캔디 보셨어요? 그 노래 있잖아요. 캔디 노래 유명한데 몰라요?"

"어? 하리 씨, 호출기 울리는데."

승록의 말에 하리는 호출기를 꺼내 번호를 확인하였다. 산부인과에서 날아온 번호였다. 당장 튀어오라는 지시였다. 하리는 수다

떠느라 맛있는 음식은 입에도 대보지 못하고 시후의 병실을 나와야 했다. 복도를 뛰어가며 열심히 캔디 노래를 되뇌었다.

"외로워도 슬퍼도 나는 안 울어. 참고 참고 또 참지, 울긴 왜 울어."

하리가 바쁘게 나가 버리고 남자 둘만 남게 되었을 때 승록이 시후에게 물었다.

"시후야, 너 캔디 안 봤지? 우리 심심한데 그거나 빌려다 볼까?"

"내가 그딴 걸 왜 봐요."

"우리 이야기라잖아."

그런데 캔디의 사랑을 모두 받았던 가장 행복한 순간에 죽은 안소니와 사랑하지만 결국은 캔디와 이별해야 했던 테리우스 중 누가 더 행복한 남자였을까?

진혁은 스태프 의국에서 컴퓨터상으로 관상동맥조형술 환자의 엑스레이를 보며 수술 방법에 대해 생각하고 있었다.

"자, 받아."

오진이 다가와 진혁의 책상 위에 오페라 티켓 두 장을 소리가 나게 올려놓았다. 진혁은 오진이 그걸 주는 의도를 알지 못해 그의 얼굴만 쳐다보았다. 오진이 언제나처럼 능글맞게 웃으며 말했다.

"역시 여자를 꼬실 때는 뮤직과 분위기야."

꼬신다는 말이 주는 묘한 어감에 진혁은 눈살을 찌푸렸다.

"뭐?"

"아! 물론 지금까지는 네가 가만히 있어도 여자들이 먼저 다가 왔기에 네가 먼저 다가가 말 걸고 데이트 신청하고 말도 안 되는 말로 비위 맞추면서 살살 꼬신다는 걸 생각해 보지도 않았겠지만, 이제는 변해야 해. 너도 느끼지 않냐?"

오진의 기나긴 설명에 진혁의 표정은 더 안 좋아졌다. 하지만 오진의 표정은 점점 더 진지해졌다.

"도진혁, 네가 마음에 두고 있는 그 여자한테 사랑받는 남자로 다가가기 위해서는 어떻게 해야 하는지 알아?"

진혁의 어깨를 잡고 있는 오진의 손에 힘이 들어갔다.

"그녀만을 위한 호스트가 되는 거야."

퍽! 진혁은 바로 오진의 다리를 걸어차 버렸다.

전도사에, 도색 잡지에, 거기다 호스트라는 소리도 들으라고? 너나 많이 들어!

하지만 오진의 말이 그리 틀린 말은 아니다. 돈을 바라고 여자 에게 잘해주는 호스트가 아닌 그저 사랑만을 바라며 오로지 그녀 에게만 잘해주는 호스트라면 지상 최고의 연인이 될 자격이 있는 남자가 아닐까?

"아아아악!"

산부인과 분만실 안에서는 찢어지는 여자의 비명 소리가 끝도 없이 이어져 나오고 있었다. 벌써 네 번째 분만을 하는 노산의 여 자였다. 모든 상태가 양호하지만 산모의 많은 나이 때문에 끝까지 방심할 수 없는 상황이었다. 인턴인 하리와 대륙은 벌려진 여자의 다리 밑에 서 있었다. 수술이 아니라 자연분만이었기에 오늘은 우선 견학이었다. 실제로 아이 낳는 것을 처음 보는 하리는 그저 신기한 눈으로 바라보는 반면, 대륙은 뒤돌아서서 경이로운 자연분만의 현장을 외면하고 있었다.

"야, 왜 안 봐? 이제 거의 다 열렸어. 아기가 나올 것 같은데."

"됐어. 어차피 산부인과 지망도 아닌데 봐서 뭐 해."

말은 그렇게 하지만 정확한 이유는 그게 아닌 것 같았다.

"파파보이, 설마 쑥스러워하는 거야?"

"말 함부로 하지 마, 땅콩. 어떤 의사가 병원 안에서 쑥스러워해!"

"오, 머리가 나오고 있어. 머리가 나왔다고!"

잠시 돌아섰던 대륙은 하리의 말에 바로 몸을 돌렸다.

"우와! 진짜 아기가 나오고 있어. 도대체 인간의 몸이란 어떻게 저런 게 가능한 거야. 그 좁은 문이 저만큼이나 넓어질 수 있다는 게 믿겨져? 어떤 수술실에서도 이런 게 가능하지는 않아. 저건 의학의 승리가 아니라 인체의 신비야. 오! 지저스! 난 죽어도 애는 안 낳을 거야."

"제발 생중계하지 마. 입 닥쳐, 땅콩!"

하리는 얼굴이 하얗게 된 대륙을 보며 고개를 흔들었다.

"그래, 네 말이 맞다. 넌 절대 산부인과 전공은 못하겠다."

우렁찬 아기의 울음소리를 들으니 아기도, 산모도 괜찮은 것 같았다. 그런데 분만실 밖을 지키고 있던 가족들은 그렇지 않은 것 같았다. 귀여운 공주님이 태어났다는 간호사의 말을 듣자마자 어이없게도 아이의 아버지라는 사람의 입에서는 육두문자가 나왔다. 그리고 친정아버지라는 사람은 시아버지와 시어머니에게 연신 사과를 했다, 미안하다고. 그렇게 생고생을 하며 새 생명을 탄생시켰는데 미안하단다. 이제 막 태어난 공주님을 반겨주는 건 그녀의 어미뿐이었다. 산모는 아기를 보듬으며 웃었다. 그리고 울기도 했다. 꽤 심난한 분만의 현장이었다.

"그래서 첫 분만을 본 소감은, 오대륙?"

고참 레지던트인 윤선영이 대륙에게 물었다. 하리는 대륙을 쳐다보았다. 처음부터 끝까지 벽만 쳐다보고 있던 그가 과연 분만실 벽에 대한 소감을 어떻게 말할지. 물론 레지던트도 그걸 보았기에 직접적으로 대륙에게 묻는 것 같았다. 대륙은 억지로 웃으며 한마디로 마무리했다.

"인상적이었습니다."

아마 죽어도 자신의 잘못을 인정하지 못하는 타입인 것 같았다. 피곤한 인생이다.

"우리 산부인과에 벽만 보고 진찰을 하는 의사는 필요 없다. 다음에도 그럴 거면 절대 분만실에 들어오지 마!"

역시나 대륙의 대답이 끝나자마자 윤선영의 질책이 떨어졌다. 대륙은 전혀 반성하는 기미가 없는 얼굴로 죄송하다고 짧게 사과를 했다. 하지만 반성의 기미가 없는 대륙의 태도가 맘에 안 들었는지 윤선영의 잔소리는 좀 더 계속되었다. 그리고 바로 하리에게 질문이 떨어졌다.

“강하리 넌?”

그냥 묻는 말인데, 어쩐지 꼭 야단을 맞은 기분이다. 아마도 저 목소리 톤 때문인가 보다. 너무 깐깐하다. 매일 야단만 치던 용준의 목소리가 그리워질 줄이야.

“저는 좀 억울했습니다.”

“억울?”

“그렇게 고생해서 나았는데, 가족들은 딸이라고 쳐다보지도 않았잖아요. 딸이든 아들이든 축복받아야 되는 새 생명이라는 건 마찬가지잖아요.”

“맞는 말이야. 하지만 전혀 요점을 벗어났어. 누가 감상 말하라고 했어? 산부인과 의사에게 중요한 건 남의 가정사가 아니라 산모와 아기의 건강이다. 둘 다 똑바로 해!”

결국 첫 견학은 한 것도 없이 야단만 맞고 끝이 났다. 아마도 산부인과에 있으면서 칭찬을 듣는다는 건 기대를 말아야 될 일 같았다.

저녁은 컵라면이었다. 잠깐의 틈을 이용해서 먹는 것이기 때문에 컵라면도 감지덕지였다.

“김치가 없잖아. 난 김치 없으면 라면 안 먹어.”

같은 인턴 처지에 대륙이 하리에게 불만을 토했다. 하리가 젓가락을 입으로 뜯어서 분리하며 말했다.

“부잣집 도련님이라 해도 라면을 먹고 살긴 했나 보네.”

“카드 줄게. 김치 사 와.”

누가 김치를 카드로 긁어서 사냐!

"너 뭘 모르나 본데 여기는 병원 안이라고. 돈이 있다고 해서 김치를 얻을 수 있는 곳이 아니야. 밖에 나가서 김치 사 오는 동안 저녁 먹을 시간도 다 없어지겠다."

"난 김치 없으면 라면 안 먹어!"

부잣집 도령이 부리는 투정이라고 하기에는 조금 불쌍해 하리는 자리에서 일어났다. 다행히 아주 가까이에서 김치를 구할 수 있는 방법을 떠올랐다. 까다로운 입맛을 가진 용준은 사비로 의국에 작은 냉장고를 사다 놓고서 집에서 가지고 온 밑반찬을 항상 구비해 놓고 있었다. 물론 그 안에 김치 역시 있었다.

"안 돼!"

"너무하세요!"

딱 잘라서 거절하는 용준의 말에 하리는 배신감을 느꼈다. 고작 한 달이지만 그래도 같이 일한 정이 있는데 그깟 김치 조금 못 주겠다는 게 말이 되는가.

"산부인과 일은 산부인과 안에서 해결해."

김치는 김치일 뿐이다. 거기에 산부인과와 흉부외과가 왜 나눠지느냔 말인가. 결국 배용준이 치사한 것이다. 치사한 배용준, 안 주면 내가 그냥 갈 줄 압니까? 몰래 가져간다.

"도 선생님."

하리가 너무도 수상쩍게 순순히 물러난 뒤, 용준은 지나가는 진혁을 불러 세웠다. 진혁이 돌아보자 용준이답지 않게 웃으며 물었다.

"혹시 도둑고양이 잡아보신 적 있으세요?"

진혁이 흉부외과 의국으로 왔을 때, 용준의 말대로 어떤 도둑고양이 같은 인간이 냉장고 앞에서 조심스럽게 서리를 하고 있었다. 꼼지락대던 하리는 일을 다 마쳤는지 조심스럽게 일어나서 뒤로 돌았다. 막 고개를 들던 하리는 문 앞에 서 있는 진혁을 발견하고 놀라서 헉 소리를 냈다. 당황한 하리는 어찌할 바를 모르다가 훔쳐 가려던 김치를 진혁에게 내밀었다.

"서, 선생님, 기, 김치 드실래요?"

새빨간 김치보다 더 새빨개진 하리의 얼굴을 보며 진혁은 나오는 웃음을 참았다. 김치를 훔치러 온 도둑고양이를 진혁이 훔쳐 가고 싶은 심정이었다. 귀여웠다. 뭘 해도 귀여우니 자신이 이상한 건지, 강하리가 신이 내린 귀염둥이인지 진혁은 판단이 안 되었다.

"네가 훔쳐서 먹을 정도로 김치를 좋아하는 줄은 몰랐다."

진혁은 장난처럼 물은 건데 하리는 손사래를 치며 필사적으로 부정했다.

"아뇨! 제가 먹고 싶어서 그런 게 아니라요. 대륙이가 김치 없으면 라면 안 먹는다고 해서. 전 그냥 먹자고 했거든요. 그런데 그 파파보이가 죽어도 김치가 있어야 한다고 해서……."

하리의 입에서 너무도 쉽게 흘러나오는 대륙이라는 이름에 진혁의 얼굴에 걸려 있던 미소는 서서히 사라졌다.

"넌 정말 사람들하고 너무 쉽게 친해지는구나. 그게 여자든 남자든 상관없이."

"네?"

"네가 알고 있는 그 수많은 사람들 중 특별한 사람은 몇 명이나 되는 거니?"

"네?"

지금의 강하리에게는 무리한 질문이었는지 하리는 대답이 없었다. 진혁은 그 사실이 안심이 되면서도 아쉬웠다. 바로 앞에 서 있는 하리지만 너무도 멀리 떨어져 있는 느낌. 진혁이 다가가든지 그녀가 다가오지 않는 이상 그 먼 거리는 결코 좁아질 수 없을 것이었다. 진혁은 한 번도 누군가에게 먼저 다가간 적이 없었다. 그저 먼저 다가온 사람들과 친해지든지, 아니면 그냥 그대로 거리를 둔 채 지내다 끊어지는 인연이 다였었다. 그래서 과연 자신이 잘할 수 있을까 하는 의구심이 들었다. 먼저 다가선다는 거, 그건 다른 사람의 부탁으로 잘해주었던 것과는 차원이 다른 문제였다. 마음을 주는 거다. 혹시 그 사람에게 상처받더라도 그 한 사람으로 온 마음을 채우는 거다.

"특별한 사람은 한 명이면 충분해. 그 이상은 너무 많아."

……다가가 볼까.

오진은 오페라 표 두 장을 들어 올렸다. 요즘 인기리에 공연되고 있는 '카르멘'이었다. 선심 써서 진혁을 위해 사 온 것인데 진혁은 거들떠보지도 않았기에 결국 다시 오진의 손에 남겨졌다.

"아! 결국 우리 마누라만 좋아하겠네."

오진은 집에 있는 마나님에게 전화를 걸었다. 그런데 무엇을 하시는지 빨리 전화를 받지 않았다. 부인이 전화 받기를 기다리는 동안 오진은 카르멘에 나오는 노래인 '하바네라'를 흥얼거렸다. 사랑을 자유로운 새에 비유한 노래였다.

"사랑은 집시 아이 제멋대로지요~♪ 당신이 싫다 해도 나는 좋아요. 내가 당신을 사랑한다면 그땐 조심해요. 당신이 잡았다고 생각한 새는 날개를 펼치고 날아갈 테니까요~ 사랑이 멀리 있으면 기다려요. 그러면 생각지 않았을 때에 찾아올 테니까요. 당신 주변 어디서나 갑자기 갑자기 사랑이 왔다가는 가고 또 찾아올 테니까요~♪ 당신이 붙잡았다고 생각할 때는 도망칠 것이고 벗어나려 하면 당신을 꼭 움켜잡을 거예요~"

오진의 부인은 한참 만에야 전화를 받았다. 아이를 씻기던 중이라 바빴다고 했다.

[이 시간에 무슨 일로 전화한 거야?]

"당신, 오페라 좋아하지? 내가 당신을 위해 오페라 표를 샀거든."

[세상에! 진짜? 웬일이야? 결혼기념일도 아니잖아.]

"사랑은 들에 사는 새와 같거든. 아무도 길들일 수 없어. 자기 멋대로야. 그냥 갑자기 당신에 대한 사랑이 넘쳐 나서 내 맘대로 샀어."

[언젠데? 오늘이야?]

"아니, 오늘은 아니고……."

탁! 오진이 하바네라에 나오는 멋들어진 대사를 인용하여 아내를 기쁘게 해주고 있는데, 탁! 언제 왔는지 갑자기 나타난 진혁이 오진의 손에 들려진 티켓 두 장을 낚아채서 다시 의국 밖으로 걸어나갔다. 난데없는 진혁의 행동에 놀란 오진은 진혁이 다시 나가 버릴 때까지 그저 멍청히 쳐다만 보고 있을 뿐이었다. 전화기 속에서는 들뜬 마누라의 목소리가 계속해서 흘러나왔다.

[애들 어머님 댁에 맡겨야 하니까 시간 정확하게 말해줘. 아이, 얼마 만의 오페라야. 나 입고 갈 옷 없는데 옷도 사주라.]

"여보, 그런데 안타깝게도 방금 그 오페라 표를 사랑에 굶주린 독수리 한 마리가 낚아채 가버렸거든."

[뭐라고? 당신 지금 나랑 장난해!]

사랑은 들에 사는 새와 같다. 길들일 수가 없다. 그저 자기 멋대로 흘러가게 내버려 둘 수밖에는…….

하리는 신생아실 앞에 있었다. 산부인과 병동 내에서 가장 맘에 드는 곳이었다. 하루 종일 바쁘게 뛰어다니느라 피곤하더라도 아무 근심 없이 자고 있는 아기들을 보면 하리의 마음도 편안해졌다. 그래서 산부인과에 근무하게 된 이후, 하루의 근무가 끝날 때 마지막으로 꼭 이곳에 들렀다.

뚜벅뚜벅, 가까이 다가오는 남자 발걸음 소리가 들렸다. 그 정갈한 발소리가 어쩐지 낯익어 하리는 고개를 돌렸다. 진혁이 가까이 걸어오고 있었다. 산부인과 병동에서 그를 보게 될 줄은 몰랐기에 하리는 놀란 눈을 하고 물었다.

"선생님이 여긴 웬일이세요?"

설마 아무도 모르게 부인이랑 애를 숨겨두었던 것인가?

"널 만나러 왔어."

솔직담백한 진혁의 말에 하리는 뭐라고 대꾸할 말이 없었다. 항상 그랬다. 그가 전문의가 아니라 사적으로 가까이 다가올 때면 무언가 마음이 어지럽다.

"저를요?"

진혁은 대답 대신 하리의 바로 옆에 와서는 방금까지 하리가 보고 있던 아기들을 바라보았다.

"분만실에 들어가 봤니?"

"네."

"어때?"

"음, 난 죽어도 애는 낳지 말아야지, 라고나 할까."

진혁은 낮게 웃다가 다시 입을 열었다.

"사랑을 하면 생각이 바뀌겠지."

진혁의 입에 나온 사랑이라는 말에 심장 안이 온통 생크림으로 가득 차는 느낌이었다. 무언가 잔뜩 간지럽고, 말랑말랑하고, 조금 설렌다.

"연애해 봤니?"

하리는 간지러운 심장을 긁는 대신 오늘 감아서 뽀송한 머리를 긁적였다. 왜 자꾸 이런 간지러운 말들만 하는 거야. 얼굴이 벌겋게 달아오르기 시작했다. 진혁이 낯간지러운 질문을 해서인지, 아니면 그런 질문을 한 게 진혁이기 때문인지 알 수가 없다.

"흠흠. 선생님, 아기들이 들어요. 그런 질문은 여기서 하면 안 된다고요."

얼렁뚱땅 이 묘한 분위기를 벗어나고자 하리는 조용한 목소리로 진혁을 꾸짖었다. 하지만 전문의는 역시나 전문의였다. 인턴의 꾸짖음에 눈썹 하나 꿈쩍하지 않았다. 오히려 즐거워하는 것 같았다.

"역시나 없군."

"어, 없는 게 아니라 시간이 없었습니다. 평범한 제 머리로 의대 과정 따라가는 게 얼마나 힘들었는지 아세요? 하루에 세 시간씩만 자면서 코피 터지게 공부를……."

열심히 변명을 하던 하리는 갑자기 자신의 앞에 놓인 오페라 티켓을 보고 말을 멈추었다. 의대 합격증보다도 더 충격적이었다. 적어도 의대 합격증은 받을 수 있을 거라는 기대감이 개미 눈곱만큼 있었다. 하지만 이 오페라 티켓은 결코 기대도 못했던 것이다.

이걸 어쩌라고?

솔직히 그가 자신을 조금 편애한다는 것은 배 따습게 하는 공짜 밥들과 몸으로 느껴지는 일부 여자들의 차가운 시선에서 느끼고 있었다. 하지만 그건 어디까지나 전문의가 인턴에게 베풀 수 있는 친절에 국한된 거라고 생각했다.

그런데 오페라 티켓이라니! 이건 결코 전문의가 인턴에게 줄 수 있는 친절의 범위가 아니었다. 안전하게 차선을 지키며 달리던 반대편 차가 갑자기 중앙선을 침범해 들어와 오페라 티켓을 내민다면 이런 기분이 될까?

겨울도 오기 전에 성급하게 다가온 봄을 만난 것처럼 하리는 그 봄의 따스함을 느끼기도 전에 혼란스러움을 먼저 느꼈다.

받아야 돼? 말아야 돼? 받아도 되겠지? 안 받을 이유는 없잖아.

그런데 오페라 볼 시간이 언제 있다고?

"카르멘. 이번 주말이야."

진혁은 티켓을 하리의 의사 가운 윗주머니에 꽂아주고는 하리의 눈을 똑바로 쳐다보며 웃었다. 너무 화사한 웃음이라 순간 하리는 자기도 모르게 예쁘다고 생각하고 말았다.

"기대하고 있을게."

하리는 생크림을 배터지게 먹고 체한 기분이었다.

도대체 뭘 기대해요?

열여덟 살 여자애가 입원했다. 다리가 부러져 정형외과로 입원한 환자였다. 하지만 실상은 그리 단순한 환자가 아니었다.

"뭐? 임신?"

오대륙은 자랑도 심한 만큼 아는 것도 많았다. 극소수의 의사들만 알고 있는 사실을 어찌 알고 있는 것인지 점심시간의 수다거리로 꺼내놓았다.

"그래, 다리 부러진 건 눈속임이야. 사실은 애 떼러 온 거라고."

"아직 열여덟 살이잖아. 그런데 무슨 임신이야?"

"너 어느 시대 사람이야? 요즘은 열네 살 임산부들도 넘쳐 나거든?"

"열네 살? 그만 해라. 나 소화 안 된다."

하리는 도저히 적응 안 되어 옆에 있는 물 컵을 들어 올려 벌컥벌컥 마셨다.

"우리 아버지랑 사업적으로 친분이 있는 분의 자제야. 그러니까 좀 있는 집 자식이라는 거지. 소문 날까 봐 멀쩡한 다리 부러뜨려서 병원 데리고 온 거라고."

"너무하잖아. 아무리 소문날 게 무서워도 어떻게 딸의 멀쩡한 다리를 부러뜨려?"

"야! 그럼 열여덟 살에 임신한 딸이 곱게 보이겠냐? 거기다 애 낳을 거라고 버티고 있다고 하더라. 그 환자 때문에 요즘 윤선영 신경 날카로우니까 조심해."

"어쩐지 평소보다 목소리가 한 톤은 더 높더라. 오늘은 기어이 얻어맞는 줄 알았다. 그럼 윤 선생님이 그 환자 수술 맡은 거야?"

"수술은 한 선생님이 하겠지. 산부인과 대빵이잖아. 그런데 수술이나 할 수 있으려나, 성격 장난 아니던데."

"그래? 성격이 어떤데?"

"너랑 정반대."

참 많은 생각을 하게 하는 말이었다. 그럼 나란 사람은 어떤 성격인가? 하리는 밥을 먹으며 잠시 자신에 대해 생각했다.

"야! 우리 한번 그 환자 보러 갈래?"

"뭐 하러?"

하리의 제안을 대륙이 심드렁하게 받았다. 하리는 단지 깐깐한 윤선영을 녹다운시킨 대단한 임산부의 얼굴을 보고 싶다는 작은 호기심이었다. 하지만 대륙은 더 이상 그 환자에게 관심이 없는 듯했다. 결국 하리는 혼자서 1146호로 갔다.

"늦으면 수술 못해요."

병실 안에서 윤선영이 잔뜩 억누른 목소리로 여자애에게 말하고 있었다. 이 병실에 윤선영이 있다는 것만으로도 대륙의 말이 사실이라는 것이었다.

"당장 나가요!"

여자애의 앙칼진 목소리가 바로 튀어나왔다. 목소리의 파워가 장난이 아니었다. 그 대단한 목소리 주인공의 얼굴을 보기 위해 더욱더 열린 문틈으로 다가가던 하리의 어깨를 누군가가 두드렸다. 몰래 보고 있던 하리는 너무 놀라서 그대로 앞으로 꼬꾸라지고 말았다. 심난하게 이야기를 나누던 윤선영과 강영지는 갑자기 문이 열리면서 쏟아져 들어온 하리를 놀란 눈으로 쳐다보았다. 추한 폼으로 넘어진 하리의 뒤에는 정형외과 레지던트가 서 있었다. 그가 조용히 하리의 어깨를 두드린 것이다. 하리는 원망스런 눈으로 정형외과 레지던트를 바라보았다. 그는 병실 안에 산부인과 레지던트 선영이 있는 것을 알고 그냥 발걸음을 돌려 다른 병실로 가버렸다.

그렇게 허무하게 갈 거면서, 왜 나의 정체를 까발립니까!

"강하리."

살벌한 선영의 목소리가 들려오자, 하리는 차마 고개를 돌릴 수가 없었다. 하리는 그대로 일어나서 도망가 버렸다.

아! 쪽팔리면 안 되는데, 쪽팔리다. 다시는 이 병실 근처에 얼씬도 안 하리라.

하지만 인생은 하리의 뜻대로 돌아가 주지 않았다.

"네? 저보고 1146호 강영지 환자를 킵하라고요?"

그날 저녁, 윤선영의 명령이 떨어졌다. 정형외과 환자인 강영지를 산부인과 인턴인 하리보고 맡으라는 것이었다. 정말 말도 안 되는 소리였지만, 사정을 다 아는 하리는 차마 왜냐고 묻지도 못했다.

"그래, 넌 거기까지 찾아와서 몰래 염탐할 정도로 환자에 대한 열성이 대단한 의사잖아. 그러니까 그 환자 맡아. 일주일 내로 수술 동의 받아내서 와."

"임신중절은 불법이에요."

"누가 너한테 훈계 듣고 싶다고 했어? 넌 인턴이고 난 치프야. 말대꾸하지 마!"

하리는 망연자실이었다. 무언가 너무도 억울했다. 다시 윤선영에게 따지고 싶었지만 씨도 먹힐 것 같지 않았다. 정말 오! 지저스! 였다.

"너 뭐 하냐?"

윤선영과 둘만의 상담을 마치고 나오자마자 벽을 보고 쭈그려 앉아 움직이지 않는 하리를 보고 대륙이 물었다. 하리는 미동도 하지 않은 채 입만 움직였다.

"경찰에 확 고발해 버릴 거야."

"뭐?"

"젠장! 그럼 내가 찔렀다는 거 다 들키겠지?"

"뭐라는 거야?"

결국 힘없는 인턴 하리는 다음날부터 1146호를 매일 드나들어야 했다. 산부인과에 있으면서도 외과병동을 오가야 하다니. 외과와의 인연이 그리 깊다는 건가, 아니면 단지 재수가 없는 걸까?

“왜 짜증나게 이제야 오는 거예요?”

하리가 병실 안에 들어서자마자 윤선영보다 더 날카로운 목소리가 하리의 정수리로 쏟아져 왔다. 카랑카랑한 목소리만으로도 그녀의 성격을 알 수 있었다. 아니, 그녀가 아니라 그 아이다.

“죄송합니다.”

하리는 언제나처럼 반사적으로 엉거주춤 사과를 하며 여자애의 모습을 살폈다. 날씬한 몸매를 보노라니 임산부 같지 않았다. 초기 임신이라 그런가. 한쪽 다리에는 진짜 깁스를 하고 있었다. 솔직히 입원을 할 상처는 아니었다. 환자는 충분히 통원치료가 가능한 상태였다. 그러나 영지는 휠체어에 앉아 있었다.

“멍청하게 뭐 하고 있는 거예요? 밀어요!”

“저기, 인턴은 할 일이 많거든. 한가하게 환자 휠체어 밀고 다닐 시간은 없어.”

“그럼 병원장 불러요.”

“뭐? 병원장님은 왜?”

“당신이 못 밀겠다며! 그러니까 병원장보고 밀라고 할 거야.”

정말 끝내주는 성격이었다. 이런 애와 성격이 반대라는 거니까, 내 성격이 천사라는 거겠지. 음! 분명 그런 걸 거야.

더 이상 병원 규칙이나 인턴의 본분에 대해 말해봤자 소동만 커질 것 같았기에 하리는 끊임없이 투덜거리는 여자애를 태운 휠체어를 끌고 엘리베이터 앞으로 갔다. 여자애는 엘리베이터가 느리게 오는 걸 가지고도 투덜거렸다. 엘리베이터가 빨리 안 오는 게 병원이 꼬져서 그런 거란다.

띵, 엘리베이터 문이 열렸을 때 그 안에는 용준과 진혁이 있었다. 하리는 반사적으로 인사를 했다. 먼저 말을 걸어온 건 용준이었다.

"또 뭘 훔쳐 가려고 외과병동을 기웃거리고 있는 거냐?"

"네, 이 아리따운 정형외과 환자 분 좀 훔쳐 가고 있습니다. 타도 될까요?"

용준과 진혁의 시선이 휠체어에 앉아 있는 영지에게 향했다. 멋진 두 남의사의 눈길을 받으면 보통 여환자들은 얼굴을 붉히거나 수줍게 웃는다. 하지만 영지 양은 그러지 않았다.

"뭘 봐요?"

까칠한 영지의 반응에 두 남자가 놀라며 하리를 쳐다보았다. 하리는 어색하게 웃으며 휠체어를 끌고 엘리베이터 안으로 들어섰다.

"산부인과 환자는 아니지?"

용준이 영지를 내려다보며 묻자 하리는 땅이 꺼져라 한숨을 내쉬며 말했다.

"산부인과 일에 신경 끄세요."

퍽!

나간 지 얼마나 되었다고 벌써 산부인과 사람처럼 구는 건방진 하리의 머리를 용준이 습관처럼 때렸다. 맞은 하리는 언제나 맞던 거라 그러려니 하는데, 바로 앞에서 하리가 맞는 걸 처음 보는 진혁이 눈을 치켜뜨며 용준을 쳐다보았다.

"왜 사람을 때려?"

다른 사람 같으면 저의 실수라고 꼬리를 내릴 테지만 배용준은 그러지 않았다.

"선생님도 인턴 때 맞고 지냈으면서 왜 유별나게 나오세요? 인턴이란 원래 맞아야 머리 회전이 더 빨리 되는 종족 아닌가요?"

"네? 도진혁 선생님이 맞으셨어요? 누구한테요?"

하리는 궁금해 죽겠다는 눈으로 진혁을 쳐다보았고, 진혁은 너 두고 보자는 눈으로 용준을 쏘아보았고, 용준은 엘리베이터의 단추를 누르며 말했다.

"내려갑니다."

엘리베이터 문이 닫히고 네 사람만이 밀폐된 공간 속에 남겨지자 엘리베이터 안은 침묵만이 흘렀다.

"강하리."

아주 가까운 곳에서 뜨거운 입김과 함께 들려온 은근한 부름에 하리는 놀라서 저도 모르게 크게 대답하고 말았다.

"네!"

도둑이 제 발 저린 하리의 대답에 용준과 영지의 시선도 쏠려왔다. 하지만 진혁은 상관하지 않으며 묻고 싶은 걸 물어왔다.

"산부인과 바쁘니?"

"인턴이야 어딜 가나 바쁘죠."

24시간 병원에 메어 있는 인생이 인턴이었다. 인턴에게 자유로운 생활이란 불가능했다. 언제 어디서나 부르면 달려가야 하는 게 인턴이란 인종의 숙명이었다.

"토요일 날도 바쁘겠지?"

“다, 당연히 그렇겠죠.”

토요일, 오페라 공연 날이다. 덥석 안겨주고 가더니 역시 무리라는 걸 알아준 걸까.

“그래도 기대할게.”

또, 또 기대한댄다. 도대체 뭘 기대해요. 그리고 제발 그렇게 웃지 마요. 심장에 생크림이 가득 찬단 말입니다.

하고 싶은 말은 많았지만 하리는 그저 어색하게 웃으며 먼저 내리는 용준과 진혁에게 손을 흔들 뿐이었다.

“뭘 기대해요?”

“알 거 없어.”

용준의 질문에 진혁은 딱 부러지게 대답하고 먼저 앞서 걸어갔다. 사내놈한테까지 웃어줄 정도로 웃음이 헤프지는 않았던 것이다. 용준도 더 이상 묻지 않았다.

엘리베이터 문이 닫히자마자 하리는 웃음을 거두고 크게 숨을 내뱉었다. 심장을 가득 채웠던 생크림이 빠지고 다시 피가 돌기 시작했다.

“애인이에요?”

영지의 물음에 하리는 숨을 고르며 되물었다.

“뭐?”

“재주 좋네요. 얼굴이나 몸매는 아닐 테고, 뭐로 꼬신 거예요?”

“뭐?”

“바보예요? 왜 자꾸 되물어! 짜증나, 진짜.”

어쩐지 심각히 정신과 치료가 필요한 환자 같았다. 아니라면 강하리가 진짜 바보라는 소리였으니까.

자기가 산책하고 싶다고 해서 나온 것인데 밖으로 나온 영지는 지독히도 재미없다는 표정으로 병원 밖의 세상을 바라보았다. 꼭 누구를 닮은 모습이었다. 권시후, 그도 지금 이 아이와 비슷한 눈으로 창밖의 세상을 보곤 하였다. 문득 이 아이와 그를 만나게 해 주고 싶었다. 닮은 눈을 한 두 사람이 만나면 과연 무슨 이야기를 나눌까 궁금하기도 하고, 그게 두 사람에게 도움이 되는 일이 될 것도 같았다.

"이 병원에 굉장히 멋있는 아저씨가 입원 중이거든. 보고 싶지?"

"난 아저씨 취미없어요."

"나이가 아저씨지만 전혀 아저씨 안 같아. 모델 같아."

"그 아저씨 좋아해요? 그럼 엘리베이터의 그 의사는 뭐야? 그 얼굴에 바람도 피워요?"

"저기, 네가 자꾸 그런 식으로 말하면 나도 말 곱게 안 나가거든."

"그럼 막 해요. 누가 하지 말래? 의사 가운 입었다고 고상한 척은. 재수없어."

"그래, 나도 탁 까놓고 말한다! 너!"

하리는 무서운 얼굴을 하고 영지의 앞에 버티고 섰다. 갑자기 무서운 척하는 하리를 영지는 말없이 올려다보았다. 어디 무슨 말을 하나 지켜보겠다는 태도였다.

"그 아저씨 보면 진짜 뻑 간다. 무진장 잘생겼다니까."

영지는 어이없다는 듯이 웃었다. 이렇게 바보 같은 강적은 처음이었다. 어쩐지 전투력이 상실되고 있었다. 그래, 네 맘대로 해라. 나도 지친다.

"그건 뭐야?"

영지를 보자마자 권시후가 한 첫마디였다. 역시 막상막하다. 자신을 그것이라고 칭하는 시후의 말에 영지의 얼굴이 사나워졌다.

"네, 잠시 제가 모시고 있는 아가씨입니다."

"의사 봉급이 짜니까 이젠 시녀 노릇까지 하냐? 얼마나 필요한 거냐? 말해라. 내가 불쌍해서 준다."

불쌍하다는 듯이 말하는 시후의 말에 하리는 영지를 내려다보며 물었다.

"그것 봐, 저 아저씨 말하는 거 무지 싸가지없고 멋있지? 너랑 꼭 닮았어."

돌려서 너 싸가지없다고 말하는 하리를 영지는 곱지 않은 시선으로 올려다보았다. 하리가 어서 인사를 나누라고 재촉하는 통에 영지는 시후를 보며 물었다.

"담배 있어요?"

"안 돼! 담배는 임산부에게 해로워."

하리의 지적에 영지는 시니컬한 미소를 지어 보였다.

"어차피 억지로 뺏어갈 아기, 왜 신경 써요?"

영지는 휠체어에서 일어나 쩔뚝거리며 자신의 병실로 걸어가 버렸다. 하리는 쫓아가지 못한 채 힘겹게 걸어가는 영지의 뒷모습을 쳐다만 보았다. 아직 엄마라고 부르기에는 너무도 어린 뒷모습이었다. 하리는 깊게 한숨을 내쉬며 시후에게 말했다.

"어쩐지 악당이 된 기분이에요."

딸의 미래를 생각해서 아기를 지우려는 부모와 끝까지 아기를 지키고 싶은 어린 엄마. 누가 옳은 걸까?

"도진혁 선생님."

하리의 부름에 진혁이 걸음을 멈추었다. 하리는 급하게 뛰어왔는지 가쁜 숨을 내쉬며 진혁의 앞에 섰다.

"헉헉. 저기, 헉헉, 이거."

하리는 진혁에게 오페라 표를 내밀었다.

"아무리 생각해도 제가 가는 건 무리예요. 인턴이 한가롭게 오페라라니. 선생님이 생각해도 말이 안 되지 않아요? 인턴이 아닌 다른 사람이랑 가세요. 그래야 선생님도 제대로 오페라 보실 수 있으실 거예요."

현실적으로 한 말이었다. 아무리 생각해도 지금 하리의 생활에서 오페라는 사치였다. 어차피 가지 못할 거면 돌려주는 게 좋다고 생각해서 돌려주는 것이었다. 결코 진혁과 같이 오페라를 보기 싫어서는 아니었다. 그런데 하리의 말이 다 끝나도 진혁은 하리가 내민 오페라 표를 받지 않았다. 하리는 좀 더 앞으로 표를 내밀었다.

"안 받으세요?"

"……인턴이라는 건 상관없어."

"네?"

"그리고 내가 기대한다는 건 오페라가 아니었어."

오페라가 아니야? 그럼?

"난 네 마음을 기대한다는 거였어."

진혁은 고개를 돌려 창밖의 어둠을 쳐다보며 말했다.

"토요일이 되려면 아직 하루가 남았구나. 하루는 더 기대해 볼게."

그리고 진혁은 끝까지 오페라 표를 받지 않고 그대로 발걸음을 돌려 걸어가 버렸다. 혼자 남은 하리는 멍하니 진혁의 뒷모습을 쳐다보았다. 어쩐지 그가 변한 것 같았다. 처음부터 남다르게 잘해주기는 했지만 이런 느낌은 아니었다. 하리는 자신의 왼쪽 가슴에 손을 올리고 진혁의 말을 되새겨 보았다.

……마음을 기대한다고?

제 7 장

정 형외과 병동으로 가기 위해 엘리베이터를 탄 하리는 진혁
이 준 오페라 티켓을 꺼내 들었다. 공연은 오늘 밤이었다. 하지만
하리는 오프도 아니었다. 산모들이 쉬는 날에 몰아서 아기를 낳는
지 오늘따라 산부인과에는 산모들이 넘쳐 나고 있었으며, 거기다
덤으로 정형외과 환자까지 돌봐야 했다. 도저히 짬이라고는 없는
데, 도대체 어떻게 오페라 구경을 오라는 거야?

"네 마음을 기대한다는 거였어."

진혁은 말했다, 중요한 건 오페라가 아니라고. 하리는 또다시
왼쪽 가슴에 손을 올려놓아 보았다. 심장이 뛰는 느낌이 손끝에서

전해져 왔다. 눈을 감고 천천히 진혁의 얼굴을 떠올려 보았다. 항상 보는 게 하얀 의사 가운을 입은 진혁이어서인지 그를 떠올리면 자연히 하얀색이 떠오른다. 그 깔끔한 색이 참 잘 어울리는 사람이다. 너무 많은 도움을 받아서 이제는 힘들고 난감할 때 가장 먼저 생각나는 사람인데 갑자기 무리한 약속으로 하리를 난감하게 만들어 버렸다. 복잡하다. 어쩐지 도진혁이란 사람이 아주 복잡한 존재로 하리의 마음속에 자리 잡고 있었다. 한 단어로 설명이 불가능했다.

띵! 엘리베이터의 문이 열리는 소리가 들리자 하리는 천천히 눈을 떴다. 강한 태양빛이 엘리베이터 안으로 쏟아져 들어오며 소리가 들렸다, 심장이 뛰는 소리가.

"혼자 쇼해요?"

병실이 아니라 엘리베이터 앞에서 버티고 기다리고 있던 영지가 하리를 바라보며 꺼낸 말이었다. 하리는 여전히 심장 위에 손을 얹은 채 조용히 대답했다.

"내 마음을 들여다보고 있었어."

"놀고 있네."

"영자야, 심장이 생크림으로 가득 차는 느낌을 아니?"

앙칼진 영지의 목소리가 되돌아왔다.

"누가 영자야! 난 영지라고!"

"그래도 영지보다는 영자가 더 정겹잖아."

"한 번만 더 영자라고 불러봐! 당신, 의사 가운 벗게 할 거야."

앙칼지기만 한 영지의 반응에 하리는 한숨을 내쉬었다. 온몸을 뒤덮은 가시가 남을 찌르는 것도 모자라 자기 자신도 찌르고 있는 것 같았다.

"네 이름이 영지가 아니라 영자였으면 좀 더 친절한 여자애로 크지 않았을까?"

영지가 바로 발톱을 세웠기에 하리는 더 이상 토 달지 않고 휠체어를 밀며 물었다.

"어디로 모실까요, 영지 마님?"

윤선영은 하리한테 영지에게 수술 동의를 받아내라고 했지만, 하리는 영지에게 한 번도 수술 이야기를 꺼내지 않고 있었다. 그저 환자를 돌보는 간병인마냥 영지를 산책시켜 주는 게 하리가 하는 일의 전부였다. 좋은 게 좋은 거라고, 영지와 같이 있는 시간들은 운 좋게 주어진 휴식 시간이라 생각하기로 했다.

영지는 어제와 마찬가지인 무의미한 눈길로 세상 밖을 쳐다보았다. 그러다가 심심했는지 하리에게 질문을 하나 던졌다.

"남자와 자본 적 있어요?"

수위 높은 영지의 질문에 하리는 깊게 헛기침을 했다.

"솔직함도 정도를 지켜야 한단다, 영지야."

"흥! 없구나. 하긴 범생이 주제에 그럴 용기가 있겠어."

"용기? 사랑이 아니라?"

"사랑은 그냥 하는 건 줄 알아요? 용기가 있어야 열렬히 사랑하든 더럽게 사랑하든 하지."

"그래서 넌 어떻게 사랑했는데? 열렬히 했니, 더럽게 했니?"

영지는 입술을 피가 날 정도로 깨물었다. 그리고 울분을 토하듯이 말을 뱉어냈다.

"죽일 놈."

아무래도 하릴없이 산책을 하고 싶다는 건 아닌 것 같았다. 기다리는 것이다. 혹시라도 그 죽일 놈이 나타나지 않을까 싶어서 말이다. 하리도 영지와 같이 시선을 맞추고 병원 주위를 둘러보았다. 하지만 안타깝게도 죽일 놈처럼 보이는 남자애는 없었다. 영지의 죽일 놈은 어떤 남자였을까? 단지 무책임한 남자일 뿐일까, 아니면 무언가 다른 사연이 있어서 안 나타나는 걸까?

영지의 어머님이 오시면서 영지의 산책은 강제적으로 끝났다. 그리고 하리도 시녀에서 다시 산부인과 인턴으로 복귀하게 되었다. 하리는 부모님 앞에서 무겁게 입을 다무는 영지를 한참이나 바라보다 산부인과로 돌아갔다.

"의사란 뭘까?"

"싸가지 부잣집 아가씨의 시중이나 들다 왔으면서 웬 심오한 질문이야?"

하리의 심각한 질문을 대륙은 들은 척도 하지 않았다. 하리는 턱을 괴고 창밖을 바라보며 생각에 잠겼다. 아무래도 지금 영지에게 가장 필요한 사람은 강압적인 부모님도, 애를 떼내려고 버티고 있는 의사도 아닌 그 죽일 놈 한 명뿐인 것 같다.

시계가 저녁 6시 30분을 가리키는 걸 하리는 불안한 눈으로 쳐다보았다. 오페라 시작은 저녁 8시였다. 몇 분 간격으로 시계를 쳐다보던 하리는 잠시 산부인과 병동을 벗어나 흉부외과로 달려갔다.

"헉! 도진혁 선생님 있으세요?"

흉부외과 병동에서 가장 먼저 만난 배용준을 붙잡고 물었다.

"산부인과 인턴이 이렇게 급하게 흉부외과 전문의를 왜 찾는데?"

"아! 있어요, 없어요? 그것만 말씀해 주세요."

스테이션 탁자를 손으로 탁탁 치며 하리가 건방지게 다그치자, 차트에 오더를 적던 용준은 그제야 고개를 들어 하리를 똑바로 쳐다보았다. 뭐라고 따끔하게 혼을 내려다가 하리의 얼굴이 평소와 다르게 심각한 것을 느끼고 그냥 말해주었다.

"중요한 일 있으시다고 퇴근했어."

하리는 멍하니 용준의 얼굴을 쳐다보다 낮게 중얼거렸다. 오! 지저스!

하리는 흐물흐물 걸어서 산부인과로 돌아왔다. 산부인과 병동 팻말을 지나자마자 레지던트의 호통이 떨어졌다.

"강하리! 어디 갔다 오는 거야! 지금이 한가하게 돌아다닐 때야?"

그렇죠. 한가하게 돌아다닐 때가 아니죠. 그런데 전 오페라를 보러 가야 한답니다.

"당장 한소영 산모한테 가서 자궁문 얼마나 열렸는지 확인해."

내가 가서 확인하지 않아도 열리던 자궁문은 계속 열리겠지. 하지만 내가 안 가면 도진혁 선생님은 어떻게 되는 거지? 혼자 보려나? 아냐, 안 그럴 거야. 끝까지 기다릴 거야. 분명 내가 나타날 때까지 기다릴 거야.

"강하리, 내 말 안 들려? 당장 뛰어가!"

천하의 도진혁이 쓸쓸하게 혼자 앉아서 오지도 않는 날 기다린 다고? 헉! 생각만 해도 우울하다. 생각만 해도…… 슬퍼.

철퍼덕!

하리는 구겨진 종잇조각처럼 바닥에 쓰러졌다. 산모가 누워 있는 침대를 끌고 가며 소리치던 윤선영은 힘없이 쓰러지는 강하리를 보고 놀라서 뛰어왔다.

"강하리, 정신 차려! 간호사, 여기 좀 와봐!"

윤선영의 품에 안긴 하리는 슬프게 고개를 꺾었다.

정말 힘들 때, 너무 배고플 때, 혹은 너무 졸릴 때 환자처럼 쓰러지려고 했는데…… 겨우 오페라 때문에 쓰러지다니. 슬프다, 정말 슬퍼.

저녁 8시, 오페라는 이미 시작되었지만 진혁은 아직도 공연장 밖에 있었다. 아직 하리가 오지 않았기 때문이다. 하지만 진혁은 별로 조급해하지 않았다. 기다리는 이 시간을 즐기며 진혁은 혼자서 있었다. 기다림이란 결코 재미있는 일이 아닌데, 즐거웠다. 설렌다. 아마도 처음이라서 그런가 보다.

과연 강하리는 올까? 안 올지도 모른다, 무리한 약속이었으니까. 조금 비겁하기도 했다. 만약 하리가 오지 않는다고 해도 완벽한 핑계거리가 생기는 것이기에 그리 큰 상처로 남지는 않을 것이다. 바쁘니까. 바빠서 못 온 것이니까, 라고.

만약 오늘 네가 온다면 내 비밀 하나 가르쳐 줄 건데. 올까, 안 올까? 안 올지도 몰라. 인턴이니까. 전문의보다도 더 바쁜 인턴. 만약 지금 네가 온다면 내 마음을 줄 텐데. 올까, 안 올까? 안 올지도 몰라. 너는 아직 내 사랑을 모르니까. 그래, 안 올지도 몰라.

부정적인 생각으로 가득 찰수록 진혁의 고개가 점점 아래를 향해 내려갔다. 온 세상을 담고 있던 눈에는 이제 자신의 구둣발밖에 보이지 않았다.

"헉헉! 선생님, 함부로 기대한다는 말 하지 마세요!"

자신의 구둣발만 내려다보고 있던 진혁은 익숙한 그녀의 목소리에 눈을 크게 떴다. 자신이 놀랐다는 걸 들키고 싶지 않아 쉽게 고개를 들지 못했다.

"헉헉. 믿지 않으시겠지만, 저 모범생이란 말입니다. 모범생이 기대한다는 말에 얼마나 약한지 아시잖아요. 하루 종일 선생님의 기대한다는 말이 쌓이고 쌓이면서 결국에는 뇌 속(Lymbic System)의 해마와 편도를 자극하여 엄청나게 슬퍼져 그대로 픽 쓰러졌다고요. 제 말이 무슨 말인지 아세요? 꾀병 부리고 도망 왔다고요. 아무리 생각해도 여기 올 방법으론 그것밖에 떠오르지 않더라구요. 선생님, 전문의로서 이런 불성실한 인턴에게 무슨 하실 말씀 없으세요? 네?"

다행히 강하리가 성격답게 한 문장에 끝날 말을 길게 늘여 주절주절 떠드는 동안 진혁은 표정 관리를 할 수 있었다. 고개를 든 진혁은 언제나의 진혁이었다.

"늦었네."

"늦었네? 지금 그게 중요한 게 아니라 제가 여기 어떻게 왔느냐가 중요하죠. 저 몰래 도망 나왔다니까요. 이제 병원 들어가면 저 죽어요."

"그래, 나온 것만으로도 감지덕지하마."

뚜벅뚜벅, 진혁은 걸어서 하리의 앞으로 걸어왔다. 하리는 몰래 빠져나오느라 병원에서 보았던 차림 그대로였다. 의사 가운만 던져 두고 그대로 도둑고양이처럼 빠져나왔나 보다.

"가자."

"오페라요?"

"아니, 병원."

"네?"

기껏 그 재미없는 오페라 보러 아끼고 아껴두었던 비책까지 써 가며 빠져나왔는데 바로 병원으로 가자는 진혁의 말에 하리는 거의 경기를 일으키며 놀랐다.

"빨리 들어가면 빨리 들어갈수록 덜 혼날 거야. 가다가 응급환자 만나서 데리고 가면 아마 안 혼날 거고."

그건 맞는 말이었다. 하지만 이렇게 오자마자 갈 거면 왜 불러 낸 거냐 말이다. 사람 똥개 훈련시키는 것도 아니고 말이다.

"선생님, 오페라는요?"

"어차피 병원 때문에 불안해서 제대로 보지도 못할 거잖아."

모두 다 맞는 말이다. 하지만!

"제가 여길 어떻게 왔는데요. 그냥 봐요."

"어차피 너 오페라 안 좋아하잖아."

“어? 어떻게 아셨어요?”

“그냥 자연히 알게 됐어.”

오페라 표를 보고 성적표 받은 표정을 하는데 어찌 모르겠는가. 하지만 그런 건 상관없었다. 그저 이렇게 나와준 것으로 된 것이었다. 진혁을 생각해서, 진혁을 걱정해서, 진혁을 위해서 이렇게 와준 것으로 기대한 마음을 받았다.

그런데 하리는 오자마자 가자고 하는 진혁의 태도에 투덜거리며 진혁의 뒤를 쫓아왔다. 아마도 자신을 놀리고 있다고 생각하고 있을 것이다. 짓궂은 선배들이 후배 교육시키듯이 말이다. 진혁은 앞서 걸어가며 뒤에 따라오는 하리의 이름을 불렀다.

“강하리.”

“왜요?”

대답도 불량스럽다. 진혁에게 불만이 가득한가 보다. 진혁은 강하리 때문에 아주 행복한데 말이다.

“오프 날 정식으로 데이트할래?”

“네?”

“대답은 천천히 해. 이번엔 기대도 안 하고 그냥 기다릴게.”

천천히 천천히 다가가는 것이다. 네가 도망가지 않게.

병원에 도착하자마자 진혁은 하리 대신 산부인과 레지던트 윤선영에게 고개 숙여 사과했다. 기대하던 마음을 조금 나누어준 하리를 위해 진혁은 자신의 자존심을 조금 내주었던 것이다.

“정말 죄송합니다. 제 잘못입니다. 다시는 이런 일 없도록 하겠습니다.”

이렇게 바쁜 날 몰래 도망간 강하리를 요절내기 위해 이를 갈고 있던 윤선영은 하늘 같은 전문의의 사과에 그만 기가 팍 죽고 말았다. 만약 도진혁이 산부인과 전문의였다면 그대로 주저앉았을 것이다.

"서, 선생님, 고개 드세요. 전문의가 전공의한테 이러는 법이 어디 있어요!"

땅에 머리를 박고 석고대죄하려 했던 하리는 멍하니 자신을 위해 고개를 숙인 도진혁을 바라만 보고 서 있었다. 설마 그가 자신 대신 사과를 할 줄은 몰랐다. 도진혁은 정말 강하리가 만났던 남자 중 가장 복잡한 남자이다. 어떻게 나를 위해 저 정도까지 할 수 있느냔 말인가. 하리는 진혁에게 그리 잘해준 것도 없는데 말이다.

고개를 숙인 그의 모습이 평생 머릿속에 각인된 채 잊혀지지 않을 것 같았다. 시간이 흘러 진혁을 더 이상 만날 수 없게 되어도 말이다.

"강하리, 오늘은 그냥 넘어가지만 다음에 또 이런 일 있으면 죽을 각오해!"

진혁이 물러가고 난 뒤 윤선영이 날카로운 목소리로 하리에게 경고했다. 도진혁의 행동에 너무 놀라 화낼 기력도 다 빠진 윤선영은 더 이상의 문책 없이 하리를 놓아주었다. 윤선영이 투덜거리듯 중얼거리는 목소리가 하리에게 들려왔다.

"젠장. 나도 어디서 남자 하나 안 떨어지나."

하리는 소리없이 웃었다. 오늘의 카르멘은 화려한 무대 위에서 노래하고 있는 오페라 배우도 아니고, 권시후의 카리스마 넘치는 여동생이 아니라 바로 강하리였다.

"그렇게 광고를 하고 다니셔야 했어요? 선생님이 이렇게 유치한 인간인 줄은 몰랐습니다."

선영은 말없이 하리를 치사한 인간 취급했는데 용준은 대놓고 진혁을 유치한 인간 취급했다. 하지만 의사 가운을 갈아입은 진혁은 건방진 레지던트를 혼내지 않았다. 대신 질문을 했다.

"너는 그런 적 없어?"

"어떤 적이요?"

"갑자기 누군가를 위해 뭐든 해주고 싶을 때."

오늘 진혁이 그랬다. 자신이 하리를 곤란하게 한 만큼 하리를 위해 무엇이든 해주고 싶었다. 참 심술궂은 마음이었다.

"물론 환자들을 볼 때마다 하죠. 의사로서 이 환자를 위해 뭐든 해주어야겠다고."

"재미없는 자식."

"적어도 유치한 전문의보다는 낫죠. 다음부터 강하리 편들어주고 싶을 때는 제 허락 받으세요. 이건 흉부외과의 위신이 달린 일입니다."

진혁이 용준에게 혼나고 있을 때, 하리는 눈을 감고 자신의 심장 소리를 듣고 있었다. 오른손을 왼쪽 가슴에 올리고 조용히 심장의 고동 소리를 느낀다. 두근, 두근, 두근.

"너의 마음을 기대한다는 거였어."

이제야 겨우 그 말의 뜻을 알 수 있었다. 하리를 시험한 것이다. 하리의 마음을 떠본 것이다. 알고 보니 도진혁…… 겁쟁이였던 것이다. 피식, 귀엽게도 말이다.

"정말 불가사의야, 불가사의. 어떻게 도진혁 선생님이 너 때문에."

도진혁이 강하리 때문에 고개를 숙였다는 소문을 들은 대륙은 한탄하며 말했다. 자기 학교 출신 의사들이 다 도진혁처럼 눈이 낮을 거라고 소문날까 봐 무섭다는 것이다. 대륙의 막말에도 하리는 화를 내지 않았다. 오히려 여유를 가지며 말했다.

"우리 동생이 말하길, 나는 신이 내린 귀염둥이랬어."

"푸웁!"

대륙은 참지 못하고 먹던 국을 뱉어낸 뒤, 큰 소리로 웃어 젖혔다.

"푸하하하하하하! 신이 내린 귀염둥이? 신이 내린 개그땅콩이 아니고? 하하하하, 하여튼 남매가 쌍으로 웃겨요."

하리는 마음껏 비웃는 대륙의 뺨을 밥풀 묻은 숟가락으로 때려 버렸다. 못된 놈! 나를 욕해도 좋으나 내 동생 욕하는 건 못 참는다.

"강하리, 1146호 강영지 환자 어떻게 됐어?"

선영의 질문에 하리는 대답할 말이 없었다.

"아! 지금 가보려던 참인데……."

"누가 그딴 거 물었어? 수술 말이야! 제대로 이야기하고 있는 거야?"

"선생님, 한 가지만 질문해도 될까요?"

윤선영은 아랫사람의 건방진 질문을 그리 좋아하지 않았다. 그저 자신이 하는 말을 잘 듣기만 하면 되는 것이었다. 그런데 강하리라는 인턴은 단 한 번도 제대로 들은 적이 없었다. 그리고 오늘의 강하리는 초절정으로 건방졌다.

"선생님의 아기라도 중절하라고 강요하시겠어요?"

"강하리!"

폭발한 선영을 피해 하리는 1146호로 달려 올라갔다. 영지의 병실이 피난처가 되다니, 참 인생이란 한 치 앞을 알 수가 없다.

하리는 오늘도 영지의 휠체어를 끌고 산책을 나가는데 오늘따라 영지의 말이 위태위태했다.

"아무리 잘난 남자라고 해도 남자는 다 거기서 거기예요. 잘난 남자가 좋아해 준다고 쉽게 넘어가지 말아요. 남자는 다 죽일 놈들이야. 여자가 넘어왔다 생각하면 바로 태도 바뀌는 게 남자라는 족속이라고요. 배신당하고 울지 말고, 함부로 마음 주지 말아요. 그냥 즐기다가 지겨우면 버리라고요."

어떻게 알았는지 어제 하리가 진혁 때문에 농땡이 친 것을 알고 있는 것 같았다. 설마 병원에 소문이 쫙 퍼진 건가, 강하리가 남자 때문에 꾀병 부리고 도망쳤다라고? 어쩐지 쳐다보는 사람들의 시선이 이상했다. 그래도 예전보다 그리 많이 신경 쓰이지는 않았다. 음, 도 선생님은 그 소문 듣고 무슨 생각 하고 있으려나?

하리는 언제나 영지의 말을 경청해 주려고 노력했다. 하지만 지금 하는 말들은 도저히 받아들일 수 있는 수위를 넘어섰다. 병원이 영지에게 나쁜 영향을 끼치는지 이 하얀 건물 안에 있는 시간이 길어질수록 영지의 가시는 더욱 날카로워지고 있었다.

"저기, 영지야, 모든 남자들이 그러는 건 아니지 않을까?"

"아뇨! 남자들은 다 그래요! 진짜 뭘 몰라도 너무 몰라! 머리 똑똑한 인간들은 이렇게 흐리멍덩하다니까."

"저기, 나 별로 안 똑똑하거든."

"지금 당장 흉부외과로 가요."

"뭐? 흉부외과? 거기는 왜?"

"내가 그 남자의 실체를 보여주겠어! 당장 휠체어 돌려요."

하리는 흉부외과가 아니라 정형외과로 휠체어를 돌렸다.

"영지 마님, 잘 시간입니다. 병실 가서 잡시다."

"흉부외과로 가라니까!"

휠체어를 탄 영지와 휠체어를 끌고 있는 하리가 각각 반대 방향으로 나아가려고 실랑이를 벌였다. 승리는 영지였다. 휠체어에서 일어나 깁스한 발로 절뚝거리며 걸어간 것이다.

"영지야!"

하리가 휠체어를 끌고 열심히 영지의 뒤를 쫓아갔지만 재수없게도 엘리베이터가 하리의 바로 앞에서 닫혀 버렸다. 하리는 지저스를 외치며 휠체어를 버리고 비상계단으로 뛰어갔다.

자신이야 여기저기 치이는 인턴이니까 참는다지만 도진혁은 하늘 같은 전문의였다. 과연 그 싸가지 아가씨가 전문의의 위대함을 알고 있을까나? 모를 것 같다. 도 선생님한테도 막 대할 게 뻔하다. 그리고 생각보다 소심한 도 선생 분명 상처받을 것이다. 으! 생각만 해도 오! 지저스다!

"도진혁 의사 어디 있어요?"

다짜고짜 도진혁 의사를 찾는 영지를 간호사들은 어이없는 눈으로 바라보았다.

"흉부외과 환자 분은 아니신 것 같은데, 왜 그러시죠?"

"아! 환자가 찾으면 불러오면 되는 거지, 왜 이렇게 말이 많아! 내가 누군지 알아?"

"헉헉! 네, 영자 씨입니다."

힘겹게 영지를 쫓아온 하리가 스테이션에 거의 슬라이딩하듯이 달려와서 대답했다.

"누가 영자야! 내가 한 번만 더 그렇게 부르면 의사 가운 벗게 한댔지!"

"그래, 벗어줄게. 그만 내려가자. 헉헉."

그때 영지의 눈에 딱 진혁의 모습이 들어왔다. 수술을 마치고 의국으로 돌아가는 중이었다. 영지는 하리를 밀치고 진혁에게 다가갔다.

"영자야!"

하리가 손을 뻗어 영지를 잡으려고 했으나 이번에도 실패였다.

그렇게 잘 걸으면서 왜 휠체어를 타고 다닌 거냐고! 나, 다시는 휠체어 안 밀어!

"당신, 잠깐 나 좀 봐."

영지의 앙칼진 부름에 복도에 있던 모든 사람의 발걸음이 멈추었다. 영지는 쩔뚝거리며 진혁의 앞으로 걸어갔다. 영지는 진혁이 마치 자신의 죽일 놈인 것처럼 쳐다보며 외쳤다.

"당신이 사랑이 뭔지 알아?"

난데없이 여자애의 공격을 받은 진혁은 말없이 영지를 쳐다보았다. 영지를 붙잡으려고 뛰어오던 하리도 영지의 고함에 멈출 수밖에 없었다.

"사랑에 모든 걸 바치는 여자의 순정을 우습게 보지 말란 말이야!"

그만 하라고 말할 수가 없었다, 영지가 울기 시작해서. 졸지에 도진혁이 영지의 죽일 놈이 되어버렸다. 재수없게도 나타나지 않는 죽일 놈 대신 진혁이 방향 잃은 영지의 설움에 대한 희생자가 되어버린 것이다.

"개뿔 사랑에 대해 알지도 못하면서 함부로 사랑한다고 말하지 마! 이 죽일 놈아!"

소리치던 소녀는 자신의 설움을 이기지 못하고 주저앉아 엉엉 울기 시작했다. 하리는 영지에게로 천천히 다가가서 길을 잃고 방황 중인 어린 영혼의 어깨를 붙잡아주었다.

영지를 병실로 데리고 가서 진정시킨 뒤, 하리는 진혁에게 영지 대신 사과를 하기 위해 그를 옥상으로 불렀다. 두 사람은 조용한 옥상에 휴식용으로 마련된 벤치에 나란히 앉았다.

"죄송해요."

"네가 왜 사과해?"

“영지는 사과 안 할 테니까.”

하리의 사과에 진혁은 괜찮다며 웃음으로 돌려주었다. 그런 험한 말을 들었는데도 자신은 전혀 화나지 않았다는 미소를 보여주었다. 덕분에 착잡했던 하리의 마음이 조금 편해졌다.

“어린 나이인데 아픈 일을 당했나 보네.”

“네, 남자가 임신만 시키고 도망갔어요.”

“아, 나쁜 놈이네.”

“그렇죠. 말 그대로 죽일 놈이죠. 지명수배를 내려야 해요.”

“아마 상대도 지금 그 아이처럼 아파하고 있을 거야.”

“어떻게 아세요?”

“사랑은 혼자서만 깊어질 수는 없는 거니까.”

“네?”

“그 아이가 그 남자를 그만큼 사랑했다는 건 그 남자도 어느 정도는 그 아이를 사랑했다는 거겠지.”

“정말 그럴까요?”

“그래, 그럴 거야.”

진혁이 말하니까 그게 설령 거짓말이라도 꼭 진실 같다. 희망적인 말에 기분이 좋아진 하리는 배시시 웃었다. 그리고 하리의 미소에 기분이 좋아진 진혁도 흐뭇하게 웃었다. 그렇게 하리와 진혁은 마주 보며 한참을 웃었다. 어쩐지 조금 더 가까워진 느낌이다. 아니, 아주 많이 친밀해진 느낌이다.

“그럼 선생님 말 믿고 죽일 놈 한번 찾아볼까요?”

“24시간 병원에 묶여 있는 몸인데 어떻게?”

하리가 씨익 웃으면서 핸드폰을 들어 올렸다.

"선생님, 혹시 흐르는 강처럼 살라는 순 우리말 아세요?"

강다이, 개미 빼고 세상에 존재하는 모든 것을 사랑하는 내 동생. 분명 죽일 놈도 사랑으로 끌고 올 수 있을 것이다.

"아! 전 호출이에요. 그만 가보겠습니다."

하리가 먼저 자리에서 일어났다. 미련없이 가버리려는 하리의 손을 진혁이 무의식적으로 잡았다. 왜요? 라고 눈으로 묻는 그녀의 시선에 대고 진혁은 조심스럽게 물었다.

"저녁…… 같이 먹을래?"

"병원 밖에서요?"

그건 정말 곤란하다는 듯이 묻는 하리에게 진혁이 웃으며 말했다.

"아무 데서나."

"뭐 드실 건데요?"

"아무거나."

"언제요?"

"아무 때나."

"누구랑요?"

"아무나……."

라고 말하던 진혁은 하리의 말장난에 자신이 넘어갔다는 것을 알고 입을 꾹 다물었다. 드디어 강하리의 말장난 상대에 도진혁도 포함되어 버린 것이다. 진혁은 좋기도 하고 난감하기도 한 표정으로 하리를 올려다보았다. 하리는 재미있다는 듯이 크게 웃으며 뛰어갔다.

"그럼 7시에 구내식당 앞에서 봐요. 오 분 기다려도 안 오면 바쁜 줄 알고 그냥 먹기요."

혼자 남겨진 진혁은 하리가 남기고 간 수선스러움에 빠져 잠시 헐렁해진 마음을 다스렸다. 병실 안에서까지 이런 마음으로 있을 수는 없었다.

쿡쿡쿡, 그런데 갑자기 반대편에서 남자의 낮은 웃음소리가 들려왔다. 옥상에 다른 사람이 있는 줄은 몰랐기에 진혁은 놀라서 자리에서 일어났다. 웃음소리가 나는 쪽으로 걸어가 보니, 그가 있었다. 권시후, 그가 멀쩡히 자신의 발로 서서 담배를 피우고 있었다.

"도진혁, 많이 변했네."

"어떻게?"

아직은 안정이 필요한 환자가 혼자 옥상 위에 서 있다는 게 진혁은 믿을 수가 없었다. 하여튼 옛날이나 지금이나 대책없이 현실과 빗나가는 인간이다.

시후는 담배 연기를 길게 뿜어내며 중얼거렸다.

"강하게 살라는 뜻의 강하리."

시후는 고개를 돌려 진혁을 쳐다보며 시니컬하게 웃었다.

"어쩐지 너처럼 배배 꼬인 인간한테는 전혀 안 어울리는 여자다. 잘못 찾은 거 아냐?"

꾸욱, 진혁은 주먹을 움켜쥐며 시후를 노려보았다.

"함부로 말하지 마."

"쿡, 사랑은 혼자서만 깊어질 수는 없는 거라고? 진심에서 하는 말이었냐? 그때 나한테 맞고 정신 차렸나 보네. 그럼 나한테 고맙다고 해야 하는 거 아냐?"

진혁은 그대로 발걸음을 돌려 옥상을 내려가 버렸다. 혼자 남은 시후는 거의 다 피운 담배꽁초를 옥상 아래로 던져 버리고는 구름 한 점 없는 파란 하늘을 올려다보았다.

"썩을! 더럽게 푸르네."

하리는 엄마가 왔다는 말을 전해 듣고 병원 정문으로 달려가는 중이었다. 인턴 생활을 시작하고 엄마가 병원에 찾아온 건 처음이었다.

"저기, 잠깐만요."

그런데 중년의 부인이 조심스럽게 하리를 불렀다. 하리는 자신에게 말을 건 분위기있는 중년 부인을 쳐다보며 바쁜 발걸음을 멈추었다.

"네? 저요?"

"그래요."

모르는 사람이었기에, 하리는 의아한 눈을 하고 중년 부인에게로 걸어갔다.

"무슨 일이시죠?"

"그게……."

분명 하리를 똑바로 쳐다보며 불렀으면서 가까이 다가와 물으니 여자는 쉽게 말을 꺼내지 못했다. 꼭 무슨 죄라도 지은 사람처럼 말이다.

"외과병동이 몇 층이죠?"

중년 부인이 한참이나 망설이다 꺼낸 말은 너무 싱거웠다. 층수 묻는 게 그렇게 어려웠단 말인가? 차림새는 아주 교양이 넘쳐 보이는데, 무진장 소심한 사람인가 보다.

"외과병동이요? 팔층이요. 저기 엘리베이터 타고 쭉 올라가시면 돼요."

하리는 여자에게 엘리베이터 위치까지 가르쳐 주고, 기다리고 있는 엄마에게 달려갔다.

"엄마!"

하리의 큰 부름에 로비에 있던 대부분의 사람들이 돌아보았다. 하리의 어머니는 너무 큰 하리의 부름에 얼굴이 팔리셨는지, 헛기침을 하시며 하리를 외면하셨다.

"엄마, 웬일이야?"

"너는 여자애가 왜 그렇게 목소리가 커? 아휴, 사람들이 다 쳐다보잖아."

"하하, 괜찮아. 나 의사잖아. 다 존경해서 쳐다보는 거야."

당당한 하리를 어머니는 못마땅한 눈으로 쭉 훑어보셨다.

"존경받는 의사 꼬라지가 왜 이렇게 거지꼴이야? 머리 안 감았어? 화장도 안 해? 옷은 왜 이렇게 구겨졌어? 너 병원에서 이러고 다니는 거야?"

"거지꼴? 우와! 내가 지금까지 들은 말 중 가장 심하다."

"당장 머리 감고, 화장하고, 옷도 깔끔한 걸로 갈아입어."

"그럴 시간에 환자 두 명은 더 보거든. 괜찮아. 이 정도면 못 봐 줄 정도는 아니네."

"내가 쪽팔려서 그래! 어휴! 네 동생은 남자인데도 얼마나 깔끔하고 멋 부리고 다니는데 딸이라는 애가 이 꼬라지라니. 어떻게 의대 다닐 때보다 더 심해질 수가 있어."

"엄마는 내가 의사라 세상에서 가장 자랑스럽다며?"

"그래, 예쁘게 하고 다니면 더 자랑스럽겠다."

"예쁘게 하고 다닐 거면 차라리 모델을 하지."

"난쟁이 똥자루만한 게 무슨 모델이야."

하리에게 길을 물었던 김 여사는 말없이 두 모녀를 바라보았다. 다정하고 살가운 평범한 모녀 사이인 두 사람을 지켜보는 그녀의 눈에 후회의 물결이 일렁거렸다. 더 이상 지켜보고 있을 수 없었던 김 여사는 몸을 돌려 엘리베이터로 걸어가서 원장실이 있는 십오층을 눌렀다.

하리는 어머니의 잔소리를 모두 들은 후 어머니가 안겨준 음식들을 한보따리 안고서 산부인과로 돌아왔다. 이 푸짐한 음식들을 내놓으면 아무래도 오늘 하루는 레지던트들에게 예쁨을 받을 것 같다는 생각에 기분이 좋아졌다. 그런데 하리가 없는 사이 산부인과에서는 작은 소란이 일어나고 있었다. 덩치가 산만한 한 여자가 어제 아기를 낳아 아직 몸도 성치 않은 산모의 머리를 잡아끌고 복도를 활개치고 있었다. 꼭 킹콩 영화의 한 장면 같은 모습이었다. 킹콩이 한 손에 금발의 여자를 잡고 도시를 엉망으로 만들던 바로 그 장면의 재현 같았다. 그 모습에 놀란 하리는 사람들 사이를 뚫고 들어갔다. 사람들 사이를 비집고 들어가다 보니 느긋하게 구경하고 있는 오대륙이 보였다.

"오대륙, 이게 무슨 일이야?"

"정부가 본부인한테 딱 걸린 현장이지."

"뭐? 정부?"

"그래, 머리채 잡힌 불쌍한 여자가 사실은 욕먹어 마땅한 정부라는 거지."

"그렇다고 구경만 하고 있으면 어떻게 해! 우리 과 환자잖아. 가서 구해야지!"

"이건 여자들 일이야. 남자가 끼어들면 반칙이지."

더 이상 대화가 안 통할 것 같았기에 하리는 대륙에게 찬합을 억지로 안기고 피바람 흐르는 현장으로 뛰어들었다.

"그래, 오늘 너 죽고 나 죽자! 같이 죽자고!"

본부인은 정부의 머리채를 잡고 질질 끌며 같이 죽자고 난리를 치고 있었다. 어찌나 힘이 센지 정부라는 여자는 힘없이 끌려가고, 말리는 사람들도 모두 힘없이 떨어져 나가고 있었다. 여기저기 나가떨어지는 사람들을 보며 주춤하던 하리는 크게 한번 기합을 넣고 괴물로 변한 여자에게 달려들었다.

"고정하세요!"

하지만 솔직히 눈 획 돌아가는 상황이긴 하다.

진혁은 구내식당 앞에 혼자 서 있었다. 시간은 7시 5분, 기다린지 오 분이 지났지만 진혁은 더 기다려 볼 생각이었다. 그런데 어쩐지 항상 진혁이 기다리게 되는 것 같았다. 설마 계속 이러지는 않겠지? 진혁은 불안한 마음에 다시 시계를 들여다보았다.

띠리리리 띠리리리. 진혁의 핸드폰이 울렸다. 진혁은 주머니에 넣어두었던 핸드폰을 꺼내 들어 번호를 확인하였다. 배용준의 번호였다. 용준이 진혁의 핸드폰으로 직접 전화를 하는 건 언제나 급한 환자일 경우였다. 결국 이걸 받으면 하리와의 저녁은 물 건너간다는 소리였다. 그러나 오 초 정도 망설이던 진혁은 폴더를 열고 전화를 받았다. 저녁 때문에 환자를 모른 체한다는 건 아무래도 의사 도진혁이 할 수 없는 일이었다.

"무슨 일이야?"

[강하리가 립프렉쳐(늑골골절)로 흉부외과에 실려 왔습니다.]

쿵! 심장이 먼저 비명을 질렀다.

제 8 장

 "무슨 일이야?"

 진혁은 처치실의 문을 밀치고 들어오며 하리의 상태를 물었다. 하리는 의식도 없이 침대 위에 누워 있었다. 다칠 때의 충격으로 기절했다고 한다. 진혁은 침대 곁으로 달려와 하리의 얼굴부터 살폈다. 용준이 진혁에게 상황을 빠르게 설명하였다.

 "오지랖 넓게 병원에서 난동 부리는 여자를 말리다가 내동댕이 쳐졌답니다. 라이트 7, 8이 립프렉쳐 있고, 헤모뉴모쏘락스(흉막강에 공기와 혈액이 차는 것) 있습니다."

 "혈압은?"

 "90에 60입니다. 하트레이트(맥박)는 150이고요."

 "서브클라비안(빗장뼈의 혈관에 도관을 삽입하는 것) 안으로 센트

럴루트 잡고 36플랜트 체스트(36Fr chest tube)로 집어넣어.”

치료가 거의 끝나갈 때쯤 하리의 의식이 돌아왔다. 진혁이 떠지는 하리의 눈을 보고 다급하게 그녀의 이름을 불렀다.

“강하리, 정신이 들어?”

하리는 느리게 주위를 인식하다 한참 후에야 진혁의 부름에 답했다.

“선생님.”

“그래, 나야. 도대체 왜 그런 일에 끼어든 거야!”

걱정하기보다 먼저 나무라기부터 하는 진혁에게 하리는 울먹이며 말했다.

“킹콩 아줌마가 막 날뛰어서, 흑, 내가 찬합 대륙이 줬는데. 내 찬합!”

“찬합? 무슨 말이야?”

진혁이 이해할 수 없어 용준에게 해석을 부탁하자, 용준은 간단하게 말했다.

“아파도 먹을 건 먹어야 한다는 말입니다. 전 가서 도시락이나 찾아올 테니까 마무리는 선생님이 하세요.”

용준은 하리를 진혁에게 맡기고 처치실을 나왔다. 처치실 문을 닫고서야 용준은 자신이 의료용 장갑을 아직도 끼고 있다는 걸 알았다. 용준은 의료용 장갑을 벗으며 한숨처럼 중얼거렸다.

“사내연애 정말 피곤하군.”

도진혁이 조금만 더 이성적인 얼굴로 들어왔어도 이러지는 않았을 것이다. 청색증이라도 걸린 것처럼 사색이 된 얼굴이라니.

사진으로 찍어두었어야 했는데.

"많이 아프니?"

용준이 나가 후에야 진혁은 걱정스럽게 물었다.

"네, 아파요. 저 입원해야 하는 거죠?"

"그래, 갈비뼈가 부러지면서 폐를 약간 다쳤어. 뼈가 다시 붙을 때까지 입원해서 치료해야 해. 한 이삼 주는 걸릴 거야."

인턴 기간에 이런 일이 생기다니 최악이었다. 치료 때문에 남들보다 뒤처질 수밖에 없는 상황이다. 아마도 산부인과 인턴은 처음부터 다시 해야 할 것이다.

"그럼 나 이제부터 의사가 아니라 환자죠?"

"그래."

"킥킥킥."

아프다고 질질 짜던 하리가 이제는 좋다고 웃었다. 눈가에 맺힌 눈물이 다 마르기도 전에 웃는 하리를 진혁이 이해할 수 없다는 눈으로 바라보았다.

"왜 웃어?"

"하루 종일 침대에 누워 있어도 된다는 거잖아요."

늑골 부러지고서 좋아하다니, 이 정도면 정말 심각할 정도로 긍정적이다. 좋다고 웃는 하리를 보니 걱정해서 한걸음에 달려온 자신이 어쩐지 바보가 된 것 같은 기분이었다.

"너 정의롭지 않다고 욕할 사람 없으니까 다음부터는 절대 끼어들지 마."

꾸짖는 듯한 진혁의 말에 하리는 그때의 상황이 생각났는지 웃던 얼굴이 또다시 울상이 되었다.

"선생님, 저 죽는 줄 알았어요."

너 때문에 내가 죽겠다. 울든지 웃든지 하나만 해!

하리는 흉부외과 병동 이 인실에 입원하게 되었다. 늑골골절은 뼈가 붙을 때까지 무조건 안정해야 하기 때문에 침대에 누워서 가능한 움직이지 않는 게 좋았다. 요는 자고 싶은 만큼 퍼자는 게 이제부터 하리가 할 일이라는 것이었다.

늑골골절 때문에 숨 쉬는 것도 힘들었지만 그래도 하리는 자는 데는 귀신인 인턴답게 병실 침대로 옮기자마자 자기 시작했다. 그동안 걱정이 돼 하리의 병실을 찾아왔던 사람들은 하리의 자는 얼굴이나 보고 돌아가야 했다. 병원에 왔다가 돌아가는 길에 하리의 사고 소식을 들은 어머니는 그 길로 다시 병원으로 돌아왔다가 코 골며 자는 하리를 보고는 저녁밥 해야 한다면서 집으로 돌아가셨다.

오프 날 이후 처음으로 하리는 간만에 긴 잠을 잤다. 잠을 자던 하리가 눈을 뜬 건 배고픔을 느꼈기 때문이다. 눈을 떴을 때 침대 앞에 진혁이 서 있었다.

"선생님, 제가 얼마나 잔 거죠?"

"여섯 시간 정도 잤어."

"설마 거기 계속 계셨던 거예요?"

"아니, 방금 왔어. 상태 좀 체크하려고. 괜찮은 것 같네."

하리가 주위를 두리번거리자 진혁이 물었다.

"뭐 찾아?"

“내 찬합.”

기절하고서 눈떴을 때도 찬합을 찾더니 자다가 눈뜨자마자 또 찬합이었다.

“배고파?”

“네, 배고파서 깼어요. 그래서 울 엄마가 싸준 도시락 먹으려고.”

진혁은 핸드폰을 꺼내 찬합을 찾아 나갔던 용준에게 조용히 전화를 걸었다. 용준과 일 분 정도 통화하고 끊은 진혁은 난감하다는 듯 말했다.

“먹었다는데.”

“네? 전부 다요?”

“설거지까지 해놓았다는 거 보니까 그런 것 같은데.”

설마 하던 하리의 얼굴이 금세 울상이 되었다.

“삼단 찬합이었는데.”

진혁은 난감한 눈으로 시계를 보았다. 벌써 새벽 한 시가 넘은 시간이었다. 무언가 먹을 걸 사 올 수 있는 시간이 아니었다.

“늦은 밤이야. 지금 먹는 거 안 좋아. 그냥 잤다가 내일 아침 먹어.”

진혁의 충고에 하리는 기운없이 네, 라고 말하며 눈을 감았다. 답지 않게 짧게 말을 끝내는 그 모습이 꼭 삼 일은 굶은 사람처럼 힘이 없는 게 너무 불쌍해 보였다.

하리의 병실을 나온 진혁은 다시 핸드폰을 꺼내 들어 용준에게 전화를 걸었다.

"진짜 다 먹었어?"

[이 새벽에 제가 농담할 사람 같아 보입니까?]

"삼단이었다는데."

[다른 사람들하고 사이좋게 나눠 먹었습니다.]

"왜 주인 허락도 없이 먹어?"

[선생님, 제가 한 마디만 할까요?]

"하지 마. 끊어."

조용하고 절도있게 마지막 말을 하고 핸드폰을 내려놓는데 병실 안에서 하리의 숨죽인 비명 소리가 들려왔다. 진혁이 놀라 급히 들어가 보니 하리가 침대에서 일어나려다 아파서 못 일어나고 있었다. 진혁은 한숨을 쉬곤 팔짱을 끼고서 병실 문에 기대섰다.

"함부로 움직이면 안 좋다는 거 알잖아."

"아는데, 너무……."

배가 고프다는 것이다. 표정만 봐도 알 수 있었다.

"어디 가려고 한 거야?"

"간호사 스테이션이요."

"거기 비상버튼 있잖아."

"먹을 거 달라고 비상버튼 누르면 욕먹어요."

환자나 보호자들이 감사의 뜻으로 주는 음식들이 언제나 간호사 스테이션 냉장고에는 남아 있었다. 그건 배고픈 인턴들에게 고마운 양식의 보고였다. 물론 가끔, 아주 가끔 애용해야 눈칫밥을 덜 먹는다. 진혁은 저 멀리 있는 간호사 스테이션을 바라보다 말했다.

"누워 있어, 내가 다녀올게."

배고픈 인턴 시절에도 해본 적이 없는 일을 전문의가 돼서 하게 되다니. 배용준, 너 이번 일은 절대 그냥 안 넘어간다.

다음날 아침, 같은 병실에 입원한 여덟 살 꼬마는 열심히 밥을 먹는 하리를 신기한 눈으로 바라보았다. 그리고 결국에는 질문까지 던졌다.

"밥이 맛있어요?"

꼬마의 입맛에는 병원 밥이 너무 맛이 없었던 것이다. 하리는 밥 한 그릇을 깨끗하게 비우며 말했다.

"아침을 먹을 수 있다는 게 얼마나 행복한 일인 줄 알게 되었을 때 네가 어른이 되는 거란다."

"내 것도 먹을래요?"

밥 남겼다고 잔소리 듣기 싫었던 꼬마가 자신의 몫을 하리에게 넘기려고 하였다.

"밥도 치료의 일종이야. 열심히 먹어야 빨리 나아."

"쳇! 자기가 꼭 의사인 것처럼 말하네."

그래, 나 의사 맞다.

나른한 오전 시간이 지나고 오후에는 어떻게 알았는지 영지가 병실로 찾아왔다. 하지만 병문안 와서 한다는 첫 마디가 이랬다.

"하여튼 팔푼이 짓만 하고 다녀요."

"영자야, 난 휴식이 필요한 환자거든. 이제 너랑 못 놀아줘."

"내가 영자라고 부르면 가운 벗게 한다고 했죠."

"나 지금 가운 벗었다."

영지는 화가 났다는 눈으로 하리를 쏘아보았다.

하리가 영지의 시녀 노릇을 당당히 거부하며 환자로서의 본분을 마음껏 만끽하고 있을 때, 동생 다이가 외과병동 복도를 걸어오고 있었다. 딱 달라붙는 청바지에 화려한 벨트, 호피무늬 남방에 선글라스, 거기다 카우보이모자까지. 병원 안에서는 너무 튀는 복장이 사람들의 눈길을 끌었지만 원래 군중의 시선을 즐기는 다이는 여유롭게 복도를 걸어갔다.

하리의 병실이 몇 호인지는 어머니한테 들어 알았지만, 다이는 일부러 간호사 스테이션에 들러 가장 예뻐 보이는 간호사에게 물었다.

"강하리 환자를 찾아왔는데 몇 호죠?"

모델처럼 화려한 다이의 모습에 놀란 간호사는 잠시 주춤거리다 복도 끝의 병실을 손가락으로 가리키며 저기로 가면 된다고 조심스럽게 말했다. 다이는 고맙다고 말하며 이가 다 보이도록 웃었다. 그리고 막 병실을 향해 걸어가려는데 누군가 말을 걸어왔다.

"강하리 환자를 찾아오셨다고요?"

고개를 돌려보니 젊은 남자 의사 두 명과 여자 의사 한 명이 서 있었다. 다이의 시선은 본능적으로 여자 의사에게 먼저 꽂혔다. 도도하고 예쁘게 생겼다. 꼬질꼬질하게 하고 다니는 누이와 달리 깔끔하기까지 했다. 이름표를 보니 왕혜림이라고 되어 있었다. 아하! 누이를 눈엣가시처럼 생각한다는 그 여의사다. 역시 전해 들은 말로 사람을 판단하면 절대 안 되는 것이다. 하리한테 들었을

때는 깐깐한 사감선생 이미지를 생각했었다. 하지만 전혀 아니었
다. 나이스하잖아. 오, 굿!

"강하리 환자와 무슨 관계시죠?"

남자 의사 쪽에서 또 물어오자, 다이는 그제야 고개를 돌려 두
남자 의사를 쳐다보았다. 방금 다이에게 질문을 던진 의사는 배용
준이라는 이름표를 달고 있었다. 어쩐지 속마음을 알 수 없는 타
입이다. 그리고 조금 눈을 돌려 마지막 남자 의사의 이름표를 보
았다. 도진혁. 이유도 없이 잘해준다는 그 의사다. 자고로 아무 이
유 없이 여자에게 잘해주는 남자는 결코 없다. 생긴 것도 말끔하
게 생겼구만 왜 하필 우리 누이냐? 너 무슨 꿍꿍이야?

다이는 진혁의 눈을 똑바로 쳐다보며 대답했다.

"애인입니다."

대답을 듣고 눈에 띄게 놀라는 진혁의 표정을 읽은 다이는 판단
을 내렸다. 바람은 바람을 알아보는 법. 나와 같은 과는 아니군.

도진혁이 바람이 아님을 확인한 다이는 그걸로 만족하곤 발걸
음을 돌려 하리의 병실로 걸어갔다. 애인이라고 구라친 뒤처리는
하지도 않고 말이다.

"잘 어울리는 한 쌍이네요."

혜림이 기분 좋게 말했다.

"내가 그랬잖아, 바람순이 끼가 있다고."

언제 나타났는지 오진이 끼어들어 흥분하며 말했다.

"누구와 달리 엄청 젊네요."

용준은 자신이 잘 아는 '누구' 와 비교하며 말했다.

"쓸데없는 데 신경 쓰지 말고 환자들한테나 신경 써."

아마도 가장 신경 쓰고 있을 사람이 자신과 상관없는 일이라는 태도를 취한 채 오후 회진을 계속했다. 세 의사는 혼자서 걸어가 버리는 진혁의 뒷모습을 말없이 그저 쳐다만 보았다.

병실에 들어온 다이를 가장 먼저 반긴 건 반대편 침대에 입원 중인 여덟 살 재중이었다.

"오! 카우보이!"

다이는 자신을 신기하게 쳐다보는 꼬마에게 손 인사를 하고 하리의 침대로 다가왔다. 하리와 같이 있던 영지는 요란한 차림의 다이를 못마땅한 눈으로 쳐다보며 하리에게 물었다.

"이건 뭐야?"

다이는 선글라스와 모자를 벗으며 영지에게 직접 인사했다.

"흐르는 강처럼 사는 남자라고나 할까?"

"뭐라는 거야?"

"응, 강다이라고 소개한 거야. 내 동생."

"아, 언제쯤 이 낭만적인 자기소개를 이해할 여자를 만나려나. 난 그런 여자 만나면 당장 장가간다."

"동생을 왜 저따위로 키워났어?"

느물느물한 다이의 태도에 질린 영지가 하리를 나무랐다. 자신의 싸가지없는 성격은 생각도 하지 않고 말이다.

"생각보다 멀쩡하네. 하긴 코 골며 잠만 잘 자더라는 엄마 말 듣고 그리 걱정은 안 되더라."

"무슨 소리야! 나 죽을 뻔했다고. 살아난 게 기적이란 말이야."

"의사라는 인간이 그렇게 뺑을 치면 어쩌자는 거냐?"

난데없이 용준의 나무라는 소리가 끼어들었다. 오후 회진을 돌던 의사들이 막 병실로 들어온 것이었다.

"정형외과 환자가 왜 여기 있는 거죠? 함부로 돌아다니면 안 됩니다."

진혁이 영지를 쳐다보며 말했지만, 영지는 흥 콧방귀를 뀌곤 고개를 돌린 채 무시했다. 덕분에 하리의 입이 변명하기에 바빴다.

"아, 제가 다쳤다고 하니까 문병 온 거예요. 너무 착하죠?"

"누가 문병 왔다는 거야!"

호호호, 영자야. 제발 그 입 좀 닫아라. 나 환자라고.

"기침은 잘하고 있지?"

진혁의 질문에 하리는 열심히 고개를 끄덕였다. 진혁의 시선이 하리를 벗어나 다이를 잠깐 쳐다보다 다시 차트로 내려가 사무적으로 환자가 지켜야 할 주의사항들을 열거했다.

어쩐지 평소와 다른 딱딱한 태도의 진혁을 의아한 눈으로 쳐다보던 하리는 옆에 서 있는 다이의 존재를 생각해 내고 소개를 하려고 했다. 하리는 웃으면서 다정하게 다이의 손을 잡았다.

"아, 모두 다이 처음 보시죠? 애는 제⋯⋯."

"무리해서 움직이지 말고, 안정 취해."

하지만 진혁이 하리의 말을 끊는 바람에 소개를 끝까지 할 수가 없었다.

진혁은 그대로 발걸음을 돌려 병실을 나가 버렸다. 전문의가 나갔기에 용준과 혜림도 따라 나갈 수밖에 없었다.

"선생님, 잠깐만요."

하리가 나가는 용준을 붙잡아서 물었다.

"도 선생님 오늘 무슨 안 좋은 일 있으세요?"

용준은 잠시 다정하게 붙잡고 있는 하리와 다이의 손을 쳐다보다 이렇게 말했다.

"나도 너한테 조금 실망이다."

"네? 저 진짜 기침도 열심히 하고, 침대에서 안 움직였어요."

이 상황에서 재미있다고 웃는 사람은 흐르는 강처럼 살아간다는 강다이뿐이었다.

저녁 식사 시간, 오진과 용준은 진혁의 눈치를 살피며 식사를 하느라 말없이 조심스럽게 밥만 먹었다. 진혁은 무지 배가 고팠던 사람처럼 열심히 밥만 먹을 뿐이었다.

"선생님, 아까 강하리가 선생님한테 무슨 일 있는 거 아니냐고 걱정하던데요. 정말 무슨 일 있으세요?"

용준은 진혁이 왜 기분이 나쁜지 알았지만 일부러 모른 척하며 물어보았다.

"없어."

역시나 진혁의 대답은 짧고 간결했다.

밥을 가장 먼저 다 먹은 진혁은 자리에서 일어나며 말했다.

"먼저 갈게. 먹고 와."

진혁이 가버리고 오진은 그제야 숨을 크게 내쉬며 의자 등받이에 편하게 팔을 기댔다.

"진짜 이 나이에 눈칫밥 먹어야겠냐! 나 마누라도 있고, 애도 있다고! 한 집안의 가장이란 말이야. 하여튼 도진혁 저거는 똑똑한 척은 혼자 다 하면서 이럴 때는 바보야, 바보. 나 당분간 재랑 절대 밥 안 먹는다."

"전 정말 강하리가 그럴 줄은 몰랐어요."

용준까지 작게 한숨을 쉬며 말하자 오진이 고개를 도리도리 흔들며 한탄했다.

"너도 강하리한테 마음있었냐? 뭘 그럴 줄 몰랐다는 거야? 여자들이 다 거기서 거기지. 음! 하지만 그렇게 티를 안 내다니, 정말 완벽한 바람순이다."

그때 이동아가 오진의 눈에 띄었다. 병원 인턴들 중 하리와 가장 잘 어울렸던 녀석이라는 걸 오진도 몇 번 보아서 알고 있었다. 오진은 손을 들어 동아를 불렀다.

"어이! 이동아! 너 일루 와봐."

막 자리를 잡고 앉으려던 동아는 오진의 부름에 멈칫하다가 오진이 손을 한 번 까닥이자 식판을 들고 오진과 용준이 있는 곳으로 뛰어왔다.

"네, 부르셨습니까?"

오진은 건방진 자세 그대로 동아를 올려다보며 물었다.

"너 강하리랑 친하지?"

"네, 그렇습니다."

퍽! 동아의 대답이 끝나기가 무섭게 오진은 동아의 다리를 걸어차 버렸다. 갑작스런 구타를 당한 동아는 신음을 하며 바닥에 주저앉았다.

"이 자식아! 그럼 넌 알고 있었다는 거잖아. 그럼 귀띔이라도 해줬어야지. 우리 다 바보 됐잖아. 네 눈에는 흉부외과가 우스웠어?"

"네? 그게 무슨 말씀이세요?"

동아가 억울하다는 눈으로 오진을 올려다보며 물었다.

"강하리 애인! 너도 알지?"

"하리 애인이요? 하리한테 그런 거 없어요."

"이게 그래도 오리발이네. 다 뽀록났어! 사실대로 말해!"

"도대체 뭘 사실대로 말해요?"

"이름이 다이라고 하던데, 정말 몰라?"

동아가 너무 억울하다는 듯이 말했기에 용준이 끼어들어 동아에게 물었다.

"다이요? 그거 하리 동생 이름인데."

"뭐? 동생? 걔는 자기 입으로 애인이라고 하던데. 동명이인이야?"

"동생도 다이, 애인도 다이라는 건 말이 안 되죠."

"야! 이동아! 그럼 그 동생 어떻게 생겼는데?"

"한 번 보면 절대 안 잊어버릴 정도로 튀게 생겼어요."

오진과 용준은 서로 쳐다보며 의견을 나누었다. 그 녀석 맞네. 싱겁게도 자신들이 다이의 말장난에 놀아난 것을 안 두 남자는 화도 내지 못했다.

"진혁이한테 말해줄까?"

“진실은 언젠가 밝혀지겠죠.”

거짓말한 인간보다 더 나쁜 인간은 진실을 알고도 방관하는 자들이다.

그날 진혁은 다른 날과 다르게 일이 끝나자마자 집에 돌아가기 위해 옷을 갈아입었다.

“벌써 가게?”

항상 자신보다 늦게 돌아가거나 아예 병원에서 자던 진혁이 먼저 갈 채비를 하자 오진이 놀라서 물었다. 진혁은 별 대꾸 없이 자신의 책상을 정리했다. 띠리리리 띠리리리. 진혁의 핸드폰이 울렸다.

“여보세요?”

[진혁아, 나야. 바쁘니?]

“아!”

전화 건 사람은 김순희 여사였다. 진혁은 핸드폰을 들고 의국 밖으로 나갔다. 비밀스런 통화를 하려고 하는 진혁을 오진이 의심스런 눈으로 바라보았다.

“뭐야? 애인 있는 건 오히려 저 녀석 아냐?”

밖으로 나온 진혁은 그제야 제대로 전화를 받았다.

“어쩐 일이세요?”

[그게, 우리 그 사람이 병원에서 소동이 있었다고 하더라고.]

산부인과에서 있었던 사고를 듣고 전화를 한 것이었다.

“아! 강하리는 괜찮습니다. 몇 주 안정하면 완치할 거예요. 너무 걱정 마세요.”

[저기, 진혁아, 이거 정말 어려운 부탁인지는 아는데…….]

"무슨……?"

[나 그 애 좀 만나게 해줄 수 없어?]

진혁은 손으로 이마를 감싸 안았다. 정말 곤란한 부탁이었다. 처음엔 그저 그녀의 부탁 때문에 하리에게 관심을 가지고 잘해주었던 거지만, 이제는 그녀보다 하리가 걱정이었다. 자신의 생모에 존재를 알았을 때 하리가 어떤 표정을 지을지, 걱정을 넘어 두렵기까지 하였다.

"안 그러시는 게 좋을 것 같은데요."

[그냥 너 아는 사람이라고 해서 잠깐 들렀다 나오는 것도 안 될까?]

"한 번 그러기 시작하면 계속 그런 식으로 만나고 싶으실 거예요."

[아니, 안 그럴게. 이번 한 번만. 다쳤다고 하잖아. 그래서 어떤지 내 눈으로 확인하고 싶을 뿐이야. 몰랐다면 모르지만 내가 알아버렸잖아.]

"전 지금 퇴근하려던 중이었습니다."

[나 지금 병원이야.]

하! 진혁은 땅에다 차가운 숨을 뱉어냈다. 두 사람 모두 이제는 진혁에게 중요한 사람이었다. 이 순간 자신이 어떻게 하는 게 두 사람 모두에게 좋은 일인지 진혁은 쉽게 판단이 되지 않았다.

그 시간, 하리는 여덟 살 재중이와 같이 텔레비전 시청 중이었다.

“이야! 요즘엔 저런 프로 하는구나. 텔레비전 본 지 너무 오래돼
서 뭐 하는지도 몰랐었다. 다른 데는 뭐 하나? 내가 한 몇 백 년 만
에 텔레비전 봐서 그러는데 한 번만 돌려봐도 돼?”

텔레비전을 경청하던 재중은 못마땅한 눈으로 하리를 쳐다보다
오랜만에 텔레비전을 본다는 하리를 불쌍히 여겨 리모컨을 그녀
에게 넘겨주었다. 리모컨을 넘겨받은 하리는 열심히 채널을 돌리
기 시작했다.

“하나만 정해서 봐요. 언제까지 돌릴 거예요!”

하리가 계속 채널을 돌리기만 하자 재중이 짜증을 냈다.

“좀만 기다려 봐. 뭐가 재미있는지 몰라서 그래. 아! 뉴스 한다.
우리 뉴스 보자.”

“재미없게 무슨 뉴스야!”

“네가 어려서 잘 모르는 것 같은데 뉴스를 보면 세상이 보인단
다.”

“리모컨 내놔요!”

결국 하리는 재중에게 리모컨을 뺏기고 말았다. 손이 허전해진
하리는 그저 하릴없이 재중이 틀어준 텔레비전을 봐야 했다. 너무
잤더니 이제는 졸리지도 않았다. 환자 노릇이라는 게 하루 지나니
까 썩 좋은 일만은 아니었다. 이제는 좀 움직이고 싶은데 가슴이
아파 누워 있는 것도 힘들었다. 하리는 핸드폰을 꺼내 들어 동생
다이에게 전화를 했다.

“야! 나 심심하다. 집에 있는 노트북에 게임 깔아서 가져다 줘.”

[오케이. 참! 나 그 사람 찾았어.]

"누구?"

[죽일 놈.]

"뭐? 벌써?"

[훗! 내가 누구야?]

"그렇지. 강다이니까 가능하다. 그럼 찾아서 병원에 데리고 와."

[오케이. 그런데 그거 해주면 나 뭐 줄 건데?]

"뭐 해줄까? 진하게 키스해 줄까?"

[우엑! 됐거든! 차라리 돈으로 줘!]

다이와 열심히 통화를 하고 있는데 병실 문이 열리면서 진혁이 들어왔다. 반가운 마음에 몸을 일으키려던 하리는 통증 때문에 얼굴을 찌푸렸다.

"함부로 움직여서 사람 고생시키지 말고 그냥 누워 있어."

진혁의 목소리를 들은 하리는 아픈 얼굴보다 더 못마땅한 눈으로 고개를 들어 진혁을 쳐다보았다.

"선생님, 저한테 화나셨어요?"

"무슨 소리야?"

"목소리가 딱 그래요. 야단치는 선생님 같다고요."

"평소랑 똑같아."

"아니에요, 다르세요. 벌써 쳐다보는 시선이 다르잖아요. 평소엔, 평소엔……."

무언가 딱 들어맞는 단어를 찾지 못해 하리는 말을 끝맺지 못했다. 하여튼 지금의 진혁은 무언가 달랐다. 꼬박꼬박 밥 먹었냐고 물어보고, 안 먹었다고 하면 밥도 사주고, 야단맞아서 우울해 있으면 와서 기운 내라고 말해주고, 실수해서 어쩔 줄 몰라 하고 있으면 짠 나타나서 다 해결해 주고…… 그게 진혁이었는데, 지금 그는 꼭 화가 난 사람처럼 하리를 쳐다보고 있었다.

진혁은 잠시 하리의 얼굴을 쳐다보다 지금 심정 그대로를 말했다.

"그래, 솔직히 오늘은 너 별로 보고 싶지 않았어."

진혁은 그대로 몸을 돌려 병실을 다시 나와 버렸다. 오지 않는 게 더 나았을 방문이었다. 질투심에 눈이 멀어 바보 같은 소리나 지껄인 자신이 진혁은 지독히도 싫었다.

문밖에서 하리와 진혁의 대화를 모두 들은 김 여사는 조용히 서 있었다. 진혁은 꾸벅 김 여사에게 고개를 숙였다.

"죄송합니다. 오늘은 그냥 가시는 게 좋겠습니다. 다음에 기회를 마련하겠습니다."

말을 마친 진혁은 혼자 걸어가 버렸다. 김 여사는 그런 진혁을 붙잡지 않았다. 그저 들어가지는 못한 채 고개를 돌려 닫힌 병실 문만 응시했다.

"어? 너 아직도 안 갔냐? 아까 집에 간다고 나갔잖아."

집에 돌아가던 오진은 아직도 병원에 남아 있는 진혁을 보고 놀라서 물었다. 진혁은 대꾸 없이 의국이 있는 방향으로 걸어갔다.

"야! 도진혁!"

오진이 다시 불렀지만, 진혁은 그대로 걸어가 버렸다. 나 화났으니까 건들지 말라는 완벽한 표시였다.

스태프 의국으로 돌아온 진혁은 가방을 내려놓고 다시 자신의 책상에 앉아서 깊게 몸을 묻었다.

"뭐 해줄까? 진하게 키스해 줄까?"

꾹, 힘줄이 튀어나올 정도로 주먹을 움켜쥐었다. 그 전화의 상대가 낮의 그 남자라는 건 뻔한 것이었다. 어떻게 감쪽같이 모를 수가 있었는지, 진혁은 바보 같았던 자기 자신에게 화가 났다. 애인 있는 여자한테 추파를 던지다니. 자기 자신이 끔찍이도 싫어진 하루였다.

"진혁아."

아까 복도에서 만났던 오진이 다시 돌아와 진혁을 불렀지만, 진혁은 눈을 감은 채 대꾸도 하지 않았다.

"너 흐르는 강처럼 살아가라는 순 우리말이 뭔지 알아?"

전에 하리도 물었던 말이었다. 하지만 그건 지금 진혁에게 전혀 중요하지 않은 말이었다.

"하리 남동생 이름이라던데. 나도 나중에 아들 낳으면 그 이름 쓰려고. 너도 알아봐 둬. 진짜 좋은 이름이더라."

그 말을 끝으로 오진은 집으로 돌아갔다. 하지만 의국에 혼자 남은 진혁은 그대로 돌이라도 된 듯 움직이지 않았다.

진혁이 그러고 간 뒤 하리는 내내 말이 없었다.

"누나, 울어?"

재중이 조심스럽게 물어왔다. 하리는 이불을 손으로 꾹 눌러 잡으며 고개를 저었다, 아니라고. 하지만 입을 열 수가 없었다. 목 안에 염증이라도 생겼는지 욱신거렸다. 눈물이 흐르지는 않았지만, 무언가 마음속에서 서러운 것이 차고 올라와 눈이 따끔거렸다. 아무거나 기분 좋은 생각을 해서 기분을 바꾸고 싶은데, 아무것도 생각나지 않았다. 생각나는 건 네가 보고 싶지 않았다던 모진 진혁의 말뿐이었다.

“좋은 아침!”

상쾌한 아침 밝게 인사하며 의국에 들어서던 오진은 진혁을 보고 놀라서 발걸음을 멈추었다. 당연히 어제 힌트를 준 것으로 오해가 풀리고 도진혁의 기분이 좋아졌을 거라고 생각했는데 어이없게도 진혁은 어제와 똑같았다. 아니, 더 나빠져 있었다.

“야, 너 설마 안 찾아본 거냐?”

“헛소리 말고 나와. 회진 시간이야.”

먼저 나가 버리는 진혁의 등에다 대고 오진이 성을 내며 소리쳤다.

“야! 네이버에 들어가서 내가 물어본 대로 치기만 하면 되는 거, 그게 그렇게 힘이 들었단 말이냐! 너 왜 이렇게 바보 같아! 너 정말 수석졸업 맞아?”

결국 어제의 떡 같은 기분 그대로 진혁은 아침 회진에 참석했다. 그런데 그날 아침의 회진은 진혁의 마음보다 더 심난한 상황이었다. 회진 전 컨퍼런스 준비를 모두 마치고 기다리고 있어야 될 용준과 인턴이 보이지 않았다. 먼저 와 있던 과장님이 그 자리에 남아 있는 일 년차 혜림에게 화를 내며 물었다.

"아니, 치프가 어디 간 거야! 배용준 지금 어디 있어? 설마 아직도 자고 있는 거야?"

"아뇨, 그게 아니라……."

무언가를 알고 있는 것 같았지만 혜림은 쉽게 입을 열지 않았다. 배용준이 아침 회진에 불참하거나 늦은 적은 단 한 번도 없었다. 전문의보다 더 전문의 같은 레지던트가 배용준이었다.

"무슨 일이야?"

오진이 진혁에게 물었지만, 진혁도 상황을 알 수 없었다. 그때 용준이 들어왔다. 어딘가를 뛰어다녔는지 얼굴이 땀투성이였다. 혜림을 다그치던 과장의 호통이 바로 용준에게로 떨어졌다.

"회진 준비하지 않고 어딜 싸돌아다니는 거야!"

"죄송합니다."

고개를 든 용준이 평소와 다르게 당황스런 표정을 지으며 말했다.

"805호 강하리 환자가 현재 실종 상태입니다. 급하게 찾다 보니……."

"뭐? 그래서 찾았어?"

"아뇨, 아직."

진혁은 질끈 눈을 감았다.

허구한 날 사고만 일으키는 강하리. 너 정말!

회진 전 의사들이 하리의 병실로 긴급하게 모였다. 정말 하리는 병실에 없었다.

"정말 못 봤니?"

진혁의 질문에 재중이는 고개를 저었다.

"그럼 어젯밤에 누가 병실 찾아오지는 않았어?"

이번에도 재중이는 고개를 저었다. 같은 병실을 썼던 재중이 모른다면 더 이상 물어볼 사람은 없었다.

"어제 마지막으로 이 병실에 찾아왔던 사람이 누군지 기억하니?"

오진의 질문에 재중은 조심스런 눈길로 진혁을 쳐다보았다. 그래서 병실에 모여 있는 모든 사람의 시선이 진혁에게 몰렸다. 과장님은 당장 찾아내라고 하고서는 자리를 뜬 상황이었기에 지금 진혁에게 위험한 질문을 해야 하는 사람은 오진뿐이었다.

"도진혁, 이건 그냥 물어보는 건데. 어제 와서 뭐라고 한 거냐?"

"별말 안 했어."

"꼴 보기 싫다고 했어요."

진혁이 사실을 은폐하려고 하자 재중이 재빠르게 일러바쳤다. 조금 과장되게 부풀리기는 했지만.

"야! 아무리 화가 나도 아픈 환자한테 그게 할 말이야! 너한테 정말 실망이다!"

오진이 진혁을 타박하고, 혜림조차 실망이라는 눈으로 진혁을 쳐다보았다. 진혁은 스스로 자신의 누명을 풀 수도 있었지만 그냥 병실을 나갔다. 지금 중요한 건 사라진 강하리를 찾는 일이었기 때문이다.

"꼬마야, 도 선생님이 정확하게 뭐라고 말했던 거니?"

용준이 다시 물었다. 냉정한 판단력을 가진 배용준은 진혁이 그런 말을 할 사람이 아니라는 걸 믿고 있었기 때문이다.

"그러니까 솔직하게 오늘은 보고 싶지 않았다고."

"야! 꼬마! 그게 뭐가 꼴 보기 싫다고 말한 거야! '꼴' 자 하나 들어가는 게 얼마나 어감이 다른 건 줄 알아!"

이젠 자신에게 성을 내는 오진에게 재중이 억울하다는 듯이 화를 내며 말했다.

"하지만 그 의사 아저씨 가고 누나 울었단 말이에요!"

이번에도 좀 과장되기는 했지만, 100% 거짓말은 아니었다.

"뭐? 울었다고? 강하리가?"

진혁이 꼴 보기 싫다고 말한 것보다 더 믿을 수 없는 말이었기에 그들은 재중의 말을 쉽게 받아들일 수 없었다.

제 9 장

시간은 오늘 새벽으로 다시 돌아간다.

하리는 다이가 데리고 온 죽일 놈을 영지보다 먼저 만나보았다. 다행인지 뭔지는 모르겠지만 영지의 죽일 놈은 이십대 중반의 어른이었다. 그래도 영지보다는 아이를 책임질 능력이 되는 사람이란 게 하리는 다행으로 여겨졌다.

하리는 두 사람이 얼마나 사랑하는지는 관심이 없었다. 죽일 놈이 왜 도망갔는지도 궁금하지 않았다. 그저 두 사람이 아기를 잘 키울 수 있는지가 궁금할 뿐이었다. 현실적으로 영지 혼자 키우기에는 무리였다.

하리는 죽일 놈에게 수술 동의서를 내밀었다.

"요즘 세상은 사인 하나로 모든 게 끝나요. 어쩌실 거예요? 영지는 안 한다고 버티고 있지만, 당신 사인이 들어간 동의서를 보면 마음이 바뀔 거예요.”

영지에게는 단 한 번도 꺼낸 적이 없었던 수술 이야기를 죽일 놈에게 적나라하게 꺼내놓았다. 이건 영지가 아니라 그가 들어야 하는 이야기였다. 중절수술을 위한 동의서를 죽일 놈은 말없이 내려다보기만 하였다.

“당신 이름 쓰기 부끄러우면 죽일 놈이라고 사인하셔도 돼요. 그럼 어떤 못난 아빠가 사인한 거라고 알고 병원에서는 수술을 진행할 거예요.”

하리의 농담 같은 질책에 죽일 놈은 피식 웃고 말았다.

“결국은 그 애가 절 붙잡고 마는군요.”

죽일 놈의 말에 하리가 발끈해서 소리쳤다.

“아기는 아기일 뿐이에요!”

“아기는 없습니다.”

“세상에! 도망간 것도 모자라 이제는 오리발까지 내밀어요?”

“키스만으로 생기는 아기는 세상에 없으니까요.”

“저도 그 정도는 알아요! 키스만으로 생기는 아기가 어디 있어요! 그러니까 당신 말은 뭐예요! 두 사람이 키스만…… 네? 키스만 했다고요? 그럼 영지가 지키고 있는 아기는요?”

격분하던 하리는 갑자기 머리 속이 복잡해져서 질문을 쏟아내기 시작했다. 영지의 남자는 낮게 한숨을 내쉬었다.

“제가 자신이 없어서 먼저 영지의 옆을 떠났습니다. 어린 영지도, 영지의 완강한 부모님도 끝까지 책임질 자신이 없어서요. 그리고 마음이 복잡해서 여행을 떠났는데, 여행지에서 갑자기 저 남자한테 붙잡혀 온 겁니다.”

옆에 있던 다이가 하리에게 말했다.

“저 남자 지금 오리발 내밀잖아. 빨리 초음파 검사인지 뭔지 결과 나온 거 가지고 와! 아기 모습을 봐야 거짓말을 못하지.”

“없어.”

“없다니? 병원에 그게 없다는 게 말이 돼!”

“영지가 산부인과 진료를 거부해서 산부인과 검사는 아무것도 못했어.”

“뭐야? 그럼 임신이 확실한지 아닌지도 모른단 말이야?”

“자기가 자기 입으로 임신했다고 하니까 다들 중절수술에만 관심있었지.”

“이거 돌팔이 병원 아니야! 누나, 지금까지 돌팔이 집단 똘마니 한 거였어?”

누나한테 막말을 하는 동생의 머리를 세게 때린 하리는 영지에게 사실을 확인하기 위해 병원으로 돌아와 그녀의 병실로 찾아갔다. 하지만 영지는 죽일 놈을 보자마자 울기 시작했다.

“으허엉! 선생님!”

죽일 놈에서 한순간에 선생님으로 급상승하자 하리가 놀라며 다이에게 물었다.

“선생님?”

“여고생에 금단의 사랑은 뻔한 거 아냐? 고리타분한 수학선생 이래.”

하리가 걱정했던, 우리 같이 죽든지 같이 살자는 험악한 장면은 전혀 생겨나지 않았다. 영지는 그저 선생님이란 남자에게 매달릴 뿐이었다.

"으허엉! 선생님이 절 떠나면 저 죽어요! 저도 제발 데려가요."

선생님이란 이름의 죽일 놈은 매달리는 영지를 뿌리치지 않았다. 두 손을 들어 어린 영지를 끌어안아 주었다. 다이를 따라서 이곳까지 오기 전에 이미 영지를 받아들이기로 결심을 했나 보다.

하리가 한숨을 내쉬며 다이에게 물었다.

"그리고 두 사람은 행복하게 살았습니다, 라고 마침표 찍을 수 있을까?"

"그리고 강하리는 무사했을까로 물어봐야지."

"뭐?"

"VIP 환자라며! 도망가면 누나 무사할 것 같아? 그냥 갈라놔! 어차피 임신도 아니라잖아. 다 어린날의 풋사랑이야. 갈라놓아도 괜찮아."

하리는 남자의 품에서 울고 있는 영지를 바라보았다. 만난 지 얼마 되지 않았지만, 하리는 영지만큼 격정적인 사람을 보지 못했다.

"사랑에 모든 걸 바치는 여자의 순정을 우습게 보지 말란 말이야!"

그 말을 하던 영지는 정말 절박해 보였었다. 그런데 풋사랑이라고?

"아냐, 다이야. 영지는 저 사람이 떠나면 진짜 죽을지도 몰라."

환자를 살리는 게 의사의 본분이라면 지금 하리가 할 수 있는 일은 하나뿐이었다.

다이와 함께 병실로 돌아오는 길, 하리는 흉부외과 의사들을 만났다. 사라진 자신을 분주하게 찾고 있었던 것 같았다. 하리의 시선이 진혁에게 멈추었다. 진혁은 화가 난 시선으로 다이를 쳐다보다 하리를 바라보았다. 걱정보다 화만 가득한 진혁의 시선이 하리는 너무 낯설었다. 그리고 화도 났다. 자신에게 친절하지 않은 진혁의 태도에 자꾸만 화가 났다.

"강하리."

그때 하리를 과격한 목소리로 부르며 다가오는 사람이 있었다. 산부인과 레지던트 윤선영이었다.

"너지? 네가 빼돌렸지?"

"뭘 빼돌려요?"

"강영지 말이야!"

"이상하네. 정형외과 환자를 왜 산부인과 치프가 챙겨요?"

"강하리!"

정형외과 환자의 실종 때문에 산부인과 치프가 흉부외과 병동에서 언성을 높이는 해프닝으로 인해 흉부외과 병동 복도는 인파들이 하나둘 구경 나오기 시작했다. 사람들의 시선 때문에 깊게 하리를 문책할 수 없었던 선영은 하리를 죽일 듯이 쳐다보며 낮게 으르렁거렸다.

"네가 정의의 사도라도 되는 줄 아나 본데, 네 행동이 오히려 그 아이의 인생을 시궁창으로 몰고 간 것일 수도 있어."

"절대로 아니에요."

선영의 말에 하리는 당당하게 부정했다. 하지만 윤선영은 그 말을 받아들지 않았다.

"가출한 십대 임산부. 그 말만으로도 그 아이는 실패한 인생이야."

선영이 그런 식으로 말하지만 않았어도 사실대로 말할 생각이었다. 하지만 하리는 그러고 싶은 마음이 사라졌다. 왜냐하면 사실을 알아도 선영은 영지를 실패한 인생이라고 몰아붙일 것이 뻔하기 때문이었다.

"그런 마음으로 영지에게 수술 받으라고 강요하셨어요? 영지가 왜 계속 거부했는지 알 만하네요."

화가 난 선영의 손이 하리의 뺨을 때리기 위해 치켜 올라갔다. 하지만 하리를 때릴 수는 없었다. 옆에 서 있던 다이가 선영의 팔을 잡아챘기 때문이다.

"당신은 뭐야!"

선영은 자신을 가로막는 다이에게도 고함쳤다. 화를 내는 여자에게 다이는 어느 여자에게나 그러듯이 자신의 소개를 했다.

"흐르는 강처럼 살아가는 남자입니다."

누군가는 어이없어하고, 누군가는 멋있다고 좋아하고, 누군가는 그제야 깨달았다.

퍽! 그제야 오진이 어젯밤 한 말의 뜻을 알아들은 진혁은 옆에 서 있던 오진의 다리를 걷어차 버렸다. 난데없이 얻어맞은 오진은 억울하다는 듯이 중얼거리며 무너져 갔다.

"용준이도 알고 있었단 말이야."

억울한 분노를 오진에게 푼 진혁이 소동을 마무리하기 위해 나섰다.

"윤선영 치프, 여기는 흉부외과 병동입니다. 그만 당신이 속한 병동으로 돌아가 주시죠."

"저는 강하리와 아직 할 말이 남았습니다. 그럼 강하리를 산부인과 병동으로 데리고 가겠습니다."

"안 됩니다. 강하리는 지금 안정이 필요한 흉부외과 환자입니다. 주치의인 제 허락 없이 흉부외과 병동을 나갈 수 없습니다."

"그럼 허락해 주세요. 지금 강하리는 의사로서 절대 용서 받지 못할 잘못을 저질렀습니다. 저희 산부인과에서는 절대로 그냥 넘어갈 수 없습니다."

"다시 한 번 말하지만, 강하리는 지금 흉부외과 환자일 뿐입니다. 의사가 아닙니다."

끝까지 하리의 편을 들며 하리를 내놓지 않겠다는 도진혁을 윤선영은 겁도 없이 노려보았다. 하지만 그런 여자의 눈빛에 기가 죽을 진혁은 아니었다. 진혁은 다시 힘을 주어 말했다.

"산부인과로 돌아가시죠. 여기는 흉부외과 병동입니다."

"그럼 산부인과 과장님께 보고하겠습니다. 과장님이 오셨을 때도 과연 그 태도를 유지할 수 있는지 한번 지켜보죠."

　이건 더 이상 환자의 문제가 아니라 산부인과와 흉부외과의 파벌싸움이었다. 윤선영은 산부인과를 무시하는 것 같은 진혁의 태도에 흥분하여 아주 중요한 사실 하나를 잊어버리고 있었다. 강영지는 산부인과 환자가 아니었다. 공식적으로 정형외과 환자, 그리고 비공식적으로 산부인과 환자인 것이다. 쉬쉬해야 되는 환자를 위해 과장님까지 들먹이는 건 오히려 산부인과에 마이너스인 행동이었다. 그걸 뒤늦게야 깨달은 선영은 더 이상 어떠한 말도 못하고 하리와 진혁만 노려보다 산부인과로 돌아가 버렸다.

　선영이 돌아간 후에야 진혁은 하리의 휠체어 앞으로 다가갔다.

　"골절환자가 그렇게 함부로 돌아다니는 건 안 좋다는 거 알잖아."

　진혁이 주치의로서 하리의 무단이탈을 나무랐다. 하지만 목소리에 전혀 엄격함이 없었다. 방금까지 윤선영을 강하게 압도하던 태도와는 달라도 너무 달랐다. 그러나 하리는 달라진 진혁의 태도를 받아들여 주지 않았다. 형식적으로 꾸벅 고개를 숙이며 죄송하다고 말하고는 진혁을 외면한 채 다이에게 말했다.

　"다이야, 병실로 가자."

　하리가 다이와 함께 병실로 돌아가면서 복도에서의 해프닝은 완전히 끝이 났다. 조용히 구경하고 있던 용준이 진혁에게 다가와 한마디 했다.

　"어제 선생님 다녀가고 강하리가 울었답니다. 아실는지 모르겠는데, 여자의 눈물은 한 십 년 정도 갑니다."

　꼭 가르쳐 줘야 할 것은 안 가르쳐 주고 이런 말만 재빠르게 가

르쳐 주는 용준을 진혁이 화가 난다는 눈으로 쳐다보자, 용준이답
지 않게 웃으면서 한 마디 더 했다.

"하지만 사적인 감정을 공적으로 끌고 가면 안 되겠죠. 주치의
로서 무단이탈 확실히 혼내주세요."

너 죽인다!

진혁은 하리의 병실 앞에서 잠시 방황했다. 용준의 말대로 어젯
밤의 무단이탈에 대해서 확실한 설명을 받아내야 했다. 하지만 자
신에게 화가 난 게 분명한 하리의 태도가 걸려 쉽게 문을 열고 들
어갈 수 없었다. 강하리가 누군가에게 화를 내는 걸 본 적은 단 한
번도 없었다. 그건 진혁뿐이 아니라 병원 사람 모두 마찬가지일
것이다. 사실 진혁은 하리가 화내는 방법도 모르는 사람인 줄 알
았다. 그런데 에브리데이 방실방실 강하리가 처음으로 화를 내는
사람이 자신이라니. 어쩐지 천하의 나쁜 놈으로 하락한 느낌이었
다.

조금만 더 냉정할 걸. 그렇게 감정적으로 대응하는 게 아니었는
데, 왜 보기 싫다는 말은 해서!

아무래도 지금 들어가면 이번엔 진혁이 하리에게 보기 싫다는
말을 들을 것 같았다. 진혁은 하리를 혼내는 걸 다음으로 미루고
발걸음을 돌렸다. 더 급한 환자들이 많으니 우선 그 환자들 먼저
돌보자는 핑계를 대며 말이다.

외래진료를 보던 진혁은 흉부외과 과장님의 호출을 받았다. 과
장님이 갑자기 진혁을 부르는 이유는 뻔했기에, 과장실로 향하는

진혁의 발걸음은 무겁기만 하였다. 사고를 일으킨 건 하리인데, 마치 자신이 사고를 일으킨 것처럼 마음이 불안한 진혁이었다.

"도대체 무슨 소리야! 정형외과 강영지 환자 사라진 데 강하리가 관여했다는 게 사실이야?"

"잘 모르겠습니다."

미지근한 진혁의 대답에 과장은 역정을 내었다.

"잘 모르겠다니! 오늘 아침에 일어난 일인데 아직도 모른다는 게 말이 돼! 강하리한테 사실 확인 안 했어?"

"죄송합니다."

"누가 죄송하다는 말 듣고 싶어서 부른 줄 알아! 당장 강하리한테 사실 확인하고 다시 보고해!"

"하지만 강하리는 지금 안정이 필요한 환자입니다."

"환자이기 이전에 이 병원 의사야! 의사가 환자 빼돌린다는 게 말이 돼! 도진혁! 네 똑똑한 머리로 냉정하게 판단 내리고 말해봐! 그게 말이 돼?"

진혁은 그저 묵묵히 알겠습니다, 라고 말하고 다시 하리의 병실로 향할 수밖에 없었다. 하지만 솔직한 심정으로 지금은 화를 내는 과장님보다 무표정한 하리 얼굴 대하는 게 더 힘이 들었다. 아마도 죄없는 하리에게 화를 낸 벌을 받는 것이라고 생각하며 깊은 한숨을 안으로 삼켰다.

"강하리가 뭐래?"

하리의 병실로 가기 전에 혹시나 하는 마음으로 용준에게 물었다. 하지만 역시나였다.

"입 꾹 다물고 있습니다. 아무래도 도 선생님이 직접 문책을 하셔야 할 것 같습니다."

진혁은 정말 밉다는 표정으로 용준을 쳐다보았다.

"이 정도는 치프가 해결해야 하지 않나?"

"이 정도라니요, 수다쟁이 강하리가 입을 꾹 다물고 있는데. 정신과로 컨설트 넣을까요?"

"환자 한 명이 사라졌어. 장난치기 말고 진지해져 봐!"

"네, 선생님 말씀대로 환자 한 명이 사라졌습니다. 그러니까 강하리 눈치 보시지 마시고 확실하게 물어보세요. 선생님, 언제부터 이렇게 물러 터졌습니까?"

역시나 배용준이다. 모두가 강하리에게 정신 쏠려 있는 이때, 도진혁의 상태까지 파악해서 훈계를 하고 나온다. 정말 전생에 무슨 죄를 지었다고 이따위 레지던트를 만났는지.

진혁은 터벅터벅 하리의 병실로 걸어가 힘겹게 병실 문을 열고 하리의 눈치를 보며 들어갔다.

"어젯밤에 무슨 일 있었던 거니?"

진혁이 조심스레 물었지만 하리는 고개를 돌린 채 외면만 할 뿐이었다. 용준의 말이 맞았다. 그 말 많던 아이가 꿀 먹은 벙어리가 되었다. 낯선 하리의 모습이 감당이 안 되어 진혁은 조심스럽게 물었다.

"……나한테 화났니?"

하지만 하리는 더욱더 진혁을 외면한 채 고개를 돌릴 뿐이었다. 진혁은 깊게 한숨을 쉬며 말했다.

"강하리, 나한테 화난 건 알겠는데, 강영지 환자에 대해 알고 있는 거 있으면 말해. 이건 병원에서 절대 그냥 넘어갈 수 없는 문제야."

하리는 대답 대신 손을 들어 앞 침대에 있던 재중이를 불렀다. 그들을 조용히 지켜보고 있던 재중이 침대에서 내려와 쪼르르 하리의 옆으로 달려왔다. 하리는 재중의 귀에 대고 뭐라고 속닥였다. 그리고 하리의 말을 들은 재중은 고개를 끄덕인 후 짐짓 근엄한 여덟 살의 얼굴을 하고 진혁에게 말했다.

"제가 하리 누나 대변인이에요. 이제부터 하고 싶은 말은 저한테 하세요."

진혁은 어이없다는 눈으로 재중이와 하리를 쳐다보았다.

"강하리, 나 장난 아냐!"

속닥속닥, 재중 왈.

"누군 장난인 줄 알아! 라는데요."

진혁은 참을 인 자를 속으로 새기며 다시 물었다.

"강하리, 지금 강영지 환자 어디 있어?"

속닥속닥, 재중 왈.

"마음을 열고 세상을 보면 찾을 수 있을 거라는데요."

"강하리!"

참지 못하고 큰 소리로 하리의 이름을 부른 진혁은 잠시 마음을 진정시키고 다시 말을 이었다.

"미안해. 어제는 내가 일방적으로 심한 말 했다. 내가 사과할게. 그러니까 우리 사적인 감정은 접고 의사 대 의사로 대화하자."

속닥속닥, 재중 왈.

"흥!"

진혁은 더 이상 묻지 않고 하리의 병실을 나왔다. 병실 문을 닫고 나온 진혁은 문에 기대선 채 아주 길게 한숨을 내쉬었다.

"생각보다 빨리 나오셨네요. 벌써 알아내셨어요?"

아직 밖에 있던 용준이 물어왔다. 하지만 진혁은 대답 없이 걸음을 옮겼다. 엘리베이터로 걸어가는 진혁에게 용준이 다시 물었다.

"어디 가세요?"

진혁은 거칠게 엘리베이터 단추를 누르며 내뱉었다.

"정신과!"

누구를 입원시키려고? 강하리? 아니면 자신?

진혁이 간 곳은 정신과가 아니라 옥상이었다. 담배를 피우고 싶은데 마땅한 장소가 생각나지 않았던 것이다. 그런데 옥상에는 이미 와서 자리를 차지하고 있는 사람이 있었다. 권시후가 미리 와서 담배를 피우고 있었다.

"멀쩡하면 퇴원하지 그래?"

그 모습이 못마땅해 진혁이 먼저 말을 걸었지만 시후는 뒤돌아보지도 않았다. 진혁도 더 이상 신경 쓰지 않으며 시후와 멀찍이 떨어진 곳에 서서 담배를 꺼내 물었다. 두 남자는 잠시 아무 말 없이 담배만 피웠다. 탁한 담배 연기만이 생명력을 가지고 세상으로 퍼져 나갔다.

"혹시……."

조용하던 진혁이 먼저 입을 열었다. 하지만 뒷말이 쉽게 이어지지 않았다.

"혹시 뭐?"

시후가 되물어왔다. 진혁은 곤혹스런 표정으로 시후를 쳐다보았다. 묻고는 싶은데 어쩐지 저 인간한테 물어본다는 게 조금 자존심이 상했던 것이다. 하지만 지금 이 질문에 가장 정확한 답을 해줄 수 있는 사람은 권시후인 것 같았다. 병원 안에 있는 사람 중에는 딱히 물어볼 만한 위인이 없었다. 권시후라면 어쨌든 여자 남자 가릴 것 없이 항상 사람들과 어울려 다니는 스타일이었으니까.

"혹시 여자가 화났을 때 어떻게 해야 풀리는지 알아?"

피식! 시후는 진혁의 질문을 받자마자 웃었다. 아주 재미있어 죽겠다는 듯이 웃어댔다. 괜히 물었다는 걸 단박에 깨닫게 해주는 웃음이었다. 진혁은 더 기분만 나빠져 담배를 꼬나물었다. 깊게 담배 연기를 들이키는데 웃을 거 다 웃은 시후의 대답이 돌아왔다.

"Kiss."

Kiss! 그 달콤한 울림에 반응하여 진혁 역시 저도 모르게 웃고 말았다. 쿡, 쿡, 쿡.

그리고 고교 동창생 두 명은 말없이 담배만 피웠다.

한편, 진혁이 자리를 비운 사이 용준이 본격적으로 하리를 추궁하고 있었다.

"강하리, 일 크게 만들지 말고 이제 불어."

“…….”

“강하리! 너 환자라고 안심하며 버티고 있는 거 같은데. 내가 환자라고 봐줄 줄 알아?”

“…….”

“왜 그렇게 감정적이야! 너 하나 때문에 지금 얼마나 많은 사람이 곤란해진지 알아? 이성적으로 생각했다면 절대 이런 식으로 행동하지 못했어! 도망은 결코 해결책이 아니야. 도피일 뿐이라고!”

“선생님, 영지 웃는 거 본 적 있으세요?”

“뭐?”

“하긴 몇 번 보지도 못했으니 잘 모르겠네. 솔직히 말해서 성격 지랄 같았거든요. 자기도 인정하더라고요. 그런데 웃기도 하더라고요. 난요, 영지 웃는 거 처음 봤어요. 그래서 내가 잘못한 거 잘 모르겠어요. 내가 잘못했다면 영지의 웃음도 잘못됐다는 거잖아.”

“너 자꾸 감정적으로 갈래!”

“선생님은 사랑해 본 적 있으세요?”

“야!”

십대의 여고생은 실직 중인 수학선생과 도망 중이고, 유능한 흉부외과 전문의는 꽁해 있는 인턴 한 명 때문에 담배만 피워대고, 사고뭉치 인턴은 밤새 사고 하나 치느라 자지 못한 잠을 자기 시작했다.

당신도 지금 누군가를 사랑하고 계신가요?

사고 한 번 크게 친 상황이었지만 강하리가 환자라는 건 하리에게 행운이었다. 하리가 의사가 아니라 환자이기 때문인지 높은 자리의 사람들은 직접 하리를 불러다 문책하지 않았다. 하지만 그건 좋은 징조가 아니었다. 분명 누군가가 책임을 짊어져야만 문제가 해결되는 사회이다. 하리가 문책을 당하지 않았다면 다른 누군가 대신 문책을 당했다는 소리이다. 그리고 그게 누구인지는 뻔한 사실이었다.

진혁은 늦은 밤 병실을 돌고 있었다. 오후 회진 때 개인사정으로 빠진 걸 밤늦게라도 돌아다니면서 환자들의 상태를 체크하고 있는 것이었다. 하리의 병실에 들렀을 때 그녀는 자고 있었다. 진혁은 잠시 하리의 자는 얼굴을 쳐다보다 발걸음을 돌렸다.

"선생님."

그런데 언제 깨어났는지 조용한 하리의 부름이 진혁을 붙잡았다. 진혁이 뒤돌아보자 하리의 커다란 두 눈이 똑바로 진혁을 쳐다보고 있었다. 꽤 오랜만에 마주한 눈 같았다.

"왜?"

"나 때문에 과장님한테 혼났다면서요?"

"누가 그래?"

혜림이 그랬다. 네가 잘못한 걸 왜 도진혁 선생님이 대신 문책당해야 하냐면서 신랄하게 하리를 비난했었다.

"헤, 진짠가 보네. 아니라고 안 하는 거 보니까."

"그래, 그러니까 이제 사고 좀 치고 다니지 마."

"음, 그 말은 나보고 병원 떠나라는 소린데."

"그런 뜻 아냐!"

사고는 치지 말라면서 절대 떠나지는 말라는 진혁을 하리는 조용히 쳐다만 보았다. 그 고요한 시선의 의미를 알지 못해 왜, 라고 물으려는데 하리가 먼저 말해왔다.

"선생님은 저 안 미워요?"

웃음밖에 안 나오는 질문이다. 내가 어찌 널 미워하냐?

"미운정도 정이랬어."

"헤에, 미운정. 그럼 내가 미운 오리 새끼라는 거네요."

"……그만 자. 밤이 깊었다."

"네. 꽥꽥."

오리 울음을 마지막으로 하리는 다시 눈을 감았다. 진혁은 눈을 감은 하리의 얼굴을 물끄러미 쳐다보았다. 그런데 하리가 갑자기 입을 열고 말을 했다.

"선생님, 그런데요. 나, 진짜 우리 집에서 미운 오리 새끼예요. 엄청 사랑받는 미운 오리 새끼."

하리의 말에 진혁의 두 눈은 충격으로 일렁였다. 생각도 못한 반전이었다.

……알고 있었어?

"나같이 버림받은 아이도 행복하게 살아왔는데, 영지 아이가 행복하게 크지 말라는 법은 없잖아요. 안 그래요? 난 그렇게 믿었는데, 내가 틀렸어요?"

지금이 아니라 나중에 영지가 아이를 낳게 되더라고 그 아이가 행복하기를 바라는 마음으로 하리는 말했다. 하지만 그 말은 진혁에게 충격으로 다가올 뿐이었다.

알고 있었던 거야? 그런데도 그렇게 웃으며 살았다고?

진혁은 한참이나 눈을 감고 잠을 청하는 하리의 얼굴에서 눈을 떼지 못했다. 하리에 대해 많이 알고 있었다고 생각했는데, 어쩌면 그건 착각이었는지도 모른다는 예감이 들었다.

"선생님."

잠이 든 줄 알았던 하리가 다시 진혁을 불러왔다.

"왜?"

"혹시 사랑하는 사람 있으세요?"

하리의 질문에 진혁은 가슴이 먹먹해져 왔다. 진혁이 대답을 한 건 한참이나 시간이 흐른 뒤였다.

"……그래."

하지만 하리의 질문은 더 이상 이어지지 않았다. 잠이 든 것 같았다.

언젠가 말할 수 있겠지. 너를 사랑한다고.

진혁은 오랫동안 잠이 든 하리를 쳐다보다 병실을 나갔다.

달칵! 병실 문이 닫히는 소리가 들리자, 하리의 눈이 조용히 떠졌다. 영지의 이야기를 사실대로 말하고 싶어서 꺼낸 질문이었다. 그런데 사랑하는 사람이 있다는 진혁의 대답에 가슴이 콱 막혀와서 더 이상 말을 꺼내지 못한 것이었다. 하리는 손을 들어 자신의 왼쪽 가슴에 올려놓았다.

"심장아, 너 괜찮은 거지?"

이상했다. 갈비뼈가 골절되면서 심장에 상처가 생긴 건지, 아니면 진혁 때문에 심장이 아픈 건지 알 수가 없었다.

아침 회진 시간, 용준은 대놓고 하리를 불량환자 취급하였다.

"의사 말을 지독히도 안 듣는 환자라 상태의 호전은 전혀 없습니다. 이런 식으로 계속 나온다면 아마 퇴원은 무기한 연장이지 않을까 싶습니다."

하리는 너무하다는 눈으로 용준을 쳐다보았다. 그래도 기침은 열심히 했다고요.

만만찮은 건 흉부외과 과장님도 마찬가지였다. 과장님은 피곤하다는 얼굴로 강하리를 쳐다보며 대놓고 한숨을 깊게 내쉬었다. 땅이라도 푹 꺼질 것 같은 한숨이었다. 그리고 하리의 몸 상태를 묻기보다는 이런 질문을 해왔다.

"그래서 강영지 환자는 지금 잘 지내고 있다고 하나?"

"그걸 왜 저한테 물으세요?"

옆에 서 있던 오진이 끼어들었다.

"당연히 네가 마지막에 같이 있던 사람이니까 어디로 갔는지 알 거 아냐."

"진짜 몰라요. 누가 마지막 인사하면서 쪼잔하게 어디 가서 뭐 해 먹고 살 거냐고 물어요? 폼 나게 어디 가서든 잘살라고 하며 보내주지."

"어휴! 하여튼 이 입만 살아서! 넌 물에 빠지면 분명 이 입만 뜰 거다."

하리의 입을 손가락으로 꾹 누르며 놀리던 오진은 살벌한 진혁의 시선과 부딪치자 슬며시 입을 누르던 손을 들어 하리의 머리를 조심스럽게 쓰다듬었다.

아휴! 이제 보니 뒤통수가 예쁘네.

과장님은 작은 하리의 손을 토닥이며 말했다.

"무사히 완치해서 퇴원하고서 부디 좋은 과 가서 좋은 의사 되고, 제발 흉부외과로는 오지 마라. 내 이렇게 부탁한다."

의사들이 돌아가며 하리를 문제의사 취급하고 있었지만 하리는 할 말이 없었다. 잘못했다고 생각하지는 않지만 자신의 행동 때문에 병원이 얼마나 소란스러워졌는지 알기 때문이다. 병실을 나가기 전 용준이 뒤돌아보며 충고를 해주었다.

"혹시라도 강영지 부모들이 와서 딸 내놓으라고 머리채 붙잡으면 무조건 잘못했다고 해."

머리채 붙잡는다는 소리에 놀라 하리는 손을 들어 자신의 머리를 감싸 안았다.

"강 회장 딸과 관련된 의사 문제는 어떻게 됐습니까?"

원장의 질문에 흉부외과 과장님은 힘없이 고개를 숙이며 말했다.

"죄송합니다. 아무래도 그 의사한테 강 회장님 딸의 소식을 듣는 건 무리일 것 같습니다."

"인턴 하나 제대로 관리 못해서야 어떻게 흉부외과 과장 자리를 잘 이끌어가겠습니까?"

실망이라는 듯이 말하는 원장의 질책에 흉부외과 과장님의 목소리에는 더 힘이 없어졌다.

“끝까지 캐물어서라도 일을 마무리하려고 해도, 도진혁 선생이 환자라고 계속해서 감싸고도는 바람에…….”

“네? 도진혁?”

원장님이 믿을 수 없다는 눈으로 물었다. 그가 아는 진혁은 잘못한 사람을 대책없이 감싸고도는 사람이 아니었다. 아무래도 조만간 그와 사적으로 자리를 마련해 이야기를 나누어봐야 할 것 같다는 생각을 가지는 최 원장이었다.

진혁은 외래진료를 끝내고 잠시 하리의 병실로 향했다. 하리는 말 잘 듣는 환자가 되어 병실 침대 위에서만 지낸다고 했다. 사람이 아프니까 개과천선한다는 간호사의 말이 신경 쓰였던 것이다. 강하리는 강하리다운 게 건강한 것이었다. 개과천선하여 얌전한 하리는 진혁의 불안감을 키울 뿐이었다.

진혁이 병실에 도착했을 때 하리는 조용히 창밖을 쳐다보고 있었다. 진혁은 문가에 서서 한참이나 하리가 돌아보기를 기다렸다. 하지만 하리는 끝내 창밖만 쳐다보았다. 결국 진혁이 먼저 하리를 불렀다.

“무슨 생각 하고 있니?”

진혁의 목소리를 듣고서야 하리는 고개를 돌렸다. 문가에 서 있는 진혁을 발견한 하리의 얼굴에 잔잔한 미소가 번졌다.

“선생님 기다렸죠.”

두근, 심장이 뛰었다. 그게 농담인 줄 알면서도. 정말 진혁을 생각하고 있었다면 하리 성격에 저리 쉽게 말하지 못할 것이다. 진혁은 하리의 침대 옆으로 다가왔다.

"정말 무슨 생각 하고 있었어?"

하리는 진혁을 쳐다보다 다시 유리창으로 고개를 돌렸다. 그제야 진혁은 하리가 무엇을 보고 있었는지 알 수 있었다. 유리창에 비친 자신의 얼굴을 보고 있었던 것이다.

"……내가 정말 이 병원에 어울리지 않는 의사인가."

하리의 말에 진혁의 반듯한 미간이 찌푸려졌다.

"왜 그런 쓸데없는 생각을 해?"

"선생님 빼고 다 그러던데요."

지나가는 의사들, 간호사들이 들러 죄다 한 마디씩 했나 보다. 가볍게 그런 말을 하리에게 한 사람들에게 진혁은 화가 났다.

"네가 있을 곳은 여기야. 쓸데없는 생각에 시간 낭비하지 마."

하리는 진혁을 빤히 쳐다보며 물었다.

"저 자신도 확신하지 못하는 걸 어떻게 장담하세요?"

"네가 다른 의사들보다 감정적인 결정이 많은 건 그만큼 환자들 가까이 서 있기 때문일 거야. 다양한 환자들이 넘쳐 나는 종합병원에 나같이 재미없게 병에 대한 진단만 해주는 의사도 있는 반면 너처럼 환자들의 속사정도 주의 깊게 들어주는 의사도 필요하지 않겠어? 또 네가 소란을 일으키는 건 언제나 환자를 먼저 생각하다 보니까 그러는 거잖아. 그건 의사로서 꼭 가져야 할 마음가짐이라고 생각해. 필요없는 게 아니라, 꼭 필요한 거야. 그리고……."

청산유수처럼 말하던 진혁이 마지막에 와서 뜸을 들였다.

"그리고……."

그리고? 또 뭐요? 하리는 진혁의 입만 쳐다보았다. 진혁은 무언가를 상상한 듯 한번 피식 웃더니 말을 마무리 지었다.

"그리고 강하리가 없는 병원은 어쩐지 상상이 안 된다."

피식, 피식. 바람 빠진 풍선처럼 자꾸 웃음이 새어나왔다. 작게 웃던 하리의 웃음이 기어이 얼굴 전체로 퍼졌다. 하얀 덧니까지 보이며 크게 웃는 하리를 보며 진혁이 물었다.

"왜 웃어? 내가 웃긴 말 했니?"

진혁이 묻자 하리는 웃으면서 열심히 고개를 가로저었다. 그리고 손가락으로 동그라미를 그렸다. 난데없는 동그라미의 의미를 알지 못해 진혁이 뭐냐고 눈으로 묻자 하리가 웃음을 삼키며 속삭이듯 말했다.

"데.이.트."

연달아 터지는 대형 사고들 때문에 진혁조차 완전히 잊어버리고 있었던 데이트 신청이 이제야, 뜬금없이, 생각도 못한 때에 받아들여진 것이다. 놀라서 멀뚱히 쳐다만 보는 진혁에게 하리는 다시 한 마디씩 속삭였다.

"저. 한.가.해.요."

<h1 style="text-align:center">제 1 0 장</h1>

"**강**하리 이번 주말에 퇴원시키자."

전문의인 진혁의 말을 레지던트인 용준은 그대로 받아들이지 않고 자신의 의견을 말했다.

"나가면 사고 쳐서 더 다칠지 모르니까 뼈가 완전히 붙을 때까지 붙잡아두는 게 낫지 않을까요?"

강하리를 사고뭉치로 모는 용준의 말에 진혁은 곱지 않은 시선으로 용준을 쳐다보았다.

"병원보다는 집에서 쉬는 게 환자 건강에도 좋을 거야."

"그렇죠. 그리고 사고 치러 돌아다니기도 좋겠죠."

오늘 작정을 한 건지, 용준은 진혁이 하는 말마다 걸고넘어졌다. 평소 참을성이 많은 진혁이지만 오늘따라 참지 못하고 욱해서 말했다.

"말 자꾸 함부로 할래? 강하리가 허구한 날 사고만 치는 사람이야?"

"네. 아닌가요?"

도진혁이 처음으로 배용준의 머리를 때리려고 시도하였으나 차트로 재빠르게 막는 용준의 민첩함 때문에 실패하고 말았다. 용준은 차분히 차트를 내려 쓰던 걸 마저 쓰면서 자신의 행동에 정당성을 설명했다.

"전문의의 편파적인 애정에서 오는 폭력은 용납할 수 없습니다."

이번 주 쉬는 날은 데이트 때문에 급한 일 아니면 연락하지 말라는 말도 하려고 했지만…… 용준의 눈치가 보여 차마 말하지 못했다.

하리의 퇴원 날이다. 아직 골절된 뼈가 완전히 붙은 것은 아니지만, 폐에 끼웠던 호스도 뺐고 일상생활을 하는 데는 거의 무리가 없었기 때문에 집으로 귀가 조치하는 것이었다.

"그동안 저희 누님 보살펴 주셔서 고맙습니다."

하리 대신 정중하게 인사를 한 건 동생 다이였다. 생날라리 같은 차림을 하고 예의 바르게 행동하는 것은 아무리 보아도 언밸런스였다. 다시는 볼 일이 없을지도 모르는 화려한 청년에게 오진이 궁금증을 참지 못하고 질문을 하였다.

"내가 정말 궁금해서 그러는데, 동생 분은 뭐 하며 사시나? 혹시 대학생?"

오진의 질문에 다이는 고개를 가로저었다.

"배움은 고등학교로 만족하여 대학은 가지 않았습니다."

"오오! 역시나! 그럼 프리스타일 라이프?"

백수냐는 질문을 참 멋들어진 말로 포장해서 물어보는 오진이었다. 하지만 다이는 웃기만 할 뿐 더 이상 대답하지 않았다. 오진이 더 물어보려고 하는데 용준이 화제를 바꿨다.

"완쾌될 때까지 가능한 집 밖에 나가지 마. 너 같은 애는 나가면 분명 일 터지는 거니까. 가능한 빨리 나아서 가능한 빨리 병원에 복귀해야 하잖아. 그러니까 집에 박혀서 어머니 보살핌만 받다가 얌전히 돌아와. 알았어?"

이번엔 하리가 대답하기 전에 진혁이 잽싸게 끼어들었다.

"강하리는 잘 돌아가고, 우리는 이제 일하자."

하도 배용준이 무슨 일 생긴다고 귀에 못이 박히도록 말해서 그런지 슬슬 불안해지고 있었지만, 그래도! 데이트는 양보할 수 없었다.

하리는 다이와 같이 돌아가다 슬며시 뒤돌아보았다. 진혁이 아직 그 자리에 서서 하리를 쳐다보고 있었다. 하리와 시선이 마주치자 진혁이 살짝 손을 들어 올려 전화 받는 손동작을 취했다.

도착하면 전화해.

하리는 알았다는 뜻으로 고개를 끄덕였다. 별말 아닌데 손으로 전하는 진혁이 말이 설렌다. 그런 자신의 마음을 전하고 싶어 하리는 자신의 왼쪽 가슴에 손을 올려놓았다. 하지만 안타깝게도 진혁은 그 뜻을 이해하지 못했다.

“아, 깜박했다.”

다이의 차를 타고 집으로 돌아가는 차 안에서, 하리는 무언가 까먹은 게 있는 듯 작게 한탄했다. 운전하던 다이가 그 소리를 듣고 말로만 물었다.

“왜? 뭐 잊은 거 있어?”

하리는 심각한 표정을 지으며 병원 쪽을 쳐다보았다.

“응, 데이트를 한다고 했는데, 몇 시에 어디서 만날지를 안 정했어.”

“푸하하하! 데이트할 맘들이 없는 거네. 누구의 멍청한 이야기야?”

“내 이야기인데.”

“뭐? 누이가 데이트를 한다고?”

끼이익! 놀란 다이가 갑자기 차를 멈추는 바람에 몸이 앞으로 쏠린 하리는 신음을 하며 가슴을 움켜잡아야 했다.

“병원 돌아갈 때까지 방에 얌전히 누워서 모자란 공부나 해. 알았어?”

집에 돌아오자마자 하리가 들은 말은 또 함부로 나돌아다니며 사고치지 말라는 부모님의 잔소리였다. 하리는 건성으로 네, 라고 길게 대답하고서는 자신의 방으로 올라갔다.

방으로 올라온 하리는 침대에 걸터앉아 핸드폰을 꺼내 들었다. 그러나 무언가 바쁜 일을 하고 있는지 진혁은 빨리 전화를 받지 않았다. 나중에 다시 걸자 싶어 전화를 끊으려는데 진혁이 전화를 받았다.

[여보세요?]

"아, 받네. 안 받을 줄 알았는데."

[막 외래진료 끝났어. 집이니?]

"네. 내 방."

[그래, 푹 쉬어. 일요일 날 보자.]

"그런데 선생님, 무슨 색깔 좋아하세요?"

[좋아하는 색? 그건 왜?]

"그냥 말씀해 보세요. 노랑? 분홍? 빨강? 보라?"

[하얀색.]

"음. 빨래하기 가장 어려운 하얀색 말씀이시죠?"

[빨래?]

"그런 게 있어요. 그럼 일요일 날 봐요."

[그래, 그날 보자.]

하리는 끝까지 어디서 몇 시에 볼 건지 묻지 않았다. 도진혁은 알면서 말을 안 한 걸까, 아니면 진짜 잊어버리고 있는 걸까?

띠리리리 띠리리리. 다시 핸드폰이 울렸다. 방금 통화를 끝낸 진혁이었다.

[내가 안 물어봤다고 너까지 그냥 넘어가면 어떻게 해. 몇 시에 어디서 볼까?]

하리는 침대에 누워 혼자서 한참이나 웃음을 참았다. 마음껏 웃고 싶었지만, 크게 웃으면 가슴이 너무 아팠던 것이다. 웃음을 참는 게 이렇게 힘이 든 건 줄 하리는 처음 알았다.

하여튼 도 선생 은근히 귀엽다니까.

데이트하기로 한 날은 화창했다. 진혁은 하리를 만나러 가기 전에 먼저 누군가를 찾아갔다. 백합을 좋아하는 그녀를 위해 백합도 샀다.

"진혁이가 연락도 없이 웬일이야?"

대외적인 활동보다 집에서 조용히 혼자만의 시간을 즐기길 좋아하는 그녀는 역시나 집에 있었다.

"허락 받을 일이 있어서요."

"허락?"

진혁은 김 여사에게 백합을 내밀며 말했다.

"제가 오늘 따님과 데이트를 할 수 있도록 허락해 주시겠어요?"

생각도 못했던 진혁의 말에 김 여사는 잠시 놀란 듯 말이 없었다.

"내…… 딸?"

딸이 하나 있었다. 하지만 딸이라고 부르면 안 되었다. 그녀의 딸이지만, 이제 그녀의 딸이 아니었다. 그 가슴속의 한을 진혁에게만 말했었다. 그리고 부탁도 했었다. 하지만 이런 식의 부탁은 아니었기에 김 여사는 할 말을 찾지 못했다. 그 아이의 짝은 그 아이 스스로 찾아야 되는 일이었다. 어미라고 말도 못하는 그녀가 허락할 일이 아니었다.

"왜?"

혼란에 빠져 바보 같은 질문을 하고 말았다. 진혁에게 왜 자신의 가엾은 딸을 좋아하냐고 묻고 말았다. 혹시 자신의 부탁 때문이라면 그만두라고 말하고 싶었다. 혹시라도 동정심이라면…….

하지만 김 여사의 걱정과 달리 진혁의 목소리는 투명하도록 진솔했다.

"제 마음이 그 아이한테 가고 싶어합니다. 그래서 가려고요. 안 될까요? 제가 따님한테 부족하다 느껴지세요?"

진혁이 부족하다니, 말도 안 되는 소리였다. 김 여사는 고개를 가로저었다.

"그럼 나이 차이가 많이 나서 망설이시는 거예요?"

결국 김 여사는 진혁의 재촉에 못 이겨 눈물범벅이 된 목소리로 대답을 해야만 했다.

"잘해줘야 해."

김 여사의 그 말 한마디로 진혁은 키다리 아저씨의 가면을 버렸다. 이제 뒤에서 조용히 도와주었다 흔적도 없이 사라지는 아저씨는 더 이상 사양이었다. 그저 사랑만 하고 싶었다. 사소한 일로 싸우기도 하고, 행복하기도 하는 그런 사랑을 하고 싶었다. 평범해서 더 달콤한 그런 사랑을 하리와 하고 싶었다.

"미안, 내가 늦었다. 도착했니?"

약속 장소에 도착하자마자 진혁은 많은 사람들 속에서 하리를 찾으며 전화를 걸었다.

[이야! 선생님이 지각도 하시네요. 이런 불성실한 면이 있으신 줄은 몰랐어요.]

비꼰다기보다는 재미있다는 말투였다.

"설마 벌써 도착해서 기다리고 있었던 거야?"

[그럼요.]

평소에도 이렇게 부지런하면 얼마나 좋을까.

"어디 있어? 나도 약속 장소인데 안 보이네."

[제 키가 너무 작아서 보이지도 않는 거죠? 저도 지금 사람들 엉덩이랑 가슴만 보여요. 아, 이럴 땐 다이가 있어야 하는데. 걔랑 같이 있으면 사람들이 딱 한 번에 알아보고 찾아와요.]

"됐어. 네 동생이랑 데이트하고 싶은 마음 없다."

진혁의 대답에 전화기 반대편에서 하리는 킥킥거리며 웃었다.

[잠깐만요. 제가 높은 곳으로 갈게요.]

"높은 곳?"

하리의 말에 진혁은 무의식적으로 시선을 위로 올렸다. 잠시 후, 흰 원피스를 입은 작은 여자가 계단을 뛰어올라 가는 모습이 진혁의 눈에 보였다. 정말 눈처럼 하얀 흰색이었다. 빨래하기 힘든 색이라는 말이 이제야 이해가 되었다.

"흰 원피스 입었네."

진혁은 반사적으로 자신의 옷을 내려다보았다. 정장을 입고 나온 게 후회가 되었다. 너무 나이 차이가 많이 나 보였다. 더 이상 아저씨 안 하기로 했는데, 이거 첫 발걸음부터 영…….

[네? 저 보여요? 그런데 내 눈에는 선생님 안 보여요.]

"내가 지금 갈게."

[그럼 전 여기 서서 기다릴게요.]

"그래."

진혁은 사람들 사이를 헤치며 하리에게 점점 가까이 걸어갔다. 하리는 계단 위에 서서 얌전히 진혁을 기다리며 핸드폰에 대고 물었다.

[선생님, 피아노 연주회 같은 거 좋아하세요?]

"피아노 연주회?"

[네, 선생님은 손이 예뻐서 정말 피아노 잘 칠 것 같거든요. 그러니까 피아노 좋아하세요?]

"그야…… 듣는 건……."

살면서 이 두 손으로 피아노를 쳐본 적이 한 번도 없는 진혁이었다. 하지만 당당하게 그런 거 생각해 본 적도 없다고 말할 수는 없었다. 마치 감추고 싶은 과거 한자락을 들켜 버리는 것만 같아서…….

[잘됐다. 오는데 정말 굉장한 걸 봤거든요. 권시후 여동생 아세요? 아마 한 번이라도 보셨으면 분명 기억할 텐데. 그 여자가 피아니스트거든요. 그런데 오는 길에 피아노 독주회를 한다는 포스터를 봤어요. 저 꼭 가고 싶었거든요. 우리 오늘 그거 보러 가요.]

우뚝, 진혁의 걸음이 멈추었다. 몇 번 가져보지 못할 좋은 날, 하필 권시후 여동생이나 보러 가자고?

독주회장 안은 생각보다 사람들이 많았다. 하리와 진혁은 중간 정도에 자리를 잡고 앉았다. 사실 진혁은 이 자리가 별로 내키지 않았지만 가고 싶다는 하리의 말에 싫다고 할 수가 없었다. 독주회가 시작되기를 기다리는 동안, 하리는 들뜬 표정으로 무대를 바라보며 조잘조잘 수다를 떨었다.

"저도 사실 열 살 때 엄마 손 잡고서 피아노학원에 간 적이 있거든요. 네 살 된 다이가 자기도 가겠다고 하도 울어서 다이도 같이 데리고 갔었어요. 그런데 학원 간 첫날 쫓겨났어요."

"쫓겨나? 왜? 어린 동생 데리고 왔다고?"

"설마요. 피아노를 치는데 치는 건반마다 다른 음이 나는 게 너무 신기한 거예요. 그래서 그 건반 안에 어떤 장치가 되어 있는 건지 알아내기 위해 하나하나 열심히 뜯어냈었거든요. 저 혼자 안 되기에 동생 다이랑 힘 모아서요. 피아노 배우러 와서 피아노를 망가뜨렸으니, 돈 내고 배운다고 해도 절대 안 가르쳐 준다고 하더라고요. 킥킥."

사고뭉치 강하리다운 어린 시절이었다.

"선생님은요? 선생님은 어릴 때 어땠어요?"

갑작스런 하리의 질문에 웃던 진혁의 얼굴이 그대로 멈추었다.

"뭐?"

"선생님 어린 시절은 어땠냐고요. 그때도 지금처럼 하얀 가운 입고 청진기 들고 놀지는 않았겠죠?"

"그냥……."

진혁은 길을 잃은 사람처럼 시선을 허공으로 던졌다.

"그냥 어땠는데요?"

하리는 그저 진혁의 어린 시절이 궁금해서 물어본 말이었다. 그런데 쉽게 대답을 못하는 진혁이 이해가 되지 않았다.

"그냥 공부 열심히 해서 영재라는 소리 조금 듣고, 부모님 말 잘 듣는 착한 아이였다고요?"

"……."

"선생님?"

하리는 대답도 없고, 엉뚱한 곳을 보고 있는 진혁이 걱정되어 그의 팔을 살며시 잡으며 그를 조심스럽게 불렀다. 그제야 진혁은 다시 고개를 돌려 하리를 쳐다보았다. 진혁은 작아서 잘 보이지도 않는 미소를 지으며 말했다.

"나 사실 피아노 같은 거 쳐본 적도 없어."

"그래요? 그거 때문에 대답 망설인 거예요? 괜찮아요. 피아노 망가뜨린 저보다야 나은 건데요 뭐."

자신이 생각없이 내뱉은 말 때문에 평소답지 않게 주눅이 든 진혁의 표정이 안쓰러워 하리는 진혁의 손을 꼭 잡았다. 위로의 말보다 전해져 오는 따스한 하리의 체온이 기분 좋아 잠시 가라앉아 있던 진혁의 표정이 다시 살아났다. 진혁이 웃는 게 그래도 피아노 망가뜨린 하리보다는 자신이 낫다고 생각해서 그런 거라 생각한 하리는 그 뒤로 컴퓨터학원, 미술학원, 주산학원에서 쫓겨난 사연도 열심히 말해주었다.

"제가 잘한다고 칭찬받은 학원은 웅변학원밖에 없었어요."

우아한 피아노 독주회 와서 쉬지 않고 조잘거리는 하리에게 주위의 시선이 쏠아졌지만, 진혁은 그런 하리가 좋았다. 좋아서 미칠 것 같았다.

바보같이 무엇을 걱정하는 걸까. 너라면 아마도 개의치 않을 것인데, 오히려 그런 걸 신경 쓰는 날 나무라겠지. 분명 그럴 건데, 왜 아직도 이렇게 꼭꼭 숨기려고만 하는 건지…….

오늘 독주회의 주인공인 오바다가 화려하게 무대 위로 걸어나오면서 하리의 수다는 끝이 났다. 하리는 감탄스런 눈으로 물빛 드레스를 입은 아름다운 모습의 바다를 쳐다보았다.

"같은 여자가 봐도 정말 멋진 여자예요. 내가 이 정도인데 남자들은 더하겠죠."

하지만 진혁은 아름다운 바다는 보지 않고 하리만 보고 있었다.

"사실 피아노 독주회는 관심없는데, 저런 멋있는 여자가 연주하는 피아노는 어떤 느낌인지 궁금했어요."

하리는 기대감 가득한 표정으로 무대 위의 바다를 쳐다보았다. 바다는 이제 막 피아노 앞에 앉고 있었다. 하리는 피아노 감상에 들어가기 전에 진혁에게 마지막으로 말했다.

"그럼 선생님, 이 피아노 독주회 끝나고 나가서는 선생님이 먹고 싶은 거 먹어요. 뭐 먹고 싶은지 생각해 두세요."

베토벤 피아노소나타 '비창'의 아름다운 선율이 연주회장 안을 가득 메우자, 하리의 얼굴에는 놀랍다는 표정이 여실히 드러났다. 피아노학원에서 하루 만에 쫓겨난 하리가 듣기에는 거의 신기에 가까운 솜씨였다. 카르멘에 대한 동경이 더욱더 커지고 있었다.

그리고 하리의 옆에 앉은 진혁은 열심히 생각을 하고 있었다. 하리가 진혁을 위해 정성스럽게 만들어준 음식을 먹으면 어떤 느껌일까라고…….

상상에 빠져 진혁은 무의식적으로 물었다.

"하리야, 요리 잘하니?"

"아뇨, 대따 못해요."

<h1 style="text-align:center">제 1 1 장</h1>

연주회가 끝나고 나와서 하리가 진혁에게 물었다.

"선생님, 저 바다 씨한테 사인 받고 가도 되죠?"

"사인?"

진혁이 붙잡기도 전에 하리는 사람들에게 둘러싸여 있는 바다에게 가버렸다. 오늘은 오바다의 날이었다. 세상엔 그녀의 피아노 소리로 가득 차고, 모두가 그녀만을 쳐다보고 있었다. 그리고 그곳에 강하리도 포함된다는 게 진혁은 썩 맘에 들지는 않았지만 그래도 오바다가 권시후는 아니었기에 더 이상의 어리석은 마음은 품지 않기로 하였다. 진혁은 하리가 다시 자신에게 돌아올 때까지 멀찍이 서서 기다렸다.

하리는 사람들에 둘러싸인 바다에게 가까이 가기 위해 열심히 기웃거렸지만 그 작은 키와 아직은 부실한 몸 상태 때문에 쉽지 않았다. 그리고 오늘 입은 하얀 원피스와 굽 있는 구두도 한몫했다. 아무래도 오늘 하리는 바다를 만나지 못할 것 같았다. 완벽한 진혁의 차지였다. 그래서 하리가 도와달라는 눈빛으로 뒤돌아보았지만 진혁은 애써 모른 척 웃기만 했다.

"어? 인턴 선생?"

하지만 바다가 그저 스쳐 가는 눈길로 하리를 알아보면서 하리는 순식간에 진혁에게서 멀어져 갔다. 진혁에게 있어서는 정말 맘에 안 드는 남매였다. 권시후도, 오바다도.

"여긴 어떻게 온 거예요?"

바다는 신기하다는 눈으로 하리를 쳐다보며 물었다. 병원에서 보았던 인턴의 모범적인 모습과는 사뭇 달랐다. 순백의 원피스에 찰랑거리는 머리카락, 거기다 화장까지.

"독주회 한다는 포스터 보고 구경 왔어요."

"혼자?"

"아뇨, 둘이서."

웃으며 둘이라고 말하는 하리의 대답에 바다는 씁쓸한 미소를 지었다. 그래도 자신의 오빠가 답지 않게 정을 붙이는 것 같아 내심 바랐었는데, 아무래도 인연이 아니었나 보다. 하긴 나이부터가 벌써 인연이 아니었다. 그녀의 까다로운 오라비는 동갑내기 여자가 아니면 사귀지도 않았다. 그리고 동갑내기 여자라고 해도 마음을 주지는 않았다. 참 욕 나오는 까다로움이지만 어쩔 수 없다. 그게 그녀의 오라비에 마음이었으니까.

“그래요? 둘이서?”

아쉬운 마음에 누구냐고는 묻지 않았다. 그런 바다의 서운함을 읽지 못한 하리는 처음처럼 밝게 다시 대답했다.

“네, 둘이서.”

더도 덜도 없이 보여지는 그대로의 저 밝음이 참 좋게 느껴졌었는데, 오늘따라 그 밝음이 참 얄밉게만 느껴졌다.

“오빠 분도 왔으면 좋았을 텐데 말이죠. 까칠한 성격이지만 바다 씨 피아노 연주 끝나면 아마 제일 크게 박수 쳤을 거예요. 그렇죠?”

시후를 생각해 주는 하리의 말도 그리 기쁘지가 않았다. 더 이상 아무런 의미가 될 수 없다는 생각에 바다는 형식적으로 작별의 인사를 했다.

“그럼 둘이서 잘 돌아가요.”

우리 오빠는 뭐 하고 있으려나. 또 몰래 담배 피우고 있으려나, 또 몰래 술 마시고 있으려나, 또 몰래 아파하고 있으려나…….

하리는 무슨 할 말이 그리 많은지 한참이나 흐른 뒤에야 인사를 마치고 진혁이 있는 곳을 향해 발걸음을 돌렸다.

이제야 겨우 자신에게 돌아오는 하리를 쳐다보며 진혁은 낮게 한숨을 내쉬었다. 사람이 너무 사람을 좋아해도 탈이었다. 부디 길 가다가 아는 사람을 또 만나지 않기를 바라며 하리가 오기를 기다리는데 걸어오던 하리가 걸음을 멈추었다. 생각지도 못한 누군가를 발견한 듯 하리의 두 눈에는 놀라움이 가득했다. 자신에게서 벗어난 하리의 시선이 불안하다고 느꼈을 때, 하리는 발걸음을 돌려 다른 곳으로 걸어가고 있었다. 진혁이 없는 전혀 다른 방향으로. 진혁은 그제야 발걸음 떼어 하리에게 빠르게 걸어가며 외쳤다.

"강하리!"

그런데 무정하게도 하리는 진혁의 시야에서 순식간에 사라져 버렸다. 작은 키의 하리는 금세 사람들의 파도 속에 파묻혀서 보이지가 않았다. 빠르게 걷던 진혁은 이제 뛰기 시작하며 외쳤다.

"강하리!"

하리는 진혁에게서 멀어져 누군가를 열심히 쫓아가고 있었다. 아직 제대로 붙지 않은 늑골 뼈가 아파왔지만, 하리는 그를 놓칠세라 열심히 걸었다. 혹시나 했는데 역시나 맞았다. 그래서 쫓아가며 계속해서 그의 이름을 불렀지만 그는 뒤도 돌아보지 않고 앞으로 걸어갔다. 쫓아오는 하리를 비웃듯 느긋하게 담배까지 피우며 말이다. 살다 살다 저렇게 불성실한 환자는 처음이었다.

자기가 루팡이야? 홍길동이냐고! 왜 병원에 있어야 할 인간이 연주회장에 있는 거냐고!

"잠깐만! 야, 권시후! 내가 부르잖아!"

갈비뼈가 너무 아파서 그냥 막 불러 버렸다. 절대 예의없어서 그런 게 아니었다. 하지만 멈추어 선 건 시후가 아니라 하리였다. 강하게 그녀의 팔을 붙잡는 진혁의 손길에 하리는 그대로 멈추어 서야 했다.

"선생님, 저기 권시후예요. 동생 연주회 때문에 병원에서 몰래 빠져나왔나 봐요. 붙잡아서……."

“못 본 걸로 해.”

병원에서 몰래 빠져나온 환자를 붙잡아 병원으로 데리고 가자는 말을 하려던 하리는 진혁의 말에 그만 놀라서 입만 벌리고 서 있었다.

“네? 하지만…….”

진혁의 말을 받아들이지 못한 하리의 눈이 다시 군중 속의 시후를 찾아 헤매자, 진혁은 두 손으로 하리의 얼굴을 감싸고는 자신에게 고정시켰다. 어지럽게 헤매던 하리의 시선이 강제로 진혁의 눈에 갇혔다.

“네가 신경 쓰지 않아도 권시후는 알아서 병원에 찾아가. 그러니까 잊어.”

하지만…… 이라고 대꾸할 수가 없었다. 진혁의 눈빛이 어쩐지 괴로워 보여서.

“제발 오늘만은 날 위해 못된 의사 돼주면 안 되겠니?”

하리는 진혁이 왜 이리 괴로워하는지 알 수 없었다. 단지 그가 괴로워하는 게 싫었다. 그게 자신 때문이라는 건 더 싫었다. 멈추게 하고 싶었다. 진혁의 번뇌를 그의 머리에서 지워주고 싶었다. 그게 말도 지독히도 안 듣는 제멋대로 환자 모른 척해서 될 수 있는 거라면 그렇게 할 것이었다.

“밥…… 먹으러 갈까요?”

그녀의 일탈로 잠시 멈추어져 있던 데이트를 다시 신청했다. 진혁이 그제야 안심하며 작게 고개를 끄덕였다.

“뭐 먹을지 정하셨어요?”

“응, 둘만 있을 수 있는 곳.”

하얗던 하리의 얼굴이 점점 붉게 변해갔다. 아무리 둔한 하리라도 이렇게 직접적으로 말하면 그게 무슨 뜻인지 알 수 있었다. 하리가 어색하게 웃으며 진혁의 말에 동의했다.

“참 맛있는 곳이겠네요.”

육십억 명의 인간들을 피해, 두 사람이 간 곳은 하늘이었다. 비록 비상을 꿈꾸는 몇몇 사람들이 하리와 진혁을 방해하며 미리 와 있었지만, 아주 조용한 분위기였기에 진혁은 더 이상 따지지 않았다. 자리에 앉자마자 하리는 창밖의 풍경을 보며 환호성을 지었다.

“우와! 하늘 세상에 온 거 같아요. 이런 곳은 어떻게 아신 거예요?”

“텔레비전에서.”

“아.”

“유명한 곳이라던데.”

“에? 설마 선생님도 처음이세요?”

“응.”

하리는 창밖을 보며 웃었다. 단지 솔직함 하나만으로 웃길 수 있는 사람은 도진혁 한 명뿐일 것이다.

“쿡쿡. 선생님, 제발 웃기지 말아주세요. 갈비뼈가 너무 아파.”

진혁은 자신이 한 번도 웃긴 인간이라고 생각한 적이 없었다. 그래서 하리의 말뜻을 이해할 수가 없었다. 그저 하리가 웃기에 따라 웃었다.

하늘 레스토랑에서의 식사는 좋았다. 음식도 맛있었고, 두 사람만의 대화도 좋았다. 수수하게 일상을 말하던 대화가 갑자기 급반전을 한 건 진혁의 질문 때문이었다.

"첫사랑이 어떤 남자야?"

고기를 썰던 하리의 손길이 꼭 정지 버튼을 누른 것처럼 멈추었다. 그리고 조심스럽게 고개를 들어 진혁을 쳐다보았다. 진혁은 여유로움을 가장한 채 와인 잔을 입에 가져가 조금 마시며 미소까지 보이고 있었다. 도진혁이 아는 강하리라면, 아마 없을 것이다. 그게 진혁이 이런 질문을 한 포인트였다. 그러니까 진혁이 예상하는 이 질문의 정답은 '없어요' 였다. 준비성 철저한 도진혁은 하리의 대답뿐만 아니라 자신의 다음 말까지 미리 준비하고 있었다.

"음, 그러니까 어떤 남자였냐 하면……."

그런데 짧게 끝내야 할 하리의 말이 또 길게 나가기 시작하자 진혁의 눈이 묘하게 커졌다.

"설마…… 있어?"

"저 무시하시는 거예요? 있어요."

"이름이 뭐였는데?"

맛만 보던 와인을 한 번에 비워내며 진혁이 이름을 물었다.

"찰스."

"찰스? 외국인?"

"그렇죠. 토종은 아니었어요. 그래서 그런지 자태가 정말 멋있었어요."

"자태?"

“아, 그 윤기 흐르는 털을 만지는 게 너무 좋았었는데.”

윤기 흐르는 머리카락이 아니라 윤기 흐르는 털?

“사람이야?”

“내세에는 사람으로 태어나고 싶어하는 개죠.”

어이없어하는 진혁의 얼굴이 어둠이 묻혔다. 갑자기 레스토랑 안이 깜깜해지자 하리는 놀라서 주위를 두리번거렸다. 하지만 아무것도 보이지 않았다. 심지어 앞에 있는 진혁도 안 보였다. 곧 마이크를 통해 주인인 듯한 남자의 목소리가 들려왔다.

“키스 타임입니다. 일 분간 사랑하는 사람에게 마음껏 키스하세요.”

키스 타임?

하리가 놀라서 아무것도 보이지 않는 앞을 바라보며 물었다. 분명 저쯤에 진혁이 있을 것이었다.

“선생님, 키스 타임이래요. 아셨어요?”

“아니.”

“진짜 웃긴 곳이네요. 그렇죠?”

“그런가?”

“그런데 선생님, 어둠 속에서 보는 야경이 더 멋있어요.”

“아.”

어두워서 아무것도 안 보이니 청각이 너무도 예민해졌나 보다. 주위의 작은 소리도 너무 잘 들려왔다. 무언가 심하게 빨아대는 소리가 참 민망스러웠다.

“저 지금 야경 보고 있어요. 진짜 야경 보고 있어요. 선생님은 뭐 하고 있어요?"

팟! 일 분이 어느새 지나고 주위가 다시 밝아졌다. 그리고 진혁은 불이 꺼지기 전 자세 그대로였다. 결국 그는 하리에게 키스하지 않았다. 키스를 하라고 만들어진 키스 타임이었는데도 말이다. 진혁과 하리만 빼고 주위에 있던 사람들은 모두 불이 꺼지기 전보다 더 친밀해져 보였다. 핑크빛 오로라가 너무도 강하게 뿜어나오는 주위를 살피던 하리는 조심스럽게 진혁에게 가까이 다가가 살짝 물었다.

"저기요, 그런데 왜…… 안 하신 거예요?"

너무도 솔직한 하리의 질문에 진혁은 웃음을 참으며 말했다.

"네 첫사랑한테 미안해서."

거짓말이다. 멍멍 짖기만 하는 개 따위는 관심도 없었다. 이유는 단지 하나였다. 강하리가 너무 말이 많아서였다. 불이 꺼지자마자 말을 걸어오는데, 뭘 어찌하겠는가?

레스토랑에서 나오니 벌써 밤이었다.

"타, 집에 데려다 줄게."

진혁이 차 문까지 열어주었는데, 하리는 그 자리에 선 채 움직이지 않았다. 무언가 골똘히 생각하는지 두 눈이 한 곳에 모여져 있었다. 진혁이 잠시 쳐다보다 하리에게 다가왔다.

"왜 그래?"

"잊어주세요."

"응? 뭘 잊어?"

"찰스요."

“아, 네 첫사랑.”

“그건 농담이었어요. 선생님, 제발 너무 진지하게 모든 것을 받아들이지 말아주세요.”

첫사랑에 관한 농담은 절대 쉽게 하면 안 된다는 걸 뼈저리게 느낀 하리였다. 지우개로 진혁의 머릿속에 저장되어 있는 자신의 첫사랑 찰스를 박박 지워 버리고 싶었다.

“없다고 말하기 창피해서 그런 거란 말이에요.”

첫사랑이 없다는 말이 하리에게는 창피한지 몰라도 진혁은 그 어떤 말보다도 기뻤을 것이다.

진혁은 하리에게 한 발자국 더 가까이 다가갔다. 바로 자신의 앞까지 다가온 진혁의 넓은 가슴에 놀라 하리가 고개를 쳐들고 진혁을 올려다보았다. 진혁은 그 어느 때보다 기분 좋게 웃고 있었다. 마치 자신이 세상에서 가장 행복한 사람인 것처럼.

“그럼 내가 네게 키스하면 도진혁이 강하리의 첫사랑이 되는 거야?”

진혁의 도발적인 질문에 동그랗게 커지던 하리의 눈이 슬며시 아래로 내려갔다. 잘 웃고 잘 떠드는 하리도 좋았지만, 이렇게 수줍어하는 하리 역시 좋았다. 진혁의 두 손이 하리의 얼굴을 붙잡아서 들어 올렸다. 뺨이 뜨거웠다.

이게 너의 심장에 온도겠지? 그렇지?

“하리야.”

그저 이름만을 부르는 게 아니었다. 그녀의 마음을 부르는 것이었다. 하리는 차마 대답하지 못하고 피하던 시선을 올려 진혁을

쳐다보았다. 어느새 너무도 멀리 있던 그의 얼굴이 바로 코앞에
다가와 있었다. 진혁의 숨결이 아찔할 만큼 뜨거워 소름이 돋아났
다. 진혁의 아름다운 두 눈이 감겨 있었다.

눈을 감고도 제가 보이세요?

"내 이름 한 번만 불러봐."

이름? 선생님? 아니, 도진혁?

"응? 부탁이야. 불러봐."

이름 부르는 게 그리 어려운 일도 아닌데, 진혁의 이름을 부르
는 건 너무 힘이 들었다. 그러고 보니 한 번도 선생님을 빼고 그의
이름을 불러본 적이 없던 것 같았다. 어쩔 수 없었다. 처음부터 그
는 선생님이라는 존재였으니까. 그런데 지금은? 지금도 단지 선생
님인가?

"진…… 혁."

하리가 조심스럽게 그를 부르자 그의 입술이 부름에 응했다. 긴
장해서 마른 하리의 입술에 촉촉한 진혁의 입술이 내려앉았다. 깃
털처럼 가벼운 입맞춤은 상상할 수 없을 정도로 뜨거웠다. 입술에
서부터 시작된 전율이 척추를 따라서 발끝까지 순식간에 타고 내
려갔다. 온몸의 감각이 입술로 몰렸는지, 진혁의 입술이 너무도
생생했다. 하리에게 키스는 마치 진혁이라는 존재가 한꺼번에 하
리의 안으로 빨려 들어온 느낌이었다. 마치 하리가 진혁인 것처
럼, 지금 이 순간 그가 너무도 가까웠다. 무서울 정도로.

진혁은 더욱 깊게 하리의 붉은 입술을 베어 물었다. 달콤했다.
부드러웠다. 그리고 떨고 있었다. 파르르, 하리의 전율이 그대로

진혁에게 전해져 와 그를 떨리게 했다. 휘청하는 하리의 몸이 느껴졌다. 진혁은 팔을 뻗어 어쩔 줄 몰라 하는 그녀의 두 손을 잡았다. 그리고 자신의 목을 휘감게 하였다. 하리의 작은 몸이 힘겹게 진혁의 큰 몸을 껴안은 채 진혁의 키스를 받아냈다.

진혁이 천천히 눈을 떴을 때, 눈을 감은 하리의 얼굴이 들어왔다. 이렇게 조용한 하리는 정말 처음이었다. 다행이었다. 키스할 때까지 시끄러우면 어쩌나 걱정했는데, 그녀도 수다보다는 키스가 좋은 것 같았다. 하리를 담은 진혁의 눈이 다시 천천히 감겼다. 그리고 달콤한 그녀의 숨결을 다시 한 번 더 음미했다. 달디단 생크림 케이크보다도 더 달콤한 이 키스가 두 사람의 시작이었다. '연애' 라고 이름 붙여진 남자와 여자의 시작.

하리가 없는 병원은 언제나와 같았다. 끝없이 환자들이 들어오고 나가고, 의사들은 환자들을 돌보느라 정신없고. 그 변함없는 병원 속에서 진혁은 평소처럼 열심히 의사로서 환자들을 돌보며 지내고 있었다. 비록 그의 그녀는 키스하고 헤어진 뒤 전화도 한 통 하지 않고 있지만.

"선생님, 이상하신 거 아세요?"

난데없는 배용준의 지적에 진혁은 무슨 소리냐면서 고개를 들었다. 용준은 마치 추리를 하는 사람처럼 진혁의 얼굴을 살피며 말했다.

"언제부터 그렇게 전화를 좋아하신 거예요? 시간마다 핸드폰 쳐다보시잖아요."

용준의 지적에 진혁은 손에 들고 있던 핸드폰을 슬그머니 주머니 속에 집어넣으며 용준의 관심을 다른 곳으로 돌렸다.

"흐음! 805호 김순영 환자 상태 어때?"

"저도 모르겠는데요."

"뭐? 치프가 환자 상태를 모른다는 게 말이 돼?"

"물론 말이 안 되죠. 하지만 제가 아무리 치프라 해도 어제 퇴원한 환자의 지금 상태가 어떤지 어떻게 알겠습니까?"

진혁은 더 이상 용준을 상대하면 자신이 불리하다는 것을 느끼고, 자리를 뜨며 말했다.

"나 의국에 있을 테니까 호출할 일 있으면 해."

"네, 열심히 일하세요. 혼자 있다고 전화기만 들여다보고 있지 말고."

용준의 뼈있는 충고에 진혁은 쉽게 걸음이 떨어지지가 않았다.

"너 갈수록 건방져진다."

"네, 그리고 선생님은 갈수록 물렁해지시네요. 꼭 누구처럼요."

진혁은 무기력하게 항복을 선언하며 스태프 의국으로 향할 수밖에 없었다. 이게 다 잠만 퍼자느라 전화도 안 하는 강하리 때문이다. 잠 다 자고 전화한다더니 며칠째 전화 한 통 없다.

자기가 잠자는 숲속의 공주야? 도대체 언제까지 잘 거야!

띠리리리 띠리리리. 결국 바쁜 도진혁이 한가한 강하리에게 전화를 먼저 걸었다. 한참이나 신호음이 가다가 전화를 받았을 때,

[여보세요?]

어이없게도 남자 목소리였다. 설마 하는 마음으로 전화번호를

확인했는데 강하리 맞았다. 그래서 순간 울컥했다. 누구냐고 소리 치려는데 상대방이 먼저 말했다.

[저희 누나는 지금 자는 중이니 나중에 다시 거세요, 도 선생.]

알고 보니 동생 강다이였다. 그리고 건방지게도 진혁이 묻기도 전에 자기 할 말만 하고 뚝! 끊어버렸다. 진혁은 끊긴 전화기를 허망한 눈으로 바라보았다. 사고뭉치에 더해서 국보급 잠순이까지. 도대체 이런 여자가 왜 좋은 거지?

생각을 깊이 해봤자 지금은 부정적인 생각만 들 것 같았기에 진혁은 다시 병동으로 돌아왔다. 용준에게 욕 들으면서 일해야 그나마 제대로 할 수 있을 것 같았다. 그런데 간호사 스테이션에 있던 간호사가 진혁을 불렀다.

"도 선생님, 편지 왔어요."

진혁의 앞으로 편지가 하나 왔다고 했다. 받는 사람에 '도진혁' 만 적혀진 분홍 편지지였다. 퇴원한 환자들 중에 감사의 편지를 보내는 사람이 가끔 있었기에 아마 환자가 보냈겠거니 생각했다. 진혁은 간호사에게 고맙다고 말하고는 수신자 불명의 편지를 가지고 병동 복도를 걸어갔다.

지이익! 손으로 대충 편지봉투를 뜯고, 안에 든 편지지를 꺼냈다. 그러나 복도를 걸어가던 진혁은 편지지 안에 적힌 글을 읽고, 걸음을 멈추었다.

〈선생님께.

집에 와서 잠들기 전에 쓰고 있어요. 자고 일어나면 이 기분이 다 사라져 버릴 것 같아서요. 음, 제가 문장력이 그리 뛰어나지 못해서 짧게 쓸게요.

데이트 정말 재미있었어요. 우리 다음에 그 하늘 레스토랑 또 가요. 그때는 재미없는 농담 절대 안 할게요.

—하리가.〉

피식 웃고 말았다. 간질간질, 누군가 자꾸 간지럼을 태우는 것처럼 자꾸 웃음이 새어나온다. 이게 바로 연애인가 보다. 잠순이 아가씨가 그래도 빵점짜리 애인은 아니라는 것에 감사하며 진혁은 편지지를 고이 접어 뛰고 있는 심장을 덮고 있는 가운 윗주머니에 담았다. 다시 걷기 시작하는 진혁의 걸음이 아까와는 달리 가벼워져 있었다.

그래, 나는 열심히 일할 테니까 그대는 열심히 주무세요.

진혁이 열심히 일하고 하리가 열심히 자는 사이, 시간은 흘러 하리가 병원으로 돌아올 시간이 되었다.

"병원 가서 얌전히 일만 배워! 또 엄한 데 끼어들어서 몸 다치지 말고."

하리가 다시 병원에 돌아가게 된 날 어머니는 하리의 옷과 먹을 걸 챙겨주면서 충고, 또 충고를 했다.

"난 환자 치료하는 의사 딸 바란 것이지, 환자한테 얻어맞는 의사 딸은 싫다."

"환자가 아니라 환자를 구타하는 침입자였어."

"환자든 아니든, 어쨌든 병원 안에서 다친 거잖아."

"네, 네. 걱정 마세요."

하리는 가족들에게 마지막 인사를 하고 병원으로 향했다. 이제 또다시 고단하고 힘든 인턴 생활의 시작이었지만, 병원으로 향하는 하리의 발걸음은 가볍기만 하였다.

인턴의 기억은 몇 백 년 전의 일처럼 아스라하고, 키스의 기억은 바로 지금 이 순간인 것처럼 너무도 설레었다.

"오늘부터 강하리 다시 인턴 근무 시작이죠?"

아침 회진을 마치고 돌아가는 길, 용준이 지나가는 말처럼 진혁에게 물었다.

"그래."

만면에 미소를 띠는 진혁의 얼굴을 바라보던 용준이 다시 물었다.

"어느 과 인턴으로 시작하는지 아세요?"

"산부인과 아냐?"

산부인과 인턴을 마무리 짓지 못하고 쉬었으니까 거기서 다시 시작할 것이라고 생각했다.

"아뇨, 응급실이라고 합니다."

"뭐?"

그 어느 과보다 인턴의 책임이 막중한 과였다. 타 과에서는 대부분 레지던트가 주치의를 맡는 데 반해 응급실의 책임은 일차적으로 인턴에게 있기 때문이다.

"다친 거 나아서 돌아오자마자 응급실이라니 좀 그렇죠? 강영지 환자 일 때문에 아무래도 병원 쪽에서 일부러 그쪽으로 넣은 것 같습니다. 그래도 응급실은 입원 환자가 없잖습니까? 하지만 응급실에서 사고 친다면 그게 정말 큰 문제겠죠. 의료사고라는 말이니까."

제 1 2 장

응급실은 24시 편의점과 같았다. 결코 문 닫는 시간이 없으니까. 언제 어떤 환자가 들어올지 모르는 곳이 응급실이었다. 그런 응급실의 실태를 잘 보여주는 드라마가 미국 드라마 ER이다. 한 시간 동안 드라마를 보고 있노라면 너무 정신없이 지나가 자신이 무엇을 보았는지 정확하게 기억이 나지 않았다. 실제 응급실이 그랬다. 어쩐지 강하리와 닮은 곳이었다. 이건 좋은 뜻이 될까, 나쁜 뜻이 될까? 그건 아마도 겪어봐야 아는 일이었다.

"저 반갑죠?"

병원에 돌아온 하리는 일부러 시후의 병실을 찾아갔다. 연주회장에서 보았던 시후의 모습이 계속 걸렸던 것이다. 하지만 시후의 반응은 심드렁하기만 했다. 왜 왔냐는 분위기였기에 하리가 서운

하다는 듯이 말했다.

"도대체 언제쯤 되어야 저 반갑다고 해줄 건데요? 퇴원하는 날이요?"

"아니, 나 죽는 날."

"저기요, 병원에서는 죽는다는 건 금기어예요. 잘못하면 쫓겨나요."

어쩐지 몸은 점점 나아지고 있는데 정신은 점점 더 피폐해지고 있는 것 같았다. 뭔가 금방이라도 일 치를 위험한 분위기가 걱정되어 하리가 넌지시 물었다.

"……오늘 바다 씨 와요?"

"남편 따라서 미국 갔어. 당분간 안 와."

미국? 그러고 보니 권시후가 처음 음주 운전으로 병원에 실려 왔을 때도 남편이랑 미국에 있다고 했었는데…….

"설마 동생 당분간 못 본다고 우울한 건 아니죠?"

탁! 시후가 보고 있던 사진잡지를 소리 나게 덮더니 그제야 고개를 들어 하리를 쳐다보았다. 무슨 생각을 하는지 도저히 알 수가 없는 눈길이었다.

"나가, 나 혼자 있고 싶거든."

왜 동생 연주회에 와서 축하의 인사도 없이 몰래 관람하고 몰래 사라졌는지 물어보고 싶었지만 시후의 반응이 너무 날카로워 물을 수가 없었다.

시후의 병실을 나온 하리는 다섯 발자국 걸어갈 때마다 뒤돌아서 그의 병실 문을 쳐다보았다. 시후가 왜 우울한지 알 것 같기도 하고, 모를 것 같기도 했다.

탁탁탁. 진혁은 열심히 비상계단을 뛰어내려 가는 중이었다.

<시간 돼요? 잠깐만 비상계단 오층에서 볼래요?>

하리의 문자를 받았다. 그래서 흉부외과를 빠져나와 엘리베이터가 아니라 몰래 비상계단을 이용하는 것이었다. 팔층에서 오층까지 단숨에 내려와 보니 하리가 먼저 와 진혁을 기다리고 있었다.

"하리야."

진혁이 하리의 이름을 부르자 창밖을 보고 있던 하리가 고개를 돌려 계단 위를 올려다보았다. 진혁을 발견한 하리의 얼굴에 환한 미소가 걸렸다.

"강하리, 무사히 컴백했습니다."

하리는 마치 군대에서 상사에게 인사하는 것처럼 손을 올려 경례 자세를 취하며 복귀인사를 했다.

"그래, 잘 돌아왔어."

진혁은 다정하게 하리의 복직을 축하해 주었다. 그런데 우리의 하리 양은 그것에 만족하지 않는지 불만 섞인 표정으로 물었다.

"네? 그게 다예요?"

"응?"

하리가 답지 않게 능글맞게 웃더니, 뽀얀 자신의 왼쪽 뺨을 손으로 박박 문질러서 닦아서 잘 익은 사과처럼 빨갛게 달아오르게 한 후 진혁에게 가까이 내밀었다. 그제야 하리의 말뜻을 이해한 진혁이 웃음을 터뜨렸다. 집에서 푹 쉬고 오랬더니, 속 안에 구렁이 한 마리를 키우고 왔나 보다. 진혁은 손을 들어 그녀의 부드러운 뺨을 꼬집으며 다시 인사했다.

"그래, 아주아주 잘 돌아왔다, 우리 사고뭉치 인턴 선생."

"아야야. 이게 아니잖아, 선생니임!"

뺨을 꼬집던 진혁의 커다란 손이 그제야 작은 하리의 얼굴을 감싸더니 자신에게로 끌어당겼다. 비밀스런 장소, 비밀스런 키스, 이게 바로 사내연애의 진수였다.

누가 발명했는지 핸드폰의 문자 메시지를 만든 사람은 천재였다. 진혁은 진심으로 그렇게 생각했다. 대놓고 전화를 할 수 없는 사이에 소리없이 오가는 문자 메시지는 바쁜 생활 속에서 진혁과 하리를 이어주는 유일한 연결고리였다.

〈치프가 급하게 일을 시켜서 오늘도 점심 먹을 시간이 없을 것 같아요. ㅠ-ㅠ 저 찾지 말고 그냥 드세요.〉

하지만 내용이 얼굴도 볼 수 없을 정도로 바쁘다고 할 때는 진혁의 기분까지 처졌다. 요즘 하리는 바쁜 인턴의 표본이었다. 점심시간만이라도 보면 좋으련만, 대부분은 바쁘니까 먼저 먹으라는 답 문자가 날아왔다. 도대체 무슨 급한 일이기에 점심시간까지 희생하며 하는 것인지. 생명이 걸린 급한 일이 아니라면 밥은 제

때에 먹이고 일을 시키는 게 당연한 것이었다. 남의 과 일이기에 함부로 간섭할 수 없는 게 답답할 뿐이었다.

"응급의학과 의과장(치프)이랑 동기지?"

진혁이 앞에서 밥을 먹고 있는 용준에게 물었다.

"우진이요? 네."

"어때?"

응급의학과 강우진은 처음부터 응급의학과 픽스턴을 해서 흉부외과 인턴을 하지 않았었다. 그래서 진혁은 우진에 대해 자세히 알지는 못했다.

"어때라니요? 의사로서의 자질을 묻는 건가요, 사람 됨됨이를 묻는 건가요?"

"둘 다."

"부처 같은 녀석이랄까."

"부처?"

그러고 보니 볼 때마다 자세가 항상 반듯했던 것으로 기억한다. 언제나 2)컨트롤드 카오스(controlled chaos) 상태에 있는 응급실 담당의사답지 않은 차분함이 신기했었다. 사람은 좋아 보이던데, 왜 사람 밥을 안 먹어?

진혁 일행은 점심을 다 먹고 흉부외과 병동으로 돌아가기 위해 엘리베이터를 기다리는데, 엘리베이터 문이 열리면서 거짓말처럼 하리가 서 있었다. 엘리베이터 앞에 서 있는 흉부외과 의사들을

----

2)컨트롤드 카오스(controlled chaos): '통제된 혼돈'으로 해석되며, 병원에서는 응급실의 별명으로 통하는 말이다

보고 하리가 먼저 반갑게 웃으며 인사를 했다.

“아! 안녕하세요. 점심 드시고 오시나 봐요?”

하리의 눈이 가장 먼저 진혁을 찾아 멈추었다. 환하게 웃는 하리를 보니 시간이 남아 뛰어내려 온 길이었나 보다. 진혁의 얼굴에도 같이 미소가 걸렸다.

“설마 혼자 밥 먹으러 온 거야? 너 응급실 왕따냐?”

용준의 말이 끼어들면서 두 사람의 눈인사는 끝이 났다. 하리는 너무하다는 눈으로 용준을 쳐다보았다.

“답답해서 산책 나왔습니다.”

“그럼 밖으로 나가야지, 왜 음침하게 지하로 와?”

하여튼 말로 배용준 이길 수 있는 사람은 세상에 없을 것이다.

“안 타세요? 올라가요.”

진혁이 가장 먼저 엘리베이터 안으로 들어가서 하리의 옆에 섰다. 살짝 닿은 손끝이 기분 좋았다. 용준과 오진만 없었다면 좋겠지만, 오늘은 이걸로 만족이었다.

“강하리, 응급실은 어때?”

“인턴이야 어떤 과를 가든 비슷하죠. 굶고, 못 자고, 뛰어다니고, 야단맞고.”

“하긴 인턴이야 어느 과를 가든 힘이 들지. 잘해라, 사고치지 말고.”

하리의 옆에 서 있던 용준이 힐끗 하리를 쳐다보다 고개를 돌리면서 말했다.

“그런데 강하리, 너 연애하냐?”

헉! 엘리베이터 안에 있던 두 사람의 심장이 동시에 쿵 소리를 내며 긴장하기 시작했다. 하여튼 똑소리 백 단, 잔소리 만 단, 눈치 백만 단 배용준답다.

"네? 바, 바쁜 인턴이 연애할 시간이 어디 있어요? 아, 팔층! 내리시죠? 안녕히들 가세요."

하리는 지나치게 예의 바르게 고개를 90도로 숙이며 인사했다. 세 남자가 내리고 엘리베이터 문이 닫힐 때까지 하리는 고개를 들지 않았다.

"갑자기 그런 건 왜 물은 거야? 너 강하리한테 진짜 관심있었어?"

엘리베이터를 내리고 오진이 용준에게 물었다.

"아뇨, 단지 머리도 잘 안 감고 다니던 녀석이 볼 때마다 머릿결이 찰랑거리고 화장까지 했기에 물어본 겁니다."

"아, 그러고 보니 그러네. 진혁아, 네가 보기에도 그렇지?"

"……글쎄, 난 잘 모르겠는데."

"야, 우리 중에 가장 티 나게 강하리를 챙겼던 녀석이 모른다는 게 말이 돼?"

"쓸데없는 소리 말고 일이나 해."

진혁이 먼저 앞서 걸어가 버렸다. 뒤에 남은 두 의사는 말없이 진혁의 뒷모습을 쳐다보았다. 먼저 입을 연 건 오진이었다.

"야! 도진혁이 지금 강하리 일을 쓸데없는 일이라고 말한 거 맞나?"

"네."

"둘이 싸웠나?"

"……아니면, 그 반대겠죠."

"뭐?"

아직도 상황파악이 안 되는 오진을 혼자 남겨두고 용준도 앞서 걸어갔다.

〈엘리베이터에서 내리고 배 선생님이 뭐라고 안 했어요?〉

아무래도 걱정이 되었던 하리의 문자가 바로 날아왔다. 진혁은 뭐라고 보낼까 생각하다 이렇게 보냈다.

〈갑자기 네가 예뻐 보인대.〉

하리의 문자가 다시 날아온 건 문자를 보내고 바로였다.

〈아잉~♡〉

쿡, 배고파서 애교를 먹고 힘을 내나 보다.

이제 하리에게 병원 생활은 두 가지로 정의 내려졌다. 진혁이 있는 응급실 밖과 진혁이 없는 응급실. 그건 확실하게 선을 그을 필요가 있는 사항이었다. 진혁이 없는 과로 옮긴 뒤에야 알았는데, 하리가 흉부외과를 무사히 마칠 수 있었던 건 알게 모르게 도와준 진혁의 도움이 컸었다. 하지만 이제는 그런 도움을 바라면 안 되었다. 하리의 혼자 힘으로 해나가야 하는 것이었다. 하리는 정말 좋은 의사가 되고 싶었다. 산부인과에서처럼 중도에 그만두는 불상사는 더 이상 만들고 싶지 않았다.

응급실에서는 입원 환자가 없다. 잠깐 머물렀다 금방 나아서 병원 밖으로 걸어서 나가든지, 아니면 치료가 필요한 타 과로 옮겨가게 된다. 그래서 응급실은 야전의무실처럼 환자들이 몰리기도 하는 반면 그 환자들이 모두 빠져나가면 잠이 든 바다처럼 고요하게 된다.

하리가 오늘 응급실에서 처음 만난 환자는 농약을 마신 할머니였다. 한 방울만 마셔도 죽는 그라목손을 반 컵이나 마셨다고 했다. 자살 환자는 처음 본 하리는 침대에 코마상태로 누워 있는 할머니를 보고 할 말이 없었다. 이제 의사로서 할머니를 살릴 수 있는 방법은 없었다. 의사는 신이 아니니까.

"나이가 드셔서 이제 얼마 사시지도 못하실 텐데, 왜 자기 손으로 죽으려고 하신 걸까요?"

하리의 질문에 응급실 치프 우진은 한 마디만 할 뿐이다.

"교통사고 환자 들어올 거야. 준비해."

그날 하루 종일 응급실에는 환자들이 넘쳐 났다. 선배의 말이 응급실이 오늘 바쁜 이유가 비 때문이란다. 비가 와서 우울해 술을 마시고, 음주 운전을 하고, 싸움을 하고, 자살을 하고, 그런 거란다.

응급실 근무가 끝나는 건 근무를 시작한지 24시간이 지난 다음날 아침 10시지만, 하리의 근무가 끝난 건 밤 9시 정도였다. 그만큼 환자가 넘쳐 나서 차마 응급실을 떠나지 못한 것이다.

응급실이 한가해졌을 때 하리는 가벼운 마음으로 응급실을 나왔다.

"응급실 정신없지?"

같은 날 근무했던 응급의학과 전문의 고승희가 물었다. 고승희는 배려심 깊고 정이 많은 사람으로 유명했다. 어쩐지 응급의학과보다는 가정의학과가 어울리는 분위기지만, 그 냉철한 판단력만큼은 응급의학과에 꼭 필요한 의사라고 했다.

"네."

"참, 우진이 녀석이 계속해서 일 시켜도 알아서 밥 챙겨먹어. 이 녀석은 자기가 밥 먹는 거 싫어한다고 다른 사람들도 안 먹고 사는 줄 안다니까. 그냥 스트레이트로 일하고 일 다 끝난 후 대충 배 채우는 식이야. 애 따라가며 일하다가는 위장 다 버린다."

"네? 밥을 싫어해요? 어떻게 인간이 그래요?"

하리가 도저히 용납할 수 없다는 듯이 승희의 옆에 서 있는 우진을 쳐다보며 물었다. 우진은 그저 소리없이 웃기만 할 뿐이었다. 정말 얼굴 인상 하나는 부처 관상이었다. 부처처럼 굶으면서 고행을 해서 그런가.

고승희가 크게 기지개를 켜며 말했다.

"우진아, 배고픈데 우리 맛있는 거 먹고 가서 푹 자자."

"네."

밥 싫어한다는 사람이 밥 먹자는 승희의 말에 순순히 응하자 하리가 놀랍다는 눈으로 우진을 보았다.

"인턴 선생도 같이 가자. 내가 쏜다."

역시나 배려심 깊은 선생님답게 고승희는 하리까지 챙겼다.

고 선생님한테 비싼 영덕대게를 배불리 얻어먹은 하리는 배를 두드리며 병원으로 돌아왔다. 병원 건물 앞에 선 하리는 흐뭇한 눈으로 병원 건물을 바라보았다. 한번 씨익 웃은 뒤 병원 안으로 뛰어들어 갔다. 배도 부르니 이제 진혁의 얼굴을 보는 걸로 하루의 일과를 마무리하면 행복한 하루라고 마침표 찍을 수 있을 것이었다.

하리는 흉부외과 사람들에게 들키지 않기 위해서 007작전을 쓰며 진혁이 있을 스태프 의국으로 향했다. 거의 성공적으로 의국에 몰래 도착한 하리는 승리의 미소를 지으며 의국의 문을 조심스럽게 열었다. 우선 안에 있는 사람이 진혁 혼자만인지 확인해야 했다. 조심스럽게 의국 안을 들여다보던 하리의 눈이 충격을 먹고 굳어버렸다.

스태프 의국 안에는 진혁이 있었다. 피곤했는지 의자에 앉은 채 자고 있었다. 문제는 진혁 혼자만 있는 게 아니라는 것이다. 어쩐 일인지 혜림이 진혁의 앞에 서 있었다. 정말 말도 안 되게, 잠이 든 진혁의 얼굴을 손으로 쓰다듬고 있었다. 쳐다보는 눈길이 어찌나 부드러운지 하리가 알던 왕혜림이 아닌 것 같았다. 당장 문을 열어젖히고 뭐 하는 짓이냐고 소리를 질러야 하는데 하리는 꼼짝도 할 수 없었다.

당장 그만둬!

고함은 마음속에서만 울릴 뿐이었다. 하리의 소심함과 다르게 혜림의 대담한 행동은 거기서 멈추지 않았다. 점점 더 그녀의 얼굴이 진혁의 잠든 얼굴을 향해 갔다. 그녀가 무엇을 하려는지 하리는 알 수 있었다. 그래서 더 이상 가만히 있을 수만은 없게 되었다.

하리는 주머니에 잡히는 것을 아무거나 꺼내 혜림을 향해 던져 버렸다. 하리가 던진 호출기에 머리를 맞은 혜림은 놀라서 몸을 돌렸다. 하지만 하리는 자신이 죄를 지은 죄인인 것처럼 이미 도망가고 그 자리에 없었다.

혜림은 자신의 머리를 때리고 바닥에 떨어진 호출기를 내려다보며 얼굴을 찌푸렸다. 이런 발칙한 짓을 하는 인간을 떠올리자니 바로 생각나는 사람은 강하리였다. 하지만 부디 이게 강하리 것이 아니길 바랄 뿐이었다. 만약 이게 강하리 것이라면, 정말 생각하기도 싫은 상황이 현실이라는 말이니까.

"헉헉헉!"

정신없이 달려나온 하리는 비상계단 구석에 와서야 멈추어 섰다. 도망을 쳐야 하는 건 혜림이었는데 왜 자신이 도망친 건지 하리 자신도 알 수 없었다. 어느 정도 숨을 고른 하리는 마음을 다잡고 고개를 쳐들어 유리창에 비친 자신의 얼굴을 쏘아보며 외쳤다.

"이 바보!"

선잠을 자던 진혁은 순간적으로 잠에서 깨어났다. 꽤 잤는지 일어나니 한밤중이었다. 시계를 보며 시간을 확인한 진혁은 한숨을 내쉬었다. 9시에 끝날 것 같다던 하리를 기다린다는 게 이미 시간이 한참 지나 있었다. 진혁 역시 오랫동안 잠을 못 자서 피곤함을 참지 못했던 것이다. 진혁은 손으로 이마를 짚으며 난감하다는 듯이 중얼거렸다.

"이 바보."

삑삑. 멍하니 창밖의 밤풍경을 바라보고 있던 하리는 문자 메시지 소리에도 반응을 보이지 않았다. 하리는 한참 뒤에야 주머니에 넣어두었던 핸드폰을 꺼내 힘없이 폴더를 열었다.

〈자니? 아니면 잠깐 볼까?〉

순간 눈에 불이 확 일었다. 그래서 제어할 틈도 없이 문자를 막 두드려서 보내 버리고는 비상계단에 털썩 주저앉았다.

〈이라홍 이이라홍 챠니나??? 히자농 레에야 ㅑ러.〉

하리의 문자를 받은 진혁은 그 뜻을 알 수가 없어 문자 메시지를 뚫어져라 쳐다보며 해석을 하려고 노력하였다.

"뭐야? 졸리다는 뜻인가?"

진혁은 다시 열심히 문자를 눌렀다.

〈알았어. 잘 자.〉

하리는 멍하니 진혁이 보낸 문자를 쳐다보았다. 아무래도 오늘 밤은 잠이 오지 않을 것 같았다. 이런 날 대게를 먹는 게 아니었는데. 그 비싼 거 먹고 체하면 너무 아까운데.

"좋은 아침입니다, 선생님."

아침 일찍 병원에 나온 진혁은 인사를 건네는 목소리에 뒤로 돌아보았다. 익숙한 목소리라고 생각했더니 역시나 같은 과의 왕혜림이었다.

"그래, 좋은 아침."

혜림은 화사하게 웃으며 진혁의 옆으로 걸어왔다. 흐트러진 모습을 보인 적이 없는 사람답게 아침부터 혜림은 깔끔한 모습이었다. 그런데 진혁은 그런 완벽한 혜림의 모습을 보자 조금은 엉성한 하리의 모습이 보고 싶었다. 아마 지금쯤 밀려오는 아침잠과 싸우며 하루 일과를 시작하고 있을 것이었다. 응급실 의사들은 다른 과와 일하는 패턴이 다르다. 응급실의 가장 큰 장점은 대형 사고가 생기지 않는 한, 자신의 근무 시간 외에는 호출이 없다는 것이다. 그래서 편하게 전화를 했는데 잠이 깊이 들었는지 하리는 전화를 받지 않았다. 오늘은 하리가 응급실에서 근무하는 날이다. 무슨 일이 있어도 같이 점심을 먹어야지라고 생각하며 진혁은 병원 안으로 들어섰다. 출근과 동시에 연애 계획을 세운다. 이게 바로 사내연애의 절약성이었다.

하리가 응급실에 나온 건 정규 근무 시간보다 삼십 분 일찍이었다.

"안녕하세요."

24시간 응급실 근무를 위해 푹 쉬고 나와야 할 인턴이 들어갈 때보다 더 푸석한 얼굴로 나타났다. 우진은 힐긋 하리의 얼굴을 보더니 다시 차트로 고개를 내렸다.

"잠 안 잤니?"

"네? 아뇨, 잤는데."

"그런데 얼굴이 왜 그 꼴이야?"

꼴? 하리는 슬며시 핸드폰의 액정에 자신의 얼굴을 비추어보았다.

"고민하는 걸로 시간 낭비하지 마라."

"네?"

"나중에 그 시간들이 너무 아까워서 또 후회하게 될 테니까. 두 번이나 후회하게 되다니 너무 바보 같은 짓이잖아."

안 그래도 몽롱한 정신이었기 때문에 하리는 우진이 도대체 무슨 말을 하는 건지 알 수가 없었다.

"저기, 무슨 소리인지 잘 모르겠는데요, 선생님."

"몰라도 돼. 만취환자 있으니까 가서 깨어났나 확인해 줘."

"네."

하리는 터덜터덜 환자들이 누워 있는 침대로 걸어갔다. 그때 뒤에서 우진의 조용한 호통 소리가 날아왔다.

"의사처럼 걸어!"

그 말에 하리는 반사적으로 구부정했던 등을 꼿꼿이 세웠다.

환자를 치료해야 하는 의사였다. 환자들이 불안해하지 않게 자신의 근심을 밖으로 내보이지 말라는 뜻이라는 걸 하리는 한참 후에야 알아들었다.

점심시간이 가까워올 때쯤 옥상으로 올라온 진혁은 하리에게 전화를 걸었다. 바쁘지 않으면 같이 점심을 먹자고 말했다.

[아침을 너무 많이 먹었더니 배불러요.]

생각도 못한 대답이었다. 잠자기도 바쁜 인턴의 아침을 설마 배 터지게 무언가를 먹었을 거라고는 생각도 못했다.

"그래? 그래서 점심 안 먹을 거니?"

[네.]

진혁은 난감한 눈으로 자신이 사 온 점심을 내려다보았다. 애써 시간 들여 직접 사 온 의미가 없어지고 있었다. 바빠서 못 먹는다는 것도 아니라 배불러서 안 먹겠다는 것이니, 이걸 하리에게 줄 이유도 없었다.

"정말 배 안 고파?"

혹시나 하는 미련이 남아 진혁은 소심하게 한 번 더 물었다.

[네, 안 고파요.]

배부른 하리는 어쩐지 평소의 하리와 다르게 인색한 것 같았다. 배가 안 고파도 얼굴 한번 보자는 소리를 할 만도 한데, 하리는 끝까지 그러지 않았다. 진혁은 그게 못내 섭섭했다. 바쁘다고 이해하려 해도 섭섭했다.

얼굴 보고 싶어서 빈말이라도 배고프다고 할 만도 한데, 왜 그러지 않는 거니?

“알았어. 끊는다.”

[네.]

뚝, 매정하게도 하리는 대답만 하고 바로 전화를 끊어버렸다. 진혁은 허무한 눈길로 자신이 사 온 생크림 케이크를 내려다보았다.

이걸 보면 분명 하리가 좋아할 줄 알았는데…….

진혁은 손가락을 들어 케이크의 달디단 생크림을 찍었다. 입에 닿자마자 그 지독한 달콤함은 사르르 녹아내렸다. 진혁은 자신도 모르게 얼굴을 찌푸렸다.

“너무 달다.”

진혁은 케이크를 그냥 벤치 위에 내버려 둔 채 일어나 옥상을 내려갔다. 아무도 없는 옥상 위 버려진 생크림 케이크는 꼭 자신을 만나러 와줄 사람을 기다리는 것처럼 그 자리를 지키고 있다.

“상대를 제압하기 위해서 꼭 가져야 할 노하우 하나!”

갑자기 문을 열고 들어와서는 들이대는 질문에 시후가 그냥 쳐다만 보자 하리가 시계를 쳐다보며 독촉했다.

“아! 10대 1로 이겼으면 그 정도 노하우는 있을 거잖아요. 빨리요! 시간없어요!”

“이게 어디서 목소리를 높여!”

“아! 진짜 비싸게 구네! 관둬요!”

쾅! 왔던 것과 마찬가지로 하리는 갑자기 나가 버렸다. 시후는 어이없다는 눈으로 닫힌 병실 문을 바라보았다.

하리는 카페 앞에 서서 한참이나 유리문만 쏘아보고 있었다. 혜림이 먼저 점심을 같이 먹자고 연락을 해왔다. 죽었다 깨도 일어나지 않을 일이 일어났을 때, 이유는 하나뿐이었다. 이건 정면승부였다.

왕혜림이 별거냐? 조금 예쁘고, 조금 교양 넘치고, 조금 도도하고, 하리보다 선배이지만, 그래도 왕혜림이 별거냐!

하리는 온 힘을 코로 모은 뒤, 식당 안으로 당당히 걸어 들어갔다.

"이거 네 거니?"

혜림은 가장 먼저 하리의 호출기를 내놓았다. 호출기를 보자 그날 밤의 기억이 다시 살아나 하리는 또 코에 힘을 모았다. 하리는 손을 뻗어 자신의 호출기를 잡았다. 뭐라고 따끔하게 말을 해야 하는데, 멍청하게도 생각나는 말이 없었다. 결국 또 말을 꺼낸 건 혜림이었다.

"응급의학과 인턴이 왜 흉부외과 병동에 있었던 거야?"

하리는 불만스런 눈으로 혜림을 바라보았다. 따지고 보면 죄를 지은 건 감히 남의 애인한테 허락도 받지 않고 입술을 들이민 혜림이었다. 그런데 그녀는 너무 당당하기만 했다.

"보고 싶은 사람이 있어서요."

"……누구?"

"누구일 거라고 생각하세요?"

뻔한 대답이 나올 질문이었다. 그런데 누구냐고 묻는 혜림에게 하리는 따지듯이 물었다. 지금까지 당당하게 묻던 혜림이 하리의 반문에 말문이 막히는지 잠시 말없이 바라보기만 했다. 하리는 지지 않기 위해 똑바로 혜림의 눈을 쳐다보며 말했다.

"담부터 함부로 만지지 마세요!"

처음부터 혜림에게 불리한 자리였다. 진혁의 마음에 있는 사람이 하리라는 이유로 혜림은 도저히 이길 수가 없는 싸움이었다. 하지만 혜림은 기죽을 수가 없었다. 이대로 힘없이 물러나기에는 진혁에 대한 욕심이 너무 컸다.

"너랑 도 선생님 정말 안 어울려. 너도 알지?"

하리의 눈에 금세 실망의 빛이 깔렸다. 그 대단해 보이던 여자가 왜 이런 말도 안 되는 소리를 하는 거야!

"사람과 사람이 만나는데 어울린다 안 어울린다는 말은 있을 수 없다고 생각해요. 그 말을 한다는 건 결국 선배님이 조건을 따져서 선생님을 좋아한다는 소리밖에 안 돼요."

평소와 다르게 일침을 가하는 하리의 말에 혜림은 순간 말문이 막혔다. 설마 항상 죄송합니다. 알았습니다, 라는 말만 했던 강하리가 이런 말을 하리라고는 생각도 못했기 때문이다. 하리는 먼저 자리에서 일어나며 말했다.

"그렇게 따지면 어울리지 않는 건 저랑 선배님이에요. 어울리지 않는 사람끼리 밥 먹어봤자 체하기만 할 거예요. 이만 가보겠습니다."

혼자 카페를 나온 하리는 미간을 잔뜩 찌푸리며 한숨을 내쉬었다.

"이런 거 진짜 싫다."

병원으로 돌아온 하리는 우선 응급의학과 치프 우진에게 사과부터 했다. 밖에까지 나갔다 오느라고 시간이 너무 오래 걸렸던 것이다. 그러나 당연히 혼낼 거라고 생각한 우진은 별 야단 없이 이런 말만 했다.

"같은 잘못을 두 번은 하지 마. 그럼 돼."

하리는 알았다고 고개를 끄덕인 뒤 우진을 조심스럽게 쳐다보며 물었다.

"선생님 말하는 게 참 지혜로운 사람 같아서 그런데요. 하나 물어봐도 될까요?"

"사람 이야기라면 묻지 마라."

"사람 이야기인데 그래도 그냥 물으면 안 될까요?"

"하아!"

우진이 한숨을 깊게 내쉬자 하리는 알아서 '네, 죄송합니다' 라고 말하고 물러났다. 하리는 점심을 굶은 채 오후 일을 시작했다.

병원에는 각 과마다 외래진료가 있기 때문에 원래 응급실은 밤보다 낮이 한가한데 오늘따라 응급실이 낮부터 붐볐다. 그래서 하리는 고픈 배를 부여잡고 열심히 뛰어다녀야 했다.

아픈 환자들이 다 빠져나가고 응급실 안이 텅텅 비었을 때, 하리는 환자들이 누웠던 침대에 털썩 쓰러지고 말았다.

"아, 생크림 케이크 먹고 싶다."

이 텁텁한 기분이 달디단 생크림 케이크를 먹으면 싹 풀릴 것 같았다.

"의사가 되는 게 아니라 빵집에 취직했어야 했는데. 그럼 먹고 싶을 때 맘껏 먹잖아."

하리는 입맛만 다시다 벌떡 일어났다. 삐뽀삐뽀, 앰뷸런스 소리
가 들린 것이다.

밤이 왔다. 그리고 밤과 함께 비도 같이 왔다. 한두 방울 떨어지
던 비가 점점 세게 내리기 시작하더니 꽤 굵은 빗방울이 쉼없이
떨어져 내렸다. 아마도 오늘 밤새 내내 내릴 것 같았다.

"우와, 이 밤에 왜 갑자기 비야? 진혁아. 너 우산 있어?"

퇴근 준비를 하던 오진이 물었지만, 진혁은 대꾸도 없이 비 오
는 창밖만 내다보고 있었다.

"야! 우산 있냐니까? 너 분위기 보니까 또 병원에서 밤샐 거 같
은데 우산 있으면 나한테 양보해."

"싫어."

"싫어? 너 지금 없다도 아니고 싫다고 했냐?"

"그래, 싫어."

이 못된 놈! 이라는 말을 시작으로 오진의 잔소리가 이어졌지만
진혁은 귀를 닫은 채 창밖의 비만 바라보았다. 사실 환자들 때문
에 남아 있는 게 아니었다. 그냥 기다리는 것이었다. 전화를 주겠
지. 오늘내로 전화를 주겠지 하는 마음으로. 하지만 하리의 전화
는 없었다. 문자도 없었다.

……12시 넘으면 화날 것 같은데.

어느새 오진은 돌아가고 없었다. 아무리 떠들어도 진혁이 대꾸
가 없으니 제풀에 꺾여 그냥 비 맞으며 돌아갔나 보다. 그치지 않

는 비를 보고 있자니 문득 옥상에 내버려 두고 온 생크림 케이크
가 생각났다.

젖었을까?

처마 밑이었기 때문에 아직 멀쩡할지도 모른다. 진혁은 자리에
서 일어났다. 버려두고 온 케이크를 가지고 올 생각이었다. 먹을
수 있다면 다른 사람에게 먹으라고 주는 것이 케이크에게도 좋을
것 같았다. 비가 오니까 정말 쓸데없는 생각까지 들었다. 왜 난데
없이 버리고 온 케이크의 안부까지 걱정하는 것인지.

“저기, 선생님, 저 잠깐만 나갔다 와도 될까요?”

결국 답답함을 참지 못하고 하리가 우진에게 부탁을 했다. 아직
응급실은 한가하였다. 태풍 전 고요였다. 환자들이 언제 들이닥칠
지 모른다. 그래서 우진은 조건을 붙였다.

“옥상에서 쉬다가, 병원 100m 앞에 앰뷸런스 보이면 당장 튀어
내려와.”

하리는 허락을 받고 잠시 응급실을 나온 뒤 허기를 채워줄 오백
원짜리 빵을 하나 사서 옥상으로 올라갔다. 그런데 옥상에는 하리
보다 먼저 자리를 지키고 있는 것이 있었다.

하리는 멍하니 홀로 남아 있는 생크림 케이크를 내려다보았다.
보는 것만으로는 부족해서 손가락을 들어 생크림케이크를 쓰윽
쓸었다. 그리고 그 부드러움을 입 안에 넣었다. 달콤한 맛이 입 안
가득 퍼지자, 피곤했던 하리의 얼굴에 미소가 번졌다.

추적추적 비가 내리는 날, 배고픈 강하리가 옥상에서 우울한 생

크림 케이크를 만났다. 버려진 생크림 케이크에게 행복을 주기 위해서 강하리가 맛있게 먹어주기로 했다. 하리는 자리를 잡고 앉아 본격적으로 케이크를 먹었다.

한 번 크게 떠서 먹고 한 번 크게 웃었다. 두 번 크게 떠서 먹은 뒤 두 번 크게 웃으려는데 그럴 수가 없었다. 갑자기 진혁이 나타난 것이다. 우산을 쓴 그가 놀란 얼굴로 하리를 쳐다보고 서 있었다. 하리는 자신이 잘못 봤다고 생각했다. 아니, 잘못 봤기를 바랐다. 그래서 눈을 꽉 감았다 다시 떴다. 하지만 사실이었다. 진혁이 서 있었다. 아니, 이제는 다가오고 있었다. 한 걸음, 두 걸음……

하리는 막 입에 가져가려던 케이크를 다시 원래 자리로 조심스럽게 내려놓았다. 그리고 손에 묻은 생크림을 옷에다 닦았다.

"아, 선생님. 저기, 제가 이 맛있는 케이크를 혼자 먹기 위해서 몰래 숨어서 먹는 게 아니라요. 누가 케이크를……"

버리고 간 케이크를 먹고 있었다고 말할 수도 없어서 순간 말문이 막혔다. 맛은 기가 막히게 좋았지만 그렇다고 누가 버린 음식이란 게 변하는 것은 아니니까. 자기 여자 친구가 버린 음식이나 먹는 사람이라는 걸 알면 선생님이 얼마나 경악할까라고 생각하니 절대 사실대로 말할 수 없었다.

"아! 저기, 그러니까…… 환자들 중 누가 선물해 줬는데 꼭 저 혼자 먹으라고 해서요. 선물한 사람이 그렇게 부탁하니까 어쩔 수 없더라고요. 준 사람의 성의를 생각해서 배부르지만 혼자서 열심히 먹어야겠다는 생각에 먹어주는 거예요. 그런 적 있잖아요. 선생님도 환자들한테 먹을 거 받으면서 그런 말 들어본 적 있으시죠?"

"아니, 없는데."

"어, 없으세요? 이상하다. 있어야 정상인데."

비 내리는 밤 하리의 이마에도 비가 내렸다. 하리는 이마의 땀을 닦으며 어색하게 웃었다. 버리고 간 케이크를 같이 먹자고 할 수도 없는 노릇이고, 정말 할 말 없게 만드는 상황이었다. 차라리 진혁처럼 딴 여자한테 당할 뻔한 장면을 들키는 게 덜 어색할 것 같았다.

진혁이 하리의 옆으로 가까이 걸어오며 물었다.

"맛있니?"

"네? 네. 제가 지금까지 먹어본 케이크 중에 제일 맛있어요. 아, 하지만 선생님은 안 먹는 게 나을 거라고 생각해요. 이유는 알려고 하지 마시고요. 그냥 맛있다고만 알아두……."

커다란 진혁의 몸이 숙여지더니 하리의 입술을 살짝 혀로 핥았다.

"맛있네."

하리의 입술에 묻어 있던 생크림을 훔쳐 먹은 것이다. 허리를 굽힐 줄 모르는 도진혁이 이렇게 쉽게 자신이 먹던 생크림을 훔쳐 먹을 줄 몰랐던 하리는 놀란 눈으로 그를 쳐다보다 결국 울먹이며 사실을 실토해야만 했다. 자신이 먹은 게 어떤 음식인지 진혁도 알 권리가 있기 때문이었다.

"죄송해요, 선생님. 저 다시는 버려진 음식 안 먹을게요."

죽을힘을 다해서 뱉어낸 하리의 진실고백에 진혁은 피식 웃고 말았다.

"괜찮아."

"네?"

진혁은 하리의 작은 몸을 끌어안고 따스한 그녀의 온기로 심장을 데웠다.

"대신 나만 버리지 마."

네가 날 떠난다…… 생각만으로도 숨이 막혔다.

진혁의 입술이 하리의 입술을 찾아 내려왔다. 키스는 할수록 좋아졌다. 그 달콤한 키스 한 번에 화가 났던 혜림의 일도, 섭섭했던 진혁의 무신경도 스르르 녹아내렸다.

"오늘 왜 한 번도 전화 안 했어?"

더운 숨을 몰아쉬며 진혁이 속삭이듯 물었다. 하리는 여전히 눈을 감은 채 대답했다.

"인턴이라서."

뭐든 핑계 댈 일이 있으면 무조건 인턴이기 때문이다. 하지만 지금은 그렇게밖에 변명할 길이 없었다. 진혁에게까지 싫은 소리 하기는 싫었으니까 그냥 만년 똑같은 인턴 신세 타령을 했다. 진혁의 손길이 하리의 머릿결을 쓸어내렸다. 그 다정한 손길을 즐기며 하리가 물었다.

"제 전화 기다렸어요?"

"그래. 궁금하잖아."

"앞으로 자주 할게요."

"그래."

진혁의 입술이 다시 다가와 하리의 숨결을 모조리 빼앗아갔다. 하리는 또 정신없이 진혁의 키스에 끌려들어 갔다. 진혁이 이렇게 키스를 잘할 줄은 생각도 못했다. 하여튼 모범은 뭘 해도 잘하나 보다. 수줍게 키스하던 하리가 조금 뒤로 물러나며 물었다.

"선생님, 의국에서 자주 자요?"

"응? 응."

"다음부터는 꼭 집에 가서 자요. 알았죠?"

의사가 병원에서 잠이 드는 건 흔한 일이었다. 병원이란 그들에게 직장이라는 개념을 뛰어넘어 제2의 집과 같은 곳이었으니까. 그리고 그건 강하리 따라올 인간이 없었다. 하리는 화장실에 앉아서도 잤고, 심지어 환자 병실 소파에서도 잘만 잤다. 그런데 그런 하리가 그러지 말라고 하는지 그 이유를 알 수 없었다. 하지만 진혁은 알았다고 하고 다시 하리의 입술을 찾아 내려갔다. 벌써 습관이 됐는지 이제 하리의 입술만 보면 키스를 하고 싶었다. 아무리 엘리트 행세를 하고 있어도 역시 남자는 어쩔 수 없나 보다.

진혁의 입술을 받아들이며 점점 몽롱한 유희 속으로 깊게 빠져들던 하리의 귀에 그 소리가 파고들어 왔다. 삐뽀삐뽀. 그리고 신데렐라 요정의 말처럼 치프의 말이 생각났다.

"옥상에서 쉬다가 100m 앞에서 앰뷸런스 보이면 당장 튀어 내려와."

하지만 여기서 소리가 들릴 정도라면 응급실까지 거의 도착했

다는 소리다. 마음이 급해진 하리가 진혁을 밀쳐 내며 벌떡 일어
났다.

"서, 선생님, 저 가볼게요. 응급실 환자 들어왔나 봐요!"

막 뛰어내려 가려던 하리는 진혁의 이마 옆에서 살짝 피가 나는
것을 발견하고 사색이 되어 비명을 질렀다.

"까악! 피! 선생님! 피 나요!"

네가 밀었잖아!

난제 중의 난제였다. 강하리는 언제 어느 때에도 사고를 불러올
위험분자를 가지고 있었다. 이렇게 분위기 잡고 키스할 때조차도
말이다. 키스하다가 피 보다니, 정말 두 번은 경험하고 싶지 않은
일이었다.

제 1 3 장

하리가 급하게 응급실로 뛰어내려 왔을 때, CPR(심폐 소생술)이 이루어지고 있었다. 다른 과에서는 하루에 한 번 터지면 많은 CPR이 응급실에는 꼭 하루에 한 번 이상은 터졌다. 오늘의 첫 번째 심장마비 환자는 비아그라 과다 복용 할아버지였다. 결국 진혁을 다치게 한 게 비아그라 때문이라는 걸 안 하리는 어이없다는 눈으로 안정을 찾은 할아버지를 쳐다보았다.

"할아버지가 왜 비아그라를 먹은 거죠?"

"남자가 비아그라를 먹는 이유는 하나뿐이야."

"아! 금슬이 엄청 좋은 부부였나 보죠?"

뭐라고 한마디 더 하려던 우진은 그냥 입을 다물고 차트를 정리했다.

“흉부외과에 노티해.”

“죄송합니다.”

흉부외과라는 소리에 하리는 구급차가 오는 줄도 모를 정도로 진혁과의 키스에 빠져 있던 일이 찔려 자신도 모르게 우진에게 사과했다. 사무적으로 말했던 우진이 어이없다는 눈으로 고개를 들었다.

“뭐가 죄송한데?”

“아, 아뇨! 흉부외과요? 네! 당장 노티파이하겠습니다.”

우진은 허둥지둥 뛰어가는 하리의 뒷모습을 말없이 쳐다보았다.

“귀엽지?”

언제 왔는지 고승희 전문의가 옆에 와 있었다. 농담 같은 승희의 말에 우진은 한숨만 내쉬었다.

“아뇨, 수상한 거죠.”

흉부외과에서 내려온 의사는 왕혜림이었다. 응급실로 들어오던 혜림은 하리와 눈이 마주치자 눈에 띄게 표정이 굳어졌다. 그건 하리도 마찬가지였다. 정말 껄끄러운 사이가 되어버렸다. 혜림은 하리를 모른 체하고서 응급실의 다른 의사들에게 다가가 흉부외과 치료가 필요한 환자가 누구인지 물었다. 결국 비아그라 할아버지는 흉부외과 입원이 결정되었다. 그리고 더불어 비아그라 복용이 죽을 때까지 금지되었다. 부디 할아버지의 그녀가 사랑한 게 비아그라가 아니라 할아버지이길 바랄 뿐이었다.

다음날 아침, 흉부외과에서는 모두 힐끔힐끔 진혁을 쳐다보느라 수선스러웠다. 깔끔한 외모와 어울리지 않게 이마에 붙여진 반 창고가 너무 튀었던 것이다.

"빗길에 넘어지셨어요?"

용준이 처음으로 물었을 때 진혁은 단칼에 관심을 잘라냈다.

"신경 쓰지 마."

정말 신경 쓰지 않는 듯이 조용하던 용준이 잠시 후 다시 물어 왔다.

"숨기고 싶다는 건 별로 당당하지 못한 상처라는 거죠. 동의하 세요?"

"숨기는 거 없어. 난 당당해."

"그래요? 뭐가 당당하신데요?"

진혁은 바로 대답을 못하고 먼 곳만 쳐다보았다.

점심시간에 하리와 진혁은 구내식당에서 우연히 만났다. 각자 자신의 과 사람들과 점심을 먹으러 온 것이다. 가장 먼저 식판을 받아 든 우진이 흉부외과 사람들이 앉아 있는 바로 옆 자리에 앉 았기 때문에 하리는 진혁과 마주 보는 자리에 앉게 되었다. 진혁 의 얼굴에 붙여진 반창고를 보고 하리는 차마 반갑게 인사를 건네 지 못했다.

"강우진, 네가 웬일로 점심을 먹냐? 이제 다이어트 끝난 거야?"

우진과 친구 사이인 용준이 먼저 아는 척을 했다. 다이어트라는 말에 그 자리에 앉아 있던 모든 사람이 피식 웃고 말았다. 하지만 정작 당사자는 무덤덤이었다.

"인턴이 밥 먹자고 귀찮게 졸라서 내려왔어."

“이런. 강하리, 네가 얼마나 앙탈을 부렸으면 저 부처 같은 녀석이 움직이냐?”

앙탈이라는 말에 밥을 먹던 진혁과 하리의 동작이 동시에 멈추었다.

“서, 선생님, 앙탈이라니요! 단어 선택이 너무 노골적이시잖아요.”

하리가 항의했다.

“왜? 좋은 뜻으로 한 말이야. 우진아, 강하리 귀엽지?”

용준은 마치 일부러 그러는 것처럼 자꾸 우진과 하리를 엮어서 말했다. 이제 진혁은 수저를 아예 내려놓은 상태였다. 다른 사람도 아니라 용준이 이렇게 나올 줄은 몰랐기 때문이다. 탁 터놓고 말하지는 않았어도 눈치 백만 단인 용준이 진혁과 하리의 사이를 모를 리가 없었다. 진혁은 용준에게 배신감을 느꼈다.

배용준, 네 또 다른 이름이 배신자였단 말이냐!

“저 하나도 안 귀여워요.”

자칭 신이 내린 귀염둥이라고 자부했던 강하리가 자신의 입으로 귀엽지 않다고 외쳤다. 그만큼 다급했다. 이게 바로 사내연애의 애로 사항인가 보다. 어제의 스승이 오늘은 연애의 적이 될 수 있었다. 나쁜 배용준! 두고 보자!

“나 먼저 간다. 먹고 와.”

진혁이 반도 먹지 않은 식판을 들고 일어났다.

“아! 저도 먼저.”

진혁을 따라 반사적으로 일어나는 하리를 우진이 붙잡았다.

"아직 먹지도 않았잖아, 먹어. 용준이 그냥 농담하는 거야. 신
경 쓰지 마."

하리의 팔을 붙잡은 우진의 손은 용준의 못된 농담보다 더 진혁
의 신경을 긁었다. 저렇게 자연스럽게 남의 여자 팔을 잡는 녀석
이 순간 너무도 재수가 없었다.

욱하는 성질은 누구에게나 있다. 진혁의 손이 그만 참지 못하고
하리의 팔을 붙잡아서 자신의 쪽으로 끌어당겼다. 그제야 두 사람
의 관계를 깨달은 우진이 용준을 쳐다보았다. 용준은 천연덕스러
운 얼굴을 하고서 말을 했다.

"저런 거니. 귀엽다는 생각이 들어도 절대 빠지지는 마."

퍽! 진혁의 발이 용준의 다리를 인정사정없이 걸어차 버렸다.

늦은 밤, 병원에서 대형 스크린을 설치하여 영화 상영을 한다고
했다. 입원 환자들을 위해 병원이 마련한 이벤트 같은 것이었다.
응급실 근무가 끝난 하리는 영화를 보고 들어가서 쉬기로 했다.
평소 보고 싶었던 영화였기 때문이다. 마음 편하게 영화를 본 지
가 오래되어서 욕심을 내고서라도 보고 싶었다. 영화는 가족의 사
랑을 느낄 수 있는 코미디 영화였다.

하리는 맨 뒷좌석 구석에 앉았다. 막 영화가 시작하려고 할 때,
누군가 비어 있는 옆 자리에 앉았다. 고개를 돌리니 전에 한 번 본
적이 있는 고운 아줌마였다. 그때 분명 외과병동을 물었었다. 하
리는 다시 만난 게 반가워 가볍게 인사를 했다. 하리의 인사에 중
년 부인은 놀란 눈을 하다가 한참이나 지난 뒤에야 자신도 인사를

했다. 그 모습이 어찌나 고운지 꼭 한 떨기 꽃 같았다. 그때 누군가 그녀들에게 다가왔다.

"여보, 여기 앉아 있으면 어떻게 해?"

서울병원의 원장인 최 원장이었다. 그는 중년 부인에게 와서 그녀를 일으켜 세웠다.

"앞에 자리 만들어놨어. 앞으로 가요."

김 여사는 한참이나 미적거리다 최 원장을 따라 앞으로 갔다. 오늘 영화 상영을 가장 처음 제안한 사람이 그녀였기에 이 자리에 있는 것이었다.

"뭐야? 병원 사모님이었어? 어쩐지 곱더라니."

김 여사에 대한 하리의 감상은 그게 끝이었다. 설마 그녀가 자신의 친엄마일 거라고는 생각도 못했다.

하리는 영화 화면으로 시선을 옮겼다. 영화를 보며 하리는 두 시간 동안 실컷 웃기도 하고, 감동해서 눈물도 글썽거렸다.

영화가 끝나고 그만 쉬러 가려고 일어나려던 하리는 옆 자리에 앉아 있는 진혁을 보고 놀라서 다시 털썩 의자에 앉았다.

"선생님, 언제 오셨어요?"

"아까."

"그럼 아는 척을 하시죠."

"그래, 그래서 열심히 쳐다보았는데 끝내 안 돌아보더라. 안 피곤해?"

"피곤해요. 이제 가서 자려고요."

"커피 한 잔 할 기운도 없어?"

“커피요?”

“그래, 생크림 케이크도 같이 사줄게.”

커피라는 말에 시큰둥하던 하리는 생크림 케이크라는 소리에 크게 씨익 웃었다. 그 모습이 진혁에게 아직은 참 어리다는 느낌으로 다가왔다. 그래서 쉽게 더 깊이 가까워지지 못하는 것 같았다. 이렇게 좋은데 조심스러웠다. 너무 사랑하는 것 같은데 차마 욕심을 낼 수가 없었다.

“섬 의료봉사요?”

커피를 마시며 진혁이 꺼낸 이야기는 외딴 섬에서 행해지는 의료봉사였다.

“그래, 매년 병원에서 오지의 섬을 찾아가 의료봉사를 해. 그게 다음 주 토요일쯤이야.”

“그럼 병원에 선생님이 없으시겠네요.”

“그렇지.”

“음, 그렇겠네요.”

하리는 잠시 말없이 커피만 홀짝였다. 진혁도 별말을 하지 않았다. 침묵을 깨고 먼저 말을 꺼낸 건 하리였다.

“그런데 그 의료봉사 인턴도 갈 수 있는 거예요?”

하리의 질문에 진혁이 웃음으로 답했다. 진혁은 탁자에 팔을 괴고 좀 더 가까이 하리에게 다가와 말했다.

“안 된다고 그러면 내가 힘써서 집어넣을까?”

“네? 의료봉사에 낙하산으로 가라고요?”

“그래. 안 될 거 없잖아?”

"아, 또 용준 선생님이 뭐라고 하겠네."

하리는 한숨을 내쉬고, 진혁은 웃었다. 어느새 스치듯 두 사람의 입술이 겹쳐졌다. 이미 하리의 두 눈은 감겨 있었다. 막 입술이 닿으려는 찰나, 진혁의 입술이 달싹거리며 속삭였다.

"사랑해."

번쩍! 하리의 두 눈이 전기에 감전된 듯이 떠졌다.

"네? 사탕이요?"

잔뜩 실망한 진혁의 두 눈을 보고, 하리는 자신의 입을 꿰매 버리고 싶었다.

사탕이라니! 사탕이라니! 사탕이라니!

"하아!"

진혁의 고개가 옆으로 돌아가며 깊은 한숨이 절로 터져 나왔다. 분위기 좋았는데, 역시나였다. 강하리의 법칙이다. 마지막이 안 좋다. 하아, 키스라도 하고 말할 걸.

다음날 점심시간에, 진혁은 자장면을 앞에 놓고 자신의 사랑고백에 대해 당당하게 말했다.

"사랑한다고 했어."

나무젓가락을 완벽하게 두 쪽으로 가르며 진혁은 근엄했다. 쿡, 쿠쿠쿠쿠쿡. 자장면을 먹던 용준은 진혁의 말을 듣자마자 뭐가 그리 웃긴지 그릇에 얼굴을 박고 한참이나 키득거렸다.

"쿡, 굉장하십니다. 대단히 당당하시네요."

놀리듯이 말하는 용준과 달리 진혁은 진지했다. 아니, 심오했다.

"그래, 굉장한 거야. 내 입에서 그런 말이 나오다니. 정말 나라는 인간이 그런 말을 할 수 있으리라고는 생각도 못했어. 그런데 나오더라고. 그건 내가 한 말이 아니라. 그 애가 하게 만든 거야. 넌 몰랐겠지만 그 애가 그렇게 대단해 애야."

진혁이 너무도 진지했기에 용준의 웃음은 어느새 잦아들어 있었다. 용준은 진혁의 진지함을 존중하여 다시 진지하게 물었다.

"그래서 숙녀 분이 뭐라고 하던가요?"

진혁은 전혀 상처받지 않았다는 듯이 대답했다.

"사탕."

"사탕? 설마 먹는 그거요?"

"아마도."

용준은 조금은 참아보기 위해 손으로 입을 가렸다. 하지만 무리였다. 푸하하하하하하하하. 웃음을 너무 많이 먹었더니, 점심을 먹지 않았는데도 배가 불렀다.

사실 용준은 진혁이 조금 부러웠다. 그 애의 옆에 있으면 평생 배불리 웃음을 먹고 살 수 있을 테니까. 비록 사랑한다는 말 대신 사탕만 엄청 받게 될 테지만 말이다.

응급실 인턴은 오프가 정기적으로 있으니까 타 과보다 여유가 있을 것 같지만, 24시간의 근무가 그만큼 고되기 때문에 한 번 맡으면 절대 오래하고 싶은 생각은 들지 않는다. 하리는 지금까지 24시간 근무하면 나머지 24시간을 거의 자는 데 썼다. 그래야 깨어 있는 24시간에 열심히 뛰어다닐 수 있었다. 진혁도 그걸 아는

지 하리가 정기적으로 오프가 있는 걸 알아도 오프 때 만나자고
전화하는 법이 없었다.

하지만 오늘은 달랐다. 하리는 오프를 받기도 전에 대단한 결심
을 했다. 근무를 하면서도 꼭 실행을 하고야 말리라고 다짐 또 다
짐을 했다. 작전명을 말하자면, '습격' 이다.

〈데이트해요.〉

모처럼 쉬는 일요일, 아침에 일어나자마자 가장 먼저 보게 된
건 하리가 보낸 문자였다. 진혁은 침대에 누운 채 잠시 그 문자를
멍하니 바라보았다. 금방 잠에서 깨어난 몽롱한 정신이라서 그런
지 연인의 달콤한 데이트 신청이 한동안 현실로 받아들여지지 않
았다. 한참이 지난 뒤에야 진혁은 입을 열었다.

"병원은?"

전화를 걸어 물어보았을 때, 하리는 당당하게 말했다.

[오 분 전부터 오프예요.]

그건 방금까지 응급실에서 24시간이나 근무를 했다는 소리다.

"그럼 자야지. 안 피곤해?"

[네.]

"거짓말하지 마. 너 졸린 거 다 알아. 그냥 들어가서 자."

[그럼 선생님 집에 가서 자도 돼요?]

"뭐?"

[저 선생님 집에 한 번도 안 놀러갔었잖아요. 오늘 가고 싶어요.]

오늘은 아침부터 강하리가 너무 세게 나오고 있어서 진혁은 적응이 안 되었다.

"……진짜 올 거야?"

[네.]

진혁은 잠시 고개를 돌려 거울 속의 자신을 쳐다보며 물었다.

"괜찮을까?"

거울 속의 진혁이 말했다.

괜찮아. 사랑하잖아.

역시 진혁도 남자였나 보다. 다가오는 여자를 도저히 거부할 힘이 없었다.

하리가 진혁의 집에 온 건 전화를 하고 한 시간 정도 지난 뒤였다. 막상 하리를 보니 오라고 한 게 잘한 일 같았다. 이렇게 좋은 걸 보니 말이다.

"아침에 보니까 좋네."

"그럼 나중에 인턴 끝나면 선생님 옆집으로 이사 올까요?"

"진짜?"

"네, 집만 사주세요."

"아, 나 돈 없는데."

"그래요? 내가 꿔줄까요?"

"아니, 돈 안 들게 그냥 내 집에서 살아라."

킥킥, 낯간지러운 대화들이 재미있는지 혼자 고양이처럼 웃던 하리가 고개를 들어 진혁을 쳐다보며 말했다.

"오늘은 선생님 가고 싶은 곳으로 가고, 하고 싶은 거 해요. 난 그냥 따라갈래.”

하리의 얼굴을 쓰다듬던 진혁은 가볍게 하리의 입술에 입맞춤을 했다.

오늘은 네가 사랑한다고 말해주려나. 그거면 되는데, 너무 큰 욕심이니?

“의외예요.”

“그래?”

“네, 선생님이 이런 곳을 좋아할 거라고는 생각도 못했어요.”

“좋아한다기보다는 인간의 본능 아닌가?”

마트 카터를 끌며 인간의 본능에 대해서 말하는 진혁에게 하리는 조심스럽게 물었다.

“선생님이 요리하시는 거죠?”

“아니, 여자인 네가 해야지.”

“하라면 하겠지만, 제가 한 요리 먹을 자신 있으세요?”

“쿡, 걱정 마. 내가 어시스턴트 할 테니까.”

수술방으로 따지자면 오늘의 집도의는 강하리이고, 어시스턴트는 도진혁이라는 것이다.

이거 닭이라도 사서 해부를 해야 하나. 그럼 백숙을 해야겠군. 닭의 가슴을 갈라서 찹쌀과 인삼, 대추를 잔뜩 넣고, 다시 깨끗하게 봉합을 하는 거다.

“선생님, 요리 잘하세요?”

“고등학교 이후로 혼자 살았어. 그래서 웬만한 건 다 하지.”

"그래요? 그때부터 손에 칼을 잡았구나."

"그래, 부엌에서 열심히 해부 연습을 했었지. 너도 해봐."

"선생님이야 외과전공이니까 항상 칼을 잡지만, 나는……."

"내과로 갈 거야?"

진혁이 놀라서 물었다.

"글쎄요, 아직 정하지 못했어요. 내과랑 소아과도 두루 경험을 해봐야 제대로 결정을 할 수 있겠죠. 음, 지금 가장 확실한 건 산부인과는 절대 안 간다는 거죠."

하리가 웃자 진혁도 웃었지만, 속은 복잡하였다. 하리가 자신과 같은 과로 왔으면 하는 욕심이 있었다. 만약 하리가 다른 과로 간다면 지금처럼 같은 병원 안에 있으면서도 자주 볼 수 없을 것이다. 하지만 흉부외과는 너무 힘들고 수술에 대한 위험부담도 커 의사들이 기피하는 대표적인 과였다. 진심으로 열정이 없으면 결코 추천할 수 없는 과였다.

갑자기 진혁이 왜 조용해졌는지 짐작할 수 있었기에 하리는 일부러 밝은 목소리로 물었다.

"선생님, 우리 샤브샤브 해 먹을까요?"

"그건 요리할 필요도 없는 거잖아."

"그래도 맛있잖아요."

결국 두 사람은 샤브샤브 재료를 샀다. 오늘은 진혁이 하고 싶은 대로 하기로 정해졌지만 아무래도 진혁은 하리의 말 한 마디 한 마디를 무시할 수 없었다.

　진혁의 집으로 돌아온 두 사람은 사이좋게 거실의 탁자 위에서 샤브샤브를 먹기 위해 간단한 준비를 했다. 진혁이 냄비와 접시, 버너를 준비했고, 하리가 요리라는 명목으로 고기와 야채를 보기 좋게 접시에 올려놓았다. 진혁이 샤브샤브와 어울리지 않는 꽃병을 탁자 가운데 놓으며 식사 준비를 마무리 지었다. 하리가 화사한 꽃을 보고 웃으며 말했다.

　"꽃도 데쳐 먹으면 맛있겠죠?"

　아름다운 꽃도 먹어버리겠다는 농담을 하는 하리를 진혁이 밉지 않게 흘겨보았다.

　"선생님, 우리 샤브샤브 먹고 뭐 할 거예요?"

　보글보글 끓는 샤브샤브 냄비에 야채와 어묵을 듬뿍 넣으며 하리가 물었다.

　"잠자. 너 졸리잖아."

　"괜찮아요."

　"벌써 눈이 반이나 감겼어. 먹고 자. 그리고 일어난 다음에 놀러 가도 돼."

　"자면 못 일어날 텐데. 선생님도 아시잖아요. 저 잠들면 시체예요."

　"못 일어나도 괜찮아. 자고 싶은 만큼 자."

　"그럼 우리 데이트 언제 해요?"

　"지금 하고 있잖아."

　"밥 먹는 거요?"

　"아니, 둘이 같이 있는 거."

진혁의 말에 하리가 배시시 웃었다. 하리는 쑥스러우면 웃었다. 한참이나 웃던 하리가 주머니에서 무언가를 꺼내 진혁의 앞에 놓아주었다. 냄비에 고기를 넣던 진혁은 자신의 앞에 놓인 것을 잠시 말없이 바라보았다. 사탕이었다. 아니, 사랑이었다. 사랑이 사탕으로 받아들여졌을 때는 참 기운 빠졌는데, 그 사탕이 사랑을 담고 돌아오자 왜 이리도 좋은지 모르겠다. 아무래도 오늘 하리는 이걸 주려고 여기까지 온다고 고집을 피웠나 보다.

왜 이리 어린 거야! 왜 이리 사랑스러운 거야! 왜 이리 날 설레게 하니.

"……하나뿐이야?"

하나인 게 너무 아까워 진혁이 묻자, 하리가 야심차게 웃으며 들고 왔던 가방의 뚜껑을 열어 뒤집었다. 그러자 사탕이 우수수 떨어져 내렸다.

"아끼지 말고, 마음껏 드세요."

자신의 앞에 수북이 쌓인 사탕을 보며 진혁은 소년처럼 웃었다. 아무래도 평생 먹지 못하고 간직하고만 있을 것 같았다. 그런 의미에서 사탕도 별로 나쁘지 않았다. 사랑한다는 말은 한 번 말하면 끝이지만 사탕은 영원히 남아 있으니까 말이다.

웃고 있는 진혁의 입술 위로 달콤한 감촉이 날아들었다. 하리였다. 하리도 진혁을 보고 설레는지 먼저 다가와 주었다.

"선생님, 눈 감아보세요."

하리가 진혁의 바로 코앞에서 말을 했다. 그녀가 입을 열 때마다 그녀의 숨결이 입술을 간질였다. 진혁은 말없이 눈을 감았다.

하리의 모습은 사라졌지만 그녀의 향내와 그녀의 호흡은 강하게 느껴졌다. 강하리라는 세상에 도진혁이 갇혀 버린 느낌이었다. 곧 하리의 입술이 다가와 진혁의 입술을 지그시 눌렀다. 단지 가벼운 접촉일 뿐이지만, 진혁의 몸이 뜨거워졌다. 이대로 그녀를 안고 침실로 가고 싶었다. 그녀의 옷을 벗기고 그녀의 온몸에 키스하고 싶었다. 아무도 본 적 없는 그녀의 성역 안으로 들어가서 뜨거운 열을 남김없이 토해내고 싶었다. 하지만 진혁은 그러지 않았다. 대신 사탕 하나를 집어 들어 손에 꼭 쥐었다.

알싸한 박하 향이 코를 간질였다. 박하사탕에 이렇게 유혹당할 줄은 생각도 못했다.

누군가의 방문을 알려주는 초인종이 울렸다.

"선생님, 누가 왔나 봐요."

"괜찮아. 안 나가도 돼."

타인의 존재를 알리는 초인종은 그 뒤로 세 번이나 더 울렸다.

"선생님, 진짜 안 나가도 돼요?"

"응, 안 나갈래."

진혁은 하리를 안고 그대로 거실 바닥으로 쓰러졌다. 그리고 하리의 목에 코를 묻었다. 하리향. 오늘은 하루 종일 이 향을 맡으며 잠이나 자야겠다. 나른하고 행복한 나태함으로 오늘 하루를 채울 것이다. 그리고 깨어나면 하리가 사 온 박하사탕을 하나 먹을 것이다.

딩동! 다시 초인종이 울렸지만, 진혁은 감은 눈을 뜨지 않았다.

"선생님, 또 울렸는데."

진혁의 안에 갇힌 채, 하리가 조심스럽게 진혁을 불렀다.

"자. 그럼 안 들릴 거야."

진혁의 무책임한 말에 하리는 웃고 말았다. 만약 병원에서 저런 식으로 말하며 일했다면 도진혁은 당장에 쫓겨났을 것이다.

"아무도 없어요! 그냥 가세요!"

하리가 현관문을 향해 크게 외치는 소리를 듣고, 이제는 진혁이 웃었다. 두 사람은 한참이나 키득거리다 단잠에 빠져들었다.

막 잠이 들기 전, 진혁의 손이 올라와 보글보글 끓고 있던 샤브샤브 냄비의 불을 껐다. 보글보글 끓던 냄비 소리가 사그라지며 주위가 조용해졌다. 이제 평온하고 나른한 그녀와의 낮잠 시간이다.

하지만 현관문 밖의 사람은 그러지 못했다. 화가 난 눈으로 아직도 진혁의 집 현관문을 쏘아보고 있었다. 오늘은 모든 자존심을 그러모아 고백을 하러 온 길이었다. 태어나서 남자에게 고백을 하는 건 처음이었기에 그 결심 또한 대단한 것이었다. 진혁이 하리를 마음에 두고 있다고 해도 혜림이 솔직하게 고백하며 다가선다면 자신에게도 승산이 있다고 생각했다. 하지만 고백도 하기 전에 들은 건 자신보다 한발 앞서 와 있던 하리의 목소리였다.

혜림은 발걸음을 돌렸다. 오늘은 깨끗이 돌아갈 생각이었다. 하지만 포기는 아니었다. 다른 사람도 아니고 강하리에게 빼앗길 수는 없었다. 만약 이대로 끝낸다면 그녀의 자존심이 평생 그녀를 질책할 것이었다.

"하리야."

진혁은 조심스럽게 하리의 이름을 불렀다. 하지만 하리는 눈을 뜨지 못했다. 진혁의 손이 올라와 하리의 머리카락을 조심스럽게 쓸었다. 부드러운 뺨도 살짝 만져 보았다. 그런데 정말 꿈쩍도 안 했다. 이 잠보 정말 잠이 들었나 보다. 유혹하듯 빨갛게 물들었던 뺨도 이제 제 색으로 돌아와 있었다. 아직은 키스에 들떠하는 하리보다 잠이 든 하리의 모습이 더 익숙했다. 아마도 아직은 이른가 보다.

"하리야, 나랑 살래?"

잠이 든 하리에게 몰래 진심을 말해보았다. 하지만 이것 역시 아직은 이르다.

적어도 인턴은 끝낸 다음에. 그때 말해야지. 그래, 앞으로 같이 있을 시간이 더 많을 테니 조급해하지 말자.

적막하던 진혁의 집에서 하리는 단잠에 빠져들었다. 그리고 진혁 역시. 두 사람의 하루가 조용히 잠들어가고 있었다.

하리가 눈을 뜬 것은 다음날 아침이었다. 역시나 한 번 자고 일어나니 오프가 거의 끝나가는 시간이었다. 진혁은 남은 오프 시간 푹 자라고 깨우지 않았나 보다. 그는 이미 출근하고 없었지만 부엌에는 아침 식사가 차려져 있었다. 하리는 막 만들어서 아직도 따끈한 온기가 남아 있는 계란말이를 하나 집어 입에 넣었다. 맛을 느끼기도 전에 미소가 지어졌다.

사람들이 이래서 결혼을 하는 건가?

그날 아침은 오랜만에 너무도 행복했다. 마치 꿈을 꾸는 듯이…….

서울 병원, 일 년차 혜림이 치프인 용준에게 아침 회진을 위한 환자 가이드를 돌고 있었다. 병실을 나와 다른 병실로 옮겨가며 혜림이 용준에게 환자의 신환에 대해 열심히 설명하는데 밝은 아침 인사 소리가 끼어들어 왔다.

"좋은 아침!"

웃으면서 밝게 인사하는 진혁을 힐긋 쳐다보고 용준은 다시 환자의 차트에 집중했다. 하지만 혜림은 밝게 웃는 진혁의 얼굴에서 눈을 떼지 못했다.

"아침 회진 준비하나 보지?"

진혁의 질문에 용준은 퉁명스럽게 대꾸했다.

"저희 일은 저희가 알아서 하니 선생님은 선생님 가던 길이나 가십시오."

"뭐야? 왜 그렇게 까칠해?"

"평소랑 똑같습니다. 선생님이 너무 밝은 거죠."

"그런가? 하여튼 좋은 아침! 회진 때 보자."

진혁은 마지막까지 밝게 인사하고는 의국으로 걸어갔다. 그리고 그는 복도를 걸어가며 마주치는 모든 사람에게 인사를 했다, 좋은 아침이라고.

"그만 쳐다봐라."

용준이 혜림에게 말했다. 하지만 혜림은 쉽사리 시선을 거두지 않았다.

오전 11시. 외래진료를 하고 있던 진혁에게 용준이 찾아왔다.

“선생님, 어제 강하리랑 같이 있었죠?”

바쁜 시간에 갑자기 찾아와서 하는 말이 사적이 질문이었기에 진혁의 얼굴 표정이 안 좋아졌다.

“배용준, 그걸 꼭 지금 물어야 해? 그리고 내 사적인 일은 제발…….”

“강하리가 아직 병원에 안 왔습니다.”

“뭐?”

“만약 같이 있었다면 책임지고 지금 병원에 오게 하세요. 그럼 전 말 전했으니까 가보겠습니다.”

용준이 가고 진혁은 바로 핸드폰을 꺼냈다. 그런데 하리의 핸드폰 전원은 꺼져 있었다. 그래서 진혁은 자신의 집 전화번호를 눌렀다. 띠리리리 띠리리리. 몇 번의 신호음이 가고 자동응답기에 녹음되어 있는 자신의 목소리가 흘러나왔다.

“하리야, 나야. 지금 집에 있으면 전화 받아. 강하리!”

하지만 하리는 전화를 받지 않았다. 진혁은 난감한 표정을 지으며 핸드폰을 내려놓았다. 이렇게 되면 지금 하리가 어디 있는지 알 수가 없었다.

오후 1시. 진혁이 직접 응급실로 내려와서 우진에게 물었다.

“강하리 아직도 안 왔어?”

“네, 안 왔습니다.”

우진의 대답에 진혁의 얼굴에 근심이 그대로 나타났다. 진혁은 응급실 안을 살피며 조심스럽게 물어왔다.

“혹시, 혹시 오늘 사고 환자는?”

"아직 없습니다. 너무 극단적으로 생각하지 마십시오."

"극단적으로 생각돼. 그 녀석은 걸어다니는 사고뭉치란 말이야!"

너무도 평온한 우진의 목소리가 신경을 긁어 진혁은 그만 욱하고 말았다. 하지만 곧 자신이 아무 죄도 없는 우진에게 화를 냈다는 걸 깨닫고 바로 사과했다.

"미안, 내가 말실수했다. 갈 테니까 강하리 오면 나한테 꼭 연락해 줘."

이럴 때 우진이 두 사람의 사이를 알고 있다는 게 다행이었다. 만약 그가 하리에 대해 진혁에게 묻지 않았다면 진혁은 오늘이 다 갈 때까지 하리가 병원에 안 온지도 몰랐을 것이다. 진혁은 그 말을 마지막으로 응급실을 나갔다. 그리고 우진은 다시 환자의 차트를 정리하기 시작했다. 응급실은 밤보다 낮 시간이 한가하기 때문에 이 시간에는 대부분 환자의 차트를 정리했다.

"걸어다니는 사고뭉치라……."

과연 지금 어디서 사고를 치고 있으려나?

제 1 4 장

시간은 다시 그날 아침 9시로 돌아간다. 하리는 기분 좋게 진혁이 차려준 아침밥을 먹고 산뜻하게 샤워까지 마친 다음에 진혁의 집을 나왔다. 그리고 콧노래까지 부르며 병원까지 왔는데, 병원 정문을 나서는 그와 마주치면서 하루가 꼬이기 시작했다.

권시후였다. 병실에 있어야 할 그가 외출복을 입고 걸어나오고 있었다. 하리가 놀라서 시후에게 달려갔다.

"어디 가세요?"

"보면 몰라. 퇴원이야."

"네? 퇴원이요?"

하리는 손을 들어 시후의 허리를 퍽 쳤다. 그러자 시후가 고통스러워하며 허리를 부여잡았다. 아직 완치가 된 게 아니었다. 시후가 치료를 포기하고 퇴원을 고집한 것이었다. 그만큼 병원이라는 곳이 죽을 것처럼 답답했다. 권시후에게 병원이라는 곳은 감옥 그 자체였던 것이다.

"야, 죽고 싶어! 어딜 치는 거야!"

"아직 다 안 나았잖아요. 그런데 무슨 퇴원이요?"

"됐어, 치료 따위 필요없어! 소독약 냄새 이제 토할 것만 같아! 택시!"

시후는 막 앞을 지나쳐 가는 택시를 세워서 탔다.

"강남 블루앤씨스튜디오로 가주세요."

"허리도 시원찮은 사람이 웬 스튜디오예요?"

갑자기 뒷좌석에서 들려온 하리의 목소리에 놀라 시후가 고개를 돌렸다.

"야! 네가 왜 타! 당장 내려!"

"당신이야말로 당장 병원으로 돌아가요."

"출발해요, 말아요?"

"출발해요!"

"안 돼요! 이 사람 환자라고요!"

"아, 아침부터 진짜! 어쩌라고요!"

"나 의사예요. 내 말 들어요."

끼이익! 조수석에 앉아 있던 성격 급한 시후가 택시의 액셀러레이터를 밟아버렸다. 택시는 발작 일으키는 차처럼 출발하였다. 오! 할렐루야였던 아침이 그 순간부터 오! 지저스였다.

오전 10시 30분. 한강다리 위에서 하리는 시후에게 힘으로 밀

려 강제로 택시에서 추방당했다. 하리는 허망한 눈으로 멀어져 가
는 택시를 쳐다보았다.

"너무하잖아. 의사를 이렇게 막 대해도 되는 거야!"

하리는 시후를 쫓아가는 걸 포기하고 병원으로 돌아가기 위해
주위를 둘러보았다. 하지만 한강 다리 위에 지하철이 있을 리가
없었다. 택시를 잡아타야 하는데 하리는 지금 가지고 있는 현금이
하나도 없었다. 아무래도 병원에 있는 누군가에게 돈을 가지고 나
와 달라고 부탁해야 할 것 같았다. 핸드폰으로 전화를 걸며 택시
를 잡기 위해 손을 드는데, 누군가 갑자기 말을 걸어왔다.

"저기, 나 잠깐만 전화 좀 빌려줄래요?"

고개를 돌리니 초라한 중년 부인이 서 있었다. 이유를 알지 못
해 하리가 가만히 있자, 중년 부인이 더듬거리며 사유를 말했다.

"애, 애들이 학교에 잘 갔는지 궁금해서. 밥만 차려놓고 나왔는
데……."

오전 10시 40분. 강하리는 한강다리에서 자살 기도하러 나온
아줌마를 만났다.

이것은 오늘의 두 번째 시련이었다. 이번에도 하리는 그냥 무시
하고 병원으로 갈 수가 없었다. 애들 밥해준 아줌마가 한강 다리
에 있다는 것부터가 나 죽을 거 같아요, 라고 딱 말하고 있었다.

"아줌마, 그러시면 안 돼요! 애들을 생각하세요!"

하리는 생판 본 적도 없는 아줌마를 붙잡고 끈질기게 집으로 돌
아가라고 설득했다. 말로 설득하는 걸로는 성에 안 차서 지나가는
택시를 붙잡고 아줌마와 억지로 같이 탔다. 그리고 병원과 반대

방향으로 달려나갔다. 지금 병원에서는 강하리 사라졌다고 난리
일 테지만, 지금 하리에게는 이 불안해 보이는 아줌마가 더 중요
했다.

아줌마를 설득한 건 하리의 말이 아니라 자식들이었다. 하리가
아줌마를 데리고 아이들이 공부하고 있는 학교까지 가서 아이들
을 만나게 한 후에야 아줌마는 울면서 살아가겠다고 했다. 그제야
하리는 마음을 놓고 병원으로 돌아올 수 있었다.

하리가 병원에 모습을 나타낸 것은 늦은 오후였다.

"멀쩡하네."

하리를 보고 우진이 한 첫 마디였다. 엄청나게 야단맞을 걸 각
오하고 있었던 하리는 그 다음 우진의 말을 기다렸다.

"우선 가봐."

"네? 어디를요?"

하리는 조심스럽게 고개를 들어 위를 올려다보았다. 우진이 아
주 피곤하다는 얼굴을 하고 있었다. 하리가 제발 아니길 바라는
마음으로 물었다.

"설마 선생님이 아세요?"

우진은 빨리 가보라고 손짓만 했다. 아무래도 진혁이 하리가 사
라진 걸 아무 상관 없는 우진에게 문책했나 보다. 어쩐지 우진에
게 조금 미안해졌다.

"너 도대체 하루 종일 어디 있었던 거야!"

진혁은 하리를 보자마자 다그치기 시작했다. 이 순간 하리는 직
속 상사격인 우진보다 진혁이 더 무서웠다. 그래서 슬금슬금 뒷걸

음질 치는데, 바로 뒤가 벽이라서 더 이상 도망갈 수도 없었다.

"왜 전화는 꺼져 있었어? 도대체 무슨 일이야?"

"저기, 선생님, 진정하세요. 릴렉스!"

"릴렉스? 너라면 지금 릴렉스가 되겠냐? 다섯 시간 전에 나타나야 될 녀석이 이제야 왔는데! 당장 하나도 빼놓지 말고 다 불어!"

흥분한 진혁의 손이 올라와 하리의 뺨을 세게 잡아당겼다.

"아야야! 그게 그러니까 그대로 놔두고 와버리면 오늘 저녁 응급실에서 보게 될 것 같아서 그냥 올 수가 없었다고요."

"뭐? 응급실? 그게 무슨 소리야?"

"한강다리에서 아줌마가 빚 때문에 괴롭다고 애들도 버리고 죽으려고 하잖아요. 그래서 안 된다고 안 된다고, 절대 안 된다고 계속 말리다 보니까."

"정말이야?"

"네. 제가 왜 선생님한테 거짓말을 하겠어요."

그제야 진혁의 얼굴이 풀렸다. 하지만 하리의 뺨을 잡아당기던 손의 힘이 스르르 빠지다가 다시 팽팽해졌다.

"그런데 왜 병원으로 곧장 와야 할 네가 한강다리에 있었던 거야? 너 아직도 숨기는 거 있지? 그렇지?"

"아야야. 선생님, 제발! 릴렉스!"

하리는 퉁퉁 부은 뺨을 하고 다시 응급실로 돌아왔다. 빨갛게 된 뺨을 손으로 감싸고 서 있는 하리를 바라보며 우진은 더 이상 혼내지도 못하고 말했다.

“일하자.”

“……네.”

사내연애의 애로 사항이다. 문제 일으켰을 때, 애인이 직장상사보다 더 무섭다.

다섯 시간을 지각한 만큼 하리는 그날 정신없이 일만 해야 했다. 해가 진 뒤부터 응급실은 본격적으로 바빠지기 시작했다.

“당장 나부터 치료해!”

응급실에서는 환자나 보호자가 과격한 행동을 보이는 경우가 간혹 있었다. 싸우고 응급실로 실려 온 폭력배들이 빨리 치료하라고 행패를 부리기 시작하자 안 그래도 소란스러운 응급실에 험악한 기운까지 더해졌다.

“기다리세요. 급한 환자가 먼저입니다.”

차분한 우진의 말은 성격 급한 불량배들을 더욱 화나게 했다.

“씨발! 뭐라고? 너 지금 의사라고 우리 무시하는 거야? 죽고 싶지 않으면 당장 치료해!”

다치지 않은 불량배가 우진의 멱살을 움켜쥐고 협박까지 하는 상황이 되자 바로 옆에 있던 하리는 그야말로 사색이 되었다. 경찰을 외치며 전화기로 달려가는데, 으악 하는 남자의 비명 소리가 들려왔다. 뒤돌아보니 놀랍게도 우진이 불량배의 팔을 꺾어서 가볍게 제압하고 있었다. 비명 소리는 험악하게 협박하던 불량배의 것이었다. 불량배의 팔을 꺾고 있는 상황에서도 우진은 침착하였다.

“여기는 병원입니다. 싸우고 싶으면 당장 여기서 나가요. 아니

면 조용히 차례를 기다리든지요. 그럼 저희 응급실 의사들이 성심
성의껏 치료해 드리겠습니다.”

어느새 다시 옆으로 온 하리가 존경스런 눈으로 우진을 쳐다보
며 말했다.

“우와! 선생님, 멋있어요.”

박수까지 치던 하리는 매섭게 바라보는 우진의 시선에 기가 죽
어 소심하게 손을 내렸다.

불량배 사건으로 우진의 새로운 면을 알게 된 날이었다. 응급실
의 다른 의사들은 이미 알고 있었는지 놀라지도 않았다. 싸움 잘
하는 부처라니, 어쩐지 언밸런스의 극치를 달리는 호칭이었다.

밤 9시쯤 되었을 때, 응급실에 또 앰뷸런스 한 대가 들어왔다.
구급요원이 급하게 응급카트를 밀고 응급실로 들어오며 환자의
상태를 빠르게 설명했다.

“십층 아파트 베란다에서 떨어졌습니다. 유서가 있는 것으로
보아 자살인 것 같습니다.”

자살기도 환자는 코마상태였다. 응급실 레지던트들의 손길이
바빠졌다. 당장 손쓰지 않으면 생명이 위험한 환자였다. 동공반사
를 확인하고, 심전도 모니터를 연결해 바이탈을 확인하고, 기도를
확보한 뒤 배깅을 시작하였다.

“혈압 70/50, 맥박 45. 뇌출혈 가능성이 있을 것 같습니다.”

“유두부종이 있어. 두부 CT를 빨리!”

“아니, 복부가 강직됐어요. 복부세척부터요. 강하리, 당장 신경
외과에 노티해!”

하지만 강하리는 바로 달려나가지 못했다. 사색이 된 얼굴로 사경을 헤매고 있는 환자를 멍하니 바라만 보고 서 있었다.

"강하리, 뭐 하는 거야? 당장 신경외과에 노티하고 수술실 알아 봐!"

멍청하게 서 있는 하리에게 이 년차 응급레지가 소리쳤다. 하지만 하리에게는 그 소리가 들리지 않는지 그녀는 움직이지 않았다. 가장 바쁘게 움직이고 있던 우진이 하리에게 질문을 던졌다.

"아는 사람이야?"

"아뇨."

하리는 얼이 빠진 사람처럼 대답했다.

"……오늘 한강다리에서 처음 만난 사람이에요."

오늘 응급실에서 만날지도 몰랐던 환자를 기적처럼 응급실에 실려 오기 전에 만났다고 생각했다. 그런데 그렇지 않았다. 결국 그녀는 응급실로 실려 왔다. 몇 시간에 걸쳐 살아가야 한다고 계속해서 말했던 하리의 설득을 비웃기라도 하듯이 바로 하리가 있는 병원 응급실로 와서는 죽어갔다.

다음날 출근하던 진혁은 퇴근하던 우진과 마주쳤다.

"설마 조금 늦었다고 강하리는 아직도 근무 중인 건 아니겠지?"

조금이 아니라 다섯 시간이었지만, 우진은 따지지 않았다. 대신 이런 질문을 했다.

"혹시 강하리가 한강다리에서 만난 여자 아세요?"

"한강다리? 아! 그래, 들었어. 그 사람 설득하느라고 지각했다고 했어.”

“그 여자가 오늘 새벽 저희 응급실에서 사망했습니다.”

진혁은 잠시 아무 말도 못했다. 우진의 그 말만 듣고도 자신이 모르는 사이 하리가 겪었을 마음의 고통이 순식간에 진혁에게 전해져 와서 순간 말문이 막혔던 것이다.

“……그래서 하리는?”

“저는 잘 모르겠습니다.”

우진은 진혁에게 가볍게 인사하고 병원 정문을 향해 걸어갔다. 그리고 진혁은 잠시 넓은 병원 로비에 우뚝 서 있다 달려가기 시작했다. 어딘가에서 혼자 괴로워하고 있을 그의 연인을 찾아서…….

헉헉헉! 진혁이 급하게 옥상까지 올라왔을 때, 하리는 멍하니 하늘만 쳐다보고 서 있었다. 마치 밤새 그러고 있다 그대로 굳어버린 것처럼 미동도 하지 않았다. 진혁은 천천히 하리에게 다가갔다.

“쓸데없는 짓이었어요.”

여전히 하늘만 쳐다보고 있는데 진혁의 발소리를 들었는지 하리가 입을 열었다. 평소 하리의 목소리가 아니었다. 허무함만이 담겨 있는 목소리였다.

“바보 같은 짓이었어.”

하리의 옆까지 걸어온 진혁은 조용히 하리의 옆 자리에 앉았다.

“차라리 만나지 않았으면 더 좋았을 텐데.”

진혁의 손이 올라와 차가운 아침 공기에 얼어 있는 하리의 몸을

끌어안았다. 하리는 진혁의 따스한 가슴에 얼굴을 묻었다. 흑, 진
혁의 따스한 온기가 심장에 스며들자마자 밤새 참았던 덩어리가
터져 나왔다.

"으아앙앙! 뭐 그딴 엄마가 다 있어! 애들은 어쩌라고! 이제 밥
은 누가 해주냔 말이야!"

하리는 마치 자신이 버림받은 아이인 것처럼 서럽게 울었다. 하
리의 울음소리를 처음 듣는 진혁은 입술을 깨물었다. 웃음소리가
그렇게 밝은 줄만 알았지, 울음소리가 이렇게 서러운지는 정말 몰
랐다. 웃음소리가 그렇게 밝아서 매일 웃음만 먹고 사는 줄 알았
지, 가슴속에 눈물을 담아두고 사는 줄은 정말 몰랐다.

진혁은 더 강하게 하리를 끌어안았다. 하리가 이대로 길을 잃어
버리지 않게 그녀를 단단히 붙잡았다.

"너무 틈을 보이지 마세요."

결국 하리 때문에 난생처음 지각이라는 걸 한 진혁에게 용준이
조용히 말했다.

"선생님이 더 잘 아시잖습니까? 병원이라는 곳이 얼마나 냉정
한지."

진혁은 아무런 변명도 하지 않고, 수술복으로 갈아입었다.

"알아서 하세요. 전 이제 모르는 일입니다."

"용준아."

먼저 문을 열고 탈의실을 나가 버리려는 용준을 진혁이 불렀다.
용준이 부름에 응해 뒤돌아보자 진혁이 깊은 생각에 빠진 얼굴로

서 있었다. 곧 수술을 들어가야 하는 집도의가 너무 생각이 많은 게 걱정되어 용준이 한마디 하려는데 진혁이 입을 열었다.

"……내가 하리 친엄마를 알고 있어."

"네?"

"아마 내가 나서지 않으면 하리는 영원히 자기 친엄마가 누군지 모를 거야."

진혁이 혼란스런 눈으로 용준을 쳐다보며 물었다.

"내가 두 사람 만나게 해줘야 할까?"

"……."

"그럼 하리가 날 미워하게 될지도 모를 텐데."

아무리 배용준이라도 해줄 수 있는 대답이 있었고, 해줄 수 없는 대답이 있었다.

"수술입니다. 지금은 수술대 위의 환자만 생각해 주세요."

먼저 탈의실을 나오던 용준은 바로 문밖에 서 있는 혜림을 보고 놀라서 멈추어 섰다. 표정을 보니 아무래도 진혁의 말을 들은 것 같았다.

"왕혜림, 너도 똑같아. 수술이야. 정신 똑바로 차려."

다음날 만나게 된 하리는 평상시의 하리와 똑같았다. 잘 웃고, 잘 먹고, 잘 떠들었다.

"괜찮아?"

"네, 괜찮아요. 병원에서 언제나 있는 일이잖아요."

하리는 완전히 마음을 정리한 듯이 말했다. 하지만 사람 마음이다. 하루 사이 완전히 멀쩡해질 수는 없었다. 그동안 많은 환자들의 죽음을 지켜봐야 했던 진혁은 잘 알았다. 비록 노력에도 불구하고 그들은 떠났지만, 의사들은 마음을 털고 죽음을 받아들여야 한다. 그래야 새로 만나게 될 환자들을 돌볼 수 있기 때문이었다. 진혁은 의기소침해 있는 하리를 의사로서가 아니라 하리를 사랑하는 남자로서 위로했다.

"잠은 잘 잤어?"

"네, 눈 감고 그리고 눈 뜨니까 오늘 아침이던데요."

"밥은?"

"일어나자마자 먹었어요. 너무 먹었더니 오늘은 하루 종일 아무것도 안 먹어도 배부를 것 같아요."

"내가 너 사랑하는 거 알지?"

"……."

"응? 알지?"

"네."

"그래, 잘 부탁해."

사랑을 잘 부탁한다는 이상한 진혁의 말에 하리는 피식 웃고 말았다. 웃고 있던 하리의 입꼬리 끝에 진혁의 입술이 닿았다. 하리가 고개를 들자, 진혁은 하리의 동그란 콧잔등에도 키스했다. 반쯤 감겨 있던 하리의 눈꺼풀 위에도 키스했다.

위로라는 이름의 키스는 눈물겨울 정도로 따스했다.

섬 의료봉사를 가기로 한 날이 내일로 다가왔다. 하지만 하리는 의료봉사 가는 의사 명단에 끼지 못했다. 이유를 물어보니, 섬보다 더 급한 곳이 응급실이니 응급실이나 잘 책임지란다. 이렇게 되면 진혁의 빽을 이용해서 낙하산으로 끼는 방법밖에 없었지만 하리는 포기했다. 환자들을 치료하러 가는 길, 너무도 사심이 많았던 게 찔렸던 것이다. 그냥 병원에 남아 여기 있는 환자들이나 열심히 치료할 생각이었다.

"흉부외과에서는 선생님 혼자 가요?"

"아니, 나랑 왕혜림."

진혁의 입에서 왕혜림이라는 이름이 나오자 어쩐지 온몸에 소름이 돋았다.

"서, 선생님이 지목한 거예요?"

"아니, 가고 싶은 사람 지원하라고 했어."

왕혜림이 간다고 하니, 갑자기 하리도 따라가고 싶다는 생각이 불끈 들었다. 이건 뭐지? 경계인가? 그래서 낙하산으로 따라가서는 선생님 뒤만 졸졸 쫓아다니려고? 아서라!

"2박 3일이라고 하셨죠?"

"그래."

하리가 갑자기 진혁의 두 손을 덥석 잡더니 마치 배용준처럼 진지하게 말했다.

"밤에 잘 때 문 꼭 잠그고 자세요."

"뭐? 왜?"

"바다에 사는 처녀귀신이 잘생긴 총각이 섬에 나타나면 밤에 잡아간대요."

하리의 말에 진혁은 재미있다는 듯이 웃었지만, 하리는 왕례림

의 속내를 알고 있기에 웃을 수가 없었다. 다시 한 번 더 신신당부
했다.

"꼭 잠그고 자셔야 해요. 그리고 밤에 누가 불러도 절대 대답하
지 마세요."

"대답하면 어떻게 되는데?"

"처녀귀신이 잡아간다니까요!"

답답한 마음에 하리가 버럭 소리치며 말했다.

다음날, 진혁은 삼십 명의 의료진, 그리고 왕혜림과 함께 인천
쪽에 있는 이름도 낯선 섬으로 떠났다.

병원에 남은 하리는 떠나는 진혁을 배웅도 못하고 하루 종일 응
급실에서 환자들을 돌봤다.

"선생님, 같이 점심 드실래요?"

점심시간, 흉부외과까지 찾아와서 같이 점심을 먹자고 하는 하
리를 용준이 신기하다는 눈으로 쳐다보았다.

"네가 웬일이냐?"

"웬일은요. 꿩 대신 닭이죠."

팟! 감히 치프를 우습게 안 인턴의 방정을 응징하기 위해 올라
갔던 용준의 차트는 하늘 높이 올려진 채 내려오지 않았다. 미리
맞을 준비를 하고 있었던 하리는 하늘 위에서 멈춰 있는 차트를
어이없는 눈으로 바라보았다.

"선생님. 때리실 거예요, 안 때리실 거예요?"

용준은 차트를 다시 원래 위치에 내려놓았다. 때리는 것을 포
기하는 용준을 보는 건 처음이었기에 하리가 신기하다는 듯이 말

했다.

"선생님, 죽을 때 되신 거예요?"

"시끄러! 제발 가라! 나 바빠!"

때리려는 순간 진혁의 말이 생각나 버렸었다. 하리의 친엄마에 대한 이야기. 차라리 모르는 게 더 나았던 이야기였다.

"선생님, 저 사실은 다 알고 있어요."

용준의 번뇌도 모르고, 하리는 또 농담을 걸어왔다. 용준은 아예 무시를 하기로 했다. 때려서 쫓아버릴 수 없으면 무시가 최고다.

"선생님, 사실은 탤런트 배용준 맞죠? 본업으로 의사 하다가, 부업으로 안경 쓰고 연기하러 다니시죠?"

간호사 스테이션에 앉아 있던 간호사들이 키득거리며 용준을 힐끔거렸다. 강하리의 농담이 배용준을 완전히 동물원 원숭이 꼴로 만든 것이었다.

그래, 이런 녀석이야. 불쌍해하지 마. 너만 손해야!

하지만 생각은 그래도 차마 손이 나가지 않았다. 그 밝음이 밝음만이 아니라는 걸 알았을 때의 동요는 상당한 것이었다. 아마 자신도 모르는 새 꽤 많이 정을 주었나 보다. 비록 미운정일지 모르지만, 그것 역시 정이니까.

"밥 먹을 사람이 없으면 나한테 말하지. 왜 시간 아깝게 팔층까지 올라가?"

용준의 호출을 받은 우진의 손에 끌려 하리는 밥을 먹으러 왔다. 팔층에서는 소란스럽게 용준을 괴롭히던 하리가 식판을 앞에 두고는 꿀 먹은 벙어리처럼 조용하였다. 하리가 왜 팔층까지 올라갔는지 알고 있다는 듯이 우진이 물어왔다.

"어차피 같은 병원에 있어도 자주 못 봤었잖아. 달라진 것 없지 않아?"

"아뇨, 달라요."

"그래?"

"네, 만나지 못해도 같은 공간에 있으면 같이 있는 거라고요."

"그런가?"

"그래요."

그 뒤 우진과 하리는 조용히 식사를 하였다. 거의 밥을 다 먹었을 때쯤, 우진이 하리에게 말했다.

"그래도 용준이한테 너무 투정 부리지 마."

"네?"

"그 녀석, 도진혁 선생님이랑 많이 닮았거든."

하리의 눈으로 보기에 두 사람은 전혀 닮지 않았기에, 우진의 말을 이해할 수 없었다.

"아무리 자신의 감정을 잘 조절할 수 있는 인내를 가지고 있다고 해도, 인간이잖아."

네, 그리고 당신은 부처가 분명한 거 같습니다. 도대체 무슨 소리이십니까?

밤이 되어 응급실이 본격적으로 바빠지기 시작했을 때, 응급실에 뜻밖의 환자가 찾아왔다.

"으허허어어억!"

"의사 없어요? 여기 환자 있다고!"

환자는 마흔 살의 원인불명 복통 환자였다. 하리는 그를 보자마자 달려왔다.

"승록 아저씨!"

하지만 그는 배를 부여잡고 아파하느라 하리를 알아보지도 못하는 것 같았다. 하리가 침대 옆에 서 있는 권시후에게 물었다.

"어떻게 된 거예요?"

"몰라! 갑자기 배를 잡고 쓰러지잖아! 젠장, 그런데 여기 의사 없어? 환자가 왔는데 왜 아무도 안 와!"

"저 왔잖아요."

"네가 무슨 의사야! 당장 제대로 된 의사 불러!"

화를 내도 되는 말이었지만, 하리는 대신 청진기를 들어 올려 승록의 배를 진찰하였다. 심하게 아파하는 것으로 봐서 그냥 복통은 아닌 것 같고 충수염일 가능성이 컸다.

"승록 아저씨, 제 말 들리시죠? 여기 누르면 아파요?"

하리는 승록의 오른쪽 아랫배를 누르며 물었다. 그러자 너무 아픈지 승록이 하리의 손을 꽉 부여잡았다. 하리가 시후에게 말했다.

"소변검사하고 복부 CT 촬영할 거예요. 그럼 왜 승록 아저씨가 아픈지 알 수 있을 거예요."

"심각한 거야? 그래?"

시후가 그답지 않게 걱정스러운 목소리로 물어왔다. 시후답지 않은 모습에 하리의 가슴이 다 뭉클해졌다. 밉상인 줄만 알았는데 이렇게 정이 많은 사람이었던 것이다.

“너무 걱정 마세요. 괜찮을 거예요.”

하리는 시후의 손을 꼭 붙잡고 진심으로 말했다. 하지만 시후가 바로 손을 뿌리쳤다.

검사 결과는 곧 나왔다. 그런데 그 결과라는 게 엄청난 것이었다. 하리가 절대로 믿을 수 없다는 듯이 물었다.

“네? 꾀병이요?”

“그래. 아무 곳에도 이상없어.”

우진은 자신의 진단에 한 치의 의혹도 가지고 있지 않은 듯 단호하게 말했다. 하지만 하리는 그 진단을 그대로 수용할 수 없었기에 반박하였다.

“말도 안 돼요! 저렇게 아파하는데! 검사 결과가 잘못된 거예요!”

“검사 결과는 이상없어. 이제 남은 건 환자와의 대화야.”

“네?”

“네가 초진했으니까 네가 물어봐. 왜 꼭 병원에 와야 했는지.”

왜 꼭 병원에 와야 했냐고?

하리는 승록에게 그 질문을 하기도 전에 고개를 돌려 승록의 침대를 지키고 있는 시후를 쳐다보곤 그 질문에 대한 답을 알아버리고 말았다.

시후 때문이다. 시후 때문인 게 분명하다. 아직 아픈 그를 다시 치료받게 하려고 자신이 대신 아픈 척을 한 것이다. 저 고집만 센 남자를 병원까지 끌고 올 방법은 그것밖에 없었을 테니까.

"너 우냐?"

우진이 이해할 수 없다는 눈으로 쳐다보자 하리가 서둘러 눈물을 닦았다.

"헤, 요즘 자꾸 이러네. 아무래도 보약이라도 먹어야 할까 봐요."

왜 이렇게 쉽게 눈물이 나오나 모르겠다. 아이들을 버리고 혼자 떠나 버린 매정한 어떤 엄마 때문에도 눈물이 나더니, 전혀 상관없는 남을 위해 저렇게 애쓰는 승록의 정 때문에 또 눈물이 났다. 하리는 눈물을 닦고 시후에게 걸어갔다. 승록이 시후를 병원으로 데리고 왔으니, 이제 하리가 시후를 병원 침대에 눕혀놓을 차례였다.

"뭐? 꾀병!"

시후는 불같이 화를 냈다. 손에 집히는 것을 마구 승록에게 던지며 화를 냈다.

"선생님 나이가 몇인데 꾀병이야! 밥 먹고 할 일이 그렇게 없어!"

"잠깐만. 시후야, 진정해. 나는 그냥……."

"썩을, 진짜 멀쩡하잖아! 당신은 네 살이 아니라, 마흔 살이야! 왜 이따위 짓을 해서 나까지 쪽팔리게 해!"

"당신은 화낼 자격도 없어요! 다 당신 잘못이잖아요!"

하리가 승록의 앞을 막아서며 시후에게 소리쳤다.

"저 인간 꾀병이 왜 내 잘못이야!"

"당신이 자기 자신을 막 굴리니까 아저씨가 대신 아파하는 거잖아요! 이렇게라도 안 하면 당신이 병원에 왔겠어요? 다 낫지도 않고 병원 뛰쳐나갔으면서 왜 그동안 병원에 한 번도 안 온 거예요? 자기 몸에 그렇게 자신있어요? 아니면 다 포기한 거예요? 당신이 그런 식이니까 아저씨가 걱정하는 거잖아요! 아저씨는 당신 가족처럼 생각해서 그러는 건데, 왜 이렇게 막 대해요! 너무하잖아요!"

하리의 일장 훈계에 미친 사자처럼 화를 내던 시후의 기가 꺾였다. 그리고 하리의 뒤에 있던 승록이 울먹이며 말했다. 처음 만났을 때 펑펑 우는 걸 보고 눈물이 많을 거라 생각했지만 참 잘 우는 사람이다.

"그, 그래. 시후야. 그냥 보고 있을 수만은 없었단 말이야. 내가 비록 못난 사람이지만, 너를 가족이라고 생각했는데, 넌 왜 바다 외에는 아무도 가족이라고 생각하지 않는 거야? 바다보다 내가 더 오래 너랑 살았잖아. 바다 없었을 때에도 우리 잘살았잖아. 그런데 왜 그렇게 힘들어해? 네가 같이 있어달라고 하면 내가 평생 같이 살아줄게. 그러니까 그만 하자. 그만 해, 시후야."

이야기는 전혀 하리가 이해할 수 없는 쪽으로 흘러갔다. 하리는 다친 허리 이야기를 한 건데, 승록은 주구장창 바다 이야기뿐이다. 좌우지간 중요한 건 허리다. 시후의 저 부실한 허리를 완벽하게 만들어놓고 보내야 한다.

"입원할 수 없으면 매일, 아니, 이틀에 한 번이라도, 아니, 삼 일에 한 번이라도 정기적으로 통원 치료한다고 각서 써요! 각서 써!"

그만 하라고 우는 청승 씨와 각서 쓰라고 협박하는 인턴을 바라보던 시후는 그대로 발걸음을 돌렸다.

"시후야, 잠깐만. 시후야, 병원까지 와서 그냥 가면 어떻게 해! 제발!"

"어딜 그냥 가요! 각서 쓰고 치료 받고 가요! 각서 안 쓰면 승록 아저씨 진짜 아파한다고요!"

승록이 침대에서 내려와 시후의 뒤를 쫓아갔다. 하리도 종이와 펜을 들고 시후의 뒤를 쫓아가며 각서 쓰라고 외쳤다. 세 사람이 나가 버리자 그제야 응급실 안이 조용해졌다. 소란스러움이야 응급실 안에서 언제나 일어나는 일이지만, 우진은 피곤하다는 듯이 길게 한숨을 내쉬었다. 사고뭉치 강하리라는 말이 이제야 이해되었다. 단지 사고투성이인 응급실 안에 있었기 때문에 티가 안 났었던 것이다.

삼 일은 금방 지나갔다. 오후 2시쯤 되었을 때, 섬으로 떠났던 원정대가 돌아왔다. 하리는 진혁 일행이 돌아왔다는 소리를 듣자마자 응급실 문을 열고 밖으로 달려나갔다. 섬에서 삼 일 동안 지내면서 꼬질꼬질해진 삼십 명의 의사들이 병원 정문에 모여 있었다. 하리는 그 의사들 사이에서 진혁을 찾았다. 진혁을 찾은 건 금방이었다. 하지만 진혁을 찾자마자 같이 보이는 사람이 있었다. 진혁의 어깨에 팔을 두르고 있는 왕혜림이었다. 어쩐 일인지 그녀는 왼쪽 발에 깁스를 하고 있었다. 문제는 발을 다친 그녀를 진혁이 부축하고 있다는 것이다.

내가 그렇게 당부했는데! 처녀귀신이 불러도 대답하지 말랬잖아요!

쏘아보는 하리의 시선을 느꼈는지, 진혁이 하리가 있는 곳으로 고개를 돌렸다. 하리를 발견한 진혁이 반가운 인사를 하려는 순간 하리는 바람을 가르며 고개를 돌리고서는 응급실로 휭하니 가버렸다. 그냥 가버리는 하리의 행동에 당황하여 몸을 돌리려던 진혁은 부축하고 있던 혜림의 신음 소리에 멈추어 설 수밖에 없었다.

"아, 미안! 괜찮니?"

"네, 괜찮아요."

"그만 택시 타고 집에 가서 쉬어라."

"네? 선생님은?"

"난 병원에 있다가 갈 거야."

혜림은 진혁이 집까지 안 데려다 주냐는 뜻이었지만, 진혁은 전혀 그럴 생각이 없는 것 같았다. 혜림은 조금 원망스런 눈으로 진혁을 올려다보다 내일 보자는 작별 인사를 했다.

"다녀왔어. 삼 일 동안 잘 지냈어?"

진혁은 자신을 보자마자 쌀쌀맞게 그냥 가버린 하리를 자신의 발로 찾아갔다. 그런데 하리는 잘 돌아왔다는 환영의 인사도 없이 진혁을 원망스런 눈으로 쳐다보기만 했다.

"왜 그래? 내 얼굴에 뭐 묻었니?"

"네."

진짜 뭐가 묻었다는 말에 놀라 진혁은 고개를 돌려 유리창에 비친 자신의 얼굴을 살폈다. 그런데 깨끗했다.

"아무것도 안 묻었는데."

"묻었어요! 그게 안 보인단 말이에요!"

진혁은 자신의 얼굴을 아무리 쳐다봐도 깨끗한데 하리는 계속해서 뭐가 묻었다고 화를 냈다. 다리 다친 여자한테 어깨 한 번 빌려준 것 때문에 완전히 처녀귀신한테 씌인 남자 취급 받고 있다는 걸 진혁은 알지 못했다.

24시간 응급실 근무를 끝내고 돌아가던 하리는 목발을 짚고 출근하던 혜림을 만났다.

"이제 오프니?"

항상 무시만 하던 혜림이 먼저 말을 걸어온 것에 놀라 하리는 아무런 말도 못했다. 혜림은 당당한 시선으로 하리를 쳐다보았다.

"난 정말 궁금했어, 왜 도진혁 선생님 같은 분이 너 같은 애에게 관심을 가졌는지."

혜림이 진혁의 이름을 부르는 게 싫었다.

"그런데 그런 이유였다니. 너한테 약간 동정도 가더라."

점점 도를 지나쳐 가는 혜림의 말에 하리의 얼굴에서는 표정이 사라져 갔다. 하리가 아무 말도 하지 않고 있자 혜림의 얼굴에는 승리자의 표정이 커졌다.

"열심히 살아."

혜림은 절뚝거리며 하리의 옆을 지나쳐 걸어갔다. 결국 하리는 끝까지 혜림의 말에 대꾸 한 마디 못했다. 왜냐하면 무슨 소리인지 알아들을 수가 없었기 때문이다.

"너 바보야?"

고개를 돌린 하리의 눈에 시후가 들어왔다. 허리에 아주 안 좋은 건방진 자세로 서서 삐딱한 시선으로 하리를 쳐다보고 있었다. 그는 답답해 죽겠다는 목소리로 하리에게 말했다.

"너 무시하는 말을 왜 끝까지 듣고만 있어? 입 없어? 성질없어? 손 없어? 자존심도 없어?"

이상한 아침이었다. 왕혜림에게 동정을 받았고, 권시후가 갑자기 나타나서 자기 대신 화를 내주었다. 정말 이상한 아침이었다.

"아니, 이게 누구입니까! 병원 싫다고 뛰쳐나갔던 환자가 자기 발로 돌아오다니! 정말 영광입니다. 이 미천한 의사, 눈물까지 나려고 합니다."

과장해서 자신을 맞는 정형외과 담당 의사를 시후가 못마땅한 눈으로 쳐다보았다. 나갈 때 별별 쌍욕을 다 하고 나갔더니, 아주 단단히 삐쳤나 보다. 자신의 발로 다시 오기는 했지만 정말 정을 주려고 해도 오는 정도 거절하고픈 하얀 건물이었다.

치료를 마치고 돌아가던 시후는 병원 로비 의자에 쓰러져 자고 있는 하리를 발견하고 멈추어 섰다. 누가 보면 노숙자라고 여길 자세였다. 그냥 가버리려던 시후는 발걸음을 돌려 하리가 자고 있는 의자 앞으로 걸어갔다.

툭! 구둣발로 하리의 발을 쳤다. 하지만 하리는 정말 잠이 든 듯 미동도 없었다. 시후는 발에 더 힘을 실어 하리의 다리를 쳤다. 하리가 그제야 놀라서 벌떡 일어났다.

"아, 치료 끝났어요? 금방 끝났네요."

"왜 기다려?"

"아, 그게……."

"나한테 반했냐?"

직설적인 시후의 말에 하리는 놀란 눈을 하고서 그를 올려다보았다.

"반하지 마! 꼬맹이는 여자 취급 안 하니까."

자기 할 말만 하고 시후는 그대로 가버렸다. 단지 다시 치료받으러 온 거 잘 생각했다고 말하려고 기다렸던 하리는 놀란 눈으로 가버리는 시후의 뒷모습을 쳐다보았다.

"도진혁 선생님!"

혜림의 부름에 의국으로 걸어가던 진혁이 걸음을 멈추었다. 다리를 다쳐 느리게 다가오는 혜림을 위해 진혁이 먼저 그녀에게 다가갔다.

"무슨 일이야?"

혜림은 진혁에게 금박으로 포장된 선물상자를 내밀었다.

"이거 받아주세요."

난데없는 선물의 의미를 알지 못해 진혁은 그저 쳐다보기만 하였다.

"선생님이 저 구해주셨잖아요. 고마워서 드리는 거예요."

사실 선물을 받아야 하는 건 혜림이었었다. 위험한 곳에서 놀다가 사고를 당할 뻔한 섬 꼬마를 구하려다 다리를 다친 것이고, 진혁이 한 일이라고는 꼬마의 손에 이끌려가 다친 혜림을 진료소로 데리고 온 것뿐이었다.

"꼬마가 알려준 것뿐이었어. 부담 가지지 마."

"아뇨, 부담이 아니라 정말 고마워서 드리는 거예요. 그때 움직이지도 못하고 바닥에 쓰러져 있는데 선생님이 나타났을 때 저 정말 눈물 날 정도로 기뻤거든요."

고마워하는 게 당연한 것 같으면서도 어쩐지 조금 지나친 것 같기도 했다. 진혁은 난감한 눈으로 혜림이 내민 선물을 내려다보다 사과를 했다.

"미안, 아무래도 내가 받을 선물이 아닌 것 같다. 뭔지는 모르지만 남자 친구한테 줘."

"저 남자 친구 없습니다."

진혁은 그저 별뜻없이 한 말인데, 혜림은 예민하게 받아들이며 단호하게 말했다.

"그래? 미안, 내가 말실수했네. 그럼 가볼게."

어쩐지 더 이상 대화를 끌어나가기가 껄끄러워 진혁은 그 자리를 떠나려고 하였다. 발걸음을 돌려 다시 의국으로 걸어가려는데 뒤에서 혜림의 목소리가 들려왔다.

"선생님, 저 진심으로 선생님을 좋아해요."

진혁은 이제야 하리가 말한 섬 바다 처녀귀신이 무슨 뜻인지 알 수 있었다. 처녀귀신은 정말 있었던 것이다. 진혁의 바로 옆에 말이다.

그날 진혁은 생전 처음으로 주얼리샵에 가서 반지를 샀다. 이제는 확실히 나 임자 있다는 표시를 하고 다닐 때라는 걸 절감했기 때문이다.

"여보세요? 진혁아, 나야."

김 여사는 가끔 진혁에게 전화를 걸어 하리에 대해 물었다.

[네, 안녕하세요.]

"그래, 잘 지내지?"

[네.]

"그 애는?"

[잘하고 있습니다. 응급실에서 인턴 하려면 힘들 텐데, 아무래도 그쪽이 적성에 맞나 봐요.]

"그래? 다행이네. 이번에도 산부인과에서처럼 중간에 그만두면 어쩌나 걱정했는데."

잊고 살아야 했던 딸에 대해 물어볼 사람이 생겼다는 건 김 여사에게 있어 기쁨인 일이었다. 그래서 그러지 말아야지 하면서도 진혁에게 자꾸 전화를 해 하리에 대해 묻게 되었다.

"아빠 닮아서 그런가 봐. 하리 아빠도 응급실에서……."

너무도 자연스럽게 흘러나온 아빠라는 말에 김 여사는 순간 흠칫하였다. 너무도 오랫동안 가슴에 담아두고만 있었던 사람이라 입 밖으로 꺼내자마자 그리움이 밀려왔다.

[……하리 아버지가 의사셨어요?]

진혁이 조심스럽게 물어왔다. 하지만 김 여사는 대답을 할 수가 없었다. 한 번 말하기 시작하면 또 감당할 수 없을 정도로 약해질 것 같았기 때문이다.

"그냥 못 들은 걸로 해줘. 나도 이제 자꾸 전화하지 말아야겠다. 잘 지내고 있는데 괜히 나 때문에 잘못되면 어떻게 해."

김 여사는 평생 하리의 앞에 자신의 존재를 알리지 않을 생각이었다. 하리가 행복하게 살고 있다는 것을 알기에 더욱 그럴 생각이었다. 그냥 가끔 그 아이의 안부를 들을 수 있으면 그걸로 만족할 생각이었다. 그게 다였다. 정말 아무 욕심 없었다. 못난 어미지만 하리가 행복했으면 했다.

"하리? 낯익은 이름이네. 분명 우리 병원 인턴 중에 그런 이름이 있었는데."

하지만 전화를 끊자마자 바로 뒤에서 최 원장의 목소리가 들려왔을 때, 김 여사는 절망감에 그대로 얼어버렸다. 최 원장은 김 여사에게 다가와 그녀의 손에 들린 핸드폰을 뺏어 들었다. 그리고 방금 통화한 사람의 번호를 확인하였다.

"진혁이랑 통화를 했군."

최 원장은 차가운 눈으로 고개를 들어 자신의 아내를 쳐다보았다.

"당신이 직접 말할래, 아니면 진혁이한테 물을까?"

최 원장이 알고 있는 김 여사의 과거는 자신과 결혼 전에 사귀던 남자가 사고로 죽은 충격으로 정신과 치료까지 받았다는 것이었다. 그리고 죽었다던 그 남자의 직업이 의사였다는 것이다. 마지막으로 또 하나, 얼마 전 강 회장 딸 일로 문제가 생겼을 때 도 진혁이 하리라는 이름의 인턴을 지나치게 감싸고돌았다는 것을 최 원장은 똑똑히 기억하고 있었다.

병원 일이 끝나고 집으로 돌아가는 길, 진혁은 하리에게 전화를 하였다. 잠깐 시간이 되면 만나자고 하였다. 다행히 하리가 나오

겠다고 했기에 진혁은 병원 밖 산책로에서 하리를 기다리겠다고
했다. 그런데 금방 나오겠다고 한 하리가 진혁을 만나러 온 건 한
시간이나 지나서였다.

"죄송해요! 갑자기 환자가 실려 와서 전화할 틈도 없었어요. 오
래 기다리셨죠?"

미안한 표정으로 사과하는 하리에게 진혁은 웃으며 괜찮다고
했다. 어차피 병원 생활이 어떤지야 진혁도 잘 알고 있기 때문이
다.

"그런데 선생님, 저 이제 들어가 봐야 하거든요."

하리는 오자마자 가봐야 한다고 하였다. 그래서 진혁은 분위기
따지면서 뜸을 들일 시간도 없었다. 하리의 손을 잡고 들어 올린
다음 주머니에서 꺼낸 반지를 하리의 약지 손가락에 끼워주었다.

"됐어. 끝났다. 가봐."

하지만 하리는 그대로 갈 수가 없었다. 자신의 약지 손가락에
영롱하게 빛나고 있는 금빛의 링이 그녀의 발목을 붙잡고 놓아주
지 않았다. 자신의 손에 끼워진 반지를 멍하니 바라보고만 있는
하리에게 진혁이 조심스럽게 물었다.

"그런데 키스 한 번 할 시간도 없을까?"

"있어요! 없어도 무조건 만들 거예요."

반지까지 준비한 진혁을 한 시간이나 기다리게 하고 만나자마
자 바쁘다고 시간없다고 한 게 미안해 하리는 손을 뻗어 진혁의
목을 끌어안았다. 그리고 하리가 먼저 키스했다. 자신은 아무것도
줄 게 없기 때문에 아주 끝내주는 키스라도 주고 싶었다. 키스의

신이 부디 지금 자신에게 강림해 주기를 하리는 마음속으로 빌었다.

"어떡하니……."

효과가 있었나 보다. 하리의 키스를 받은 진혁의 목소리가 흥분에 젖어들어 있었다.

"네가 너무 좋아 미치겠어."

진혁인데 꼭 진혁이 아닌 것 같은 목소리였다. 이건 누구의 목소리일까? 하리를 사랑하는 진혁은 병원 안의 진혁과 너무 다르다. 인간적이고, 이기적이기도 하고, 남성적이다. 그 이질감이 때론 너무도 낯설고, 너무도 설렌다. 자꾸만 하리 안에 잠들어 있던 여성을 깨운다.

"선생님."

하리의 두 손이 진혁의 큰 몸을 끌어안았다. 처음엔 너무 크다고 생각했는데, 더 이상 그러지 않았다. 너무도 따스한 품이다. 아니, 너무도 뜨거운 품이다. 그의 심장에서 전해져 오는 힘찬 고동이 하리의 심장에까지 전해져 와 가슴이 벅차올랐다.

"사랑해요."

진혁의 사랑에 중독된 것인지, 분위기에 취한 것인지, 반지에 압도당한 것인지 알 수 없지만, 하리의 입에서 너무도 자연스럽게 사랑이 튀어나왔다. 키스하던 두 사람은 동시에 놀라서 서로를 빤히 쳐다보았다.

진혁이 믿을 수 없다는 듯이 물었다.

"너 방금 뭐라고 했어?"

“글쎄요.”

이 정도면 정말 강적이다. 사랑한다고 말해놓고 발뺌이라니. 정말 너무나도 강력한 강하리 법칙이다. 끝이 안 좋아도 너무 안 좋아.

제 1 5 장

응급실이 한가해진 시간에 하리는 진혁이 준 반지를 쳐다보며 마냥 좋아하고 있었다. 사실 전에 혜림이 한 말 때문에 조금 우울했었는데, 진혁이 준 반지 때문에 이제는 혜림이 무슨 말을 했는지 기억도 나지 않았다. 하리가 반지만 보며 열심히 좋아하고 있을 때, 우진이 하리를 불렀다.

"너 혹시 무슨 사고 쳤냐?"

아무리 사고뭉치 강하리라도, 사고도 안 쳤는데 사고 쳤냐고 물어보면 울컥한다.

"아니요."

"그래? 그런데 왜 원장실에서 널 불러?"

"네? 원장실이요?"

“그래, 가봐.”

하리는 저도 모르게 진혁이 준 반지를 꽉 쥐었다. 원장실이라는 말이 주는 압박감에 저도 모르게 긴장이 되어버렸다.

처음 가보는 원장실은 너무 컸다. 하리는 원장실에 들어선 뒤 단 한 발자국도 앞으로 나가지 못했다.

“거기 서서 내 이야기를 들을 건가?”

문가에 서서 움직이지 않는 하리를 최 원장이 불렀다. 그제야 하리는 천천히 최 원장이 앉아 있는 책상 앞으로 걸어갔다. 최 원장은 기가 죽을 정도로 노골적인 시선으로 하리를 쳐다보았다. 하리는 주눅이 들어 왜 불렀냐고 물어보지도 못했다.

“이름이 특이한데, 누가 지어준 이름이지?”

갑자기 자신의 이름에 대해 물어오자 하리는 당황스러웠다. 면접도 아니고 남의 이름은 왜 묻는 거야?

“제 삼촌이요.”

“삼촌? 삼촌 존함이 어떻게 되는지 물어봐도 될까?”

“강, 나 자, 철 자이십니다.”

하리의 삼촌 이름을 듣는 순간, 너무도 쉽게 풀려 버린 수수께끼에 최 원장은 어이없는 웃음을 지었다.

강나철, 최 원장과의 결혼 전 김 여사가 사귀었던 남자의 이름이었다. 그리고 그의 이름은 최 원장으로서는 죽어도 잊을 수 없는 남자의 이름이었다. 그의 아내를 처음 만나게 된 것이 그 남자로 인해서이기도 했다. 강나철이 죽고, 그 충격으로 신경과에서 치료를 받으러 병원을 오가던 김 여사를 보고 최 원장은 첫눈에 반했었다. 처음엔 의사로, 그 뒤에는 의지할 수 있는 사람으로, 그리고 결국 그녀의 남편 자리까지 차지하게 되었다. 하지만 그녀의 마음속에 있는 강나철이라는 남자를 밀어내지는 못했다. 그랬기에 그의 이름은 최 원장에게는 진저리 나는 망령과도 같은 이름이었다.

"혹시 81년도에 의료사고로 죽은 의사 맞나?"

"네? 네. 저희 삼촌을 아세요?"

"삼촌이 아니라 자네 아버지겠지."

"네? 그게 무슨 말씀이세요?"

쾅!

그때 원장실 문이 예고도 없이 열리며 진혁이 들어왔다. 뛰어왔는지 진혁의 얼굴은 땀범벅이었다. 최 원장은 모든 사실을 알고도 자신에게 알리지 않았던 진혁을 매서운 얼굴로 쳐다보며 말했다.

"그건 도진혁이 가장 잘 알고 있을 것 같군, 우리 같이 들어볼 텐가?"

하리는 영문을 알지 못해 혼란스런 눈으로 진혁을 쳐다보았다.

"선생님?"

진혁은 그대로 하리에게 다가와 그녀의 손을 움켜잡았다.

"우선 여기서 나가자, 하리야."

"도진혁!"

자신에게 해명도 하지 않고 하리와 같이 나가려는 진혁을 최 원장이 날카롭게 불렀다.

"죄송합니다. 이야기는 나중에 천천히 하겠습니다."

진혁은 하리의 손을 잡고 그대로 최 원장의 방을 나가려고 하였

다. 가능한 빨리 하리를 이곳에서 데리고 나가고 싶은 마음뿐이었
다. 이렇게, 이런 식으로 알게 하고 싶지는 않았다. 그러나 최 원
장은 그런 아량을 베풀어주지 않았다.

"도진혁! 너는 다 알고 있었지? 그 아이가 내 아내가 낳은 애라
는 거!"

꽉! 진혁은 손을 들어 하리의 두 귀를 틀어막아 버렸다. 하지만
하리의 두 눈은 이미 충격에 굳어져 있었다.

띵, 하리의 손에 있던 반지가 떨어져 바닥을 굴러갔다. 흠이라
도 생길까 봐 소중하게 손으로 잡고 있었는데, 그만 놓쳐 버렸다.

"선생님?"

하리는 해명을 바라는 눈으로 진혁을 올려다보았다. 최 원장의
말을 부정해 주길 바라는 눈이었다. 하지만 그게 사실이었기에 진
혁은 도저히 부정할 수가 없었다.

"네 어머니가 비밀로 해달라고 부탁하셨어."

그게 사실인데 말을 하는 진혁에게조차 변명처럼 들렸다. 마치
일부러 하리를 속인 것 같은. 그리고 하리에게도 그렇게 들렸나
보다. 그녀는 진혁을 밀치고 그대로 달려가 버렸다.

"강하리!"

진혁은 병원이라는 것도 잊고 하리의 이름을 크게 부르며 뛰어
내려 갔다. 하지만 병원 로비를 뛰어가는 동안 하리는 돌아보지
않았다. 원장실에서 뛰쳐나온 하리는 단 한 번도 멈추지 않고 달
려나가고만 있었다. 진혁이 아무리 불러도 뒤도 돌아보지 않았다.

"하리야!"

진혁은 악을 쓰며 하리를 불렀다. 놀란 사람들이 모두 고개를 들어 진혁을 올려다보았다. 그러나 야속하게도 하리만은 끝까지 그러지 않았다. 하리는 병원 입구에 있는 히포크라테스 선서를 지나쳐 그대로 병원을 나가 버리고 말았다.

"하리야, 안 돼! 돌아와!"

하지만 하리는 돌아오지 않았다. 떠나 버렸다. 이렇게 쉽게, 붙잡을 시간도 주지 않고.

끼이익!

차를 운전해 가던 시후는 거칠게 차를 세웠다. 갑자기 도진 허리의 통증이 참을 수가 없었던 것이다.

"젠장!"

아픔에 저도 모르게 욕이 튀어나오고 말았다. 견딜 만하다가도 갑자기 이렇게 통증이 심해지도 하였다.

"아, 비가 오려나……."

조수석에 앉아 있었던 모델 사준이 갑자기 비 타령을 했다. 시후를 늙어빠진 관절염 환자 취급하는 사준을 그는 무섭게 쏘아보았다.

"입 닥쳐라."

시후는 의자에 편하게 몸을 뉘이고 통증이 가라앉을 때까지 기다렸다.

"어? 형! 저기 저 여자, 형이 입원했던 병원의 그 인턴 아냐?"

눈을 감고 있던 시후는 사준의 말에 천천히 눈을 떴다. 사준은

손가락을 들어 반대편 인도에 아무렇게나 주저앉아 있는 한 여자
를 가리키고 있었다. 시후는 그쪽을 힐끗 쳐다보더니 단박에 대답
했다.

"아냐."

강하게 살라고 강하리였다. 그러니까 울고 있는 저 여자가 강하
리일 리가 없었다. 비록 쌍둥이처럼 닮았다고 하더라도 절대 아니
었다.

"맞는 것 같은데……."

퍽!

시후는 계속해서 강하리라고 주장하는 사준의 머리통을 인정사
정없이 갈겨 버렸다.

아니라니까!

"거봐, 맞잖아!"

"쳇!"

하염없이 울던 하리의 앞에 두 남자의 구둣발이 나타났다. 하리
가 고개를 들자 못마땅한 표정의 시후와 예쁘장한 모델 청년 사준
이 나란히 서 있었다. 사준이 먼저 허리를 숙이며 하리에게 손수
건을 내밀었다.

"괜찮아요?"

눈물범벅인 눈으로 사준이 내민 손수건을 바라보던 하리는 그
대로 목 놓아 울었다.

"엉엉엉."

퍽! 시후가 우는 하리 앞에서 쩔쩔매는 사준의 엉덩이를 걸어차

버렸다.

"야, 좀 제대로 못해! 왜 애를 더 울려!"

"내가 안 울렸어요! 그럼 형이 달래보든지!"

"야! 시끄러! 울지 마!"

"엉엉엉!"

"형, 우는 사람한테 화를 내면 어떻게 해!"

"썩을! 경찰 불러!"

"지금 경찰을 왜 불러?"

"시끄럽잖아!"

"형, 진짜 너무한다. 우는 여자를 어떻게 경찰에 넘길 생각을 하냐!"

달래지는 않고 자기들끼리 싸우는 두 남자 사이에서 하리는 그야말로 펑펑 울었다. 마치 이제 막 엄마 뱃속에서 나온 갓난아기처럼 부끄럼도 없이, 울고 싶은 만큼 울었다.

병원을 나온 순간부터 터진 상처에서 피가 주체할 수 없이 흘러나오는 것처럼 눈물이 흘렀다. 평생 하리에게 미운 오리 새끼라는 꼬리표를 달고 살게 만든 그녀의 친엄마. 그런데 진혁이 그녀를 알고 있단다. 하리보다도 먼저 그녀를 알았단다. 그 사실을 안 순간부터 하리에게 진혁과 친엄마라는 존재는 동급이 되어버렸다. 신기루 같은 친엄마의 존재처럼, 단단하게 그녀의 옆에 버티고 서 있던 진혁의 존재가 금방이라도 사라질지도 모르는 신기루가 되어버렸다. 하리가 진혁에 대한 사랑을 간절히 느끼게 된 건 아픔에서부터였다. 이대로 진혁도 친엄마처럼 자신을 떠날지도 모른다는 두려움에서 시작된 아릿한 아픔. 그 고통스런 사랑의 진통이 견딜 수 없어, 하리는 울었다.

하리는 진혁을 사랑했다. 그를 잃는다는 생각만으로 그대로 무너질 만큼.

"엉엉엉."

이제 시후와 사준은 지쳐 버렸다. 우는 것도 울 만큼 울어야 달랠 기운이 있지, 쉬지도 않고 계속 울어대면 달래는 사람이 먼저 지쳐 버린다. 그리 참을성이 많지도 않고 성격이 절대 착하지 못한 시후가 참지 못하고 길거리 위에서 결단을 내렸다.

"야! 들쳐 메."

우는 하리의 옆에서 쩔쩔매던 사준이 놀라서 고개를 들었다.

"뭐?"

"들쳐 메서 차에 태우라고. 병원에 던져 버리게."

"정말 매정해도 너무 지독하게 매정하네. 형은 인턴 선생님이 왜 우는지 걱정되지도 않아?"

"안……."

안 한다고 냉정하게 대답하려던 시후는 갑자기 마주친 하리의 시선 때문에 멈칫하며 말을 멈추었다. 정말 맘에 안 드는 눈빛이었다. 무기력하고 눈물만 가득한.

"강하게 살아간다고 강하리라며! 그만 해!"

그 말이 통했는지, 하리는 그제야 자리에서 일어나더니 울먹이는 목소리로 인사하며 꾸벅 고개를 숙였다.

"안녕히 계세요."

그리고 하리는 거리를 걸어갔다. 정신없이 울다가 인사만 하고 가버리는 하리의 뒷모습을 바라보던 시후가 사준에게 물었다.

"야! 저쪽이 서울병원 방향 맞냐?"

"아니, 반대편인데."

"썩을!"

시후는 낮게 욕을 뱉어내며 하리의 뒤를 쫓아갔다. 사준은 의외라는 눈으로 하리를 쫓아가는 시후를 쳐다보았다.

그래도 걱정이 되긴 했나 보네. 바다가 결혼한 후에 통 여자에게 관심을 안 보이더니, 웬일이야? 설마 저 성격에 눈물에 약하다는 건가? 에이, 설마…….

[……전원이 꺼져 있으니, 용무가 있으신 분은 메시지를 남겨주세요.]

아무리 전화를 걸어도 하리의 핸드폰은 연결이 되지 않았다. 진혁은 허무하게 핸드폰을 내려놓으며 깊게 한숨을 내쉬었다. 당장 나가서 찾아보고 싶지만, 지금은 그럴 수 없는 상황이었다. 이 상황에서 진혁까지 사라지면 정말 일이 커질 것이다. 어떻게든 상황을 수습해야 한다는 압박감에 머리가 무거워졌다.

띠리리, 핸드폰이 울렸다. 진혁은 번호도 확인하지 않고 황급하게 전화를 받았다.

"여보세요? 하리니?"

[……아닌데.]

낮익지만 반갑지는 않은 남자의 목소리에 순간 진혁은 침묵할 수밖에 없었다. 권시후였다. 설마 그가 자신의 핸드폰으로 전화를 할 줄은 몰랐기에 놀랍기보다 당황스러웠다. 시후가 어떻게 자신의 전화번호를 알았는지 짐작도 안 되었다.

[강하리, 우는 거 멈추면 보낸다. 그러니까 그냥 기다려.]

뚝, 시후는 자기 할 말만 하고 전화를 끊어버렸다. 하지만 진혁은 전화를 내려놓을 수가 없었다.

"하리야, 울지 마."

힘없이 위로해 본다. 하지만 그녀는 아직도 울고 있을 것이다. 그가 없는 곳에서…….

겨우 눈물을 그친 하리의 눈에 처음 보인 건 담배를 피우고 있는 시후였다. 같이 있던 모델 사준은 갔는지 보이지 않았다. 하리의 울음소리가 잦아든 걸 느낀 시후가 고개를 들어 룸미러를 통해 하리를 쳐다보았다. 시후가 지친다는 표정을 지으며 말했다.

"평생 울 거 오늘 다 우냐!"

하리는 코를 훌쩍이며 눈물이 말라붙은 눈을 비비며 말했다.

"저 배고파요."

평소 같으면 만만하게 보냐고 화낼 만도 한데, 시후는 정말 지쳤는지 더 이상 화도 내지 않았다. 그저 알았습니다, 라고 말하고는 차의 시동을 켰다.

"자, 골라. 먹고 싶은 거 다 골라. 배 터지게 먹고, 뒤돌아서서 간 뒤에는 다시는 내 앞에 나타나지 마라."

기껏 분위기 좋은 레스토랑에 와서 시후가 메뉴판을 건네주며 한 말이었다. 정말 권시후 사전에 위로라는 말이 없는지 끝까지 왜 울었냐고 묻지 않았다. 하리가 시후의 손에 들린 메뉴판을 건네받는 순간, 시후가 말했다.

"도진혁한테 전화했다."

진혁의 이름을 듣고 흔들리는 하리의 눈을 보면서 시후는 대놓고 짜증스런 한숨을 내쉬었다.

"역시나 사랑싸움이지? 짜증나게! 그런 건 둘이서 지지고 볶고 하지, 왜 상관없는 나까지 귀찮게 해!"

시후는 정말 짜증이 나는지 또 담배를 꺼내 물었다. 그리고 하리는 다시 우울증 걸린 사람처럼 눈에 눈물을 그렁그렁 달았다. 하리가 또 울 태세를 보이자 시후가 강하게 말했다.

"여기서 울면 나 정말 너 버리고 간다!"

하리는 쏟아져 나오는 눈물을 억지로 집어넣으며 물었다.

"흐흑, 이거랑, 흐흑, 이거요."

시후는 정말 미치겠다는 눈으로 우는 하리의 얼굴을 쳐다보았다. 태어나서 이렇게 불쌍하게 우는 여자는 처음이었다. 그 웃음이 방정맞게 밝은 줄만 알았지, 꼭꼭 숨겨놓았던 눈물이 이렇게 처량맞을 줄 그 누가 알았겠는가!

"이 식사로 정말 끝이야! 디 엔드! 포에버 굿바이라고. 그래서 어디로 갈 거야?"

시후는 밥을 먹는 하리에게 못을 박고는 앞으로 어떻게 할 건지 물었다. 계속 길바닥에서 울 건지, 병원으로 갈 건지, 아니면 다른 길을 찾을 건지.

“……한테.”

“뭐?”

“선생님한테.”

시후는 이해할 수 없다는 눈으로 하리를 쳐다보았다. 진혁 때문에 울고 있는 줄 알았는데, 진혁한테 간단다. 도대체 무슨 일이야? 라고 물으려다 관두었다. 이미 포에버 굿바이를 했으니까.

진혁은 퉁퉁 부은 눈을 한 하리를 말없이 쳐다보았다. 울었다던 그녀는 진혁의 앞에서는 웃기만 했다.

“제가 갑자기 나가 버려서 놀라셨죠?”

화를 내지 않고, 오히려 주눅이 들어 질문을 하는 하리를 진혁은 아픈 시선으로 쳐다보았다.

“하리야, 내가 전부 설명을 할게.”

“하지 않으셔도 돼요.”

김 여사에 대해 모두 말하려고 하는 진혁을 하리가 막았다.

“그냥 안 하면 안 돼요?”

현실로부터 회피하려고만 하는 하리는 화를 내는 것보다도 더 크게 진혁을 아프게 했다.

“선생님, 내가 선생님 사랑하는 거 알죠?”

사랑한다고 한다. 사랑을 사탕이라고 말하던 그녀가 사랑을 말한다.

“나요, 정말 선생님 사랑해요. 죽을 정도로 사랑해요.”

잔뜩 겁을 먹은 눈을 하고 사랑한다고 하며 진혁의 가슴을 후벼

판다. 그 불안을 만든 게 진혁 자신이라는 사실을 그는 믿고 싶지 않았다.

이렇게 사랑하는데 왜 불안해하는 거야? 내 사랑이 사랑이라고 믿지 않는 거야? 설마 지금 널 가장 힘들게 하는 게 네 친엄마의 존재가 아니라, 바로 나인 거야? 그런 거니?

진혁은 하리에게 키스했다. 다른 말로는 그녀를 설득할 수 없어, 그냥 그녀를 끌어안고 키스했다. 먹이를 바라듯 벌려진 그녀의 입 안으로 그를 넣었다. 하리의 손이 그의 옷깃을 움켜잡으며 더욱더 그에게 매달렸다. 진혁은 그 작은 손을 자신의 옷에서 떼어내어 자신의 목을 감게 하였다.

매달리지 마. 나를 안아.

더욱 깊게 키스했다. 그녀를 삼켜 버릴 듯이 밀고 들어왔다. 하리가 제발 쓸데없는 생각을 하지 않게. 그에게 안겨 있는 이 순간, 그를 안은 이 순간, 제발 불안해하지 않게, 키스하고 사랑하고 키스했다.

깊은 키스가 끝난 뒤에도 진혁은 하리를 안고 한참이나 움직이지 않았다. 하리의 작은 몸이 계속해서 떨고 있어 놓을 수가 없었다.

"……집으로 갈 거니?"

차마 병원으로 갈 거냐고 물어볼 수 없었다.

"아뇨, 안 돼요."

하리가 놀라서 고개를 가로저었다. 자신의 부모님에게 병원에서의 일을 알리고 싶지 않은 것이다. 하지만 그렇다고 이대로 병원에 갈 수는 없었다. 모든 것을 알아버린 최 원장이 하리를 쉽게 받아줄 리 없었다. 그리고 지금 상태론 하리가 병원 생활을 제대로 해나갈 수 있을 것 같지도 않았다. 그녀에겐 안정이 필요했다. 마음 편하게 쉴 수 있는 곳으로 데려가야 했다. 진혁은 한참 동안 고민하다 어렵게 말을 꺼냈다.

"그럼 우리 집으로 갈래?"

하리가 고개를 들어 진혁을 올려다보았다.

"네가 있는 동안 난 다른 곳에 가 있을게."

진혁의 말에 하리가 완강히 고개를 가로저었다.

"아뇨, 같이 있어요."

하리의 손이 강하게 진혁의 옷을 움켜잡았다.

"제발요."

진혁이 하리의 두 손을 움켜잡고 입을 맞추며 아프게 말했다.

"나도 부탁할게. 제발 불안해하지 마. 난 네 옆에 있어. 아무 데도 가지 않아."

그렇게 두 사람의 동거는 예기치 않게 시작되었다. 진혁이 그저 잠만 자러 들어가던 곳에 작게 하리의 공간이 생기면서 집안 분위기는 한순간에 달라져 버렸다. 진혁은 하리를 위해 안방을 내주었지만, 하리가 싫다고 끝까지 거부했기에 서재에 하리가 잠잘 수 있는 공간을 만들어주었다.

긴 밤이 지나고 아침이 되었을 때, 진혁은 병원에 가야 했다. 하리를 집에 혼자 두고 나가기가 자꾸 걸렸던 진혁이 그녀에게 물었다.

“오늘 뭐 할 거야?”

“청소.”

“뭐?”

“내가 선생님 집 깨끗하게 청소해 드릴게요.”

진혁의 집은 정기적으로 도우미 아주머니가 청소를 하시기 때문에 청소하지 않아도 될 만큼 이미 깨끗했다.

“그리고 선생님 빨래도 해드릴게요.”

어제 입은 옷 말고는 딱히 빨래할 것도 없었다.

“그리고, 그리고……”

하리는 할 일을 생각해 내는 듯 열심히 눈을 굴렸다.

“아! 그리고 선생님 올 시간 되면 마중도 나갈게요. 언제 와요?”

그나마 청소부와는 조금 다른 일이었다.

“빨리 올게.”

“진짜요?”

“그래. 올 때 뭐 사 올까?”

“아니, 그냥 빨리만 와요.”

하리가 엄마에게 매달리는 아이처럼 손을 뻗었다. 진혁은 자신에게 안겨오는 하리를 따뜻하게 안아주었다.

차라리 말이야. 네가 나한테 화를 냈으면 좋겠어. 그런데 그게 안 되니?

“선생님.”

진혁이 병원에 출근하자, 가장 먼저 그의 이름을 부르며 다가온 사람은 왕혜림이었다.

"늦으셨네요."

"그래, 미안. 주의할게."

진혁은 지각에 대해 대충 사과하고 그냥 지나쳐 가려고 하였다. 하지만 혜림은 그대로 보내주지 않았다.

"선생님, 지금 병원에서 사람들이 선생님에 대해 뭐라고 말하는지 아세요?"

우뚝, 진혁이 걷던 걸음을 멈추었다.

"선생님, 제가 아니라도 좋아요. 하지만 그 아이는 아니에요. 왜 자신의 이름에 먹칠을 하는……."

"왕혜림!"

호통 치는 듯한 부름에 놀라 혜림은 입을 다물었다.

"주제넘은 참견 하지 마! 두 번은 절대 안 참는다."

진혁은 혜림에게 일침을 가한 뒤 그녀를 무시하고 가버렸다.

진혁의 차가운 말투에 상처받은 혜림은 한참이나 그 자리에서 움직이지 못했다. 다가가려고 할수록 느는 건 상처뿐이다. 어째서 자신이 아니라 하리인지, 혜림은 아직도 이해할 수가 없었다.

진혁에게 병원 생활은 별로 달라진 게 없었다. 하리가 없고, 자신을 보며 수군대는 시선들을 뺀다면. 하리를 쫓아서 병원을 달린 진혁의 모습을 본 사람들이 자기 멋대로 이야기를 꾸며내기 시작하면서 소문은 생명력을 가지고 점점 커져 가고 있었다. 하지만 진혁은 침묵으로 일관할 뿐 단 한 마디 변명도 하지 않았다. 최 원장은 강하리에 대해 더 이상 진혁에게 묻지 않았다. 강하리 때문에 도진혁까지 잃을 수는 없다는 게 최 원장이 내린 판단인 것 같았다.

"하리는 어쩌고 있습니까?"

점심시간, 둘이서만 식사를 할 때 용준이 진혁에게 하리의 소식을 물었다. 용준은 지금 병원에 있는 사람 중 순수하게 하리를 걱정해 주는 유일한 사람이었다.

"그냥 당분간은 자기 하고 싶은 대로 하게 놔둘 생각이야."

"그럼 병원은요?"

"……다른 병원을 알아보는 게 나을 것 같아."

"여기로 다시 오는 건 무리인가요?"

진혁은 그 질문에 제대로 대답할 수 없었다. 자신의 옷을 움켜잡던 떨리는 하리의 손이 생각나 가슴이 답답해져 왔다. 용준은 밥을 먹으며 만나본 적도 없는 하리의 생모를 비난했다.

"정말 대책 안 서는 어머니네요. 버린 것도 모자라 이젠 일하던 병원에서도 쫓겨나게 하고. 자신이 의도한 게 아니었다고 해도, 정말 너무합니다."

용준의 신랄한 비난에 진혁은 아무런 말도 할 수 없었다. 그저 집에 혼자 있을 하리만 생각났다. 뭐 하고 있을까? 또 나 몰래 울고 있는 건 아니지?

"아, 너무 깨끗하다."

그 시간 청소기를 든 하리는 황망한 눈으로 진혁의 집 안을 둘러보았다. 그제야 이 집이 청소를 하기에는 너무 깨끗하다는 것을 깨달은 것이다. 하리는 청소기를 내려놓고 빨래통으로 걸어갔다.

텅 비어 있었다. 그래서 직접 빨랫감을 찾기 위해 옷장으로 걸어
가 문을 열었다. 진혁의 옷이 정갈하게 정돈되어 있었다. 하리는
손을 뻗어 진혁의 와이셔츠 중 하나를 꺼냈다. 금방 세탁해서 다
리미질까지 해놓은 옷 같았다. 하리는 와이셔츠를 코로 가져갔다.

시원한 향이 코를 찔러왔다. 진혁의 냄새였다. 그의 품에 있을
때 언제나 맡았던 그 냄새였다. 하리는 와이셔츠에 코를 박고 한
참이나 서 있었다. 또르르, 저도 모르는 새 와이셔츠 위로 눈물방
울이 떨어졌다.

"선생님이 나 버리면 죽을지도 몰라요."

친엄마에게 버림받고도 기죽지 않고 잘살아왔지만, 진혁에게
버림받으면 잘살아갈 자신이 없었다. 이런 바보 같은 생각 단 한
번도 한 적이 없었는데, 모든 사실을 알게 된 그 순간부터 숨을 쉴
때마다, 그를 볼 때마다 들고 있었다. 그도 친엄마처럼 자신을 버
리고 떠날지도 모른다는 두려움이 말이다.

그가 그럴 리 없다고 믿으면서도 진혁이 자신의 친엄마를 알고
있었다는 믿을 수 없는 사실이 현실이 되면서 두려움은 사라지지
않았다. 아니, 영원히 지워지지 않을 얼룩이 되어버린 것만 같다.
아이러니하게도 하리가 진혁을 사랑하는 만큼 나약해져 갔다. 지
금 강하리를 괴롭히고 있는 건 그녀의 친엄마도 아니었다. 진혁도
아니었다. 단칼에 그녀를 쫓아낸 최 원장도 아니었다. 바로 스스
로 만들어낸 자괴감이었다. 자신은 버림받을 수도 있는 초라한 존
재라는 자괴감. 지루하고도 괴로운 자기 자신과의 싸움이 과연 언
제나 끝이 날지 답답하기만 하다.

[나 지금 들어가는 중이야.]

저녁 시간쯤, 진혁의 귀가 전화가 걸려왔다.

"네? 진짜요? 이렇게 빨리요?"

[네가 빨리 오라며.]

"헤헤, 그러네. 내가 빨리 오랬다."

[기다려. 지금 갈게.]

"내가 마중 나갈게요."

[그냥 집에서 기다려.]

"아, 벌써 나가려고 신발 신었어요. 문도 열었다. 저 나가……."

[하리야? 왜 말을 하다 말아? 하리야, 누가 왔니?]

하리는 멍하니 문밖에 서 있는 사람을 쳐다보았다. 언제부터 여기 있었던 건지 모르지만 그녀가 있었다. 병원에서 마주칠 때마다 머뭇거리며 말을 걸어왔던 그 귀부인. 아마도 하리의 친엄마일 사람. 오늘도 역시나 머뭇거리고 있었다. 그리고 하리를 보자마자 울기까지 한다.

정말 싫다. 정말 세상에서 제일 싫다.

제 1 6 장

"**강**하리!"

진혁은 놀이터에 앉아 있는 하리를 발견하게 크게 이름을 부르며 뛰어왔다. 한 시간 동안이나 찾아 헤매다 겨우 찾은 것이었다. 진혁은 하리의 앞까지 뛰어와서 거칠어진 숨을 진정시켰다. 하리는 멍하니 자신의 앞에 서 있는 진혁을 쳐다보다 한참 만에야 웃었다. 마치 그제야 진혁인 것을 알아본 듯이.

"선생님 기다렸는데."

"……어머니 만났니?"

김 여사가 울면서 전화를 해서 알았다. 하리가 그녀를 보자마자 도망치듯 달려가 버렸다고.

"우리 엄마요? 아뇨, 안 만났어요. 내가 선생님 집에 있는 거 알

면 선생님 우리 엄마한테 죽어요. 우리 엄마 팔 힘이 얼마나 센데
요. 그래서 선생님이랑 있는 동안에는 선생님을 생각해서 안 만나
려고요."

진혁은 친엄마에 대해 물었는데, 하리는 길러준 엄마를 말했다.
진혁은 한참이나 하리를 내려다보다 물었다.

"내일은 뭐 할 거야?"

"청소요."

"청소 말고 다른 거."

"……빨래."

"빨래 말고. 다른 거."

답답한 마음에 진혁은 아프게 하리의 두 팔을 움켜잡고 독촉했
다.

"너를 위한 거 말이야. 뭐 하고 싶은 거 없어?"

"……싶어요."

하리가 웃으면서 말했다.

"그냥 마음껏 웃었으면 좋겠어."

웃으면서 웃고 싶다는 하리 때문에 진혁은 마음이 무너져 내렸
다. 하리가 바로 그의 눈앞에 있는데, 그녀 혼자 망망대해에 표류
중인 것 같았다. 이대로 그녀를 놓치기 싫어 진혁은 손을 뻗어 그
녀를 으스러지게 안았다.

"그럼 내가 하루 종일 웃긴 이야기만 해줄까?"

"큭. 선생님이요? 정말요?"

"그래, 열심히 웃겨줄게."

진혁은 그날 밤 하리의 옆에서 밤새 이야기를 했다. 병원에서 있었던 황당한 이야기, 자신이 겪었던 재미있는 이야기, 책에서 읽었던 이야기. 언제나 하리가 이야기를 하고 진혁은 듣기만 했는데, 오늘 밤만은 달랐다. 진혁이 끝없이 이야기하고 하리는 그저 듣기만 했다.

언제까지 이럴까? 넌 언제까지 불안해하며 너 자신을 몰아갈까? 그렇게 씩씩했는데, 왜 이렇게 쉽게 약해진 거니? 그분과 난 그저 네가 행복하게 살길 바란 것뿐인데, 그게 그렇게 충격이었어?

만약, 만약 말이야. 네가 길을 찾지 못해 이대로 바다 밑으로 가라앉는다면, 같이 가줄게. 끝까지 이 손 놓지 않을 거야. 절대로 너 혼자만 괴로워하게 두지 않아…… 절대로.

"아기 돌보기는 잘하고 있냐?"

병원에서 우연히 마주친 권시후가 비꼬듯이 진혁에게 건넨 인사였다. 하지만 진혁은 화내지 않았다.

"사진 스튜디오를 한다고 했지?"

갑자기 생각도 못한 질문을 해오는 진혁을 시후가 이해하지 못하겠다는 눈으로 쳐다보았다.

"그게 너랑 무슨 상관이야?"

"거기 혹시 사람 안 필요해?"

"뭐?"

"하리가 거기서 할 일 없을까?"

진혁의 입에서 강하리의 이름이 나오자, 시후는 놀랐다는 듯이 입을 다물었다.

"지금 네 애인을 나한테 넘기겠다고? 그 소리냐?"

"관둬!"

언제나처럼 시후가 대화를 이상한 쪽으로 끌고 나가자 진혁은 바로 발걸음을 돌렸다. 역시나 권시후한테 묻는 게 아니었다. 하리가 집 안에만 있는 것보다 밖에 나가서 사람들과 어울리는 게 좋겠다는 생각으로 꺼낸 말이었다. 그렇게 어울리다 보면 병원 일도 시작할 수 있으리라는 기대도 있었다. 그런데 진혁이 아는 사람들은 거의 다 병원 관계자뿐이었다. 하지만 그렇다고 권시후한테 부탁을 하다니! 아무리 다급했어도…….

"데리고 와."

시후의 허락이 너무도 쉽게 떨어지자, 진혁의 발걸음이 멈추었다.

"내가 아주 귀여워해 주고 사랑해 줄 테니까, 꼭 데리고 와라."

진혁은 웃고 있는 시후를 보며 생각했다. 정말 재수없는 녀석이라고.

하지만 다음날 진혁은 하리를 데리고 시후의 스튜디오로 갔다. 블루앤씨스튜디오라는 간판을 하리는 한참이나 올려다보고 서 있었다.

"여기 권시후 씨가 하는 스튜디오 아니에요?"

"알고 있었어?"

"아뇨, 전에 한 번 들은 기억이 있어서."

"그래, 맞아. 들어가 봐."

"네? 제가 여길 왜요?"

하리가 진혁을 올려다보자 그가 웃으며 말했다.

"청소나 빨래보다는 여기가 훨씬 재미있을 거야."

진혁은 하리가 스튜디오 안에 들어갈 때까지 그 자리에 서 있었다. 자꾸만 돌아보는 하리를 보면서 자신이 과연 잘한 일인지 생각이 많아졌다. 진혁은 고개를 들어 블루앤씨스튜디오의 간판을 올려다보았다.

"오늘부터 넌 내 시다바리다."

하리를 세워놓고 권시후가 한 첫 마디였다. 하리는 잠시 그 말의 뜻을 이해할 수 없어 멀뚱히 쳐다보기만 하였다.

"시다바리가 뭔데요?"

하리가 자신의 말을 알아듣지 못하자, 시후가 답답하다는 듯이 말했다.

"넌 영화 친구도 안 봤어?"

"안 봤는데요."

"그것도 안 보고 뭐 했냐!"

"공부했는데요."

"시다바리의 첫째 요건! 절대 말대꾸를 하지 않는다!"

하리의 말대꾸가 계속 이어지자, 시후가 손가락 하나를 쳐들며 엄포를 했다.

"맘에 안 들면 바로 해고야! 월급도 없어."

"저 그냥 가면 안 돼요?"

"썩을! 너 자꾸 욕 나오게 하는 말만 할래! 내가 가라고 할 때가!"

그때까지도 진혁은 스튜디오 밖에 서서 자신의 결정에 대해 고민하고 있었다.

'잘한 일일까?'

그래도 혼자 집에 남아 있을 하리를 생각하며 병원으로 향할 때보다는 발걸음이 가벼웠다. 그날 저녁, 진혁은 새로운 시도에 대한 결과를 바로 확인할 수 있었다.

"대뜸 저한테 시다바리를 하라잖아요. 그냥 간다고 하니까 안 된다면서 자기가 가라고 말해야 갈 수 있다잖아요. 그러면서 시다바리는 무조건 자기 말을 들어야 하는 거래요. 그래서 비서냐고 물었더니, 제 주제에 무슨 비서를 하냐면서 막 면박을 주잖아요. 결국 하루 종일 그 사람 쫓아다니면서 물 떠오라면 물 떠오고, 담배 하면 담배 가져다주고, 그런데 중간에 심심해서 제가 카메라를 조금 만졌거든요. 그랬더니 왜 함부로 카메라를 만지냐며 화를 내는데, 성질 너무 못됐어요. 병원에서도 못되더니, 밖에서는 더 못돼요. 자기랑 일하는 사람들도 막 함부로 때리더라고요. 그래서 제가 때리지 말라고 충고했더니, 저까지 때리려는 거 있죠. 그래서 제가 선생님 이외의 사람한테는 절대 못 맞는다고 버텼어요. 그러니까 그 사람이 막 비웃잖아요. 그래서 제가 때리고 도망 나왔어요. 그런데 저 내일도 거기 또 가요? 가면 그 사람이 저 때릴 텐데."

하리의 말을 들으며 진혁은 속으로 놀랐다. 이렇게 빨리 효과가 나타날 줄은 몰랐던 것이다. 지금 사과를 열심히 깎으며 수다를 떠는 하리는 진짜 평소의 강하리 같았다. 아마도 강하리가 약해지는 상대는 도진혁뿐인가 보다. 그 사실이 슬프기도 하고 기쁘기도 했다.

"……가기 싫어?"

진혁은 세심하게 하리의 감정 상태를 살피며 물었다.

"음. 시다바리는 싫고, 모델 시켜주면 가고 싶어요."

"모델?"

하리가 자리에서 벌떡 일어나더니 오늘 스튜디오에서 보았던 모델 포즈를 취하며 말했다.

"이렇게 서서 포즈를 취하는데 다리가 정말 길어 보이더라고요."

진혁은 하리가 깎은 사과를 아삭 씹어 먹으며 그녀를 쳐다보기만 하였다. 혼자서도 잘 놀아요. 진짜 강하리다운 행동들이었다. 하리가 빙글 한 바퀴 돌더니 또 다른 포즈를 취했다. 손을 허리에 올리고, 등을 한껏 들어 올린 다음 고개를 돌려 도도하게 턱을 치켜올리고서 진혁을 쏘아보며 말했다.

"눈으로 카메라를 잡아먹을 수 있으면 대성할 수 있대요."

"풋, 하하하하하하하하."

결국 진혁은 웃고 말았다. 진혁이 하리를 웃게 해주려고 했는데, 이런 상황에서도 웃게 해주는 건 하리였다. 하리가 웃는 진혁을 나무랐다.

"선생님, 웃으면 안 돼요! 제 눈빛에 압도당해야 한단 말이에요!"

결국 하리는 다음날도 스튜디오에 나갔다. 하리 역시 진혁의 집에 혼자 남아 그가 오기를 하루 종일 기다리는 것보다는 나았기 때문이다. 하지만 하리는 병원에 가고 싶지 않았다. 그래서 스튜디오로 나온 것이다.

"그러고 튀고서는 제 발로 걸어 들어왔다는 건 나한테 맞아도 할 말 없다는 거지?"

자신을 때리고 사라졌던 하리가 다시 모습을 나타내자 시후가 주먹을 움켜쥐며 험악하게 말했다. 우드득, 주먹을 꺾는 시후의 앞에 하리가 종이 하나를 내밀었다. 시후가 험악한 눈으로 하리가 내민 종이를 읽었다.

〈때리면 죽어. 시다바리 시켜도 죽어. 똑바로 해!〉

어이없는 눈으로 편지를 읽던 시후는 고개를 돌려 하리를 쳐다보았다.

"도대체 왜 또 온 거야?"

"모델 하려고요."

"집어치워!"

둘째 날도 전날과 그리 다르지 않았다. 하리는 촬영하는 걸 구경하다 스태프들이 필요한 게 있다고 하면 조금 거들어주는 정도였다.

점심시간이다. 어제도 자장면이었는데 오늘도 자장면이었다. 정신없는 것도 병원과 닮았는데 먹는 것까지 병원과 비슷한 곳이었다. 하리는 열심히 먹는 사람들을 쳐다만 볼 뿐 먹지는 않았다. 스텝들 중 우민이라는 남자가 고개를 들고 하리에게 물었다.

"그런데 애인이 서울병원 대빵의사라면서. 진짜야?"

특이한 표현이다. 전문의를 대빵의사란다. 하긴 틀린 말은 아니었다.

하리는 대답 대신 웃기만 했다. 애인이라는 말이 참 듣기 좋았다. 그런데 당당하게 그렇다고 말할 수가 없었다. 지금 자신은 진혁에게 신세만 지고 있어서 더 말할 수가 없었다. 하리가 대답도 못하고 죄 지은 사람처럼 고개를 숙이자 옆에 있던 시후가 답답하다는 듯이 말했다.

"그냥 가져! 그딴 녀석 아무도 안 탐내. 난 줘도 안 가져! 그러니까 그냥 가져가."

하지만 하리는 죄 지은 사람처럼 고개도 들지 못했다. 시후는 전혀 강하리답지 않은 소극적인 태도가 맘에 들지 않았다. 시후는 하리의 턱을 손으로 잡고 억지로 자신 쪽으로 돌린 다음 못마땅한 표정으로 그녀를 쳐다보며 말했다.

"내가 그 녀석 확실하게 네가 차지할 수 있는 방법 가르쳐 줘?"

그리고 속닥속닥 몇 가지를 가르쳐 주는데, 듣고 있던 하리의 눈이 놀라움으로 커졌다. 권시후는 강다이보다도 더 강력한 섹스학 강사였다. 해도 될 말 안 될 말 가리지도 않고, 그냥 막 가르쳐 줬다. 그는 정말 이 시대의 사회악이었다.

그날은 진혁이 하리보다 먼저 집에 와 있었다. 하리가 문을 열자마자 진혁이 웃으면서 하리를 맞아주었다. 하지만 하리는 똑바로 진혁을 쳐다보며 잘 다녀왔다고 인사할 수가 없었다. 이게 다 나쁜 교육의 효과였다.

"오늘은 어땠어?"

웃으면서 묻는 진혁의 눈을 하리가 어색하게 피하며 말했다.

"그냥 괜찮았어요."

하리는 들어오자마자 욕실로 달려가며 말했다.

"저 먼저 씻을게요."

어쩐지 자신을 피하는 것 같았기에 진혁의 표정이 안 좋아졌다. 요즘은 하리의 표정 하나하나에 주시하고 있는 터라 하리의 변화가 너무도 쉽게 눈에 띄었다. 이건 좋은 변화가 아니라 안 좋은 변화였다. 아니, 더 직설적으로 말해 좀 구린 변화였다.

하리가 다 씻고 나왔을 때, 진혁은 소파에 앉아 하리를 기다리고 있었다.

"하리야, 이리로 와봐!"

진혁이 불렀지만, 하리는 욕실 문 앞에 서서 움직이지 않았다. 거기다 또 시선을 피했다.

"왜 시선을 피해?"

"안 피했어요."

쳐다도 안 보면서 안 피했단다.

하리가 오지 않자 진혁이 일어서서 하리에게 다가갔다. 하리가 주춤 뒤로 물러나자 진혁이 참지 못하고 하리의 팔을 붙잡으며 물었다.

"너 오늘 밖에서 무슨 일 있었던 거지? 그렇지?"

"아, 아뇨, 없었어요."

"그런데 왜 날 피해? 설마 권시후랑 무슨 일 있었어?"

시후의 이름이 나오자 하리의 얼굴이 거의 울상이 되었다. 하리의 얼굴이 울상이 될수록 진혁의 얼굴은 험악해졌다. 진혁이 그대로 집을 나가려고 하자, 하리가 놀라서 진혁의 허리를 붙잡았다.

"선생님, 어디 가세요?"

"젠장! 그 자식 절대로 가만 안 둬!"

진혁이 시후와 한판 싸움이라도 할 것처럼 보이자 하리는 더 필사적으로 진혁을 붙잡았다.

"어차피 싸워도 선생님이 지잖아요!"

"말 다 했어? 그래서 그 자식이 더 좋다는 거야! 뭐야!"

"선생님, 진짜 왜 그래요! 왜 내 말은 들어보지도 않고 그런 말을 해요!"

진혁의 말이 너무 기가 막혀 하리도 버럭 소리를 질러 버리고 말았다. 두 사람은 잠시 씩씩 거리며 서로를 노려보았다.

쾅!

그리고 서로 자신들의 방으로 들어가 버렸다. 첫 번째 냉전이었다. 진혁은 방 안을 서성거리며 가만히 있지를 못하고, 하리는 젖은 머리를 거칠게 말렸다. 진혁은 근거도 없는 배신감에 빠져 점점 분노하고, 하리는 자신을 너무도 쉽게 의심하는 진혁의 태도에 화가 나 입을 꾹 다물었다.

죽도록 사랑한다고, 너 혼자 절대로 힘들게 하지 않겠다고 그렇게 말하고 결심했던 게 바로 엊그제인데, 사랑이란 참 요상한 것이다. 어이없게도 그렇게 밤이 깊었다. 그동안 둘 다 한 번도 방에서 나오지 않았다. 그때까지 진혁은 침대에 누운 채 꿈쩍도 하지 않고 천장만 쏘아보고 있었고, 하리는 방문가에서 방황하고 있었다. 문을 열려고 손을 가져갔다가 바로 내려 버리고 다시 서성이기를 반복하고 있었다. 그렇게 날이 밝고 다음날이 되어버렸다. 사랑을 하든 싸움을 하든 시간은 언제나 공평하게 흘러가는 것이었다.

"그래, 내가 가르쳐 준 방법은 잘 썼냐? 그 자식 그냥 가지?"

스튜디오에 나온 하리에게 시후가 낄낄 웃으며 물었다. 퍽! 하지만 날아온 건 하리의 주먹이었다. 난데없이 하리에게 배를 맞은 시후는 놀라고 기가 막혀서 외쳤다.

"미쳤어! 왜 때려!"

순결한 처녀에게 함부로 성교육을 하면 안 된다. 잘못되면 난폭해진다.

서울병원에선 흉부외과 의사 미팅실에서 용준이 이번에 입원한 사십대 남자의 필름을 꽂고 노티파이 중이었다.

"환자의 CT 소견상 우폐동맥의 주분지에 mass가 차 있고 이와 동반해서 폐에 경색소견이 있었으며 좌폐에는 특별한 이상소견이 없습니다."

"혈관조영에서는?"

"마찬가지로 우폐동맥이 잘 조영되지 않았습니다."

"그래, 도진혁. 네 의견은 어때?"

과장님이 진혁에게 의견을 물었다. 하지만 아무런 대답이 들려오지 않았다. 자연히 모여 있던 의사들의 시선이 모두 진혁에게 몰렸다. 하지만 진혁은 사람들이 자신을 쳐다보고 있는 줄도 몰랐다. 결국 과장님의 호통이 진혁에게 떨어졌다.

"도진혁! 어디다 정신 팔고 있는 거야! 네가 인턴인 줄 알아!"

요즘 별로 근무 태도가 좋지 않았던 진혁은 이날 과장님에게 제대로 혼이 났다. 과장님에게 야단맞는 진혁을 쳐다보며 용준은 낮게 한숨을 내쉬었다. 도대체 간밤에 무슨 일이 있었기에, 사람이 저렇게 망가진 것인지 모르겠다. 아무래도 그걸 알고 있는 사람은 한 명뿐인 것 같았다.

[조금 싸웠어요.]

용준은 두 번째로 한숨을 내쉬었다.

[선생님, 일 잘하고 계시죠?]

"아니."

[저 대신 죄송하다고 전해주세요. 제가 잘못했다고요, 선생님이 오해하신 거라고. 저한테는 선생님뿐이라고.]

잔뜩 기가 죽은 하리의 목소리를 듣고 있자니, 어쩐지 심술이 스멀스멀 올라왔다. 용준도 사람이었던 것이다.

"못 전해줄 것 같은데."

[네? 왜요? 무슨 일 있어요?]

"갑자기 쓰러졌어. 수술 동의서에 사인해야 되는데, 네가 할래?"

좀 지독한 농담이 끝나기도 전에 전화는 끊겼다. 용준은 이미 끊긴 전화에 대고 말을 했다.

"화는 내도 좋은데, 나 미워는 하지 마라."

꽤 마음에 든 두 사람이 비틀거리고 있다. 그래서 같이 짜증이 나버린 것이다. 그 이상 다른 이유는 없었다. 아니, 없어야 했다.

용준이 하리에게 무슨 말을 했는지도 모르고, 진혁은 비상계단에서 담배를 피우는 중이었다. 정신없이 바쁜 병원에서 혼자만 정신 빠뜨리고 있을 수는 없었기에 담배 한 개비로 마음을 다스리는 중이었다. 진혁은 마음이 어지러울 때 담배를 피웠다.

"후우!"

진혁은 길게 담배 연기를 뱉어냈다. 이 탁한 연기에 자신의 탁한 정신도 같이 담아서 모두 몸 밖으로 배출해 버리는 것이었다. 그리고 자신에게 암시를 걸듯 되뇌었다. 모든 게 괜찮아, 괜찮아. 그런데 권시후 그 자식이랑 도대체 무슨 일이 있었던 거야!

평소에는 담배 한 개비면 진정이 되었는데, 아무래도 오늘은 무리였다. 진혁은 담뱃갑에서 하나를 더 꺼내 불을 붙였다.

담배를 다 피우고 다시 진료를 시작하기 위해 병동으로 돌아온 진혁은 무언가 수선스러운 기운을 느꼈다. 달라진 건 없는데 무언가 진혁의 발걸음을 붙잡는 이상한 기운이 풍겨 나왔다. 진혁은 그 이유를 찾기 위해 주위를 둘러보다 간호사 스테이션으로 걸어 갔다.

"무슨 일 있어요?"

"아! 선생님, 강하리 인턴 선생님이 돌아왔어요."

"네?"

간호사의 입에서 생각도 못한 하리의 이름이 나오자 진혁의 눈동자가 커졌다.

"갑자기 엘리베이터에서 뛰어나오더니 선생님 수술 받는 방이 어디냐고 물으시잖아요."

"네? 수술? 내가요?"

"네, 그런 일 없다고 했더니 병실 있는 쪽으로 달려가셨어요."

간호사가 꺼내는 말을 하나도 이해할 수 없었다. 진혁은 자신의 눈으로 확인하기 전에는 하리가 병원에 있다는 걸 쉽게 믿을 수가 없었다. 하리가 달려갔다는 쪽으로 진혁도 걸어가기 시작했다. 천천히 걷던 진혁의 걸음이 점점 빨라졌다. 그리고 수많은 사람들 중 하리를 찾기 위해 달려나갔다. 결국 담배 피우며 다잡은 정신은 하리의 이름 한 번에 와르르 무너져 버렸다.

진혁이 달리고 있는 시간에 하리 역시 달리고 있었다. 다시는 오지 않겠다고 맹세했던 서울병원 외과병동을 진혁을 찾아 미친 듯이 달리고 있었다. 지금 이 순간 드는 생각은 오직 하나뿐이었다. 진혁을 찾아야 했다. 그가 무사한지 하리의 눈으로 직접 확인해야 했다. 그것 말고 중요한 건 아무것도 없었다.

"왕 선배! 도 선생님 어디 있어요?"

환자를 돌보던 혜림은 하리의 목소리를 듣고 놀라서 고개를 들었다. 정말 강하리였다. 온 얼굴이 땀범벅이 된 채, 눈물인지 땀인지 모를 것을 계속 흘리고 있었다.

"우리 선생님 어디 있어요? 진짜 괜찮은 거예요?"

감정이 뚝뚝 떨어지는 목소리로 물어오는 하리의 질문은 혜림의 가는 신경을 자극했다.

"뭐? 우리 선생님?"

혜림에게 대답을 들을 수 없다는 것을 빠르게 판단한 하리는 다른 곳으로 달려가 버렸다. 혜림이 하리가 사라진 병실 문을 쳐다보고 있으니, 이제는 진혁이 갑자기 나타났다. 하리와 똑같은 표정을 짓고서 혜림에게 물었다.

"왕혜림! 혹시 강하리 봤니?"

혜림은 씁쓸한 표정으로 진혁을 바라볼 뿐 아무런 말도 하지 않았다. 둘 다 왜 나에게 물어보는 거야! 혜림은 그들에게 화를 내고 싶었지만 허탈한 웃음만 나왔다.

마음이 급했던 진혁도 혜림의 대답을 기다리지 않고 다른 곳으로 달려가 버렸다. 혜림은 한참이나 진혁이 사라진 문가를 바라보며 서 있었다. 이 순간에도 그에게 미련이 남는 자기 자신이 너무도 초라해서 너무도 싫었다.

"선생님."

진혁 대신 용준을 먼저 발견한 하리는 소리 높여 용준을 불렀다.

막 병실로 들어가려던 용준은 하리의 목소리에 놀라 걸음을 멈추었다. 그리고 금방이라도 쓰러질 것처럼 헐떡이는 하리의 모습은 더 충격이었다. 숨이 차서 꽉 막힌 목소리로 하리가 용준에게 물어왔다. 덕분에 용준의 숨까지 가빠왔다.

"우, 우리 선생님, 헉헉! 선생님 헉헉! 어디 있어요?"

"도대체 얼마나 뛴 거야? 괜……."

"우리 선생님 어디 있냐니까요! 선생님이 수술해야 한다고 했잖아요! 그런데 왜 아무도 몰라요! 뭐가 어떻게 된 거예요!"

하리는 성급하게 화부터 냈다. 당장 자신의 앞에 진혁을 데려다 놓으라고 용준에게 화를 냈다. 하지만 용준은 건방지다고 화를 낼 수가 없었다.

용준이 대답보다도 먼저 진혁의 두 팔이 뻗어와 하리를 뒤에서 와락 끌어안았다. 하리를 찾아 달려온 진혁은 자신을 애타게 찾는 하리에게 말했다.

"나 여기 있어."

익숙한 진혁의 체취를 느낀 하리는 그제야 안도하였다. 진혁이 멀쩡한 걸 알았으니 더 이상 뛸 필요도 없었다. 얼마나 뛰었는지 다리에 힘이 하나도 없었다. 숨이 너무 차 목소리도 나오지 않았다. 그래도 마음은 이제야 편안해지고 있었다. 흔들리던 세상이 평화로워졌다.

하리는 안도감에 깊은 한숨을 뱉어내며 자신을 안고 있는 강한 진혁의 팔에 자신의 몸을 맡겼다. 그날, 원장실에서 뛰쳐나간 이후 처음으로 느끼는 안도감이었다. 하리는 자신에게 말하듯 낮게 읊조렸다. 괜찮아. 이제 괜찮아.

"선생님, 사람들이 보고 있어요."

충고하는 용준을 진혁이 매섭게 쏘아보며 말했다.

"상관 마."

용준은 솔직하게 자신의 감정을 그대로 드러내는 진혁을 보며 씁쓸하게 웃었다.

“네, 이제 정말 상관 안 할 겁니다.”

정말 피곤한 커플이었다. 용준도 더 이상은 신경 쓰고 싶지 않았다.

벌컥벌컥, 하리는 쉬지도 않고 500ml짜리 생수를 모두 마셔 버렸다. 진혁이 놀라서 그 모습을 지켜보았다.

“목말랐니?”

하리는 대답 대신 고개를 끄덕였다. 진혁이 손수건을 꺼내 하리의 얼굴에서 흐르는 땀을 닦아주었다.

“도대체 얼마나 뛴 거야! 의사라는 애가 그렇게 무리하게 뛰면 어떻게 해! 몸 괜찮아?”

하리는 고개를 끄덕이며 웃었다. 사실 아까는 정신없이 뛰어서 자신이 얼마나 뛰었는지도 기억나지 않았다. 진혁은 아직도 용준의 거짓말이 화가 나는지 거친 목소리로 용준을 욕하며 하리에게 말했다.

“다음부터는 그런 얼토당토않은 거짓말 믿지 마. 내가 쓰러지더라도 네 허락 받고 쓰러질 테니까.”

진혁의 말에 하리가 놀란 눈으로 진혁을 올려다보다 작게 웃기 시작했다.

“선생님, 저 이제 괜찮아요. 사실 용준 선생님이 그런 거짓말해 줘서 다행이에요. 그동안 바보 같은 걱정 때문에 너무 괴로웠거든요. 그런데 이제야 좀 명쾌해진 기분이에요. 죽을 정도로 뛰었더니, 쓸데없는 생각들이 다 날아가 버렸나 봐요. 헤헤, 머릿속이 맑

아졌어요."

달리기를 했더니 걱정이 다 사라졌단다. 그럼 강하리에게 필요했던 건 도진혁이 아니라, 운동화였던 건가?

"중요한 건 선생님이 날 사랑하는 게 아니라, 내가 선생님을 사랑하는 것 같아요. 그러니까 선생님이 설령 제 친엄마 부탁 때문에 저한테 잘해줬다고 해도, 이제 상관 안 할래요. 내 마음은……."

"내가 먼저 널 사랑했어! 내가 더 많이 널 사랑한다고!"

좋은 말들만 늘어놓고 있지만 결국 진혁의 마음을 아직도 확신하지 못하는 하리의 말에 진혁은 더 이상 참을 수가 없어 버럭 화를 내며 그녀에 대한 사랑을 말해 버렸다. 진혁이 화를 내자 웃던 하리가 놀라서 그대로 굳어버렸다.

진혁은 그 말을 증명이라도 해주려는 듯 하리의 손을 잡아 자신의 왼쪽 가슴에 올려놓았다. 하리는 아무 말도 없이 진혁을 쳐다보기만 하였다. 진혁은 아직도 헤매는 하리의 시선을 붙잡고 간절하게 말했다.

"난 이미 너한테 다 줬는데, 넌 정말 내 마음이 아직도 안 보이니?"

진혁은 하리의 두 손을 붙잡고 괴로운 듯이 말했다.

"네가 누구 딸이라는 건 상관없어! 그저 내가 널 사랑하는 거야. 도진혁이 강하리를 사랑해. 그것뿐이야, 그것만이 진실이야. 응? 하리야. 그래서 네가 힘들면 내가 힘들어. 네가 불안해하면 나도 불안해."

진혁이 괴로워하니 하리도 괴로웠다. 반면에 자신 때문에 괴로워하는 그가 너무도 사랑스러웠다. 그가 좀 더 자신 때문에 괴로워했으면 했다. 자신 때문에 화를 냈으면 했다. 그만큼 하리를 사랑한다는 뜻이니까. 아, 이 얼마나 짓궂은 사랑의 마음인가!

"아직도 불안해? 그래?"

하리는 고개를 가로저었다. 진혁이 불안해하지 않게. 지금 불안해하는 건 하리가 아니라 그였으니까.

"선생님도 내가 쓰러졌다는 소리 들으면 나처럼 죽을 듯이 뛰어와 줄 거예요?"

"난 이미 그랬어! 미친놈처럼 달렸다고!"

"언제요?"

"네가 삼단 찬합만 찾을 때!"

진혁은 버럭 화를 내고, 하리는 킥킥 웃었다.

선생님, 어쩌죠? 난 사디스트인가 봐. 선생님의 화난 목소리가 너무 좋아요.

하리는 진혁에게 다가가 가볍게 입맞춤을 하고서 말했다.

"이제는 삼단 찬합보다 선생님이 더 좋아요."

"그거야, 당연히 그래야 하는 거잖아!"

자신과 삼단 찬합을 비교하는 하리의 말이 서운해 진혁이 또 화를 낼 때, 하리가 키스에 목마른 사람처럼 진혁의 입술을 빨아들이기 시작했다. 진혁은 한순간에 하리에게 모든 숨결을 빼앗겨 버렸다. 할 말이 많았지만, 더 이상은 할 수 없었다.

진혁의 손이 하리에게 이끌리듯 그녀의 가는 허리를 휘감았다.

하리는 벌려진 진혁의 입속으로 말캉한 자신의 혀를 집어넣었다. 하리는 진혁의 입 안을 유영하며 지금 이 순간은 그가 자신의 것이라는 것을 확인했다. 하리는 진혁에게 더욱더 밀착해 가면서 그를 자극했다. 모든 이성과 모든 사실들이 날아가 버리고, 오직 원초적인 본능만이 살아서 두 사람을 휘몰아쳤다. 만약 이곳이 병원이 아니었다면 진혁은 하리를 그대로 안았을 것이다. 만약 하리가 여자가 아니라 남자였다면 그대로 진혁을 안았을 것이다.

"하리야."

진혁이 탁한 음성으로 하리의 이름을 불렀다. 하지만 하리는 키스에 열중하느라 대답도 할 수 없었다.

"이제 우리 행복해지자. 알았지?"

부탁하듯, 애원하듯, 강요하듯 진혁이 말했다. 행복해지자고. 진혁이 그리 말하는 순간, 정말 행복해지는 기분이었다. 모든 게 다 괜찮아지는 것 같았다. 영화의 해피엔드 속 주인공의 된 느낌이 이럴 것 같았다. 정말 별거 아니었다. 그저 마음 하나만 바꾸면 세상이 이렇게 달라지는 것이었다.

사랑이 아름다워지는 건 사랑을 위해 노력하는 자들의 몫이다.

"그럼 전 이만 돌아가 보겠습니다. 소동 피워서 미안합니다."

병원을 나가기 전 하리는 용준에게 인사를 했다. 용준이 의아한 눈으로 하리를 쳐다보았다.

"미운 놈에게 인사 한 번 더 하는 거냐?"

"아니에요. 저 사실 선생님한테 고마워요."

“뭐?”

“얼마 동안 정말 저도 감당할 수 없을 정도로 기분이 그랬거든요. 그런데 오늘 선생님 때문에 맘고생 죽도록 하고 아까 우리 선생님이 탁 나타난 순간 말이에요, 거짓말처럼 꿀꿀했던 기분까지 모두 다 떨어져 버린 거 있죠? 기분이 시원해졌어요. 고마워요.”

그만큼 진혁이 걱정됐다는 소리였다. 그걸 알기에 용준은 더 깊이 묻지 않았다.

“……병원은 언제부터 다시 다닐 거야?”

“곧이요.”

“곧 언제?”

하리는 마치 아무 일 없었다는 듯이 환하게 웃으며 말했다.

“우리 선생님한테 맛있는 밥 해줄 수 있게 된 다음에요.”

배부른 투정이었다. 사랑이 앞에 있는데 보이지 않는다고 투정을 부린 것이다. 투정도 부릴 만큼 부렸으니, 이제 또 사랑할 시간이다. 아니, 밥할 시간이다. 사랑을 꾹꾹 눌러 담아 따끈한 밥을 지어보아야겠다.

병원을 나와 진혁의 집으로 돌아가기 위해 버스 정류장에 선 하리는 난감하다는 눈으로 지갑 안을 들여다보고 있었다. 버스비가 백 원이 모자랐다.

“아저씨, 백 원은 깎아주실 수 있으세요?”

대한민국의 인심을 바라며 버스기사한테 물었지만 냉정하게 손사래를 쳤다. 하리는 고개를 돌려 버스 안에 탄 사람들을 쳐다보며 물었다.

"저…… 백 원만 빌려주시겠어요?"

"어휴, 젊은 사람이 돈도 없어? 왜 그렇게 불쌍하게 살아? 자, 내가 차비 내줄게."

중년의 아줌마가 지갑을 열며 한 말이었다. 불쌍하다고만 안 했으면 그 돈을 받았을 텐데, 그 말이 귀에 콱 박혀와 그만 오기가 생겼다. 지금 하리는 너무 행복한데 저 돈을 받으면 강하리는 불쌍한 인간이 되는 것이었다. 오늘은 절대로 불쌍한 인간이 안 되고 싶은 마음이 너무 컸다. 그래서 하리는 단호하게 호의를 거절하고 버스에서 내려 은행으로 향했다.

돈 뽑아서 택시 타고 간다!

하리는 현금지급기에서 돈을 왕창 뽑았다. 택시도 타고 가는 길에 장도 볼 생각이었다. 오늘은 맘 잡고 요리라는 걸 해볼 생각이었다. 진혁을 위해서 말이다. 자신의 만든 요리를 먹고 맛있다고 말해줄 진혁을 생각하며 하리는 혼자 웃었다. 그때 은행 안으로 들어온 남자 두 명이 갑자기 가방에서 기다란 무언가를 꺼내며 소리쳤다.

"꼼짝 마! 지금 움직이는 인간들 다 죽었어!"

무슨 요리를 만들까 생각하던 하리는 멍하니 총을 든 두 남자를 쳐다보며 이런 생각을 했다.

무슨 영화 찍는 거지?

하리가 돌아가고, 용준과 진혁은 다시 병원 일로 돌아갔다. 오후에는 진혁의 수술이 있었다. 용준이 어시스턴트였다.

"그런 거짓말을 하고도 살아남을 거라고 생각한 건 아니겠지?"

하리는 웃으면서 넘어가 주었지만 진혁은 엄하게 용준의 죄를 묻고 나왔다. 메스를 들고 하는 진혁의 말은 꽤 위협적으로 들려왔다.

"그래서요. 벌이라도 내리신다고요?"

"그래, 각오해 둬."

"네, 미리 각오해 두게 무슨 벌인지 말씀해 주십시오."

"이번 오프 날 쫙 빼입고 강남으로 나와."

"네?"

"여자 소개시켜 줄게."

용준은 마스크를 쓰고 수술에 열중하는 진혁을 쳐다보다 웃고 말았다.

"싫습니다. 선생님 취향을 어떻게 믿습니까?"

진혁과 용준이 수술을 마치고 나온 시간은 오후 6시경이었다. 두 사람은 바로 저녁을 먹기 위해 식당으로 내려갔다. 그런데 텔레비전에서 대단한 뉴스가 나오고 있는지 사람들이 텔레비전 앞에 몰려 있었다. 하지만 수술을 마치고 나온 진혁과 용준은 저녁이 더 급했기에 식판을 들고 밥을 받기 위해 섰다. 의미없이 텔레비전을 쳐다보던 용준은 텔레비전에 나오는 사람이 익숙한 사람이라는 것에 놀라 고개를 돌렸다.

"선생님, 지금 텔레비전에 나오는 사람 하리 아닌가요?"

"무슨 헛소리야? 하리가 왜 텔레비전에 나와?"

믿지 않으며 고개를 돌렸던 진혁 역시 텔레비전에 나오는 하리를 보고 놀라서 입을 벌렸다. 진짜 하리였다. 분명 진혁의 애인 강하리가 맞았다. 결국 진혁과 용준은 밥을 포기하고 텔레비전 앞으로 걸어갔다.

—기자:총을 든 강도들이 무섭지 않으셨나요?

—하리:아, 무서웠습니다! 하지만 할아버지가 숨 쉬기를 괴로워하시는 것 같았기 때문에 가만히 있을 수가 없었습니다. 강도한테 가슴을 걷어차이셨거든요. 아무래도 그 충격으로 기흉이 생긴 것 같았습니다. 빨리 치료를 해드려야 하는 상황이었기 때문에…….

—기자:혹시 직업이 의사입니까?

—하리:네, 의사요? 그, 그렇죠.

—기자:정말 용감하시네요. 선생님이야말로 이 시대의 진정한 의사라고 생각합니다.

—하리:아뇨. 근데 전 진짜 의사라기보다는 인턴이거든요. 인턴도 의사는 의사지만 아직은 많이 배워야 하는 입장이라서…….

진혁과 용준은 한 마디도 못하고 텔레비전만 쳐다보고 있었다. 텔레비전 자막으로 이런 말들이 나오고 있었다.

〈은행 강도에 맞서 할아버지를 구한 용감한 시민 강하리 씨.〉

"지금 밑에 써진 저 자막이 은행 강도 맞나요?"

용준이 바보 같은 질문을 진혁에게 해버렸다. 그리고 진혁은 더 바보 같게도 대답조차 못했다. 어쩐지 이런 자막이 써져야 더 맞을 것 같았다. 사고뭉치 강하리 부활하다.

어떻게 행복해지자고 맹세하고 나가자마자 저런 일을 벌이냐고!

뉴스가 끝나자마자 진혁의 핸드폰이 울렸다. 진혁이 전화를 받자 흥분한 하리의 음성이 들려왔다.

[선생님, 저 텔레비전에 나왔어요! 우와! 굉장하지 않아요?]

"그래, 너무 굉장해서 기절할 것 같다."

[네? 보셨어요? 저 예쁘게 잘 나왔나요?]

하리가 하도 사고를 치고 다녀서 이제는 진혁도 내성이 생겼나 보다. 은행 강도 뉴스에 나온 자신의 모습이 예쁘냐고 묻는 하리의 질문에도 진혁은 한숨만 나왔다.

그래, 몸이 무사한 것만으로도 다행이라고 여기자. 흥분하면 안 돼.

"너 다음부터는 꼭 내 허락 받고 은행 강도 만나라."

하리가 뉴스에 나오면서 상황은 급하게 돌아가기 시작했다. 용감한 시민 강하리가 병원에서 잘리고 남자 집에서 동거하고 있다는 걸 하리의 가족들이 텔레비전 뉴스를 보고 놀라서 서울병원에 전화를 하면서 모두 알게 된 것이었다.

그래서 하리는 그날로 집으로 돌아가야 했다.

"병원은 어떻게 된 거냐?"

"그냥, 나랑 좀 안 맞았어요."

아버지의 질문에 하리는 사실대로 말할 수가 없었다. 하리가 그

병원에 더 이상 다닐 수 없게 된 게 하리의 친엄마 때문인 것을 알면 분명 아파하실 테니까. 하리의 양부모님은 하리가 친엄마의 존재에 대해 알고 있다는 사실도 모르셨다.

이십 년이 넘는 세월 동안 정말 친가족처럼 살아왔다. 그리고 앞으로도 그렇게 살아갈 것이었다. 그러니까 친엄마가 어떻게 자신을 이 집에 보냈든 자신의 친아빠가 아버지의 동생인 게 사실이든 아니든, 하리는 더 이상 자신의 친부모에 대해서 신경 쓰고 싶지 않았다. 어차피 한 사람은 죽어서 만날 수도 없고, 한 사람은 평생 만나고 싶지도 않았으니까.

"병원은 안 맞는데, 병원 의사랑은 잘 맞아서 동거까지 했어?"

"그냥 며칠 신세진 것뿐이에요. 그런데 무슨 동거야."

"며칠이든 같은 집에서 지냈으니까 동거지, 그럼 그게 뭐야."

"그럼 좀 어때. 어차피 사랑하는 사이인데!"

"뭐? 사랑? 시방 이 뚫린 입이 사랑이라고 지껄인 거냐!"

아버지가 들고 있던 회초리로 하리의 입술을 쿡쿡 찌르며 따지자, 하리는 아버지가 들이민 회초리를 붙잡고, 마이크에 대고 말하듯이 또박또박 더 힘을 주어 말했다.

"그래요, 사랑이요! 내가! 선생님을! 죽도록! 사랑해요!"

"뭐? 누굴 어떡해?"

밖에서 조바심을 내며 듣고 있던 어머니가 놀라서 뛰어들어 오자, 하리는 다시 반복했다.

"강하리가! 도진혁을! 사랑한다고요!"

너무도 진솔한 하리의 사랑 고백에 진혁은 거의 반강제적으로 쉬는 날 하리의 집을 방문해야 했다. 하지만 자신이 초대된 내막을 알지 못하는 진혁은 단지 하리가 자신의 집에서 지낸 걸 문책하려고 하리의 양부모님이 자신을 부른 것이라고 생각했다. 아주 깊은 의미가 담긴 초대였기에 진혁은 초대받은 날이 이틀 앞으로 다가왔을 때부터 긴장해야 했다.

진혁이 하리네 집에 온 날, 그를 가장 먼저 마중 나온 건 하리였다. 봄날, 진혁을 수줍게 만들었던 그 원피스를 입고 있었다.

"선생님, 친구네 집에 놀러왔다고 생각하세요."

"친구라니, 나랑 맞먹겠다는 거야?"

하리가 햇살처럼 웃더니 진혁의 뺨에 가볍게 입맞춤을 했다.

"저희 집에 오신 걸 환영해요."

"그래. 용준이 소개팅도 펑크 내고 왔는데, 잘되겠지?"

"네? 치프 선생님 소개팅 해요?"

"왜, 신경 쓰이니?"

하리는 아니라고 고개를 세차게 저었다. 그렇다고 하면 진혁이 화를 낼 것이라는 걸 감지하고 한 행동이었다. 이제 진혁이 보였다. 불안한 마음을 버리고 나니 그동안 안 보여 괴로웠던 그의 마음이 조금씩 보이기 시작하고 있었다.

"두 사람, 언제까지 거기 있을 거야! 처음부터 점수 무지 안 좋다."

현관에서 다이의 큰 목소리가 들려왔을 때에야 진혁과 하리는 같이 집 안으로 들어갔다.

하리의 부모님은 훤칠한 키에 말끔한 외모를 한 진혁을 아주 수상하다는 눈초리로 바라보았다. 아무리 엘리트 의사라도 자신들의 딸과 얼마 동안 동거라는 걸 한 남자이니 시선이 곱게 가지지 않았던 것이다.

"무슨 생각으로 내 딸을 데리고 있었던 건가? 파출부라도 시키려고? 쟤 청소도 못해. 요리는 더더욱 못해. 나 쟤가 했던 음식 먹고 죽을 뻔한 적도 있어."

"아빠, 그런 이야기는 왜 해?"

"넌 조용히 해. 내가 미리 말했지, 오늘 너한테 발언권 없어."

아버지가 하리의 입을 막은 뒤 다시 진혁을 쳐다보며 대답을 강요하였다. 진혁은 언제나처럼 차분한 목소리로 아버지의 질문에 성실하게 대답했다. 무엇보다 사람의 마음을 움직이는 건 진실뿐이었으니까.

"파출부로 생각해서 데리고 있었던 것 아닙니다."

"그럼 뭔가? 병원에서 쫓겨났다니까 불쌍해 보였던 거야? 거지 적선이었어?"

"사랑하고 있습니다."

우선 사랑이라는 소리에 아버지의 엄한 얼굴이 조금 누그러들었다.

"그래서 어쩌겠다고?"

"결혼…… 하고 싶습니다."

"선생님!"

결혼이라는 소리에 하리가 버럭 화를 내며 진혁을 불렀다.

"그런 말을 여기서 하면 어떻게 해요! 꼭 우리 아버지 말에 못

이겨 억지로 말하는 거 같잖아! 그 말은 나한테 해야지 아빠한테 먼저 하는 법이 어디 있어! 우리 아빠랑 결혼할 거예요! 아빠, 아빠가 웨딩드레스 입을 거냔 말이야!"

끔찍한 하리의 말에 아버지와 진혁은 둘 다 입을 꾹 다물어야 했다. 하리는 벌떡 자리에서 일어나 방을 나가 버렸다. 남겨진 사람들은 잠시 아무 말도 없었다.

"우와, 아버지가 웨딩드레스 입으면 진짜 끔찍하겠다."

다이의 말에 안 그래도 이상한 분위기가 더 이상해져 버렸다.

"가봐."

아버지가 진혁을 쳐다보며 말했다.

"가서 하리 다시 여기로 데려오면 결혼 허락하지."

무언가 엄청 쉬운 조건인 듯하면서도 어려운 조건인 것 같았다.

진혁은 부모님 방을 나와 하리의 방으로 가서 노크를 했다. 하지만 안에선 아무런 대꾸도 없었다.

"들어갈게, 하리야."

진혁은 조심스럽게 문을 열었다. 하리는 커다란 곰 인형을 끌어안고 바닥에 앉아 있었다. 진혁은 방 안으로 들어와 하리의 옆에 앉았다.

"여기가 네 방이구나. 예쁘네."

"선생님, 저 선생님한테 화나지 않았어요."

화나지 않았다는 하리의 말에 진혁이 고개를 돌려 하리를 내려다보았다. 하리는 여전히 앞만 보고 있었다.

"자꾸 우리 아빠가 선생님 죄인 취급하니까, 자꾸 미안해지잖아요. 그래서 그냥 버럭 말한 것뿐이에요.”

“괜찮아. 그 정도면 양반이지. 난 따귀 한 대 맞을 각오까지 했는데.”

진혁이 말에 하리가 놀란 눈을 하고 올려다보았다.

“왼쪽 뺨을 때리면 오른쪽 뺨까지 내밀 생각이었어.”

그의 말에 환하게 웃는 하리를 보며 진혁이 자연스럽게 말했다.

“결혼하자, 하리야.”

진혁의 말이 끝나자마자 하리는 웃으면서 고개를 끄덕였다.

“결혼식 날, 웨딩드레스는 너희 아버지 말고 네가 꼭 입어줘.”

하리는 말 잘 듣는 아이처럼 열심히 고개를 끄덕였다.

“그리고 결혼은 네가 레지던트 이 년 정도 됐을 때 하자.”

뚝! 하리의 웃음이 순식간에 멈추었다. 끄덕이던 고개도 빳빳하게 세워졌다.

“네?”

“레지던트 일 년 정도 때는 아무래도 많이 바쁠 테니까 무리일 것 아냐. 그러니까 이 년차 때 하자.”

진혁은 착착 미래에 대한 계획을 세워나갔지만 하리는 잔뜩 불만 섞인 목소리로 물었다.

“제가 중간에 사고 쳐서 또 병원 쫓겨나면요?”

“아, 그럼 좀 더 뒤로 미뤄지겠지. 어쨌든 레지던트 일 년은 넘겨야 해.”

“그러다 선생님 나이 마흔 되면요?”

“뭐? 나 마흔 되려면 멀었어.”

"안 멀었잖아요. 동갑인 오진 선생님은 벌써 애가 초등학생이구만."

"강하리 너, 지금까지 나 나이 많다고 아저씨 취급하고 있었던 거지."

"선생님이야말로 나 애 취급하고 있었잖아요!"

"내가 언제!"

"아니면 왜 내가 아직도 처녀예요!"

"그럼 처녀한테 결혼하자고 그러지, 유부녀한테 결혼하자고 하는 남자가 어디 있어!"

그리고 두 사람이 다시 부모님이 계시는 방으로 돌아왔을 때, 하리의 가족들은 어쩐지 어색한 표정을 지으며 하리와 진혁을 외면하였다. 그래도 한솥밥 먹는 식구들이라고 하리는 식구들이 왜 그러는지 금방 눈치를 채고서는 정색을 하며 외쳤다.

"엿들었죠!"

"그래, 이제 아무 일 없었다는 네 말을 믿어주마. 기뻐해라."

"하나도 안 기뻐!"

그제야 하리가 말한 처녀의 뜻을 알아들은 진혁은 손으로 얼굴을 가리고 고개를 돌려 버렸다. 진혁이 부끄러워하든 말든 아버지는 약속대로 하리를 데리고 온 진혁에게 자신의 딸을 주기로 정했다. 사실 진혁을 만나기도 전에 진혁을 하리의 짝으로 생각하고 있었던 아버지였다. 하리가 사랑한다는데 왜 반대를 하겠는가. 책임 안 진다고 하면 다리몽둥이를 부러뜨려서라고 하리의 옆에 앉힐 작정이었었다.

"그래, 도 서방! 상견례는 언제 할 텐가?"

"아휴, 여보. 성격도 급해라~ 벌써 도 서방이에요?"

"거참 촌스럽네, 도 서방이 뭐야? 누가 들으면 도 닦은 도사인
줄 알겠네."

"뭐야! 강다이, 너 말 다 했어!"

하리네 가족들이 시끄럽게 한 마디씩 하는 동안 진혁의 얼굴은
이 집에 오고 나서 처음으로 굳어져 갔다.

상견례, 그 말은 진혁의 부모님과 하리의 부모님이 만나야 한다
는 소리였다. 자신의 어머니를 생각하는 순간 진혁은 입 안이 바
짝 마르는 기분이었다.

"선생님, 혹시 우리 가족들이 실수했어요?"

진혁을 배웅해 주는 길, 진혁이 너무 조용하자 하리가 조심스럽
게 물었다. 진혁은 아니라고 고개를 가로저었다.

"그런 거 아냐."

"그럼 왜 우울한 것처럼 조용해요? 혹시 다이가 나 몰래 선생님
무시했어요?"

"그런 거 아니라니까."

우뚝, 하리가 걸음을 멈추고는 불만 가득한 눈으로 진혁을 올려
다보았다.

"선생님, 저 이제 선생님 얼굴 표정만 보면 선생님이 어떤 기분
인지 다 알아요. 그러니까 그런 거 아니라고 거짓말해도 다 안단
말이에요. 뭐예요? 뭔데요?"

이제 하리의 앞에서는 맘 편하게 심각해질 수도 없었다. 하지만

진혁은 속 시원하게 마음속에 있는 말을 할 수가 없었다. 하리를 사랑하지만, 아직은 말하고 싶지 않은 자신만의 비밀이라는 것이 있었다. 그 누구에게도 들키고 싶지 않은 그런 비밀이 진혁에게 있었다.

"정말 아무것도 아냐."

진혁이 끝까지 아무것도 아니라고만 하자, 하리는 진혁의 손을 잡아끌어서 그를 먼저 차 뒷좌석에 태웠다. 그리고 자신은 겉에 입고 있던 카디건을 벗어서 차의 앞 유리를 덮었다. 하리가 왜 그러는지 이유를 알지 못하는 진혁은 그저 하리가 하는 행동을 지켜만 볼 뿐이었다. 앞 유리를 옷으로 단단히 가린 하리는 이제 옆에 있던 커다란 간판을 끌어다가 차 앞에 세웠다. 그리고 차의 앞으로 달려나가 동서남북으로 열심히 고개를 돌리며 거리에 지나가는 사람이 아무도 없는 것을 확인한 후, 자신도 차의 뒷좌석에 탔다.

"뭐 하는 거야?"

차 뒷좌석에 나란히 앉아 있는 이 상황이 이해가 되지 않아 진혁이 물었다.

"앞자리는 너무 좁으니까."

뭐가 좁다는 건지.

"옷은 왜 저기다 걸어놨어?"

"그래야 안 보이니까."

무언가 이상한 게 짐작되기 시작한 진혁은 조심스럽게 고개를 돌려 하리를 쳐다보았다. 하리가 천진난만하게 씨익 웃으면서 말을 했다.

"이제 선생님은 제가 묻는 대로 다 말하게 될 거예요."

뭐야? 고문이라도 하겠다는 거야?

"하리야, 정말 아무 일……."

끝까지 입을 다물려고 하던 진혁은 그의 입을 덮어오는 하리의 입술 때문에 더 이상 말을 이을 수가 없었다. 하리는 키스의 힘으로 진혁의 몸을 뒷좌석에 눕게 하고는 그의 몸 위로 올라탔다. 두 사람의 움직임에 맞추어 차가 살짝 흔들렸다.

"킥. 선생님, 차에서 키스하는 거 너무 야하지 않아요?"

하리의 밑에 깔린 진혁이 곤란하다는 듯이 말했다.

"차가 야한 게 아니라, 네가 야해! 그만 해! 너희 집 근처잖아."

"그러니까 다 가렸잖아요."

이미 하리의 카디건은 어딘가에 날아가 보이지도 않았다. 할 수 없이 진혁은 하리의 머리를 가능한 자신에게로 끌어당겼다. 그래야 밖에서 보이지 않을 테니까.

입술과 입술이 부딪치고, 다시 만난 혀가 탱고를 췄다. 서로의 타액이 섞이면서 탁한 신음 소리가 짙어졌다. 좁은 뒷좌석에 억지로 구겨 넣은 몸이 불편해서 죽을 것 같았지만, 키스는 점점 깊어졌다. 그리고 하리의 손은 모험을 떠나기 시작했다.

진혁의 가슴을 시작으로 하리의 손가락이 조심스럽게 밑으로 내려가기 시작했다. 키스에 정신이 팔려 미처 알지 못했던 진혁은 갑자기 자신의 바지 위로 다가오는 누군가의 손을 느끼고 놀라서 몸을 일으켰다. 하지만 위에 올라타 있는 하리의 몸 때문에 일어날 수가 없었다.

"강하리, 뭐 하는 거야?"

진혁이 힘겹게 숨을 쉬며 하리에게 물었다. 하지만 하리는 흥분한 진혁의 몸을 느끼고 신기해하느라 정신이 없었다.

"선생님, 커졌어요."

"그거야 네가……."

진혁은 도저히 말을 이을 수가 없었다. 하리의 손이 진혁의 그곳을 겁도 없이 만지기 시작했기 때문이다. 이성이 진정시키기도 전에 이미 본능에 너무도 충실한 그곳은 아플 정도로 팽창해 있었다. 병원 안에서의 근엄하고 위엄 넘치는 전문의 도진혁은 이 차 안에 더 이상 없었다. 그곳을 장악하면 남자가 꼼작 못한다는 소리가 이런 뜻인 줄은 몰랐던 하리는 금방이라도 죽을 것처럼 헉헉대는 진혁을 신기하고도 난감하다는 눈으로 내려다보았다. 꼭 자신이 진혁을 괴롭히고 있는 것만 같았기 때문이다. 하리는 조심스럽게 손을 빼냈다.

"죄송해요, 선생님. 이렇게 힘들어하실 줄은 몰랐어요."

이미 혼자의 힘으로는 흥분을 제어할 수 없게 된 진혁은 원망스러운 눈으로 하리를 올려다보았다.

"도대체 누가 너한테 이런 걸 가르쳐 준 거야!"

아마도 이 순간 하리의 입에서 권시후가 튀어나온다면 도진혁은 죽을 때까지 그를 미워할 것이기에 하리는 그냥 입을 꾹 다물었다. 그건 그렇고, 정말 엉터리 강사이다. 시후의 말에는 진혁이 너무 좋아 죽을 거라는 말만 있었지, 죽을 것처럼 괴로워하거나 화를 낼 거라는 소리는 없었다.

그리고 진혁에게 하리는 정말 너무도 어설픈 도발녀였다. 그래서 더 나빴다. 시작을 했으면 끝까지 가야 하는데, 자기 멋대로 시작했다 자기 멋대로 끝내 버렸다. 더 화를 낼 수도 없고, 더 해달라고 부탁할 수도 없는 이 상황이 진혁은 정말 죽고만 싶었다.

"너 앞으로 내 근처 2m 접근 금지야."

엄포를 놓기는 했지만, 아무래도 그 말을 어기게 되는 건 자신이 먼저일 게 뻔했다. 그렇게 멀리 떨어져 있으면 키스도 못할 테니 말이다.

띠리리리.

하리네 집으로 전화 한 통이 걸려왔다. 중앙병원이라고 했다. 뉴스를 보고 강하리가 꼭 자기네 병원에서 일하기를 바란다고 했다. 그날 같이 일하고 싶다고 전화 온 병원은 중앙병원을 시작으로 무려 세 통이나 되었다.

정말 신기한 세상이었다. 강도를 만나고 취직 자리가 생겼으니 말이다. 다시 일할 자리가 생겼지만 하리는 퍽 기뻐하지 않았다. 서울 병원을 나가게 된 게 그리 좋은 이유가 아니었기 때문이었다.

하리가 다시 일하기 위해 선택한 병원은 중앙병원이었다. 진혁의 추천이었다. 이제 진혁과 같은 병원에서 일할 수 없다는 것이 아쉬웠지만, 어쩔 수 없는 일이었다. 그렇다고 다시 서울병원으로 갈 수는 없었으니까. 하리가 다시 가고 싶다고 해도 이제는 모든 것을 알아버린 원장이 하리를 받아주지 않을 것이다.

"이 인턴 생활 정말 언제나 끝나려나."

하리는 앞으로 자신이 일하게 될 중앙병원을 올려다보며 한숨을 내쉬었다. 레지던트 이 년차가 되어야 진혁이 결혼을 해준다고 했는데, 아직 인턴 끝나는 것도 멀었다. 정말 갈 길이 너무도 멀어 보여 한숨만 나왔다.

하리가 중앙병원에서 처음 만난 사람은 원장 아들이라는 사람이었다. 은행 강도 덕으로 일자리 구한 사람 면상을 보고 싶었단다.

"강하리라고? 강하게 살라는 뜻의 순 우리말 맞나?"

놀랍게도 하리의 이름 뜻을 알고 있었다.

"나도 우리말 이름이야. 권로움, 슬기로움에서 따온 '로움' 이지."

거기다 이름도 하리보다 멋들어졌다. 권로움과 좋았던 건 딱 자기 이름 소개까지만이었다.

"이 병원에서 일하려면 꼭 알아야 하는 말이 하나 있다."

갑자기 군대식으로 말투가 변했다. 곱상한 외모에 카리스마를 뿜어내는 것이 뭔가 심상치가 않았다.

"선배는 하늘! 후배는 땅! 자기보다 위 선배한테는 무조건 복종이야. 알았어?"

"네, 알겠습니다."

"앞으로 자주 보게 될 테니까, 두고 보겠어."

"자주 보게 된다니요? 그럼?"

“그래, 너 오늘부터 내가 있는 일반외과 인턴이다. 각오는 되어 있겠지? 없으면 지금 당장 돌아서서 나가 버려. 서울병원은 어땠는지 몰라도 여기는 무조건 스파르타식이야.”

어쩐지 하리는 당장 진혁에게 전화를 하고 싶었다. 같이 일하게 된 선배의 성격이 정말 악당 같아 보인다고 그에게 전화해 투정을 부리고 싶었지만 그럴 수가 없었다. 그럼 그가 걱정할 게 뻔하니까. 그래서 그저 ‘알겠습니다’라고 순순히 대답하고 중앙병원에서의 인턴직을 시작했다.

[중앙병원에서의 인턴 생활은 어때?]

저녁때쯤 진혁에게서 전화가 걸려왔다. 하리는 몰래 비상계단으로 와서 전화를 받았다.

“선생님, 전 여기서 진정한 시다바리의 뜻을 알았어요.”

[뭐?]

“권시후보다 더해요. 이건 완전 자기가 절대군주인 줄 알아.”

[누구 말하는 거야?]

“선생님도 아시려나? 이 병원 원장 아들이…….”

막 로움에 대해 말하려는데, 비상계단의 문이 거칠게 열리며 권로움이 진짜 등장하였다.

“너 여기서 뭐 하는 거야! 지금이 수다나 떨면서 노닥거릴 때야!”

로움은 하리의 손에서 핸드폰을 억지로 뺏어서는 자신의 주머니에 넣으며 말했다.

“핸드폰 압수야! 앞으론 호출기만 써!”

“네? 선생님, 그러는 법이 어디 있어요! 저 핸드폰 없으면 안 돼요!”

“뭐? 안 돼? 너 벌써 잊었어? 내가 선배는 뭐라고 했어?”

“선생님!”

“선배는 뭐라고 했냐고!”

하리는 기어들어 가는 목소리로 말했다.

“하늘이요.”

“좋아! 땅, 당장 특수검사실 가서 1135호 환자 검사지 가지고 와!”

“네.”

풀 죽은 걸음으로 계단을 내려가던 하리가 갑자기 뒤로 돌아 뛰어와서는 로움의 주머니에 있는 핸드폰을 뺏어 들고는 후다닥 계단을 뛰어 내려가 버렸다.

“야! 이 방자한 땅! 너 돌아오면 각오해!”

화가 난 로움의 고함 소리가 바로 머리 위에서 들려왔지만 하리는 핸드폰을 손에 쥐고 웃으면서 계단을 뛰어내려 갔다. 하지만 그 핸드폰이 로움의 것이라는 걸 알았을 때는 두 배로 절망했다.

인턴은 24시간 병원에 매어 있는 몸이기 때문에 오프 날이 아니면 병원 밖으로 나갈 수가 없었다. 진혁을 못 본 지 일주일이 되어가는 날 하리는 하루 종일 구슬픈 ‘보고 싶은 님’ 이라는 노래를 부르다 절대군주 권로움에게 숨도 쉬지 말라는 엄명과 함께 마스크를 하사 받았다. 하지만 로움은 마스크를 준 자신의 행동을 후

회해야 했다. 마스크 위에 웃는 입 모양을 그리고 병동을 돌아다니는 하리의 모습은 광대가 따로 없었기 때문이다. 그리고 왜 그러고 돌아 다니냐는 사람들이 질문에 하리는 꼭 로움의 이름을 들먹였다. 이 광대 꼴을 로움이 시켰다는 것이다. 결국 권로움은 자신도 모르는 새 가장 이상한 인간이 되어버리고 말았다.

하리는 늦은 저녁 시간에 환자의 핸드폰을 빌려 진혁에게 몰래 전화를 했다.

"오늘 하루 잘 지내셨어요?"

[그건 내가 물어야 될 말 같은데.]

"저는 잘 지냈어요."

[거짓말, 사고 쳤잖아.]

"무슨 말씀이세요? 제가 매일 사고만 치는 줄 아세요! 열심히 일 했다고요."

[그런데 입에 그 이상한 마스크는 뭐야?]

"아, 이거요! 군주께서 숨도 쉬지 말라고 주신 거…… 근데 제가 마스크 쓴지 어떻게 아셨어요?"

"굉장히 우스운 꼴이지만, 사랑하니까 봐줄게."

갑자기 뒤에서 낮게 들려온 진혁의 목소리에 놀라 하리는 고개를 번쩍 쳐들었다. 바로 위에 진혁의 얼굴이 있었다. 오랜만에 보는 그의 얼굴이 꼭 신기루처럼 느껴졌다. 너무 보고 싶다고 생각하니까 나타난 허상 같은 느낌이었다. 전엔 이 얼굴이 사라져 버릴 것만 같은 신기루 같아 불안했는데, 이렇게 보고 싶을 때 나타나주는 신기루라면 너무도 환영이다.

"진짜 선생님이에요?"

진혁이 손이 하리의 입을 가리고 있는 마스크를 벗겨냈다.

"……그래."

익숙한 그의 체취, 그의 입술, 진짜 진혁이었다.

"병원을 나와서 집으로 가는데, 오늘은 꼭 너를 만나야겠다는 생각이 들더라고."

오프 날도 아닌 날, 갑자기 자신을 찾아온 게 자신을 너무 보고 싶어서라는 말로 이해한 하리는 기분 좋게 웃었다.

"아무래도 사실대로 말해야 할 것 같아서……."

그런데 진혁의 말은 어쩐지 점점 고해성사처럼 되어갔다. 하리는 진혁이 무슨 말을 할지 몰라 멀뚱히 그를 쳐다보았다. 진혁은 무슨 힘든 말을 하려는지 한참이나 뜸을 들였다.

"그냥 모른 척 지낼 수 있다면 좋겠지만, 어차피 알게 될 사실이니까."

진혁은 입이 마르는지 자꾸만 입술을 적셨다. 많이 망설이는 진혁이 느껴져 하리도 덩달아 불안해졌다. 그가 불안해하면 하리는 두 배로 더 불안했다. 그건 하리가 항상 진혁에게 의지하고 있기 때문이었다. 결국 하리가 참지 못하고 입을 열었다.

"선생님, 중요한 말 아니면 다음에 하세요."

불안한 말이라면 차라리 안 듣는 게 나을 것 같았다.

"아니, 할게. 해야 되는 말이야."

진혁이 고개를 돌려 하리를 쳐다보았다. 망설이던 진혁은 결심한 듯 입을 열었다.

"난 대학에 들어가고 나서 한 번도 어머니를 만난 적이 없어."

이야기는 생각도 못한 진혁의 어머니에 관한 것이었다.

"네? 왜요? 돌아가셨어요?"

"아니, 내가 버리고 나왔어. 난 어머니가 부끄러웠거든."

하리는 더 이상 물어볼 수가 없었다. 그냥 진혁이 스스로 끝까지 말할 수 있도록 그를 쳐다보기만 했다. 진혁은 말하기가 괴로운 듯이 눈을 감았다.

"술을 팔고, 웃음을 팔아서 날 키운 어머니가 너무도 부끄러웠어."

힘들게 고해성사를 하는 진혁에게 무슨 말을 해야 할지 몰라 하리는 조용히 듣기만 하였다.

"그래서 네 친어머니가 좋았던 것 같아. 너무 고우셨거든. 매일 술에 찌들어 있고, 욕을 쉽게 뱉어내고, 돈을 벌기 위해 남자들에게 항상 웃음을 팔았던 우리 어머니와는 너무 달리, 그저 곱기만 해서 좋았어."

진혁의 말이 자신의 친어머니로 옮겨지자 하리의 얼굴에 작게 주름이 생겼다.

"난 차라리 그런 험한 일을 하면서 꿋꿋하게 선생님 키운 선생님 어머니가 더 좋은데요."

진혁은 하리가 그렇게 말할 줄 알았다는 듯이 웃었다.

"그래, 네가 나 대신 우리 어머니 좋아해 줘. 난 너 대신 너희 어머니 좋아해 드릴 테니까."

하리는 잠시 말없이 진혁을 쳐다보다 이렇게 판단을 내렸다.

“그게 혹시 우리가 천생연분이라는 뜻이에요?”
진혁은 크게 웃으며 하리의 말에 동의했다.
“그래, 그 뜻이야!”

에필로그 I

─청혼해 주세요─

"내가 성적 매력이 없니?"

하리의 질문에 같이 밥을 먹던 이후는 씹지도 않은 깍두기를 그대로 삼켜 버렸다.

"컥! 선배님, 제발 밥 먹는데 그런 질문 좀 하지 마세요! 소화가 안 되잖아요."

"인턴, 지금 감히 레지던트를 훈계하는 거냐! 내일부터 굶으며 일하고 싶어?"

하리는 게기는 인턴에게 나름대로 험악한 얼굴을 하며 말했다. 후배 인턴은 선배인 하리가 무섭지는 않았지만 밥을 굶고 싶지는 않았기에 이후는 밥을 먹으며 지극히 가식적으로 대답했다.

"선배님은 섹시 덩어리입니다. 만족하십니까?"

하지만 만족하지 않은 듯 하리는 아까보다 더 무서운 얼굴로 이후를 쏘아보았다.

"그런데 왜 우리 선생님은 날 그냥 내버려 두는 거야?"

"그럼 섹시하게 부탁하세요, 제발 건드려 달라고."

퍽!

하리는 들고 있던 숟가락을 그대로 이후의 이마를 사정없이 때려 버렸다. 하여튼 요즘 인턴들은 너무 건방지다. 내가 인턴일 때는 레지던트에게 기어오르는 건 결코 상상할 수 없었는데 말이다.

"넌 사상 최악의 인턴이었어. 사고뭉치 인턴보다는 건방지더라도 일 잘하는 인턴이 낫다."

인턴에 대한 불만을 토하는 하리에게 로움은 거침없이 너보다는 나았다고 말했다.

"하긴 이후는 딱 선생님 과죠? 둘이 닮았어요. 건방지고, 자기 잘난 줄만 아는 게. 아, 피곤해. 왜 위아래로 이런 건방진 인간들만 있는 건지. 이래서 외과로는 안 오려고 했는데!"

하리는 현재 중앙병원 일반외과 레지던트 이 년차에 막 들어섰다. 결코 인턴을 마무리 지을 수 없을 거라는 주위의 우려를 깨고 논스톱으로 이만큼 달려온 것이다.

레지던트 이 년차이다. 바로 진혁이 결혼을 하자고 한 그 해가 된 것이다.

"올해는 결혼한다며! 그런데 왜 아직도 청첩장을 안 줘!"

조민숙 여사는 하리를 보자마자 성을 내며 말했다.

"저도 드리고 싶어요. 하지만 아드님이 잊어버렸는지 말도 꺼내지 않는데 어떻게 해요.”

조민숙 여사는 진혁의 어머니였다. 처음 만났을 때, 너무도 진혁과 달라서 그녀가 진혁의 어머니라는 게 믿기지 않았었다. 드세고, 교양도 부족하신 분이지만, 그래도 하리는 진혁의 어머니를 좋아하게 되었다. 왜냐하면 그녀는 강하기 때문이다. 진혁의 말이 맞았다. 진혁이 하리의 친어머니를 좋아할 수 있었던 것처럼 하리는 진혁의 어머니를 좋아할 수 있었다. 적어도 친엄마보다는 진혁의 어머니가 훨씬 좋았다.

“뭐야? 그럼 올해도 물 건너간 거야?”

“이제 겨우 3월입니다! 올해는 아직 구 개월이나 남았다고요!”

“할 맘이 있었으면 벌써 식장 잡고 청첩장 뽑았지.”

“해요! 무슨 일이 있어도 올해 내로 할 거예요.”

하리는 진혁의 어머니에게 올해는 꼭 결혼한다고 호언장담을 하고 돌아왔다.

“까아악!”

이른 새벽, 하리의 방에서 들린 비명 소리 때문에 놀란 다이가 하리의 방문을 열고 들어왔다. 하리가 식은땀을 흘리며 침대 위에 앉아 있었다. 악몽이라도 꾼 것 같았다.

“악몽 꿨어?”

“응.”

“무슨 꿈인데?”

“선생님이……”

“하여튼 그 선생님 소리 빠지면 이야기가 안 되지.”

다이는 이제 지겹다는 얼굴을 하였다. 하지만 하리는 심각했다.

"선생님이 결혼 레지던트 이십이 년차에 하자고!"

"레지던트 이십이 년차? 그런 것도 있어?"

"없어! 그딴 거 없다고! 이거 무슨 꿈이지? 엉? 다이야!"

"내가 어떻게 알아? 그런 말을 한 본인한테 직접 물어봐."

"그래, 그러는 게 낫겠다."

하리가 바로 핸드폰을 꺼내 들자 다이가 놀라서 물었다.

"지금 하려고? 새벽 4시야!"

"레지던트 이십이 년차에 결혼하자고 했단 말이야!"

진짜 전화를 거는 하리를 보고 다이는 포기하고 방을 나갔다. 어차피 귀찮은 건 자신이 아니라 그 남자니까. 하지만 귀찮아진 건 끝까지 다이였다.

"다이야, 어떡해! 전화를 안 받아!"

"새벽 4시라고!"

다음날 하리는 중앙병원으로 출근하기 전에 서울병원에 먼저 들렀다. 하지만 올 때마다 밖에서 진혁을 기다릴 뿐이었다. 안에 들어가 본 적은 한 번도 없었다. 겨우 몇 달 인턴 과정을 한 곳이지만, 하리에게는 아직도 중앙병원보다 더 친근한 병원이었다. 아마도 진혁 때문인 것 같았다. 이곳에서 그를 만났으니까.

밖에서 서울병원을 올려다보던 하리는 무슨 결심을 한 것인지, 병원 안으로 발걸음을 했다. 아직 6시 30분 정도밖에 안 된 시간이었기에 병원 안에는 걸어다니는 사람이 별로 없었다. 그리고 있다고 해도, 몇 년 만에 서울병원에 온 하리를 알아보는 사람은 없을 것이었다. 하리는 흉부외과가 있는 팔층을 눌렀다. 하지만 이제 그곳에서도 하리를 알아보는 사람은 진혁을 빼고 아무도 없을 것 같았다. 용준은 공부를 더 하고 싶다면서 레지던트 과정을 모두 마치자마자 바로 외국으로 떠났고, 혜림은 몸이 안 좋아 지금 휴직 중이라고 했다.

팔층 엘리베이터 문이 열리면서 낯익은 병동이 눈앞에 펼쳐졌다. 하리는 조심스럽게 병동 안으로 발걸음을 했다. 낯선 간호사가 간호사 스테이션을 지키고 있었다. 아마도 신입인 것 같았다.

"안녕하세요. 혹시 도진혁 선생님 지금 병원에 계신가요?"

도진혁을 찾는 하리를 간호사는 경계하는 표정으로 올려다보았다.

"선생님은 왜 찾으시는데요?"

그 말은 있다는 소리다. 역시 어젯밤 병원에서 밤을 샜나 보다. 그럼 의국 아니면 중환자실에 있을 것이다. 하리는 더 이상 간호사에게 묻지 않고 자신의 발로 진혁을 찾아 나섰다. 뒤에서 간호사가 왜 진혁을 찾냐고 물어왔지만, 하리는 그냥 무시하고 걸어갔다.

내 애인 내가 찾겠다는데, 네가 왜 자꾸 이유를 물어!

하리는 우선 당직실로 가보았다. 하지만 침대는 비어 있었다. 벌써 일어났거나 아예 자지 않았다는 소리다. 그리고 다음으로 의국에 가보았다. 부디 중환자실에는 없길 바랐다. 만약 그곳에서 만나면 할 이야기를 못할 것 같았다.

다행히 진혁은 의국에 있었다. 그는 의자에 앉은 채 불편하게 자고 있었다. 침대가 편할 텐데 진혁은 의자에서 그대로 잠이 드는 일이 많았다. 하리는 진혁이 자고 있는 의자로 걸어가서 진혁의 무릎 위에 앉아버렸다. 갑자기 자신을 누르는 묵직한 느낌에 선잠을 자던 진혁이 놀라서 깼다.

"강하리?"

눈 뜨자마자 보는 게 하리라는 게 믿을 수 없다는 듯이 진혁이 하리를 놀란 눈으로 쳐다보았다. 혹시 자기가 있는 게 병원이 아닌가 해서 주위까지 둘러보았다.

"선생님이 자꾸 바쁘다고 하니까, 제가 여기까지 온 거잖아요!"

하리가 질책하듯이 진혁에게 말했다. 오늘이 보름 만에 처음 보는 것이었다. 중간에는 바쁘다고 전화까지 거의 안 했었다.

"어제는 전화도 계속했는데, 받지도 않고."

전화를 했다는 말에 진혁은 핸드폰을 꺼내 부재중 전화를 확인하였다. 스무 통이나 와 있었다. 그 숫자와 새벽 4시라는 시간에 놀라 진혁이 물었다.

"왜? 무슨 일 있었어?"

"네, 정말 큰일이었어요."

"뭔데? 무슨 일이야?"

진혁은 정말 걱정스런 표정으로 물었다. 바쁘다고 잘 만나주지도 않지만 그는 언제나 변함이 없었다. 자기 마음을 다 주었다고 한 그때와 조금도 변하지 않았다. 단지 문제는 병원이 달라서, 그리고 너무 바빠서 자주 볼 수가 없다는 것이다. 그래서 하리가 더 결혼에 목말라하는 것이다. 적어도 한집에 살면 아침, 밤으로 얼굴을 꼬박꼬박 볼 수 있을 테니까.

"응? 하리야, 무슨 일이야?"

"보고 싶어 죽는 줄 알았어요."

"뭐?"

"갑자기 선생님이 너무 보고 싶어 숨을 쉴 수가 없는 거예요. 심장도 막 아파오고, 진짜 그대로 숨넘어가는 줄 알았어요."

하리는 목을 졸랐다가 왼쪽 가슴을 움켜쥐었다가 그대로 꼴가닥 하는 흉내까지 냈다. 그리고 그대로 진혁을 끌어안았다.

"그래서 잠깐 얼굴 보려고 온 거예요. 숨은 쉬어야 일을 하잖아."

조금 투정을 부리려고 왔다. 나도 좀 신경 써달라고. 주위 사람들에게 모두 투정 부려도 답답함이 풀리지 않으니까 결국 진혁에게까지 온 것이다. 아침부터 좀 당황하기는 했지만, 그래도 큰일은 아니라는 것에 진혁은 안도의 한숨을 내쉬었다.

"깜짝 놀랐잖아, 정말 큰일인 줄 알고."

"큰일이라니까요! 숨을 못 쉬겠다는데 흉부외과 의사가 그렇게 말하면 어떻게 해!"

하리가 원망스런 얼굴로 그를 쳐다보자, 진혁이 달래듯이 물었다.

"그래서 어떻게 치료해 줄까?"

"키스해 줘요."

진혁이 하리의 얼굴을 두 손으로 감싸고, 쪽 소리가 나게 모닝 입맞춤을 해주었다.

“이건 뽀뽀잖아요. 나 뽀뽀뽀 볼 나이 아니란 말이에요.”

하지만 하리는 만족하지 못한 듯이 불만을 토했다.

“아침이잖아.”

“그럼 오늘 밤에 해줄 거예요?”

“아, 오늘 밤은 조금…….”

“바쁘다고요?”

“응.”

난감한 얼굴을 하고 있는 진혁에게 이번엔 하리가 먼저 진하게 키스했다. 그의 입술을 삼켜 버릴 듯 빨아들이고, 그의 혀를 뽑아 버릴 듯 부둥켜안고, 그리고 콱 물어버렸다.

물린 입술이 너무 아파 진혁은 자신도 모르게 얼굴을 찌푸렸다. 화가 난 하리는 바로 진혁의 무릎에서 일어나 의국 밖으로 걸어나가며 외쳤다.

“내가 전화하기 전에는 전화도 하지 마요!”

“하리야, 잠깐만!”

진혁이 급하게 의자에서 일어나며 하리를 불렀지만, 하리는 이미 나가 버리고 없었다. 진혁은 쫓아가지도 못하고 그 자리에 선 채 피곤한 한숨만 내쉴 뿐이었다.

그때 오진이 놀란 표정을 하고 의국으로 들어왔다.

“야, 나 방금 강하리 본 것 같은데…….”

진혁에게 하리에 대해 물어보려던 오진은 입술에 립스틱을 묻히고 서 있는 진혁을 보고 더 이상 묻지 않았다.

"어휴, 새벽부터 열렬하네."

"그런 거 아냐!"

"입술에 묻은 립스틱이나 닦고 오리발 내밀어라."

오진의 말에 진혁은 그제야 손으로 입술을 쓸며 립스틱 자국을 지웠다.

"아, 그런데 원장님은 아직도 중환자실에 계셔?"

오진의 질문에 진혁은 고개를 끄덕였다.

"그쪽도 만만치 않단 말이야. 아무리 마누라 사랑이 세계평화 보다 더 크다지만, 수술하기 전부터 지금까지 며칠이냐. 나라면 죽어도 그렇게 못한다."

"그게 무슨 소리예요?"

갑자기 들린 하리의 목소리에 두 남자가 놀라서 동시에 고개를 돌렸다. 화내며 가버렸던 하리가 다시 돌아와 있었다. 아무래도 진혁에게 지나치게 화를 낸 것 같아 사과를 하러 돌아온 것이었 다. 그런데 어이없게도 이상한 소리를 들어버렸다.

"선생님, 누가 수술을 해요?"

자신의 친어머니 이야기를 듣고 여전히 혼란스러워하는 하리를 진혁이 난감한 눈으로 쳐다보았다. 이래서 말하기가 꺼려졌었다. 혹시나 하리까지 힘들게 할 것 같아, 차마 말하지 못한 것이었는 데. 그래서 놀란 것이었다. 생전 서울병원에 오기를 꺼려하던 하 리가 오늘따라 눈을 뜨자마자 보였기에. 처음엔 김 여사의 소식을 모두 알고 온 것인 줄 알았다.

"폐암이요? 암이요?"

자신의 생모가 폐암이라는 말에 하리의 눈이 충격으로 커졌다.

"아, 그런데 폐암 1기야. 빨리 발견되어서 위험한 상황은 아니야. 암세포도 깨끗하게 떼어냈으니까 이제 괜찮아질 거야."

"그러니까 그 수술을 선생님이 했다고요?"

"그래."

"언제요?"

"어제."

하리는 더 이상 물어보지 못하고, 침묵하였다. 진혁이 조심스럽게 물었다.

"만나볼래?"

"아뇨, 제가 왜 만나요! 아뇨, 안 만나요."

하리는 병원에 출근해야 한다면서 자리에게 일어났다. 급하게 떠나려는 하리를 진혁이 뒤에서 끌어안았다.

"하리야, 나 여기 있다. 잊지 마."

또 이 년 전처럼 자신이 없는 곳에서 울까 봐 걱정이 되었기에 쉽게 하리를 놓아줄 수가 없었다.

"저 괜찮아요. 내가 아픈 것도 아니잖아요."

모질게 말하는 게 이미 안 괜찮다는 이야기이다. 전혀 강하리답지 않은 말투였으니까.

"힘들다. 언제까지 외면만 할 거야. 강하리가 이럴 때마다 내가 힘들다."

"어차피 나랑 남남이에요. 그런데 좀 모른 척하면 어때요."

"넌 왜 한 번도 묻지 않는 거니?"

“뭘요?”

“왜 네 어머니가 널 다른 사람에게 보내야 했는지.”

“그런 거 알아서 뭐 해요. 어차피 안다고 해도 달라질 거 하나 없는데. 그런 거 몰라도 살아가는데 아무 문제 없어요. 난 지금 부모님들이 너무너무 좋다고요.”

“그래서 보낸 거잖아.”

“네? 무슨 소리예요?”

“네가 지금 가족들과 행복하게 살아갈 수 있을 거라고 믿었으니까.”

하리는 진혁이 원망스러웠다. 오늘따라 자신의 편이 아니라 그녀의 편에 서서 이야기하는 그가 너무 원망스러웠다.

“그리고 정말 그랬잖아. 넌 행복하게 살았어.”

그의 말이 하나 틀린 게 없다는 게 더 화가 났다.

중환자실이다. 뜬눈으로 밤을 샌 최 원장은 여전히 김 여사의 병상 옆을 지키고 있었다. 면회가 제한된 시간이었지만, 원장의 권한으로 아무도 그를 이곳에서 내쫓을 수 없었다.

“어머, 웃으시는데요. 좋은 꿈을 꾸시나 봐요.”

간호사는 아직 의식을 찾지 않은 김 여사의 얼굴에 미소가 걸리자, 다행이라는 표정을 지으며 밤새 김 여사의 병상을 지킨 최 원장에게 말했다. 웃는다는 건 좋은 징조였으니까 이제 최 원장도 안심할 거라고 생각했다. 그런데 어쩐 일인지 최 원장의 표정은 아까보다 더 가라앉아 있었다. 현실 안에 살고 있는 최 원장은 꿈 속에서 행복해하고 있는 김 여사의 얼굴을 조심스럽게 쓸며 씁쓸하게 웃었다.

"당신은 여전히 현실보다 꿈속이 더 행복한가 보네."

한 번도 그녀가 무슨 꿈을 꾸며 그리 행복해하냐고 묻지 않았다. 별로 알고 싶지 않았다. 평생 알고 싶지 않은 비밀이었다.

병원 앞이다. 하리는 한참이나 병원 건물을 바라볼 뿐 쉽게 들어가지는 못했다. 아까는 진혁을 만난다는 생각에 아무 망설임 없이 들어갔지만 이번에 들어간다면 자신의 친어머니를 만나야 하는 것이다. 그것도 중환자실에 누워 있는 그녀를 본다는 것이 쉽지 않아 하리는 그 자리에 못 박힌 말뚝이라도 된 것처럼 쉬이 움직이지 못했다. 하리의 판단은 느렸지만 진혁은 재촉하지 않았다. 그저 하리가 마음이 가는 대로 하게 둘 생각이었다.

"그런데 선생님."

하리가 여전히 그 자리에 선 채 진혁을 불렀다.

"응?"

"저 이제 레지던트 이 년차예요. 아시죠?"

"알아."

"그런데 무슨 할 말 없으세요?"

"음, 할 말?"

"전 있거든요."

"그래? 무슨 말?"

"올해 내로 안 하면 전 평생 안 해요."

진혁이 놀라서 고개를 돌리니 하리는 비장한 표정으로 앞만 쳐다보고 있을 뿐이다. 잠시 침묵이 흘렀다. 새벽 병원 앞에서 두 연인의 미묘한 심리전이 펼쳐졌다. 진혁은 고개를 돌려 주위를 살폈다. 아침이라서 지나가는 사람은 아무도 없었다. 고개를 돌려 다시 하리를 보니 아까와 똑같은 표정으로 앞만 보고 있을 뿐이었다. 진혁은 두어 번 헛기침을 했다.

"네가 나의~ ♪ 부인이 돼줬으면 해♬"

노래는 노래 같지도 않게 너무도 단조롭게 시작되었다. 그래서 하리는 그게 노래인지도 몰랐다.

"나의 아이의~ ♪ 엄마가 돼줬으면 해♬"

계속 화난 표정이던 하리의 얼굴에 미소가 번졌다. 진혁이 부르는 노래는 처음 듣는데, 정말 못했다. 그런데도 감히 프러포즈를 노래로 하려고 한 그 용기가 가상할 정도였다.

"내가 너의~ 아침을 해줬으면 해. 하루의 시작을 늘 그렇게 했으면 해♬"

자신이 들어도 민망한지 진혁의 노랫소리는 점점 소심해졌다. 하지만 그래도 끝까지 이어지는 노래에 하리의 미소가 점점 커져 갔다. 중환자실에 누워 있던 김 여사의 미소도 점점 커져 갔다. 진혁의 수줍은 미소도 조금씩 커져 갔다.

"강하리라고 짓자, 강하게 살라는 뜻의 강하리! 굉장한 이름이지?"

"여자애면 어떻게 해?"

"여자애도 좋고, 남자애도 좋지."

"당신은 만날 뭐든 좋대."

“푸하하하하하! 그럼 좋지, 안 좋을 게 뭐가 있겠어? 이렇게 사랑하는 부인도 있고, 귀여운 우리 아기도 있는데.”

“부인이라니, 아직 결혼도 안 했는데.”

“결혼식! 한다! 이제 문제없어! 당신 부모님도 이제 허락하실 거야.”

“만날 문제없대.”

“진짜야! 나 이제 고아 아냐! 우리 형 찾았거든. 나한테 형이 있다고.”

“응? 진짜?”

“그래, 내가 있을 거라고 했잖아. 진짜 있었어. 내가 전화하니까 자기도 만나고 싶었다고 하잖아! 푸하하하하하!”

“그렇게 좋아?”

“그럼 당연히 좋지! 난 부인도 있고, 아이도 있고, 형도 있다고. 하하하하하하하!”

그리고 꿈속의 강나철의 미소가 가장 컸다. 영원히 이어질 것만 같은 호탕한 웃음이다.

에필로그 II

—들어오세요—

"**세**상에서 가장 예쁘게 찍어주세요! 귀엽고! 아름답고! 청초하고! 섹시하고!"

끝도 없이 이어지는 허황된 하리의 요구를 듣는 동안 시후는 썩은 굴이라도 씹은 듯한 표정을 지었다. 갑자기 찾아와서는 결혼을 한다고 웨딩사진을 찍어달라고 했다. 닭살 돋는 웨딩사진이라니, 전혀 시후의 스타일이 아니었지만, 그래도 밤톨만한 인정이라는 게 있었는지 그만 수락하고 만 것이었다. 그런데 이 밤톨만한 여자가 되도 안 되는 요구를 해오는 것이다. 아마 시후가 마법의 카메라라도 가지고 있다고 생각하나 보다. 정말 이럴 때 딱 들어맞는 말이 있다.

"네 주제를 알아라."

시후가 무시를 해도 좋다고 웃는다. 어째서 여자들은 다 똑같을까? 동생 바다도 그랬다. 웨딩드레스를 입고서 웃고 또 웃기만 하였다. 그래서 그냥 보내주어야 했었다. 그 웃음이 너무 행복해 보여 그 행복을 자신의 손으로 차마 망칠 수가 없었다.

"그러고 보니 내가 결혼축하도 안 해줬지?"

시후가 갑자기 답지 않게 상냥한 목소리로 말해왔다.

"네, 해주세요. 많이많이 해주세요."

"이혼축하 사진도 내가 꼭 찍어줄게."

찰칵!

자신의 말에 화난 표정을 하는 하리를 시후는 카메라에 담았다. 그리고 좋다고 웃었다. 아무래도 그에게 맡긴다면 웨딩사진이 위험할지도 모르겠다.

심술궂은 권시후의 인생을 한 문장으로 정의하자면, 십대에는 화려한 깡패였고, 이십대에는 쿨한 카사노바이고, 삼십대는 빌어먹을 청승이다.

이 길고 긴 삼십대의 길이 끝나면 그에게도 찬란한 사십대가 올까?

외래진료를 마치고 나오는 진혁의 핸드폰이 울렸다. 하리였기에 진혁은 반가운 마음으로 핸드폰의 폴더를 열었다.

[선생님, 하리예요.]

진혁이 전화를 받자마자 통통 튕기는 하리의 목소리가 진혁의 귀를 간질여 왔다. 만난 지 몇 년이 지나는 동안 분위기는 어른스

러워졌지만, 이 아이 같은 목소리만은 여전하다. 아마도 죽을 때
까지 변하지 않을 것 같았다.

[언제 끝나요?]

"왜? 만나자고?"

[아뇨, 저 이미 기다리고 있는걸요. 그런데 선생님이 늦으니까,
너무 심심해.]

"기다리고 있다고? 어딘데?"

[우리 신혼집이요.]

진혁과 하리는 결혼하면 지금 진혁이 살고 있는 오피스텔에서
신혼살림을 시작하기로 했다. 그러니까 하리는 지금 진혁의 집에
있다는 소리였다.

진혁은 저도 모르게 손목시계를 보았다. 벌써 밤 10시가 넘어가
고 있었다.

"언제까지 기다려 줄 거야?"

[선생님 오실 때까지요.]

"내가 새벽에 가면?"

[선생님이 안 오시면 새벽도 안 와요. 내 시계는 지금부터 선생
님 오실 때까지 계속 10시예요.]

"신기한 시계네. 그 시계 이름이 뭐야?"

[들으면 아마 당장 집에 오고 싶어 미칠지도 몰라요.]

"그래? 뭔데?"

하리는 뜸을 들이는 듯 빨리 대답해 주지 않았다. 진혁이 두 번
이나 더 물어야 그 신기한 시계의 이름을 말해주었다.

[여보, 빨리 들어오세요. 맛있는 밥 만들어서 기다리고 있을게요.]

하리의 말이 맞았다. 정말 지금 당장 날아서라도 집에 가고 싶었다.

진혁은 결국 하리와의 전화를 끊자마자 병원을 나섰다. 오피스텔에 도착하니, 진혁의 집에 불이 환하게 켜져 있었다. 진혁은 잠시 그 자리에 서서 눈부신 빛을 올려다보았다. 단지 어두운 밤 화장실에 갈 때 길을 잃지 않기 위해 필요한 것이 빛인 줄 알았는데, 그게 아니었다. 인생의 모든 가치가 저 빛 속에 들어 있었다. 진혁은 한눈팔지 않고 곧바로 오피스텔 안으로 들어갔다. 이제 저 찬란한 빛 속으로 들어가서 인생을 음미할 시간이었다.

초인종을 누르자 작은 발걸음이 빠르게 현관으로 달려오는 소리가 들렸다.

달칵! 무거운 현관문이 열리고 작은 얼굴 하나가 조심스럽게 문밖으로 고개를 내밀었다. 진혁을 올려다보며 하리가 빙그레 웃었다. 반사적으로 진혁도 미소 지었다. 하지만 마주 웃던 진혁의 미소가 서서히 작아졌다. 무언가 익숙한 시큼한 냄새가 코를 찔러왔던 것이다.

"너…… 설마 술 마셨니?"

제발 아니길 빌면서 물었다. 그런데 강하리가 다람쥐처럼 수줍어하며 말했다.

"히히, 다이가……."

"다이? 네 남동생?"

그 이름이 나올 때부터 좀 불안했다. 의사 안 하길 참 잘한 이름이다. 의사계의 이단아는 오진 하나로 족했다.

"네, 제가 밥을 조오금 태워서요. 이걸 어쩌지 라고 혼자 발을 동동 구르다 저의 구세주, 모르는 거 빼고 다 아는 다이가 생각난 거예요."

"그래서?"

"그래서 다이한테 전화를 했거든요. 그런데 다이가 그러더라고요. 밥은 잊어라! 승부수는 섹시라고!"

도대체 밥과 섹시와 술의 관계는 무엇이란 말인가?

진혁의 궁금증을 하리가 바로 풀어주었다.

"다이가 그러는데, 여자는 술을 마시면 섹시해진대요."

결국 강하리는 동생 강다이의 충고답지 않은 충고에 낚인 것이다. 술 먹고 섹시해지는 여자가 세상에 어디 있단 말이냐! 뻥인 게 뻔하지. 온 세상이 지뢰밭이다. 여기저기 다 방해만 있을 뿐이었다. 그중에 가장 큰 난관은 강하리였다. 섹시를 위해 속옷을 집어 들지 않고 술병을 집어 든 저 머릿속이 참으로 난감했다.

"하아!"

진혁은 길게 한숨을 내쉬었다. 아무래도 긴 밤이 될 것 같은 예감이 너무 깊게 들었던 것이다. 여보라는 소리에 낚여서 냉큼 달려오는 게 아니었다. 인생의 가치가 담겨 있는 빛이라니, 혼자 생쇼를 했다. 그 안에서 철없는 여보 후보 씨는 술을 홀짝이며 좋아라 하고 있는 것도 모르고 말이다. 술 깨는데 좋은 음식이 뭐가 있을까를 심각하게 고민하는데, 술에 취해 금방이라도 쓰러져 잘 것 같은 하리가 아슬아슬하게 문에 기대선 채 힘겹게 까치발을 하고서 진혁의 귀 언저리에다 속삭였다.

"제가요, 선생님 소중히 대해 드릴게요."

"어떻게 소중히 대해줄 건데?"

하리가 은밀하게 말해왔기에, 진혁도 은밀하게 물었다. 하리는 진혁에게 손을 내밀며 눈웃음을 날렸다.

"섹시하게."

곧 죽어도 섹시를 버리지 못한다. 단지 술주정인가? 진짜 자신이 섹시하다고 생각했던 걸까? 아니면 그렇게도 섹시를 동경했던 걸까?

하리의 두 손이 진혁의 어깨를 감싸 안았다. 과연 그녀가 어떻게 섹시하게 나올지 궁금해 진혁은 그냥 가만히 서 있었다. 이대로 끌고 들어가면 그냥 들어갈 생각이었다. 그런데 예상을 깨고, 하리는 진혁의 목에 키스를 했다. 드라큐라의 습격보다도 더 충격적인 자극에 진혁은 놀라 숨을 멈추었다. 하리의 입술이 닿았던 목 언저리가 불에 데인 듯 타 들어갔다. 키가 작아 그저 아무 곳에나 키스를 한 것인지, 아니면 의도적인 것인지 알 수가 없었다. 진혁이 내려다보자 하리가 해석 불가능한 표정을 짓고 있었다.

"선생님, 어쩌죠?"

뭘 어떻게 해?

"9단계나 더 남았는데……."

이대로 쓰러질 것 같은 말이었다. 9단계나 더 남았단다. 강다이! 도대체 지 누나한테 뭘 가르친 거야!

“……너무 졸려.”

“자지 마.”

진혁은 하리의 얼굴을 손으로 감싸 안고 단호하게 말했다.

“자면 화낼 거야.”

화낸다는 진혁의 말에 반응한 하리는 있는 힘껏 눈에 힘을 주었다. 말 잘 듣는 하리가 기분 좋아 진혁은 낮게 웃었다. 진혁의 웃음에 취해 하리의 눈동자는 더욱 초점을 잃어갔다.

“우리 선생님은 너무 예뻐.”

그리고 발칙하게도 진혁한테 예쁘다고 한다. 진혁은 예쁘다는 소리에 좋아할 심장을 결코 가지고 있지 않았다. 아무래도 자신을 너무 만만하게 보는 이 레이디에게 긴장감을 줄 필요가 있을 것 같았다.

진혁의 손이 얼굴에서 어깨로 내려와 드러나 있던 그녀의 쇄골을 부드럽게 쓸었다. 온 감각이 손가락 끝에서부터 전해져 와, 하리는 파르르 몸을 떨었다. 진혁의 아름다운 손가락은 서서히 밑으로 내려가 봉긋한 그녀의 가슴 위에서 원을 그렸다. 아름다운 그의 손가락은 태양을 닮아 뜨거웠다. 옷자락을 뚫고 그 열기가 전해져 왔다. 점점 몸이 땅을 떠나 부유하는 기분이었다. 어디가 땅이고 어디가 하늘인지 구분이 안 되기 시작했을 때, 하리는 진혁의 품에 안기어 있었다. 아니, 점령당해 있었다. 하아, 농담 같은 말만 하던 하리의 입에서 저도 모르게 농염한 신음 소리가 흘러나왔다.

그녀의 말대로 섹시하게, 아찔하게, 도발적으로.

“나 들어가도 될까?”

자신의 집인데도 들어가도 되냐고 물어보는 얄궂은 진혁이었
다. 하리는 진혁의 가슴에 얼굴을 묻고 뜨거워진 숨을 힘겹게 내
쉬며 속삭였다.

“네, 들어오세요.”

심장이 저릿할 정도로 아찔한 밤이다.

이 글을 연재하기 시작한 게 제가 막 면접을 보러 다닐 때였습니다. 그리고 연재를 끝낸 게 첫 직장에서 거의 한 달쯤 되었을 때, 그리고 수정을 한 게 첫 직장에서의 신입 때였습니다. 어쩌면 저의 인생에서 가장 힘든 시기에 쓴 글이었습니다. 그래서 그럴까요. 쓰면서 유쾌하게를 부르짖었습니다. 웃자! 즐기자! 우울한 건 절대로 참을 수 없어! 그런 마음으로 썼다고 할까요.

'오리지날쑥 표 메디컬 소설은 어떨까' 라는 느낌으로 썼습니다. '어떤 소재를 쓰느냐' 보다 '그 소설을 어떻게 내 색깔로 표현하느냐' 가 언제나 저의 과제이고, 저의 도전이고, 저의 목표이고, 저의 즐거움입니다. 비록 전문적인 면에서는 당당하게 완벽하다고 말할 수는 없지만, 재미있게 글을 썼다는 점에서는 자신있게 말할 수 있습니다.

이 글을 쓰는 동안, 연재하는 동안, 수정하는 동안 정말 즐거웠습니다. 행복했습니다.

그리고 지금은 오리지날쑥 표 비서 이야기를 쓰고 있습니다. 로맨스 소설의 단골 소재인 비서와 사장님 이야기. 그걸 또 제 나름대로의 색깔로 쓰고 있습니다. 소설을 쓰는 일은 언제나 무궁무진하죠.

아직까지는 쓰는 게 마냥 즐겁습니다. 저는 글을 쓰는 사람인 동시에 제 글

<h1 style="text-align:center">작가 후기</h1>

을 읽는 첫 번째 독자입니다. 저 자신에게만 만족하는 글이 아니라, 모든 분들이 공감하는 글이 되었으면 좋겠는데 모르겠네요. 언제나 그건 뚜껑을 열어봐야 아는 일 같아요.

이 글을 읽는 모든 분들에게 감사하다는 말 남깁니다.

그리고 이 글이 나오기까지 수고해 주신 청어람 식구들, 언제나 제 글을 사랑해 주시는 오리지날쑥 스타일 가족 분들, 또 나의 가족들 모두 행복하시길 바랍니다.

마지막으로 오빠, 결혼 축하한다.

—이현숙 드림.

〈참고 서적〉

소설 의과대학

나는 외과의사다

의사가 말하는 의사

www.naver.com

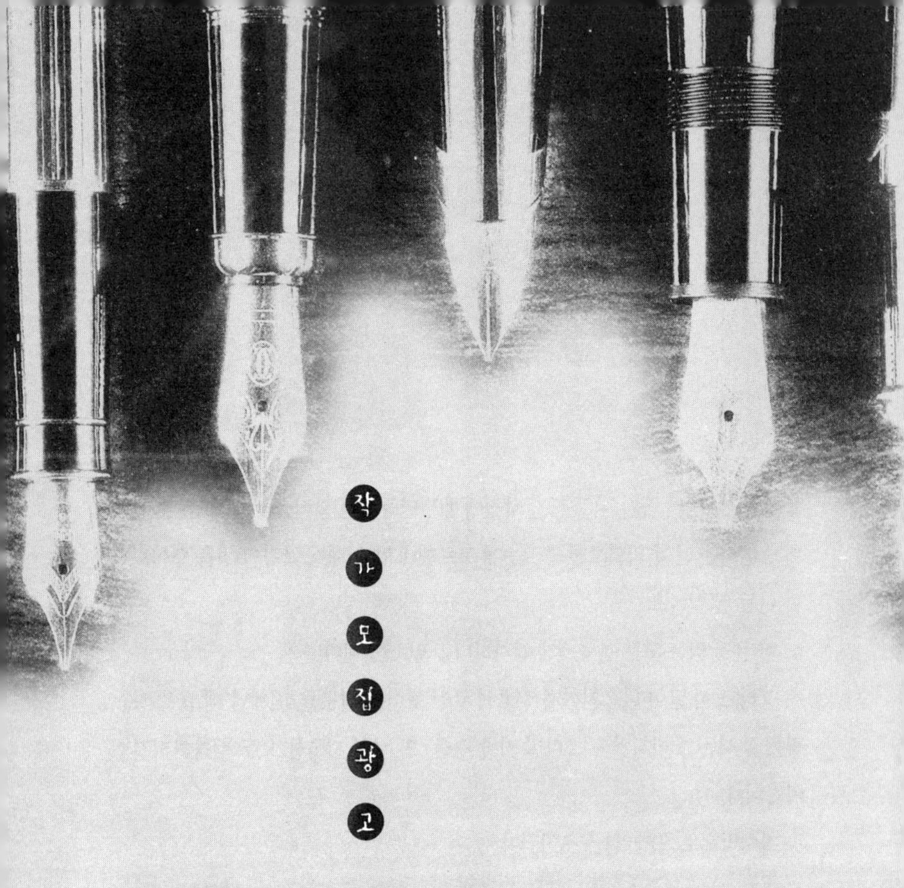

작
가
모
집
광
고